스마티즈 금상 수상
'세계 책의 날' 추천도서, ALA 우수도서
『윈드싱어』에 쏟아진 격찬!

❦

"당신의 기억 속에 영원히 남을 만한 아주 특별한 작품이다."
— 〈데일리 텔레그라프〉

"긍정적인 초현실적 이미지와 속도감 넘치는 모험, 그리고 통렬한 풍자가
이 책 한 권 속에 있다." — 멜빈 버기스

"책 읽는 재미에 자신도 모르게 빨려 들어가게 된다. …… 아름다운 서사,
따뜻한 스릴, 뛰어난 독창성과 액션과 열정이 넘친다." — 〈가디언〉

"서정적이고 환상적이며 힘이 넘치는 이야기다." — 케이트 애그뉴

"……첫 장을 넘기자마자 독자를 휘어잡는 전개와 상상을 초월한 환상적인
이야기는 이제까지의 작품들과는 전혀 다른 모험담으로 도저히 책장을 덮
을 수 없게 한다." — 아마존

"페이지마다 등장하는 모험이 페이지를 짓밟고 지나간다."
— 〈북매거진〉

"읽기 쉬우면서도 반항적이며 빠른 속도로 전개되는 모험 소설로, 마음을
뒤흔드는 사랑의 축제로 이루어져 있는 『쉐도우랜드』 작가의 기대해도 좋
은 또 다른 작품이다." — 〈선데이 타임스〉

"서사시적인 배경 위에 성서적 · 신화적 주제를 통해 인간 심연과 인간 관
계의 내밀한 부분까지 파고드는 이야기다." — 〈북셀러〉

불의 바람 2
매스터리의 노예들

불의 바람 2

———

매스터리의 노예들

초판1쇄 펴낸날 : 2004년 5월 7일

지은이   윌리엄 니콜슨
옮긴이   김현후
펴낸이   최윤정
펴낸곳   도서출판 나무와숲

등록   22-1277
주소   서울특별시 송파구 방이동 22 대우유토피아 1305호
전화   02)3474-1114
팩스   02)3474-1113
e-mail : namusup@chollian.net

값 8,500원
ISBN 89-88138-49-X
ISBN 89-88138-47-3(전3권)

불의 바람 2
매스터리의 노예들

윌리엄 니콜슨 지음 / 김현후 옮김

나무와숲

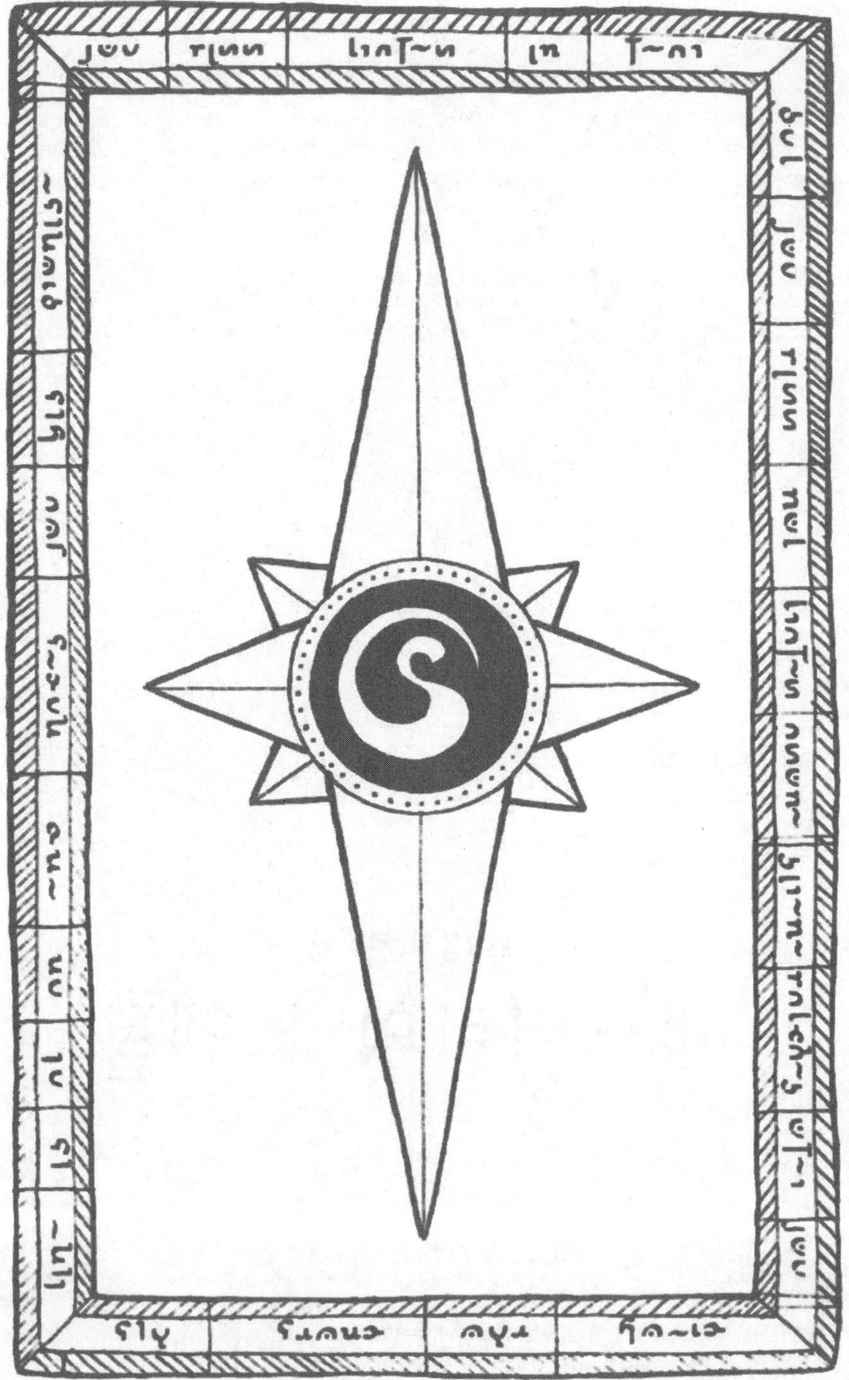

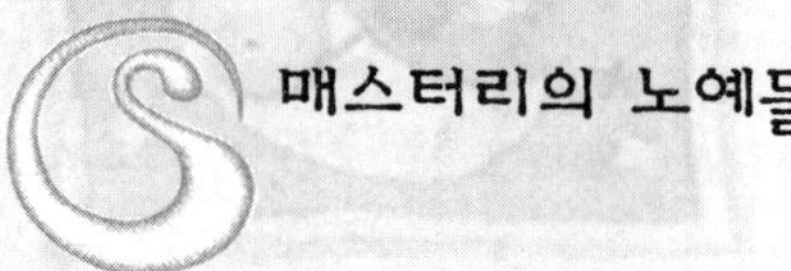

매스터리의 노예들

차 례

사이린

날씨 좋은 날에는 뭍에서도 그 섬이 보였다. 고기잡이 배들이 가끔 섬 근처를 지나다니긴 했지만 돌이 많고 험한 그 섬에는 배를 멜 엄두를 내지 못했다. 그 섬은 어부들에게 줄 것이 하나도 없었다. 잡초만 무성했고 지붕 없는 건축물 주위로 심어 놓은 늙은 올리브나무가 고작이었다. 그 섬 꼭대기에 세운 오래된 건물은 배에서도 올려다보였다. 그 섬에 폭풍을 부르고, 동물들과 이야기하고, 하늘을 날아다닐 수 있는 마법사들이 산다는 소문이 어부들 사이에 돌았다. 그 때문에 겁 많은 어부들은 감히 접근할 생각조차 하지 못했다.

그 섬의 이름은 사이린이었다. 아주 오랜 옛날 한 무리의 유랑민들이 그곳에 정착하여 언덕 꼭대기에 높다란 돌담을 만들고 둘레에는 올리브나무를 심었다. 그 건물에는 예전부터 그러했듯 풀과 바위만 있을 뿐, 바닥이 깔려 있지 않았고 지붕도 없었다. 높다란 창문에는 유리가 없었으며, 거대한 출입구에는 문이 없었다.

낡아 없어져서 그런 것이 아니었다. 본래부터 그렇게 지은 것이었다. 썩을 목재도, 떨어져 나갈 타일도 없었다. 깨질 유리도, 닫을 문도 없었다. 해와 바람과 비에 노출된 이 집 아닌 집은, 사람들이 만나서 함께 노래하고는 다시 비워 두는 그런 장소였다.

아주 오랫만에 사이린에 사람 발소리가 다시 들려 왔다. 해변으로부터 한 여인이 오솔길을 따라 언덕을 오르고 있다. 해변에 정박한 배도 보이지 않는데 그녀는 어떻게 해서 이곳에 나타난 것일까? 그 여인은 낡은 모로 된 로브(아래위가 내리닫이로 된 길고 푹신한 겉옷—옮긴이)를 걸쳤고 맨발이다. 회색 머리는 짧고, 거칠고 검게 탄 얼굴에는 주름살이 깊게 패여 있다. 나이는 몇이나 될까? 그것은 알 수 없다. 얼굴은 노인인데 맑은 눈과 재빠른 몸짓을 보면 젊은이와 똑같다. 언덕 꼭대기까지 오르면서도 조금도 숨차 하지 않는다.

정상에 오르자 평평해지면서 근처에 샘이 하나 보인다. 그곳에서 목을 축인 여인은 비비 꼬인 올리브나무의 거친 둥지에 손을 가볍게 대보고는 지나간다. 그녀는 지붕 없는 건물의 문 없는 출입구를 통해 안으로 들어가 문가에 서서 잠시 안을 둘러본다. 한때 여러 사람들이 함께 모여 노래하던 기억이 떠오른다. 그때는 노래에 취해 노래가 영원히 끝나지 않기를 바랬지. 하지만 노래해야 할 때와 기다려야 할 때가 있는 법. 이제 모든 것이 다시 시작될 것이다.

그녀는 안으로 걸어 들어가면서 창문 밖으로 보이는 바다를 둘러본다. 인간에 익숙지 않은 도마뱀 한 마리가 석조물의 갈라진 틈새로 숨는다. 태양을 가리며 지나가는 구름의 그림자가 그녀를 덮친다.

그녀가 제일 먼저 온 모양이다. 나머지 사람들도 곧 도착하겠지. 잔혹한 시간이 오고야 말았으니.

아라맨스의 석양

마리어스 시미언 오티즈는 말을 전 속력으로 몰아 낮은 언덕 위로 올라가더니 그 자리에 우뚝 섰다. 넓은 평지와 바다, 둘 사이를 가르는 해안선이 한눈에 들어왔다. 그리고 그다지 멀지 않은 곳에, 아마 걸어서 한 시간 정도 거리밖에 되지 않을 듯싶은 곳에 그의 최후 목적지이자 목표인 아라맨스 시가 보였다. 오티즈는 안장 위에 등을 곧추세우고 앉아 숨을 가쁘게 몰아쉬면서 날카로운 눈으로 그곳을 노려보았다. 수색대의 말대로 과연 성벽은 없어진 지 오래된 것 같았다. 방어에 전혀 신경을 쓰고 있지 않는 게 분명했다. 저녁놀에 비친 아라맨스는 그의 눈에 마치 살찌고 힘없는 씨암탉처럼 보였다.

그의 장수들도 말을 타고 곁으로 다가와서는 긴 여행의 목적지를 바라보며 미소를 지었다. 식량이 거의 바닥난 터라 지난 사흘 동안은 배급량을 줄여야 했다. 이제 아라맨스가 그들의 허기진 배를 채워 줄 것이다. 그리고 수레에 전리품을 가득 싣고 귀향할 수 있을 것이다.

오티즈는 몸을 뒤로 틀어 한 치도 흐트러짐 없이 질서정연하게 다가오는 대열을 흐뭇한 눈으로 바라보았다. 1천여 명의 병력 가운데 기병대 320명이 선봉에 서서 언덕을 올라오고 있었다. 그들 뒤로는 텐트·철창·식량 따위를 실은 수레 여섯 대가 말에 끌려오고 있었다. 뿐만 아니라 짐이 무거워 말들이 오래 견디지 못할 것을 감안해 교체할 수 있는 말들도 함께 따라오고 있었다. 오티즈는 나이는 어려도 용의주도한 지도자였다. 말을 혹사시켜 행군에 지장을 초래하지 않도록 미리 배려했던 것이다.

그가 한 손을 들었다. 그러자 분대에서 분대로 그의 명령이 소리 없이 퍼져 나갔다. 말과 병정들이 반갑다는 듯이 행군을 멈췄다. 고향을 떠난 지 오늘로 19일째였다. 결과를 예측할 수 없는 전쟁을 치르기 위해 멀리 떠나온 그들이었다. 피곤했지만 단 한순간이라도 긴장을 늦출 수가 없었다. 그들을 지금까지 버티게 한 것은 오티즈의 신념이었다. 그는 매스터리국 역사상 가장 긴 원정에서 큰 영광을 얻을 수 있을 것으로 확신하고 있었다. 그는 과거에 길 가는 나그네들로부터 부유하고 평화로운 이 해안 도시에 대한 이야기를 수없이 들었다. 그래서 정찰대를 보내 그 소문이 사실인지를 확인해 보았다. 돌아온 정찰대는 아라맨스가 부유하면서도 수비를 전혀 하고 있지 않다고 보고했다. "얼마나 큰가?" 하고 묻자, 정찰대장은 어림잡아 대답했다. "적어도 만 명은 될 것입니다." 만 명이라니! 매스터리 역사상 노예를 그 반만이라도 잡아온 적이 없었다. 이제 그의 나이 스물한 살. 하지만 모든 영광과 명예, 부귀가 그의 손에 금세라도 잡힐 듯했다. 오래지 않아 군주는 후계자를 선택할 것이었다. 비록 그의 친아들은 아니지만 오티즈에게는 다음 군주가 되고 싶은 야망이 있었다.

하지만 그보다도 아라맨스의 보물을 손에 넣은 후 금의환향하는 것이 우선이었다. 땅거미가 지면서 불이 한두 개씩 켜지기 시작하는 지평선 위의 도시를 다시 한 번 내려다보며 그는 하룻밤만 더 평화롭게 잠들게 해 주리라고 생각했다. 날이 밝으면 공격 명령을 내릴 작정이었다. 그러면 아라맨스는 잿더미로 변하고 만 명에 이르는 시민들은 매스터리의 노예가 될 것이다.

케스트렐 헤스는 가족들과 함께 사람들 뒤편에 서 있었다. 일곱 살 난 어린 동생 핀토는 옆에 서서 지루함을 참지 못하고 몸을 이리저리 꼬고 있었다. 결혼식은 윈드싱어가 위치한 원형 극장 한가운데에서 치러지고 있었다. 윈드싱어가 세워진 단은 예식을 위해 촛불로 밝혀져 있었다. 바람이 부는 바람에 촛불이 자꾸 꺼졌다. 그럴 때마다 신부의 어머니 그리스 여사는 가만히 못 있고 앞으로 나서서 양초에 불을 붙였다. 하지만 그 바람 때문에 윈드싱어는 달콤한 노래를 부르고 있었다. 케스트렐은 결혼식에는 관심이 없었으므로 윈드싱어의 노래에 귀기울이며 여느 때와 마찬가지로 마음의 위안을 받고 있었다.

신부 피아 그리스는 케스트렐과 같은 열다섯 살이었다. 촛불에 비친 피아는 아름다워 보였다. 신랑 테너 에이모스는 조금 주눅이 든 듯한 모습이었다. '왜 피아는 저런 애와 결혼하지?' 하고 케스트렐은 속으로 생각했다. 피아는 저런 아이를 평생 사랑할 수 있을까? 케스트렐의 눈에 비친 신랑은 소극적이고, 자신 없고, 어려 보였다. 그렇게 보여도 그는 결혼할 수 있는 나이인 열다섯 살이었다. 아라맨스에서는 바야흐로 결혼 시즌이 시작되고 있었다.

케스트렐은 얼굴을 찌푸리며 고개를 흔들었다. 그리고 윈드싱어 근처에 서 있는 젊은 한 쌍으로부터 눈을 돌렸다. 그 순간 자기를 뚫어져라 보고 있던 피아의 오빠 팔로와 눈이 마주쳤다. 케스트렐은 그가 꼴도 보기 싫었다. 팔로는 벌써 몇 주째 자기에게는 말도 못 붙이면서 간절한 눈빛으로 자기 뒤를 졸졸 따라다니고 있었다. 케스트렐 쪽에서 먼저 말을 걸어 와 주었으면 하는 눈치였지만, 할 말도 없는데 말을 왜 걸어? 갑자기 왜 모두 쌍쌍이 되지 못해 안달이란 말인가? 전에는 팔로를 그렇게 안 봤는데 이제는 그의 멍청한 눈매를 보면 신경질부터 났다.

눈을 옆으로 돌리니 먼 곳을 바라보고 있는 보우맨의 모습이 보였다. 케스트렐은 그의 마음을 읽으려 해 보았다. 보우맨도 결혼식에는 관심이 없는 듯했다. 그는 무슨 일 때문인지 몰라도 불안해하고 있었다.

보우, 왜 그러는 거야?

나도 몰라.

그때 젊은 한 쌍이 결혼 선언을 하기 시작했다.

"오늘부터 당신과 늘 같이 갈 것입니다."

신랑이 수줍은 듯 떠듬거리며 말했다. 그 선언은 방랑 생활을 하던 고대 맨스족으로부터 전래돼 온 것이었다. 참석자들은 자기도 모르게 입 속으로 그 말을 따라 하고 있었다.

"당신이 가는 곳에 저는 갈 것입니다. 당신이 머무는 곳에 저도 머물겠습니다.”

보우맨은 슬그머니 자리를 빠져 나가고 있었다. 케스트렐은 오빠를 쫓아가지 못해 안달인 핀토의 표정을 쳐다보았다. 핀토가 엄마에게 귓속말로 뭐라고 하자, 조용한 자리에서 오래 버티지 못하는 딸의 성격을 잘 아는 엄마가 고개를 끄떡였다. 그러자 핀토도 슬쩍 자리를 떴다.

“당신이 잠들면 저도 잠들겠습니다. 당신이 깨어나면 저도 깨어나겠습니다.”

케스트렐은 보우맨을 따라 나가지 않았다. 요즘 와서 보우맨은 혼자 있기를 원하는 눈치였다. 왜 그런지 이유를 알 수 없었고 그런 태도가 실망스러웠지만, 그렇다고 꼬치꼬치 캐묻지 않고 가만 내버려두었다.

케스트렐은 결혼 선언에 다시 귀를 기울였다.

“나는 당신의 목소리를 들을 수 있는 거리에서 하루를 보내겠습니다. 밤에는 당신이 손을 뻗으면 닿을 거리에 있겠습니다. 우리 둘 사이를 아무도 방해하지 못할 것입니다.”

신랑이 손을 앞으로 내밀자, 신부가 그 손을 잡았다. 케스트렐은 엄마가 아버지의 손을 꼭 잡는 모습을 보며 부모님이 결혼하시던 때를 회상하는구나 하고 생각했다. 갑자기 전에 느끼지 못했던 슬픔이 밀려왔다. 케스트렐은 눈물이 흐를 것만 같아 손톱이 손바닥에 박혀 아플 정도로 주먹을 꼭 쥐었다. ‘내가 슬플 이유가 어디 있는가?’ 하고 생각해 보았다. 엄마 아빠가 서로 사랑하기 때문일까? 내가 결혼하고 싶지 않기 때문일까? 그것은 아닌 것 같았다. 이유는 다른 데 있는 것 같았다.

이제 하객들은 신혼 부부 주위에 서서 그들을 축하해 주고 있었다. 그리스 여사는 촛불을 끈 후 다음에 쓸 때를 위해 그것들을 상자 안에 담았다. 케스트렐의 부모는 그날 저녁에 열리는 시민 회의에 참석하기 위해 식장을 나섰다. 식이 예정보다 조금 늦어졌기 때문에 서둘러야만 했다. 보우맨과 핀토는 이미 가고 없었다.

그제야 케스트렐은 가슴속에 차오르는 슬픈 감정이 무엇인지 알 것 같았다. 그것은 결코 외로움이 아니었다. 자기와 쌍둥이인 보우맨이 살아 있는 한 외로울 수는 없었다. 그것은 다름 아닌 그를 잃어버릴 것만 같은 예감 때문이었다. 언제인가 케스트렐은 보우맨을 잃어버릴 것이다. 그럴 경우 혼자서 어떻게 살아가야 할지 막막했다.

우린 같이 갈 거야.

과거로부터 메아리쳐 들려 오는 이 말은 언제고 한 명이 먼저 죽어야 할 경우, 둘이 같이 죽는다는 것을 의미했다. 하지만 지금 와 닿는 이 감정은 달랐다. 한 명은 죽고 다른 한 명은 살아남을 것 같았다.

그렇다면 내가 먼저 죽을 거야.

그렇게 생각하고 나니 곧 자신이 부끄러워졌다. 차라리 먼저 죽는 게 나으리라는 생각이 들었기 때문이었다. 보우맨 혼자 살아남아 괴로워하라고 기원할 수는 없는 일 아닌가? 둘 중 자기가 오히려 강한 편이었다. 그러니 자기가 차라리 그 짐을 지는 편이 낫지 않을까?

그런 생각이 들자 케스트렐은 울고 싶어졌다. 아직 외로움이 닥친 것은 아니지만 자기 혼자가 될 날이 다가오고 있다는 느낌이

들었다.

멈포 인치는 부서져 내려 여기저기 흩어져 있는 성벽의 돌 조각 위에 앉아 어두운 바다를 바라보고 있었다. 달이 뜨지 않은 캄캄한 밤이었지만 그렇게 오랫동안 지켜보고 있으면 큰 파도의 흰 물마루를 볼 수 있을 것 같았다. 그는 한숨을 크게 내쉬었다. 마음속에서 외고 또 왼 그 말을 하지 못하고 또 하루를 넘겼다. 이제 자기 나이 열다섯하고도 11주가 지났고, 케스트렐은 4주하고도 4일이 지났다. 멈포는 지난 5년 동안 케스트렐을 혼자 좋아했다. 케스트렐이 자기 말고 다른 남자와 결혼한다는 것은 생각조차 할 수 없었다. 하지만 자기가 청혼하면 케스트렐은 틀림없이 거절할 것이다. 아직 너무 어리다면서. 물론 자기도 그렇게 생각했다. 둘 다 결혼할 마음의 준비가 안 돼 있는 것은 사실이었다. 하지만 다른 녀석이 먼저 프로포즈를 한다면? 그리고 케스트렐이 받아들인다면?

인기척이 나서 뒤돌아보니 핀토가 돌을 깡총깡총 뛰어넘으면서 다가오고 있었다. 핀토는 나이에 비해 몸집은 작았지만 여간 재빠르지 않았다. 나이 차가 많았기 때문에 멈포는 핀토를 허물없이 대했다. 핀토는 자기를 비판하지도 않았고, 남들처럼 자기 말을 듣고 코웃음치지 않았다. 아기 때 이름, '핀핀'이라고 부를 때만 심통을 부렸다. 금세라도 눈물이 쏟아질 것 같은 해맑은 눈으로 그를 쳐다보면서 자기는 아기가 아니라고 우겼다.

"오빠 여기 있을 줄 알았지."

핀토는 뒤로 다가와서 멈포의 목을 끌어안았다.

"나 혼자 있고 싶어서 여기 온 거야." 멈포가 말했다.

"나하고 혼자 있으면 되잖아?"

사실 핀토는 조금도 방해가 되지 않았다. 그는 손을 등뒤로 뻗어 핀토의 가느다란 다리를 꼬집었다.

"케스하고 뭐 했니?"

"어 — 내가 죽이고 왔어." 핀토가 즐거운 듯이 말했다. "오빠는 항상 나만 보면 언니에 대해 묻는 것이 귀찮아 아예 죽어 버렸어."

"그럼 시체는 어디 두고 왔니?"

"그리스가의 결혼식에."

멈포는 일어나면서 몸을 부드럽게 흔들어 핀토를 땅에 떨구었다. 멈포는 자기 아버지처럼 키도 크고 건장했지만 아버지 전성기 때의 위엄은 찾아볼 수 없었다. 그는 마음이 너무 좋았다. 너무 순진하다고 말하는 사람들도 있었다. 핀토는 멈포가 이 세상의 누구보다도 좋았다.

"나, 케스한테 할 말이 있어서 그래." 멈포는 핀토보다 자기 자신을 설득하려는 듯이 말했다.

"나라면 말도 안 꺼낼 거야. 거절당할 것이 뻔하잖아."

멈포의 얼굴이 화끈 달아올랐다.

"너는 내 말을 듣지도 않고 무슨 소리를 하는 거니?"

"난 다 알아. 오빠는 언니하고 결혼하고 싶은 거지? 하지만 언니는 싫다고 할 거야. 내가 벌써 물어 보니까 아니라고 하던데."

"네가 물어 봤을 리 없어."

사실 핀토는 그런 질문을 해 본 적이 없었다. 묻고는 싶었지만 감히 말을 꺼내지 못했다. 하지만 물어 보면 '노(No)' 하리라는 것을 잘 알고 있었다.

"너는 왜 쪼끄마한 게 남의 일에 간섭이나 하고 다니니? 앞으로 너하고 말 안 해!"

멈포는 부끄러운 마음에 분통을 터뜨렸다. 핀토는 곧 자기가 지나쳤다는 생각을 했다.

"사실은 그런 질문은 해 본 적이 없어. 내가 만들어서 한 얘기야."

"정말이야?"

"정말이야. 하지만 '노' 할 것이 분명해."

"네가 그것을 어떻게 알아?"

핀토는 속으로 '오빠는 내 거니까 내가 알지'라고 말하고 싶었지만 그 대신에 "언니는 아무하고도 결혼하는 것을 원치 않아"라고 말했다.

"원하게 될 거야." 멈포가 우울하게 말했다. "결국에는 모두 하게 마련이야."

날이 제법 어두워졌기 때문에 행여 핀토가 돌 조각에 걸려 넘어지지나 않을까 걱정돼 멈포는 핀토의 손을 잡고 자리에서 일어났다. 핀토는 자기 손을 잡은 멈포의 손이 듬직하다고 생각하면서 일부러 돌에 걸려 넘어지는 시늉을 하며 멈포의 팔에 안겼다. 사실 핀토는 어둠 속에서도 여간 날래지 않았다. 하지만 그 순간에는 멈포 팔에 안겨 혼자서 결혼식 올리는 꿈을 꾸고 있었다.

"나는 당신의 목소리를 들을 수 있는 거리에서 하루를 보내겠습니다. 밤에는 당신이 손을 뻗으면 닿을 거리에 있겠습니다."

예전의 회색 구역 건물들을 비어 있는 채로 방치해 두는 바람에 회색 구역은 이제 질 나쁜 아이들의 놀이터로 변해 버렸다. 멈포와 핀토는 그 지역에서 걸어 나와 가로등이 켜진 밤색 구역으로 들어섰다. 집들의 색깔은 다양하게 변했지만 예전의 이름들은 아직도 쓰이고 있었다. 엄청난 변화가 있고 나서 한때 너도나도 자기 집을 페인트칠하는 붐이 일어 대문, 창문틀, 벽, 지붕 할 것 없이 총천연색으로 칠한 적도 있었다. 하지만 5년이 흐른 지금은 페인트가 햇볕과 바람에 벗겨지기 시작하면서 그 밑에 있던 본래의 색깔을 조금씩 드러내고 있었다.

멈포와 핀토는 사람들이 모여 떠들고 있는 광장까지 왔다. 회의 진행 순서를 두고 논쟁이 붙어 시작하자마자 싱겁게 끝나 버렸다고 했다. 아직까지도 사람들은 목소리를 서로 높이며 시민회관을 나서고 있었다. 멈포는 시민 회의에 참석하는 법이 없었다. 모두들 남의 말은 귀담아듣지 않고 자기 주장만 목이 터져라 하다가 의견을 좁히지 못하고 끝나기 일쑤였기 때문이었다.

멈포는 열변을 토하는 젊은이들 사이에 서 있는 케스트렐을 발견했다. 핀토는 멈포의 손을 끌고 그쪽으로 가려고 했지만 멈포는 그 속에 끼고 싶지가 않았다.

"저 오빠들은 언제나 아무 것도 아닌 일들 갖고 열을 올려." 핀토가 말했다.

멈포는 그들의 말에는 귀를 기울이지 않았다. 그 대신, 케스트렐을 쳐다보았다. 케스트렐은 젊은이들 사이에 흔히 볼 수 있는 단발머리에 화려한 색상을 좋아하는 어른 세대에 대한 반감으로 빛 바랜 검정색 웃옷을 걸치고 있었다. 입이 큰 데다 얼굴이 너무 말라서 미인이라고 할 수는 없었지만 왠지 사람을 강렬하게 끄는 힘이 있었다. 멈포 눈에 비친 케스트렐의 모습은 정말 눈부셨다.

멈포에게 케스트렐은 단순한 아름다움이 아니었다. 생동력 넘치는 그녀는 생명 그 자체, 아니 생명의 근원인 것처럼 느껴지기까지 했다. 케스트렐의 눈이 자기를 쳐다볼 때면 그는 온몸에서 생기가 돋는 것 같았으며, 주위 또한 더 밝고 선명해지는 듯한 느낌이 들었다.

"왜 회의에 안 나왔니?"

퍼뜩 정신을 차리고 보니 케스트렐이 자기에게 말을 걸고 있었다.

"그런 것에 관심 없어."

"왜? 너도 시민이잖아, 안 그래?"

"응, 그래."

"그렇다면 네가 사는 곳 일인데 관심이 왜 없어?"

그는 순간 떠오르는 말을 아무렇게나 주워섬겼다.

"내 고향같이 느껴지지 않아서."

그 말을 들은 케스트렐은 입을 다물고는 그를 한동안 가만히 쳐다보았다. 그러더니 친구들에게 별안간 작별을 고하고는 걷기 시작했다. 멈포와 핀토는 케스트렐의 뒤를 천천히 따라 걸었다. 아버지와 함께 사는 멈포의 집은 도심에 있는 헤스가의 집 근처에 있었다.

"난 왜 항상 입만 열면 바보 같은 소리만 튀어나오지?" 멈포가 핀토를 보고 우울한 목소리로 말했다. "도대체 왜 그런지 모르겠어."

보우맨도 회의에 참석하지 않았다. 그는 결혼식장에서 자신이 느낀 위험의 근원을 찾기 위해 도시 여기저기를 돌아다니고 있었다. 그것은 마치 냄새와 같이 쉽게 알아낼 수가 없었다. 꼬투리를 잡았다 싶으면 다시 놓치곤 했다. 보우맨은 바람이 부는 쪽으로 얼굴을 돌리고 냄새를 맡아 보았다. 하지만 그것은 냄새나 소리가 아니었다. 느낌이었다. 보우맨은 몇 킬로미터 떨어져 있는 두려움을 찾아낼 수 있었고, 누가 웃음을 터뜨리기도 전에 기쁨을 먼저 느낄 수 있었다. 하지만 느낌은 근원을 찾기가 여간 까다롭지 않았다. 외부로부터 전달돼 오는 수도 있었고 내부로부터 솟아 나오는 경우도 있기 때문이었다.

그런데 그 느낌이 어느 새 사라지고 말았다. 어쩌면 혼자 괜히 상상한 것인지도 몰랐다. 배고프기 때문이었는지도 몰랐다. 보우맨은 집으로 발걸음을 돌렸다.

다른 식구들이 집으로 돌아와 보니 보우맨은 벌써 돌아와 발코니에 서서 밖을 내다보고 있었다. 난롯불은 거의 죽어 가고 있었다. 하노 헤스는 얼른 구부리고 앉아 불씨를 살려 냈다.

"보우, 불이 죽는 것도 몰랐니?"

"그랬어요?"

아들이 오히려 되묻는 것을 보고 하노 헤스는 더 이상 아무 말도 하지 않았다. 사람들은 보우맨을 보고 몽상가라거나 혼수 상태에 빠져 있다며 놀렸지만, 아버지는 그를 이해했다. 보우맨은 누구보다도 바짝 깨어 있었다. 단지 신경을 쓰는 대상이 다른 사람과 다를 뿐이었다.

"오늘도 시간만 낭비했어요." 케스트렐이 방안으로 들어서며 말했다. "저녁 내내 그럴듯한 말을 한 사람이라고는 바보 중의 바보 멈포밖에 없었으니."

"오빠는 바보가 아니야!"

핀토가 케스트렐의 뒤를 따라 들어오며 대들었다.

"멈포가 네 꼬붕이 된 줄 모르는 사람 여기 아무도 없어."

그 말을 듣고 흥분한 핀토가 눈물을 흘리며 케스트렐을 향해 주먹을 휘둘렀다. 케스트렐도 질세라 주먹을 날렸다. 핀토가 코를 감싸 쥐며 바닥에 쓰러져 울기 시작했다.

"케스트렐!" 아버지가 야단치듯 불렀다.

"쟤가 먼저 까불었어요."

아이라 헤스는 핀토를 껴안고 달래 주었다. 핀토의 코에서 피가 흐르고 있었다. 피를 보고 핀토는 속으로 쾌재를 부르며 울음을 그쳤다.

"피야! 언니가 날 피나게 했어요."

"별거 아니야." 어머니가 말했다.

"하지만 코피를 터뜨렸단 말예요!" 핀토가 우쭐해서 외쳤다. 남을 피나게 할 경우, 다치게 한 사람의 잘못이 클 수밖에 없었기 때문이었다. "야단쳐 주세요."

"네가 맞을 짓을 한 거야." 케스트렐이 말했다. "네 코가 내 손을 때린 것이라고."

"으— 거짓말쟁이 마귀할멈!"

"자, 자. 그만들 하거라."

하노 헤스의 부드러운 목소리는 모두를 차분하게 만드는 힘이 있었다.

"그래, 케스야. 멈포가 무슨 얘기를 했길래?"

"말하려던 참이었는데 핀핀이 대드는 바람에—"

"날 핀핀이라고 부르지 마!"

"나 이제 말 좀 해도 될까?"

"상관 안 해. 맘대로 해."

핀토는 실은 멈포에 대해 케스트렐이 무슨 말을 할까에 관심이 있었다.

"아라맨스가 고향 같지 않다는 것이었어요."

"불쌍한 녀석."

"하지만 그 말을 듣고 보니 내게도 아라맨스는 고향같이 느껴지지 않아요."

하노 헤스는 아내를 쳐다보았다.

"그럼 케스, 네 고향은 어디란 말이냐?"

"몰라요."

"어쩌면 네 말이 맞는지도 몰라. 고서를 보면 이곳은 고향 땅을 찾아가는 긴 여정의 정류장에 지나지 않는다는 말들이 나와."

"고향 땅이라고요?" 아이라 헤스가 코웃음치며 끼어들었다. "그 고향 땅이라는 데가 그럼 어디 있다는 말인가요? 항상 여기가 아닌 딴 곳에 있겠죠. 살다 보면 고달프니까 어디 다른 곳에 더 나은 곳이 있으려니 생각하는 것뿐이라고요. 그러니까 딴 생각 말고 현재에 충실하자고요."

"당신 말이 맞는지도 모르지."

"하지만 엄마. 엄마는 그런 기분을 느끼지 않아요? 우린 어딘지 모르게 남들과 다르다고."

"우린 이상한 집안이야." 핀토가 말했다. 말하고 보니 괜히 기분이 좋았다.

"고향 땅은 딴 데 분명히 있어요." 케스트렐이 우기듯 말했다.

"아빠, 그곳이 어디 있는지 고서에 적혀 있지 않던가요?"

"아니. 그랬으면 벌써 그곳으로 갔지."

"왜요?"

"나도 몽상가니까."

"그럼 나도 갈래요."

"결혼부터 해놓고 봐." 아이라가 말했다. "그러면 세상이 다르게 보일 테니까."

"난 결혼 같은 것 안 할 거예요."

아이라는 남편의 얼굴을 쳐다보았다. 그는 어깨를 으쓱하더니 보우맨 쪽으로 눈을 돌렸다.

"네가 싫다는데 억지로 시집 보내지는 않겠다만……" 아이라 헤스가 부드러운 어조로 말했다.

"늙어서 외로울 것이라는 것 알고 있어요. 하지만 상관없어요." 케스트렐은 엄마의 입을 막았다.

"케스 언니에게는 보우 오빠가 있으니까 평생 외롭지 않을 거야." 핀토가 부러운 듯이 말했다.

아이라는 고개를 절레절레 흔들더니 더 이상 아무 말도 하지 않았다. 하노 헤스는 발코니로 나가서 아들 옆에 섰다. 그는 말을 어떻게 꺼내야 좋을지 몰라 망설였다. 하지만 보우맨은 벌써 그의 마음을 읽고 있었다.

"아버지, 저도 노력하고 있어요."

"그래, 나도 알아."

"쉽지 않아요."

하노 헤스는 한숨을 내쉬었다. 아들한테 그런 부탁을 한다는 것은 그에게도 쉬운 일이 아니었다. 하지만 아내의 생각이 옳았다. 쌍둥이도 이제 나이를 먹은 만큼 각자의 공간을 만들어 주어야 할 때가 온 것이었다.

"너희, 아직까지도 서로의 생각을 읽니?"

"전만큼은 아니지만 아직도 그래요."

"케스트렐은 자기만의 삶을 찾아야 해. 너도 그렇고."

"알아요, 아버지."

그는 아버지에게 이렇게 외치고 싶었다. 우리는 남들과 달라요. 우린 다른 사람들처럼 살 수는 없을 거예요. 우리에게는 무엇인가 특수한 임무가 있어요. 하지만 그것이 무엇인지, 왜 그런 느낌을 갖는지는 설명할 수 없었으므로 차라리 입을 꾹 다물기로 했다.

"서로 애정을 나누지 말라는 것은 아니고, 다만 다른 친구들도 사귀면 좋겠다는 거야."

"알아요."

하노는 팔을 가볍게 아들의 어깨 위에 둘렀다. 보우맨은 잠시 그 상태로 가만히 있었다. 그러더니 말했다.

"잠시 나갔다 올게요."

보우맨은 문 쪽으로 향하다가 케스트렐과 눈이 마주쳤다.

나도 갈까?

따라오지 마.

케스트렐도 둘이 너무 붙어 다니는 것을 좋게 생각하지 않는 부모의 마음을 알고 있었다. 하지만 뭔가 이상하다는 느낌이 들었다.

뭐야? 얘기해 봐.

나중에 얘기해 줄게.

보우맨은 계단을 내려가 밤거리로 사라졌다. 따로 정해 놓은 목적지는 없었다. 다른 사람들, 가족들로부터 잠시 떨어져 있고 싶었다. 방법만 있다면 자기 자신으로부터도 떨어져 있고 싶었다. 그제야 하루 종일 그를 괴롭혀 온 위험에 대한 예감이 자기 자신 깊숙이에 있는 두려움 때문이라고 확신했다. 왜 그동안 가만 있다가 별안간 다시 깨어났는지 조용한 곳에 가서 혼자 곰곰이 생각해 보고 싶었다. 보우맨은 바다를 향해 남쪽으로 걷기 시작했다.

도시 변두리를 벗어나자 가로등이 끊어져 그 다음부터는 별빛에 의지하며 걸었다. 가을이어서인지 밤 공기가 서늘해 몸이 움츠러들었다. 어두움에 눈이 익숙해지면서 멀리 해안선이 보였고, 동쪽으로는 낮은 언덕들로 이루어진 지평선을 확인할 수 있었다. 보우맨은 걸음을 멈추었다. 목적한 곳에 이르렀기 때문이라기보다는 그만하면 도시로부터 충분히 떨어져 나왔다고 생각했던 것이다. 그곳에 서서 보우맨은 조용히 두 눈을 감았다. 순간 깜짝 놀랄 정도로 공포가 가깝게 느껴져 왔다. 그것은 맹렬했고 잔인했다. 그는 자기 안에 존재하는 그 강한 힘에 대한 기억에게 말을 걸었다.

난 너를 원치 않아. 너를 원한 적도 없어.

하지만 그 말은 사실이 아니었다. 그는 한번 그 강한 힘을 원한 적이 있었다. 이제는 꿈같이밖에 느껴지지 않지만, 몇 년 전 그것을 원했던 것을 부인할 수 없었다. 그때 그는 탐욕에 찬 영혼에 몸을 맡겼었다. 그로부터 모라는 그 안에 존재하게 되었고, 그는 영원히 모라로부터 자유로워질 수 없었다.

주위는 두려움으로 금세라도 터져 버릴 것만 같았다. 그는 동쪽 언덕을 향해 조금 더 걸어갔다. 보이는 것은 언덕 마루의 검은 선과 바다의 회색빛 몽롱함뿐이었다. 뒤를 돌아보자 아라맨스가 어둠 속에서 반짝이고 있었다. 저 안에 이 세상에서 내가 사랑하는, 그리고 나를 사랑하는 모든 사람들이 살고 있다. 자신이 그들에게 위험한 존재라는 사실을 어떻게 말한단 말인가? 모라의 영혼을 몸 안에 담고 집 안에까지 들여온 자가 바로 자기라고. 자기의 다른 반쪽이라고 할 수 있는 케스트렐에게도 너무 가까이 접근하면 모라에게 지배될 것이라고 어떻게 말할 수 있단 말인가?

악은 내 몸 안에 있다. 나 혼자면 족하다.

그 느낌은 너무도 강렬해서 자기 주위의 공기를 마치 검은 구름처럼 뒤덮고 있었다. 갑자기 보우맨은 숨조차 제대로 쉴 수 없었다. 그는 가던 걸음을 멈추고 도시 쪽으로 발길을 돌렸다. 몇 분만 더 걸어 올라갔더라면 불도 안 켜고, 말에 입마개를 한 채 동이 트기만을 기다리고 있는 매스터리 진영을 볼 수 있었을 것이라는 사실을 모른 채.

공포의 새벽

그날 밤, 아이라 헤스는 꿈자리가 뒤숭숭해 다른 때보다 훨씬 일찍 깨어났다. 정신을 차리고 보니 자기가 침대에 앉아 울고 있었다. 깨어났는데도 울음을 멈출 수가 없었다. 담요를 입에 물고 참으려 해 보았으나, 그치기는커녕 울음소리보다도 흉한 소리가 났다. 할 수 없이 물을 마시려고 자리에서 일어나려다 그만 몸의 중심을 잃고 침대 위에 풀썩 쓰러지고 말았다. 그 바람에 하노도 잠에서 깨어났다. 하노는 아내가 울고 있는 것을 보고는 깜짝 놀랐다. 그녀는 남편에게 꿈 이야기를 들려주었다.

아이라 헤스는 가족을 비롯한 여러 사람과 함께 눈 내린 길을 걷고 있었다. 그들은 좁은 계곡을 지나고 있었다. 길 양편으로 눈 덮인 산들이 보였다. 길은 오르막길로 산 너머까지 이어지고 있었다. 앞으로 지는 해를 보며 서쪽으로 가고 있다는 사실을 짐작할 수 있었다. 겨울 공기가 차가운데도 불구하고 저녁놀로부터 전해

오는 열이 얼굴을 따뜻하게 해 주었다.

아이라 헤스는 앞장선 탓에 남들보다 먼저 꼭대기에 다다랐다. 그 순간 눈보라가 휘몰아치면서 해가 서쪽 하늘을 붉게 물들였다. 떨어지는 눈송이들 사이로 지는 햇빛을 받아 광야가 내려다보였다. 두 줄기의 강이 이름 모를 바다로 흘러가고 있었다.

내리는 눈 속에서 노을에 붉게 물든 광경을 내려다보고 있으려니 너무 감격스러워 눈물이 절로 흘러내렸다. 기쁨에 넘쳐 남편과 자식들을 돌아본 순간, 자신이 가는 곳에 그들이 같이 갈 수 없다는 사실을 직감했다. 가장 큰 행복을 찾은 순간 사랑했던 모든 것을 포기해야 했던 것이다. 아이라 헤스는 기쁨과 슬픔을 동시에 느끼며 꿈속에서 울다 깨어났다.

하노는 아내의 눈물을 닦아 주면서 꿈일 뿐이라고 위로했다. 마음이 좀 가라앉자, 아이라는 남편이 괜히 고향 땅이니 뭐니 해서 마음을 심란하게 한 때문이라며 그를 탓했다.

"그런데 아까는 왜 넘어졌소?" 하노가 물었다.

"넘어진 게 아니라 주저앉았을 뿐이에요."

"왜?"

"어지러워서."

하노는 더 이상 아무 말도 하지 않았지만, 아이라는 그가 무슨 생각을 하는지 알고 있었다. 그녀의 먼 조상 아이라 맨스는 맨스족의 첫 예언가였다. 그는 이런 말을 한 적이 있었다.

미래를 볼 때마다 나는 조금씩 약해졌다. 나의 초능력은 나의 병이다. 나는 예언 때문에 죽고 말 것이다.

"꿈이었을 뿐이에요. 걱정 말아요."

“응, 알고 있어.”

“애들한테 쓸데없는 얘기 더 이상 하지 마세요. 그렇지 않아도 마음이 뒤숭숭해져서 야단인데.”

“그러지.”

아이라는 자리에서 일어나 창문 쪽으로 갔다. 커튼을 열어젖히자 아침 첫 햇살이 동쪽 지평선을 환히 비추고 있었다.

“아침이 다 됐네요.”

하노 헤스도 아내 옆으로 다가와 어깨에 손을 얹었다.

“사랑해.” 하노가 부드럽게 말했다.

아이라는 돌아서서 그의 뺨에 입맞춤했다. 둘은 그 상태로 오랫동안 가만히 있었다. 그러다가 하노가 입을 열었다.

“들려?”

“뭐가요?”

“윈드싱어.”

아이라는 귀를 기울였다.

“아니오.”

그녀의 귀에는 윈드싱어가 노래 부르는 소리가 들리지 않았다.

마리어스 시미언 오티즈는 말을 타고 언덕배기에 서 있었다. 그 뒤로 기마대가 정렬한 상태로 그의 명령을 기다리고 있었다. 새벽 공기에 바다의 짠 내음이 은은한 파도 소리와 함께 실려 왔다. 그는 도시를 내려다보고 있었다. 그의 왼편 전방 언덕 중간 지점쯤 되는 곳에서 보병들이 웅크리고 앉아 명령이 떨어지기를 기다리고 있었다. 말들도 흥분을 가라앉히지 못하는 눈치였다. 그가 타고 있는 명마까지 몸의 중심을 옮기면서 히힝거렸다.

"가만, 가만." 그가 말을 얼렀다.

그때 도시로부터 불화살 한 대가 날아올라 새벽 하늘을 훤히 밝혔다. 창고를 장악했다는 신호였다. "보급 대원!" 오티즈가 불렀다. "궁수 대원!"

목소리를 높일 필요가 전혀 없었다. 부하들은 이미 신경을 잔뜩 곤두세우고 만반의 준비를 하고 있었다.

바퀴에 덮개를 씌운 수송 마차가 병사들과 함께 조용히 언덕을 굴러 내려갔다. 그들은 시간이 얼마 없다는 것을 알고 민첩하게 움직였다. 그들 앞으로 기름 먹인 화살이 가득 든 화살통을 멘 궁수들이 말을 타고 달려나갔다. 오티즈가 손을 들자, 나머지 보병들도 벌떡 일어나 바다 쪽으로 우회하여 도시를 향해 달려나갔다. 그들 뒤로 원숭이 차로 불리는 철창 차가 쫓아갔다.

도시로부터 누군가 외치는 소리가 들려 왔다. 보초가 접근해 오는 적의 보급 대원을 발견한 것이었다. 여기저기서 불이 켜졌다. 시민들이 깨어나기 시작한 것이다. 하지만 회색 구역에서 시작된 화재는 바람을 타고 서서히 번져 나갔다. 얼마 안 있어 북쪽 여기저기서 불꽃이 타오르기 시작했다.

오티즈의 말은 조바심을 치고 있었다. 연기 냄새를 맡고는 자기가 나설 때가 가까워 온 것을 눈치챈 것이었다. 도시로부터 외침과 비명, 그리고 안절부절 못하고 이리저리 내달리는 사람들의 발소리가 들렸다. 오티즈는 전에도 몇 번 이런 광경을 목격한 적이 있기에 안 보고도 사태를 능히 짐작할 수 있었다. 도시가 불타는 것을 보고 시민들이 밖으로 뛰어나와 갈팡질팡하고 있는 것이었다.

오티즈는 칼을 칼집에서 천천히 뽑았다. 뒤에 있는 기병들도 그를 따라 칼을 일제히 뽑았다. 그러자, 쇳소리가 쨍 하고 날카롭게 났다. 그가 고삐를 조금 느슨히 쥐자, 말이 한 걸음 앞으로 내디뎠다. 그 뒤의 기병들도 따라 움직이기 시작했다. 오티즈는 말 옆구리를 찔러 조금 속력을 내어 걸었다. 그의 뒤를 따르는 기병들의 말발굽 소리가 마치 북소리처럼 울려 퍼졌다. 속보는 이내 구보로 바뀌며 그들은 돌밭을 가로질러 뛰어나갔다. 지금이 중요한 순간이었다. 기습 작전이 민첩하게 수행되면 적의 허를 찔러 천 명의 숫자로 열 배가 넘는 인구를 제압할 수 있었다. 선제 공격의 공포, 바로 그것이 자유인을 노예로 바꿔 놓을 것이었다.

그는 달리면서 왼편에서 움직이는 보병들의 전열을 점검했다. 저 앞쪽 검은 선으로 보이는 언덕 위로 떠오르는 태양의 첫 햇살이 떨어졌다. '바로 지금이다!' 하고 그는 속으로 외쳤다. 이제는 돌이킬 수 없다고 생각했다. 승리 아니면 패배일 수밖에 없었다. 그는 달리는 말 위에서 참을 수 없는 기쁨을 만끽하고 있었다. 오티즈는 이글거리는 눈으로 입가에 미소를 띠더니 칼을 번쩍 쳐들었다. 그리고 전 속력으로 달리면서 외쳤다.

"돌격!"

윈드싱어는 불타고 있었다. 하노 헤스는 호스를 들고 불길을 향해 물을 뿌리고 있었고 보우맨과 케스트렐은 열심히 펌프질을 하여 물을 공급했다. 하지만 불은 벌써 단 있는 데로 옮겨 붙고 있었다. "불이야!" 하는 외침이 도시 전체로 퍼져 나갔다. 아이라 헤스와 핀토는 거리를 뛰어다니며 집집마다 문을 두드려 사람들을 깨웠다. 잠옷 바람의 사람들이 원형 극장으로 몰려들기 시작했다. 케스트렐은 펌프질하면서도 "안 돼! 안 돼!" 하고 소리치며 눈물을 흘렸다. 보우맨은 윈드싱어를 보면 자기도 울음이 나올 것 같아 그쪽으로는 아예 고개를 돌리지 않았다.

하노가 열심히 물을 뿌린 덕에 불은 다행히 꺼졌지만 반쯤 탄 윈드싱어는 아직도 쉿 소리를 내며 연기를 내뿜고 있었다.

"계속해서 펌프질해!" 하노가 외치며 건물에 옮겨 붙은 불 쪽으로 호스 꼭지를 돌렸다. 하지만 케스트렐은 이미 펌프를 떠나 윈드싱어를 기어오르려 하고 있었다.

"케스트렐, 조심해!"

그 순간 아버지의 목소리는 사람들의 비명 소리에 묻혀 버렸다. 수많은 사람들이 갑자기 원형 극장 안으로 밀려들었다. 그 뒤를 쫓아 말발굽 소리를 요란하게 울리며 칼을 빼든 매스터리 기마대가 극장 안으로 뛰어들었다. 넘어지거나 뒤를 돌아본 사람들은 여지없이 기마대가 휘두르는 칼에 목이 잘려 나갔다. 부상을 입거나 죽어 넘어진 시민들은 말발굽에 짓밟혔다. 기마대 뒤를 따라 진격해 온 보병들은 짧은 창으로 피흘리며 쓰러져 있는 사람들을 잔인하게 찔러 죽였다. 사람들은 극장을 가로질러 바다 쪽으로 도망쳤다.

케스트렐은 윈드싱어에 매달려 있었다. 다행히 검은 옷을 입은 덕분에 침략자들의 눈에 띄지 않았다. 아직도 윈드싱어는 뜨거웠기 때문에 팔다리가 뜨거운 열기로 고통스러웠지만 옴짝달싹할 수가 없었다. 케스트렐은 숨조차 제대로 못 쉬면서 밑에서 벌어지는 살육 현장을 지켜보았다. 아버지와 보우맨이 사람들에 떠밀려 도망치는 모습이 보였다. 부상을 입고 신음하는 사람들에게 다가선 보병들이 냉정하게 창으로 찔러 죽이는 모습도 목격했다. 아침 햇살 속에 말을 타고 지나가는 침략자 우두머리의 얼굴도 똑똑히 보았다. 잘생긴 얼굴에 황갈색 머리를 치렁치렁 늘어뜨린 그는 매의 눈처럼 매서운 눈매를 갖고 있었다. 케스트렐은 그 얼굴을 뚫어지게 바라보았다.

 나의 원수, 너를 결코 잊지 않을 것이다.

 병사들이 그 장소를 뜨자, 야외 극장에는 고요가 찾아왔다. 케스트렐은 윈드싱어의 목구멍 속으로 손을 집어넣었다. 목구멍은 쇠로 되어 있어 손이 닿기만 해도 뜨거웠다. 손가락의 감각만으로 목청을 찾아 그것을 빼내는 순간 너무나 뜨거워 그만 놓치고 말았다. 땅에 떨어진 목청을 따라 케스트렐도 밑으로 기어 내려왔다. 오른손가락 끝이 찢어져 피가 나고 있었다. 케스트렐은 식은 목청을 왼손으로 집어 얼른 주머니 속에 넣었다.

 사방이 요란한 소리를 내며 불타고 있었다. 불이 뿜어 내는 열기 때문에 공기는 몹시 뜨거웠다. 원형 극장 자체는 돌로 만들어졌으므로 별로 탈 것이 없었지만 그 뒤로 불덩이들이 치솟고 있었다. 케스트렐은 어디로 가야 좋을지 알 수가 없었다.

 도시 외곽까지 밀려 나온 시민들은 불타는 도시와 바다 사이의 넓은 지역에 서서 우왕좌왕하고 있었다. 매스터리의 보병들이 그들을 기다리고 있었다. 보병들은 칼을 뽑아 든 채 무서운 기세로 노려보고 있었지만 공격은 하지 않았다. 시민들은 잃어버린 가족 이름을 부르며 울기도 하고, 아직도 사태를 파악하지 못한 채 혼란스런 표정으로 두리번거리며 서성이고 있었다. 그들 사이에는

지도자도 없었고 조직도 없었다. 너무 갑자기 변을 당한 탓에 당황해할 뿐이었다.

오티즈는 말을 탄 채 만족스러운 얼굴로 앞으로 나서더니 곤혹스러워하는 시민들의 표정을 둘러보았다. 보급 대원들은 이미 수레에 물건을 가득 싣고는 도시를 빠져 나가고 있었다. 이제 포로들을 진정시키고 순종을 가르쳐야 할 시간이었다.

"너희를 죽이지는 않겠다! 내 명령에 복종하면 목숨은 살려 주겠다!"

말을 탄 군인들이 군중 사이를 돌아다니며 같은 말을 반복해 외쳤다.

"제자리를 지키고 있으면 목숨은 살려 주겠다!"

오티즈는 원숭이 차를 앞으로 불러 냈다. 부하들은 군중 한가운데 원숭이 차를 내려놓고는 말을 풀었다. 왜 그 철창에 원숭이 차라는 이름이 붙었는지 시범을 보이기 위해 오티즈는 포로 중 적당한 희생자를 물색했다.

하노 헤스는 케스트렐을 제외한 모든 가족과 만날 수 있었다. 도시 쪽으로는 접근할 수 없게 병사들이 지키고 있었다. 하지만 병사가 없다 해도 불길이 워낙 강해서 감히 다가갈 수 없었다. 케스트렐이 무사하기를 기원하는 것 말고 다른 도리가 없었다. 주위에는 부상자들이 수없이 많았다. 자기 목숨부터 지키고 옆 사람들을 돕는 것이 우선이었다.

말 탄 병사가 지나가며 외쳤다.

"명령에 복종하면 목숨은 살려 주겠다!"

"핀토야, 피 나는구나. 괜찮니?"

"괜찮아요, 아빠." 핀토가 떨리는 목소리로 대답했다. "내 피가 아녜요."

"누구 케스 본 사람 없소?"

아이라 헤스는 보우맨 얼굴을 쳐다보았다. 그는 두 눈을 감고 자기의 쌍둥이 형제를 찾아 헤매고 있었다.

케스, 내가 느껴지니?

그는 고개를 저었다.

"만약 무슨 변이라도 당했다면—?"

"예, 제가 알 거예요."

핀토는 자기 아버지 마슬로 인치와 함께 서 있는 멈포를 발견했다.

"저기 멈포 오빠가 있어요. 오빠도 무사해."

마리어스 시미언 오티즈도 늘씬하게 빠진 말 위에 앉아서 핀토와 같은 방향을 쳐다보고 있었다. 그는 흰 가운을 입은 키 큰 사나이를 눈여겨보고 있었다. 한때 아라맨스의 최고 권력자였던 마슬로 인치, 이제 그로부터 예전의 위엄은 찾아볼 수 없었다. 대변혁을 겪고 나서부터 자신감을 잃고 비실비실하더니 최근에는 외아들에게 전적으로 의지하며 살고 있었다. 그에게 남은 것이라곤 예전에 최고 권력자의 상징으로 입던 흰 가운과 훤한 신수뿐이었다. 기는 꺾이고 마음은 혼란스러워졌어도 겉모습은 아직 멀쩡했다. 그 모습이 오티즈의 눈에 띈 것이었다.

오티즈가 손가락을 들어 그를 가리키자, 부하들이 마슬로 인치에게로 가서 그의 팔을 한쪽씩 붙잡았다. 말리려다 밀려 쓰러진 멈포에게 기마병이 다가와 내려다보며 칼을 흔들어 보였다. 마슬로 인치는 자기에게 무슨 일이 닥칠지 모르는 듯 웃으며 끌려 나갔다.

"아들아, 걱정 말아라. 무슨 일이 있기야 하겠니?"

멈포는 그 뒤를 따라 나섰다. 하노 헤스를 비롯한 몇 사람도 그 뒤를 따랐다. 병사들은 마슬로 인치를 철창 안에 넣고는 자물쇠를 채웠다. 멈포는 불안한 눈으로 하노 헤스를 바라보았다.

"저들이 뭘 하려는 수작일까요?"

하노는 생각하기도 싫다는 듯이 고개를 흔들었다.

"내 명령에 순종해야 할 것이다!"

오티즈는 제자리를 맴도는 말 위에 앉아 소리쳤다.

"질문을 해서도 안 되고, 늑장을 부려서도 안 될 것이다. 누구든 불복할 경우—" 그가 철창을 가리키며 말했다. "이자가 대신 죽임을 당하게 될 것이다."

오티즈는 사람들이 웅성거리는 모습을 둘러보았다. 그의 말이 퍼져 나가고 있었다. 그것은 좋은 징조였다. 두려움이 그들을 주의 깊게 만든 것이었다. 그가 괜히 하는 말이 아니라는 것을 보여 줄 필요가 있었다. 조금도 망설이지 않고 냉혹하게 행동할 때 전 도시를 통치할 수 있다고 그의 군주께서 가르쳤다. 이제 희생자를 찾아냈으니 구실만 찾으면 가차없이 실행에 옮길 작정이었다.

멈포가 그러한 오티즈의 마음을 읽을 리 없었다. 그의 머리 속은 사랑하는 아버지가 위험에 빠졌다는 생각으로 꽉 차 있었다. 칼을 빼들고 멈포를 위협하던 기병이 다른 쪽으로 가자, 멈포의 두려움은 분노로 바뀌었다. 그는 워낙 앞뒤 안 가리는 성격이었다. 아버지를 구할 수 있다면 자기는 죽어도 좋았다. 멈포는 철창 쪽으로 가서 쇠창살을 두 손으로 쥐고 흔들며 소리쳤다.

"풀어 줘!"

오티즈는 말을 돌려 그쪽을 바라보았다. 그는 칼로 멈포를 겨누며 명령했다.

"물러서라!"

"내 아버지란 말야! 풀어 줘!"

멈포는 그러한 상황에서는 어떻게 행동해야 하는지 파악하지 못하고 느끼는 대로 행동할 뿐이었다.

마슬로 인치는 쇠창살 사이로 손을 뻗어 멈포의 뺨을 어루만졌다.

"내 아들아."

마슬로 인치가 자랑스러운 듯이 말했다.

오티즈는 자기 명령에 불복한 상황이 일어난 것에 대해 내심 쾌재를 부르고 있었다.

"경고했었지? 이제 본때를 보여 주겠다."

오티즈가 신호를 보내자, 부하 한 명이 횃불을 들고 앞으로 나섰다. 기름에 적신 나무가 가득 담겨 있는, 쇠로 된 통이 철창 밑에 놓여 있었다. 나무에 불을 붙이자 연기가 철창 바닥의 쇠창살 사이로 피어 오르기 시작했다. 사람들은 그제서야 철창 안에 갇혀 있는 마슬로 인치의 운명을 짐작하고는 경악했다.

"입을 닥쳐라!" 오티즈가 명령했다. "입을 놀리는 자의 숫자대로 잡아다 불태워 죽이겠다."

아라맨스 시민들은 당장 입을 다물었다. 복종 안 하고 어쩌겠는가? 자기 목숨을 아끼지 않는 용감한 자들이라 할지라도 다른 사람의 목숨을 잃게 할 수는 없었다. 쇠통의 나무에 불이 훨훨 타오르자 마슬로 인치는 뜨거움을 견디지 못하고 철창을 기어오르기 시작했다.

오티즈는 익숙한 모습으로 그 광경을 지켜보고 있었다. 보기 좋은 모습은 아니지만 필요한 과정이라고 생각하면서. 포로들을 매스터리에 노예 신분으로 입성시키기 전에 철창 속에서 누군가 죽는 모습을 보여 주어야 했다. 그것은 군주의 명령이기도 했다.

마슬로 인치는 원숭이 흉내를 별로 오래 내지도 못했다. 흰 가운에 불이 붙자 바닥에 떨어져 소리 한번 제대로 지르지 못하고 잠잠해졌다. 하지만 불길이 내뿜는 소리 하나로 족했다. 오티즈는 포로들의 창백한 얼굴을 보며 그들이 앞으로 감히 자기에게 대들지 못할 것이라고 확신했다.

조용히 흐느끼는 소리와 함께 풀썩 하는 소리가 났다. 자기의 명령을 따르지 않았던 젊은이가 쓰러지며 낸 소리였다. 그 옆에 서 있는 사람들은 감히 도우러 나서지 못하고 있었다. 그는 혼절한 상태로 누워 있었다. 오티즈는 그를 눈감아 주기로 했다. 이제 고향으로 돌아갈 준비를 해야 할 시간이었다.

"아라맨스의 시민들이여," 오티즈는 아직도 충격에서 헤어나지 못하고 창백한 얼굴로 서 있는 군중을 보고 외쳤다. "너희들의 도시는 멸망했다. 너희의 자유도 이제는 끝났다. 너희는 이제부터 매스터리의 노예다."

보우맨은 불타는 도시 안에서 케스트렐의 자취를 찾기 위해 꼼짝않고 서 있었다. 그는 불길이 내는 소리를 들을 수 있었고 연기 냄새를 맡을 수 있었다. 그는 아직도 체온이 가시지 않은 시체들로부터 그들이 내지른 마지막 절규를 마음으로 읽을 수 있었다.

엄청난 고통과 손실, 슬픔이 연기로 뒤덮인 파멸 속에 묻혀 있었
다. 그는 그것들을 느낄 때마다 괴로운 듯 몸을 뒤틀었다. 갑자기
한 병사가 보우맨의 소매를 난폭하게 잡아끌었다. 눈을 뜨고 돌아
보는 순간 저 멀리 다 타고 남은 기둥 옆으로 그림자 하나가 휙 스
쳐 지나가는 모습이 보였다. 열기 때문에 모든 것이 굴절돼 보였
지만 케스트렐의 모습을 못 알아볼 보우맨이 아니었다. 살아 있구
나! 그 사실 하나로 족했다.

　병사들은 노예들을 줄 세우기 시작했다. 보우맨도 이리저리 끌
려 다니고 있었으나 전혀 상관하지 않았다. 케스트렐이 살아 있다
는 사실 하나만으로도 앞날에 희망이 보이는 듯했다. 그를 자기의
다른 반쪽과 떼어놓기 위하여 적은 둘이 연결돼 있는 끈을 마치
활시위 당기듯 팽팽히 잡아당기고 있었다. 하지만 그들 사이는 쉬
끊기지 않을 것이다. 잡아당긴 줄은 퉁기게 마련이었다. 그러면
사냥꾼이 되려 사냥당할 차례가 올 것이다. 활시위에 퉁겨 화살은
날아가고 말 테니까.

일기 시작하는 바람

케스트렐은 하루 종일 도시가 화염 속에 뒤덮여 타는 동안 시커멓게 변한 윈드싱어 옆을 지키고 있었다. 밤이 되어 공기가 차가워지자 불길이 사그라들기 시작했다. 그제서야 케스트렐은 9단계의 발코니를 걸어 올라가 원형 극장 밖으로 발을 내디뎠다. 살아남은 자가 있는지 찾아보기 위해서였다.

아라맨스는 더 이상 존재하지 않았다. 아직까지도 타고 있는 오렌지 빛깔의 불길이 밝혀 주는 거리에는 죽어 널브러진 시체들이 즐비했다. 새들이 그 위로 날아와 앉아 깍깍거리고 있었다. 케스트렐은 걸으며 조용히 소리쳐 보았다. 아무런 반응이 없었다. 더 크게 소리 질러 보았지만 응답하는 사람은 아무도 없었다.

아라맨스의 초대 왕, 크리오스 1세의 석상은 까맣게 그을린 채 서 있었다. 분수는 더 이상 물을 뿜어내지 않았지만 물 웅덩이 속에 물은 남아 있었다. 케스트렐은 손을 저어 물 위를 떠다니는 재를 치우고 나서 한 모금 마셔 봤다. 물 맛은 썼지만 억지로 많이 마셔 두었다.

케스트렐은 살던 집이 있는 건물로 가 보았다. 지붕은 날아가 버린 채 아직도 타고 있었다. 층계가 무너져 내린 탓에 집까지 올라가는 것은 불가능했다. 아래에서 자기 방이 있던 곳을 올려다보니 검은 뼈대만이 앙상하게 남아 밤하늘을 찌르고 있었다.

발에 무엇인가 걸려 자칫 넘어질 뻔해서 보니 죽은 여자의 시체였다. 엎드린 채 있었지만 듬직한 등을 보니 누군지 알 것 같았다. 예전에 오렌지 구역에 살 때 이웃에 살았던 블레시 부인이었다. 그녀는 아들 루피가 시를 써서 받은 메달을 움켜쥐고 있었다. 케스트렐은 그 메달을 잘 기억하고 있었다. 블레시 부인은 그것을 언제나 몸에 지니고 다니며 사람들에게 자랑하곤 했다. 시의 내용도 기억이 났다. '미소를 기다리며'라는 제목의 시였는데, 남들이 먼저 미소 짓기 전에 미소 짓는 것을 수줍게 생각하는 아이에 대한 내용이었다. 케스트렐은 따분한 공부벌레 루피 블레시 같은 아이한테서 어떻게 그런 시상이 나왔을까 하고 신기해했다. 루피의 어머니는 그 시를 이해하지도 못하면서 하도 메달 자랑을 하고 다녀 아들이 되려 부끄러워했다.

케스트렐은 그 메달을 블레시 부인의 손에서 살그머니 빼내 주머니 속에 넣었다.

루피 블레시는 지금 어디 있을까? 모두들 어디에 있단 말인가?

보우, 어디 있니?

대답이 없었다.

갑자기 현기증이 나며 쓰러질 것 같았다. 두 눈을 감자 암흑이 그녀를 온통 휘감았다.

눈을 떠 보니 아침이었다. 일어나서 여기저기 쑤시는 팔다리를 흔들고는 아직도 연기가 피어 오르는 길을 억지로 걸어갔다. 온통 폐허가 된 도시를 지나 평원 쪽으로 향했다. 걷기 시작하자, 기운이 조금 나는 것 같았다. 차가운 바닷바람이 얼굴을 때렸다. 배가 고팠다. 케스트렐은 스스로에게 물어 보았다.

왜 우리에게 이런 일이 일어난 것일까?

케스트렐은 다 타버리고 껍데기만 남은 고향을 다시 한 번 돌아 보며 이곳은 앞으로 두번 다시 예전으로 돌아갈 수 없을 것이라고 생각했다. 막상 없어지고 나자, 아라맨스가 그리워 견딜 수가 없었다. 마음에 꼭 들지는 않았지만 그래도 그녀의 고향이 아니었던가?

도대체 우리에게 이런 짓을 한 자는 누구란 말인가?

긴 머리를 늘어뜨린 교만해 보이던 젊은이의 얼굴이 떠올랐다.

너는 누구냐? 왜 우리를 그토록 미워하는 것이냐?

그들의 공격은 너무나 잔인하고 비열했다. 케스트렐은 속이 다 찢겨 나가고 껍데기만 남은 기분이었다. 누군지 알 수 없는 그들은 아라맨스 시민 모두를 멸종시키려는 의도로 공격을 해 왔고, 실제로 멸종시켰다고 해도 과언이 아니었다. 원형 극장에서 나온 뒤로 살아 있는 목숨을 구경해 보지 못했다. 그 적은 케스트렐마저 죽이려 했다.

왜?

갑자기 마음속에 강한 투지가 불타 오르기 시작했다. 적에 맞서 싸우고 싶다는 투지가 끓었다.

네놈들은 결코 나를 없애지 못할 거야!

케스트렐은 남쪽에서 물결치는 잿빛 바다를 바라보았다. 그리고 멸망한 아라맨스를 다시 한 번 돌아보고 나서 동쪽으로 발걸음을 옮기기 시작했다. 살인마들, 도시 방화범들이 그쪽으로 가는 것을 보았기 때문이었다. 해안 지역에 자라는 뻣뻣한 풀들이 짓밟힌 자국이 한 줄로 나 있었고 멀지 않은 곳에 버려진 시체들도 보였다.

케스트렐은 그들의 행로를 뒤쫓아갈 뿐이었다. 식구들은 이미 죽었는지도 몰랐다. 아라맨스도 전멸했을 수 있었다. 하지만 적은 살아 있을 것이다. 그 이유 하나만으로 불타 버린 도시에서 살아남았다. 그 이유 하나만으로 절대 죽지 않을 것이다.

꼭 복수하고야 말 테다.

그 생각 하나가 물이 돼 주고 음식이 돼 주었다. 피로와 열정에 취해 케스트렐은 하늘을 향해 두 손을 뻗은 채 정체를 알 수 없는 적을 향해 소리쳤다.

"네놈들을 쫓아가겠다! 너희를 찾아서 멸망시키겠다고 맹세하노라!"

첫날 하루 종일 걸으면서 아라맨스 시민들은 등뒤로 폐허가 된 고향으로부터 피어 오르는 연기를 볼 수 있었다. 그들은 너무나 가슴이 아파 고개를 돌리지 않으려고 애쓰다가도 어쩔 수 없이 몇 번이고 돌아보면서 울고 또 울었다. 하지만 그곳이 콩알만하게 보일 때쯤 해서는 눈물도 메말라 버렸고 두번 다시 돌아보지도 않았다.

보우맨도 가족과 함께 걷고 있었지만 수시로 변하는 주위 환경에 신경 쓸 겨를이 없었다. 그의 마음은 온통 케스트렐을 찾는 데 집중돼 있었다. 하지만 아무런 반응이 없었다.

오티즈는 포로 행렬과 반대 방향으로 말을 타고 천천히 걸어 내려갔다. 그가 다가오는 것을 눈치챈 보우맨은 마음의 세계로부터 깨어나 그에게 초점을 맞추었다. 그야말로 자기로부터 케스트렐을 비롯한 모든 것을 앗아간 장본인이었다. 보우맨은 말 위에 앉은 긴 머리의 사나이의 마음을 꿰뚫어보기 위하여 그에게 정신을 집중했다.

오티즈는 자기를 바라보는 젊은 노예를 의식했다. 순간 두 사람의 눈이 마주쳤다. 하지만 그는 더 이상 신경 쓰지 않고 지나쳤다. 노예들은 지나가면서 으레 모두 자기를 쳐다보았다. 말을 하지는 않지만 자기를 증오하고 있을 게 분명했다. 함부로 행동하다가는 벌받을 것이 두려워 대들지 못하고 있을 뿐이라는 사실을 그도 알고 있었다. 하지만 보우맨을 지나치고 나서 곧 그 젊은이가 자기를 보던 눈매가 예사롭지 않다는 생각이 들었다. 오티즈는 고개를 갸우뚱하면서 앞으로 계속 나아갔다. 그 젊은이가 자기를 보던 눈빛은 포로나 노예의 것이 아닌, 대등한 인격을 가진 자의 눈빛이었다. 두 눈이 마주친 순간 그 젊은이는 자기 마음을 읽어 버린 것 같았다. 도대체 무엇을 읽었을까? 오티즈는 야망에 불타는 행동파 사내였으므로 자기를 돌이켜보는 일 따위에는 관심조차 없었다. 하지만 이번에는 달랐다. 왠지 마음에 걸렸다.

그는 말을 돌려 보우맨 쪽으로 다가가서는 칼집으로 보우맨의 어깨를 건드리며 물었다.

"네 이름이 무엇이냐?"

"보우맨 헤스요."

오티즈는 포로 행렬과 보조에 맞춰 걸으며 물었다.

"너는 왜 나를 그런 눈으로 보느냐?"

보우맨은 아무 말 하지 않고 다시 한 번 그의 눈을 똑바로 쳐다보았다. 이번에는 오티즈가 보우맨의 눈을 똑바로 쳐다보았기 때문에 그의 마음을 좀 더 깊이 꿰뚫을 수가 있었다. 오티즈는 마치 무엇에 찔리기라도 한 듯이 출발했다. 그는 얼른 눈을 돌리고는 말을 몰아 달려나갔다.

감히 놈이 어떻게! 그는 행렬 앞쪽으로 달려나가며 생각했다. 너무나 당황하여 확실히 뭐라고 말할 수는 없지만 직감적으로 가슴에 와 닿은 느낌은 보우맨 헤스라는 노예가 자기 마음을 꿰뚫어 본다는 사실이었다.

노예들은 줄로 묶이지는 않은 채 이동했다. 어떻게 무리를 지어 가든 상관하지 않았다. 하지만 이동 속도가 매우 빨랐기 때문에 아이들과 노인들로서는 힘겨울 수밖에 없었다. 그래서 건장한 젊은이들은 차례로 노약자들을 업어 주었다. 그들이 단순히 친절해서 그런 것이 아니었다. 행렬을 쫓아오지 못하는 사람들은 뒤에서 따라오는 말 탄 기병들에 의해 가차없이 죽임을 당했기 때문이었다.

그 중에서도 가장 무거운 사람을 업고 가는 젊은이는 멈포였다. 그는 전에 자기를 키워 준 치리시 부인을 업고 걸었다. 치리시 부인은 늙어서가 아니라 너무 뚱뚱했기 때문에 보조를 맞춰 걸을 수가 없었다. 멈포가 등을 들이밀 때마다 치리시 부인은 이렇게 말했다.

"네 짐이 되고 싶지 않단다."

멈포는 불평하지 않았다. 피곤해하지도 않았다. 하지만 그의 얼굴에서는 미소를 찾아볼 수 없었다. 그는 남이 말을 걸기 전에는 입을 열지 않았고 대답을 할 때에도 마음은 마치 먼 곳에 있는 듯했다. 그는 아버지를 죽음으로 몰아넣은 자신을 용서할 수 없었다.

"하지만 오빠, 놈들이 한 짓이지 오빠 잘못이 아니야." 핀토가 위로했다.

"놈들에게 구실을 준 것은 나야."

"오빠 잘못이 아니야."

"아버지는 나를 필요로 하셨는데, 이제 돌아가시고 말다니……"

핀토는 멈포를 위로하려고 갖은 애를 다 썼으나 아무런 도움도 줄 수 없었다. 멈포는 아버지만 잃어버린 것이 아니었다. 케스트렐마저 잃어버렸다. 멈포가 이중으로 마음의 상처를 받고 괴로워하는 것을 핀토는 잘 알고 있었다. 그들은 케스트렐이 아직 살아 있다고 주장하는 보우맨의 말에 희망을 걸 뿐이었다.

"케스트렐은 꼭 우릴 찾아올 거야." 보우맨이 말했다.

매일 밤 모두 돌밭에 쓰러져 잠을 청할 때에도 보우맨은 혼자서 두 눈을 활짝 뜨고 앉아 마음으로 케스트렐을 찾아 헤맸다.

아이라 헤스는 발에 물집이 생겨 제대로 걸을 수가 없었다. 그녀는 절뚝거리며 자기들을 인솔하는 병사를 향해 혼자 입 속으로 투덜거리며 욕했다.

"폭시커 어더벅! 호깅 퐁고!"

병사들이 그녀의 말을 듣지 못했기 때문에 벌을 내리지 않아서 좋았지만 반응이 없으니 싱겁기도 했다. 그러나 아이라는 결국 발의 통증 때문에 치미는 울화를 참지 못하고 소리를 꽥 지르고 말았다. 하지만 감히 욕을 내뱉을 수는 없었다.

"거인이시어! 위대하심이여! 바람이 불면 넓적다리 한 짝이 삐걱거리는 떡갈나무만 하십니다!"

"이 여자가 뭐라는 거야?"

"당신의 아름다움은 멋모르는 자의 혼을 빼 놓을 것입니다! 당신의 빛나는 두 눈에 현혹되어 곤충같이 윙윙거리며 몰려들 것입니다!"

"못 들은 척하세요. 미친 여자예요."

"당신의 콧구멍으로부터 생산되는 물질은 은혜받은 자의 궁둥이에 바르는 귀중한 연고로다!"

다음날이 되자, 포로들의 태도에 변화가 일기 시작했다. 음식은 특별하지는 않았지만 그런대로 먹을 만하다고, 행군 속도도 힘들긴 했지만 견딜 만하다고 생각하게 되었다. 대열에서 벗어나거나 도망하려는 자들도 없어졌다. 사람들은 새로운 질서에 점차 익숙해져 갔으며, 그들 사이에는 새로운 우정도 싹트기 시작했다.

"이보게 젊은이." 멈포 뒤에서 누군가가 말을 걸었다. "그 아주머니를 내가 좀 업어 드리겠네. 자네도 좀 쉬어야지."

뒤돌아보니 다름 아닌 아라맨스 황제였던 크리오스 6세였다. 그는 고된 행군에도 불구하고 기운이 넘쳐 보였다.

"괜찮습니다. 저 혼자서 할 수 있습니다."

"그러지 말게나. 내 등도 자네 등만큼 든든하다네."

크리오스 황제가 쉽게 포기하지 않을 것을 안 멈포는 치리시 부인을 땅에 내렸다.

"아주머니, 그래도 괜찮겠어요?"

"짐이 되고 싶지 않아." 치리시 부인이 말했다. "내 빨리 걸을 수만 있다면 차라리 걸을 텐데."

"자 부인, 내 등에 업히시오."

멈포도 잠깐 쉬는 것이 싫지는 않았다. 그리하여 멈포와 크리오스는 번갈아 가며 치리시 부인을 업어 주면서 친해지게 되었다. 멈포는 한때 황제였던 사람이 뜻밖에 소박한 것을 보고 무척 놀랐다. 그는 배급 주는 음식도 불평하지 않고 잘 받아 먹었으며 불편한 잠자리도 전혀 개의치 않았다.

"황제시라 보통 사람들보다 더 힘들어하실 줄 알았는데요." 멈포가 말했다.

"아, 그건 다 끝난 예전 이야기야. 나는 이제 자네와 똑같은 신세라네."

알고 보니 그는 오래전부터 평민으로 살고 싶어했다. 아라맨스에 큰 변화가 오고 나서 그는 사람들에게 앞으로는 황제가 필요없을 테니 자기는 평민으로 살고 싶다고 말했다. 하지만 먹고 살아갈 어떤 재주도 없었기 때문에 형식뿐인 황제 자리로 되돌아갈 수밖에 없었다. 동네 퍼레이드나 고등학교 졸업식 등에 명사 자격으로 참석했던 황제는 그 대가로 돈을 요구하지는 않았지만 행사 뒤에는 잔치가 있었으므로 잘 얻어먹을 수 있었다. 그는 바구니를 들고 가서 남은 음식을 싸 들고 와 사람들의 초대가 없을 때에는 그것으로 끼니를 때우며 살았다는 것이다.

이제 노예가 된 황제는 시키는 일만 하고 주는 것만 받아먹으며 걷기만 하면 되었다.

"이 생활이 간단해서 좋다네." 그는 멈포에게 말했다.

크리오스는 자연히 헤스 가족과도 가까워졌다. 붙임성이 있어 누구나 그를 좋아했다. 심지어 그는 병사들에게까지 친절하게 대했다.

"저 사람들도 개인적으로 보면 사는 것이 어디 쉽겠니?"

"그래도 놈들은 살인마들이에요." 핀토가 외쳤다. "난 그들을 증오해요."

"저도요." 멈포가 말했다. "난 놈들을 다 죽여 버리고 말겠어요."

착하고 사람 좋은 멈포가 그런 말을 서슴지 않고 하는 것이 어쩌면 이상하게 들릴 수도 있었다. 하지만 그는 지난 며칠 사이에 불 같은 집념을 갖게 되었다. 아버지의 죽음에 대한 죄책감과 비탄이 단순하면서도 강렬한 열망을 낳게 한 것이었다. 그는 아버지를 죽인 원수들에게 자기가 겪은 것과 똑같은 괴로움을 맛보게 할 작정이었다.

"자네, 사람 죽이는 일을 잘 하나?" 크리오스가 물었다.

"몰라요. 해 본 적은 없어요." 멈포가 대답했다.

"그것도 재주가 있어야 해." 크리오스는 손에 보이지 않는 칼을 쥐기라도 한 듯이 찌르고 자르는 모습을 해 보이며 말했다. "나도 어렸을 때에는 배웠는데 이젠 다 잊어버렸어."

"오빠는 잘할 수 있어요." 핀토가 끼어들었다. "오빠가 얼마나 힘이 센데요. 오빠는 누구든지 잘 죽일 거예요."

하노 헤스가 그 소리를 듣고 한마디 했다.

"멈포는 그런 무모한 짓을 하지 않을 거야. 앞으로 그 누구도 더 이상 원숭이 철창 안에서 희생돼서는 안 돼."

멈포는 땅을 쳐다보며 침묵했다. 핀토는 얼굴을 붉혔다.

"그럼 우린 아무 것도 할 수 없다는 말씀이세요?"

"우리 모두가 한꺼번에 모든 것을 할 수 있을 때까지 그 누구도 아무 짓도 해서는 안 된다는 말이야."

행진을 시작한 지 사흘째 되던 날 밤, 아이라 헤스는 또 꿈을 꾸었다. 그녀는 이번에는 비명을 지르면서 깨어났다. 하노는 아내를 안고 마음을 진정시켰다.

"빨리!" 울면서 아이라가 말했다. "서둘러요! 바람이 일기 시작한단 말예요!"

아이라는 꿈에서 깨어나 마음의 안정을 찾은 후에도 너무 기운이 없어 한동안 말조차 하지 못했다. 그러더니 숨을 천천히 내쉬면서 말했다.

"여보, 내가 개꿈을 꿨다고 말해 줘요."

"악몽이었던 모양이오."

"우리가 집으로 가고 있었는데 바람이 일기 시작했어요. 무시무시한 바람이 모든 것을 삼켜 버릴 듯했어요. 빨리 집으로 피해야 살 수 있는데 당신하고 아이들이 빨리 오지 않는 거예요. 서두르라고 내가 그렇게 소리치는데도 안 듣고. 당신은 도대체 왜 그런 거예요?"

"이제는 괜찮아. 다 꿈이야."

아이라는 마치 위안을 받으려는 듯이 남편의 자상한 얼굴을 들여다보았다. 하지만 그의 얼굴에는 근심이 가득 차 있었다.

"나는 예언가가 아녜요. 정말로 아니에요."

"그래, 당신 말이 맞아."

하지만 하노는 그날 보우맨을 보자마자, 아이라의 꿈을 들려주며 자기 의견을 덧붙였다.

"어쩌면 이것이 우리 여정의 시작인지도 모르겠다. 생각했던 것보다 우리에게 시간이 없는지도 모르겠어."

"하지만 우리는 지금 포로 신세인 데다 어디로 가는지조차 모르잖아요?"

"엄마는 알고 있어. 엄마에게는 특별한 능력이 있단다. 그것을 나는 오래전부터 알고 있었어." 그는 아들의 손을 끌어다 입을 맞추며 말했다. "아마 너도 알고 있었을 테지."

"예."

"우리는 눈을 똑바로 뜨고 귀를 기울여 무엇이든지 배워야 해. 어디로 끌려가든지 우리를 가두는 벽에는 문이 있고 자물쇠에는 열쇠가 있게 마련이지. 우리는 탈출할 수 있을 거야."

갑자기 명령하는 소리가 들렸다. 행군을 멈추라는 명령이었다.

"왜 멈추라는 거지?"

대낮이라 해는 하늘 높이 떠 있었다. 지난 사흘 동안은 밤이 될 때까지 하루 종일 걷게 했다. 하노는 얼른 주위를 둘러보며 가족이 곁에 있나부터 확인했다. 사람들은 땅에 주저앉아 아픈 발을 주무르고 있었다. 곧이어 커다란 냄비가 딸그덕거리는 소리가 났다. 아마 이른 저녁을 먹이려고 준비하는 모양이었다.

하노는 자기 일행을 불러모았다. 아내와 아이들 말고도 멈포와 치리시 부인, 양복장이 미코 미밀리스와 그의 가족, 크리오스, 그리고 양과자 전문 요리사인 스쿠치가 있었다. 그날 저녁으로 배급된 음식에는 아라맨스 스쿠치의 양과자 가게에서 약탈한 양과자가 들어 있었다. 스쿠치는 그것을 보자, 슬픈 표정을 지으며 고개를 가로저었다.

"오븐에서 갓 구워 나올 때는 입 안에서 슬슬 녹는데……." 그는 닷새 묵은 양과자를 한심한 얼굴로 쳐다보며 말했다. "이것은 돼지를 줘도 안 먹겠다."

"괜찮은데 뭐." 크리오스가 맛있게 먹으며 말했다. "맛있어요. 치리시 부인, 하나 더 드시겠소?"

"짐이 되고 싶지 않아요." 그녀는 두 개를 집으며 말했다.

갑자기 보우맨의 몸이 꼿꼿해지더니 고개를 바짝 쳐들었다. 저 멀리로부터 고통이 전해졌기 때문이었다. 조금 지나자 대열 앞쪽에서 비명 소리가 들려 왔다. 보우맨은 두 눈을 감고 그 고통의 원인이 무엇인지 알아보려 했다.

"피부, 피부가 타고 있어요."

잠시 후 모두는 그것을 눈으로 확인할 수 있었다. 병사들이 바퀴 달린 쇠 드럼통을 저 앞쪽에서 끌고 다니며 노예들에게 무슨 짓인가 하고 있었다.

보우맨은 두 눈으로 직접 확인하기 위해 자리에서 일어나 대열 앞쪽으로 걸어갔다. 보고 싶지 않았지만 봐야만 한다고 생각했다. 정복자들에 관한 것은 모두 알아두어야 했다. 나중에 케스트렐과 함께 적에게 복수할 때를 위해서……

한 여인이 비명을 지르며 발버둥치고 있었다. 한 병사가 그 여인의 머리를 몽둥이로 쳐 쓰러뜨렸다. 정신을 잃은 그 여자의 팔에 무엇인가 갖다 대자, 살 타는 냄새와 함께 연기가 피어 올랐다.

드럼통 안에서 석탄이 시뻘겋게 타고 있는 인두가 달구어지고 있었다. 병사들은 다음번 남자의 팔을 잡아 쥐고는 손목에 인두를 갖다 댔다. 그 남자의 고통이 보우맨에게 그대로 전해져 왔다.

"너! 네 자리로 돌아가!"

병사가 보우맨의 등을 떠밀었다. 보우맨은 자신의 일행이 있는 쪽으로 돌아오면서 말했다.

"금방 끝나요. 하지만 아플 거예요."

"나 상관 안 해." 핀토가 말했다.

하지만 인두를 든 병사들이 가까워 올수록 핀토는 부들부들 떨기 시작했다. 겉으로는 태연한 척했지만 이제 겨우 일곱 살 난 꼬마에 지나지 않았다. 보우맨은 동생을 안아 주고 싶었지만 그것을 허용할 핀토가 아니었다. 그래서 대신 아버지에게 제안했다.

"아버지, 우리 가족 기도해요."

하노 헤스가 그의 말뜻을 알아듣고는 양팔을 벌렸다.

"핀토, 가족 기도하러 들어와라."

핀토는 아버지의 품안에 안겼다. 보우맨도 그들을 부둥켜안았다. 핀토가 멈포를 불렀다.

"오빠, 오빠도 와서 기도해."

아이라 헤스는 낙인을 찍는 병사들을 증오에 찬 눈으로 쏘아보았다.

"용감하기도 하지." 아이라는 코웃음치며 말했다. "참 남자다운 짓들만 찾아 하는구나.”

“그만 하고 당신도 빨리 오구려.” 하노가 불렀다.

멈포도 주저하지 않고 그들 사이로 와서 같이 머리를 맞댔다. 우선 제일 나이 어린 핀토가 입을 열었다.

“많이 아프지 않기를 바래요.”

다음은 보우맨 차례였다.

“케스트렐이 우리의 품안으로 돌아오기를 바랍니다.”

핀토가 얼른 한마디 더 했다.

“나도요.”

다른 사람들이 말할 차례가 돌아오기 전에 낙인 찍는 병사들이 장비를 딸그락거리면서 다가왔다. 명단을 가진 병사가 하노의 이름을 적더니 그에게 번호를 주었다. 하노는 팔을 앞으로 내밀었다. 그리고 조용히 자기의 소망을 이야기했다.

“케스트렐이 안전하기를 바랍니다.”

시뻘겋게 달구어진 인두가 살을 지졌지만, 하노는 입을 꾹 다물고 아무 소리도 내지 않았다. 다음은 아이라 차례였다. 그녀도 팔을 내밀고 말했다.

“나의 소망도 너를 위한 것이란다, 케스트렐.”

멈포도 “케스트렐, 너를 위해”라고 말했다. 그는 인두가 자기 살을 태웠지만 눈 하나 깜짝 하지 않았다.

보우맨은 아무 말도 하지 않았다. 하지만 마음속으로 말했다.

케스, 사랑해.

다음은 핀토 차례였다. 핀토는 깡마른 팔을 내밀고 부들부들 떨었다. “아, 언니—” 인두가 팔에 닿자, 핀토는 비명을 질렀다. 하지만 두번 다시 울지 않았다.

　그날 밤에도 보우맨은 앉아서 마음속으로 케스트렐을 부르고 있었다. 낙인 찍힌 손목은 아직까지도 쓰렸다. 그는 겉으로는 내색하지 않았지만 속으로는 화가 나서 견딜 수가 없었다. 자기의 고향 아라맨스를 태운 것보다도 어린아이의 살을 태우는 행동을 용서할 수 없었다. 증오와 무력함 속에서 그는 예전에 했던 대로 다시 한 번 알 수 없는 어떤 힘에게 구원을 요청했다.

　누군지는 몰라도 예전에 저를 보살펴 주신 분이시여, 저를 다시 한 번 도와주소서.

　보우맨은 추운 밤을 지새며 곰곰 생각했다. 나는 도움보다도 힘이 필요하다. 우리를 없애려는 적을 물리치기 위해 내게 필요한 것은 힘이다.

　저를 보살펴 주는 분이시여, 파멸의 힘을 제게 내려 주소서.

나 비

사이린이라고 불리는 섬에서 세 사람이 흘러가는 구름 아래 높은 아치형 창문 사이에 서서 소리 없는 노래를 부른다. 가운데에 여자가 있고 양옆에 젊은 남자와 늙은 남자가 서 있다. 세 명 모두 맨발이고 모자를 쓰지 않았다. 모두 발목까지 오는 로브를 걸치고 허리에는 끈을 매고 있다. 그들이 부르는 노래는 졸졸 흐르는 시냇물, 나무를 흔드는 바람의 속삭임과 같았지만 그것에는 분명한 멜로디가 있어 선율은 꼬리에 꼬리를 물며 이어졌다. 그것은 미래에 대한 예지의 노래였다. 노래를 부르는 중에 그들의 마음은 선명해지고 감수성이 생겨 앞일을 내다볼 수 있었다.

그들은 대지 위에 잔인 무도함이 퍼지고 있는 것을 본다. 도시는 불타고 사람들은 행진한다. 울고 있는 젊은 여성, 쓰러져 죽은 노파의 모습이 보인다. 젊은이들의 마음 속에는 증오가 불타고 있고 살인 행위는 한동안 계속될 듯하다.

그들은 한 소년이 도움을 청하며 외치는 소리를 듣는다.

그들은 S자형 목청을 손에 쥐고 혼자 걷는 여자 아이의 모습도 본다. 그녀의 분노, 약점, 위험에 대해서도 느낀다.

그들은 노래를 끝낸다. 젊은 남자의 마음은 약한 자를 돕고 잔인 무도함을 없애기 위해 무엇인가 하고 싶다는 욕구로 가득 찬다. 노인은 젊은이의 욕구를 감지한다.

"자기들의 힘으로 방법을 찾게 내버려 둬야 해. 우리가 간섭해서는 안 돼."

노인이 말한다.

여인은 아무 말도 하지 않는다. 하지만 그날 나중에 뭍이 보이는 섬 끝 쪽으로 혼자 간다. 그곳에 도착하여 자리를 잡고 앉은 후, 눈을 뜬 채 꿈과 같은 세계로 몰입하며 고요함에서 더욱 깊은 고요함으로 빠져든다.

얼마 있자니 나비 한 마리가 춤추며 날아온다. 나비는 올리브나무에 잠시 앉아 날개를 접는다. 나비의 날개는 화려한 무지갯빛 파란색이다. 나비의 날개는 어렴풋이 가물거리는 바다를 배경으로 가을 햇살을 받아 빛난다.

나비는 날개를 파닥거리며 굽은 올리브 나뭇가지 밑으로 날아 내려가 그녀의 왼쪽 뺨에 앉는다. 그녀가 나비에게 뜻을 전하는 사이 나비는 꼼짝하지 않는다. 잠시 후 나비는 날개를 파르르 떨더니 어디론가 날아간다.

백만 개 눈의 즐거움

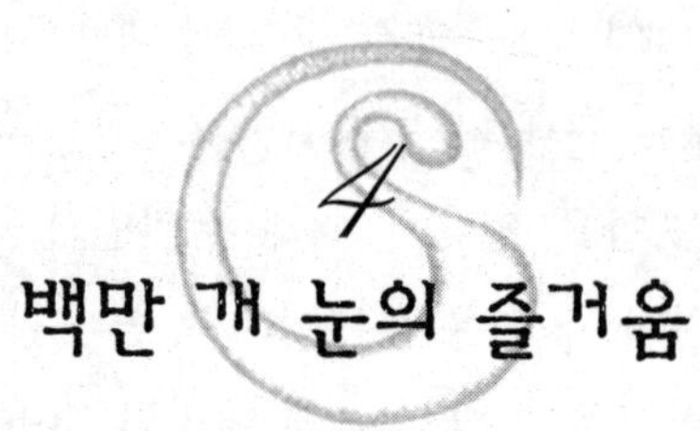

케스트렐은 뺨을 땅에 대고 팔다리를 뻗은 채 땅바닥에 엎드려서는 두 눈을 감고 몸에서 에너지파를 내보냈다.

보우맨, 어디 있니?

자신의 외침을 듣는다면 그는 응답해 올 것이다. 아무 대답이 없었다. 하지만 보우맨이 그 길을 지나갔다는 것은 온몸으로 느낄 수 있었다. 소리도 아니었고 땅 위에 찍힌 발자국도 아니었다. 어렴풋이 느껴지는 친근한 감각, 그것은 아직 채 지워지지 않은 보우맨의 체취였다. 집에 있을 때, 케스트렐은 빈방에 들어설 때마다 보우맨이 그 방에 있었는지를 금세 알 수 있었다. 마치 소파 위에 앉았던 흔적이 남듯이 그가 공기 속에 남기고 간 흔적을 느낄 수 있었던 것이다. 그의 부드러움은 공기에 배어 있었다. 자신이 속으로 느끼는 모든 것을 함께 나누는 그의 자애로운 눈빛, 바로 그것이 배어 있었다.

보우, 도대체 어디 있니?

케스트렐은 미미한 감각이나마 그의 체취를 따라서 가는 중이었다. 그는 분명히 살아 있었고, 지금 자신이 가고 있는 이 길을 지나간 것이 분명했다. 케스트렐은 일어나서 또 걷기 시작했다. 포로들이 간 길을 따라 동쪽으로 계속 걸었다. 새벽에 일어나 아침 내내 걷고, 낮에 좀 쉰 후, 해질 때까지 또 걸었다. 걷기를 멈춘 그 자리가 그날 밤의 잠자리였고 아침에 깨어나면 일어나 또 걸었다. 케스트렐은 앞서간 무리가 남긴 찌꺼기를 먹으며 간신히 목숨을 연명했다. 버린 야채 줄기나 뼈다귀 등도 주저 않고 주워 먹었다. 마치 파도와 같이 낮은 언덕들로 들쭉날쭉 주름 잡힌 광야는 뻣뻣한 풀들로 덮여 있었다. 낮은 언덕 위에 오를 때마다 저 멀리 앞질러 가는 행렬이 혹시 보이지 않을까 하고 기대했지만, 보이는 것은 흐릿한 가을 하늘과 굽이치는 낮은 언덕들뿐이었다.

가끔 버려진 시체들을 지날 때도 있었다. 대부분 자기도 아는 노인들이었다. 케스트렐은 일부러 눈을 부릅뜨고 시체들을 봐 두었다. 창에 찔린 상처로부터 결코 눈을 돌리지 않았다. 그들을 볼 때 폭발하는 울분과 증오가 자신에게 견딜 수 있는 힘을 주었기 때문이었다. 하지만 나중에는 시체들을 피하게 되었다. 점점 몸이 약해지면서 자기도 버려진 시체들 옆에 누워 다시는 깨어날 수 없는 잠에 빠지고 싶은 욕구를 느끼기 시작했던 것이다.

어느 날부터인가 앞서간 행렬은 음식 찌꺼기조차 남기지 않았다. 열흘째 되면서부터 식량이 떨어져 가는지 먹을 수 있는 것은 하나도 버리지 않았다. 열하루째 되는 날부터는 먹을 것을 전혀 발견할 수 없었다. 다행히 언덕 사이에는 시냇물이 흐르고 있어 물은 얼마든지 있었다. 케스트렐은 물로 배를 채워 굶주림을 잊으려 했다. 하지만 배가 다시 고파 올 때의 고통은 정말로 참기 어려웠다.

열이틀째 되는 날에는 마침내 정신이 혼미해졌다. 낮에 휴식을 취하기 위해 멈춰 서면 다리가 풀썩 꺾였다. 발을 계속 움직이는 한 기계적으로 나아가지만 멈추면 다리가 몸무게를 지탱할 수 없었기 때문이었다. 케스트렐은 땅 위에 모로 누워 정신을 잃고 말았다.

몇 시간이나 지났을까, 케스트렐은 눈이 부셔 깨어났다. 서편으로 지는 햇살이 그녀의 눈두덩을 간질인 것이었다. 그러다가 갑자기 어두워지더니 다시 눈이 부시면서 주위가 시끌벅적해졌다. 마차 바퀴 소리, 그리고 말발굽 소리였다. 케스트렐은 팔꿈치로 받치고 윗몸을 간신히 일으켜 세워서는 눈을 크게 뜨고 바라보았다. 길 옆으로 화려한 마차와 함께 그를 호위하는 병사들이 말을 타고 지나가고 있었다. 주황색과 초록색의 마차는 금으로 요란하게 장식돼 있었다. 그 마차 안에서 젊은 여자가 밖을 내다보고 있었다. 케스트렐은 꿈인지 현실인지도 모른 채 그녀를 응시했다. 그 여자도 케스트렐을 보더니 갑자기 소리를 지르기 시작했다.

"저 애가 날 쳐다봤어!"

그러자 마차들과 말 탄 병사들의 행렬이 우뚝 멈춰 섰다. 키 큰 사내가 다가와 케스트렐을 번쩍 안아서는 금색 가운을 걸친 남자 앞으로 갔다. 그러자, 그 남자가 알 수 없는 언어로 무엇이라고 떠

들어 댔다. 그 순간 케스트렐은 또 정신을 잃었다.

케스트렐은 사람들이 떠드는 소리에 정신이 반쯤 되돌아왔다. 답답해서 못 견디겠다는 투의 남자 목소리였다.

"지금 당장 죽여 버려야 해요!"

그러자, 오만한 여자의 목소리가 들렸다.

"바잔, 안 돼요. 우선 자기가 저지른 죄부터 알려 주고 그 다음에 눈알을 빼버려야 한다구요. 그것도 몰라요?"

"하지만 깨어날 때까지 기다릴 수 없지 않습니까? 벌써 늦었는데."

"누가 기다린댔어요? 이 여자를 내 마차 안에 실으세요. 런키가 감시하면 되니까."

"마차예요?" 바잔이라는 이름의 사나이가 매우 놀란 음성으로 되물었다.

"안 될 게 뭐예요? 이미 나를 봐 버렸겠다, 같은 여자끼린데."

케스트렐이 눈을 계속 감고 있었기 때문에 논쟁을 벌이고 있는 남자와 여자는 그녀가 깨어난 사실을 모르고 있는 듯했다. 누군가 케스트렐을 들더니 계단을 올라 아마도 그 여자의 마차로 짐작되는 컴컴한 곳으로 들어가서 폭신한 침대 위에 내려놓았다. 잠시 후, 마차가 흔들리기 시작했다. 지난 며칠 동안 고생한 데다 폭신한 잠자리에 누워 흔들리다 보니 저절로 깊은 잠에 빠지고 말았다.

다시 깨어나서 눈을 살짝 떠 보니 커튼을 친 마차 안에는 여자 두 명이 앉아 있었다. 한 명은 뚱뚱했고 다른 한 명은 날씬했다. 날씬한 여자는 자기 나이 또래로 보였고 눈부시게 아름다웠다. 케스트렐은 눈을 다시 감고 자는 척하면서 그들이 혹시 자기 이야기를 하는지 귀를 기울였다.

그때 두 여자 중 한 명이 자기 쪽으로 와서 자기를 내려다보는 것 같았다. 오만한 목소리의 주인공인 아름다운 아가씨였다. 한동안 가만히 보고 있더니 마음에 든다는 듯이 말했다.

"뚱뚱하지도 않고 괜찮은데."

"불쌍한 것이 며칠 굶은 것 같네." 뚱보가 말했다.

"눈알을 빼낸다면 싫어하겠지?"

뚱보는 말대꾸를 하지 않았다. 젊은 아가씨는 뚱보가 속으로 자기를 탓하고 있다고 생각했다.

"그렇다면 날 보지 말았어야지. 런키도 잘 알잖아?"

"그래요. 하지만 그때 베일을 안 쓰고 있었던 건 누구고?"

"날 봐 버렸으니 이제는 너무 늦었지 뭐."

"아씨를 보고 도대체 무슨 생각을 했을까?"

"나도 그게 궁금해."

잠시 침묵을 지키더니 젊은 아가씨가 입을 열었다.

"내가 일곱 살이 되고 나서부터 내 얼굴을 본 사람은 런키하고 엄마 아빠밖에 없잖아?"

"아무렴 그래야지요. 결혼할 때까지는 아무한테도 얼굴을 보이면 안 되니까."

"그래. 나도 알아." 풀이 죽은 듯 젊은 아가씨는 힘없이 대답했다.

케스트렐은 그녀가 다가서는 것을 느꼈다. 호기심이 나는지 그녀는 케스트렐의 짧은 머리를 쓰다듬었다.

"이제 그만 깨워 봐. 손가락으로 콕콕 찔러 봐."

"배가 무척 고파 보이는데 음식을 줘야겠어요."

"그럼 지금 빨리 줘."

"하지만 지금 자고 있잖아요?"

"입 안으로 넣어 줘 봐." 젊은 아가씨가 성급하게 졸랐다.

런키라는 하녀가 찬장을 뒤지는 소리가 케스트렐의 귀에 들렸다. 입 안으로 무엇을 처넣을지 알 수 없으니 이제 그만 눈을 뜨는 것이 좋겠다는 생각이 들었다. 그때 젊은 아가씨가 손뼉을 치며 좋아하는 소리가 났다.

"꿀! 좋은 생각이야."

케스트렐은 숟가락에 바른 꿀 냄새를 맡을 수 있었다. 입술 위로 차가운 것이 떨어졌다. 여전히 자는 처하면서 혓바다으로 입술에 묻은 달콤한 꿀을 핥아먹어 보았다. 여름철 들에서 피는 야생 클로버의 맛이 났다.

"잘 먹잖아! 더 줘 봐."

꿀을 먹으며 케스트렐은 조금씩 기운을 회복해 갔다. 아무래도 더 이상 자는 시늉을 계속할 수 없을 것 같았다. 속눈썹을 바르르 떨면서 두 눈을 활짝 뜨자, 자기를 내려다보는 두 여자의 얼굴이 보였다.

"런키, 애 깨어났어."

아름다운 아가씨는 손뼉을 치며 좋아했다.

"말할 줄 아나? 말 시켜 봐."

케스트렐은 말을 하기로 작정했다.

"고마워" 하고 케스트렐은 조용히 말했다.

"아, 예쁜 것! 내가 키워도 될까?"

"아니, 이건 어떡하고요?"

뚱보 여인이 자기 눈을 가리키며 물었다.

"참!" 하고 그제야 생각났다는 듯이 아가씨가 말했다.

"이 아이의 눈을 뺄 수는 없어. 그건 너무해."

케스트렐은 그 말을 듣고도 대꾸하지 않았다. 이들이 누군지 파악하기 전에는 말을 해서 좋을 게 없을 것 같았다.

"내 하녀로 만들면 어떨까? 하녀들은 내 얼굴을 봐도 되니까. 안 그래, 런키?"

그녀는 케스트렐을 보면서 마치 어린아이 다루듯이 말했다.

"너, 내 하녀 될래? 아니면 벌겋게 달군 꼬챙이에 두 눈을 찔릴래?"

케스트렐은 아무 말도 하지 않았다.

"아마 생각 중인 모양이네. 기다려 주지 뭐."

젊은 아가씨의 시선은 케스트렐의 목에 걸린 S자형 목걸이 위에 떨어졌다. 그녀는 그것을 손으로 집더니 앞뒤로 뒤집으며 자세히 들여다보았다.

"이거 좋은데. 내가 가질 테야."

"안 돼!" 케스트렐이 소리쳤다.

"안 된다고?" 깜짝 놀란 여자가 런키를 쳐다보며 말했다. "얘가 싫대. 하지만 난 좋아. 넌 나한테 줘야 해."

그녀는 케스트렐을 보고 말했다.

"넌 내가 원하는 것은 다 줘야 하는 거야."

"싫어!"

케스트렐은 그녀의 손으로부터 목청을 뿌리쳤다.

"이게 어찌 감히!"

그녀는 케스트렐의 뺨을 후려쳤다. 케스트렐은 반사적으로 그녀의 얼굴을 더 세게 후려쳤다. 그녀는 울음을 터뜨렸다. 하녀는 그 모습을 보고 깜짝 놀랐다.

"어, 우리 아씨. 불쌍한 아씨."

"날 구해 준 것은 고맙고 넌 아주 예쁘지만, 나를 또 때리면 그때는 아주 죽여 버릴 거야."

젊은 아가씨는 침을 꿀꺽 삼켰다.

"너…… 너…… 벌 받을 줄 알아. 너를 울게 할 거야!"

그녀는 케스트렐의 손을 잡아끌더니 마구 주무르면서 헛소리를 하기 시작했다.

"넌 왜 나를 두려워하지 않니? 내가 너를 아프게 했니? 그렇다면 미안해. 하지만 너는 그러면…… 그러면……" 그녀는 케스트렐의 손을 들어 부드럽게 입을 맞추었다. "너는 왜 나에게 그렇게 무례하게 대하는 거니? 정말로 내가 아름답니? 날 어떤 식으로 죽일 생각인데? 넌 왜 두려워하지 않는 거니?"

케스트렐은 살며시 자기 손을 빼내었다. 젊은 아가씨는 조금 진정이 되는 것 같았다. 커다란 호박색 눈을 들어 케스트렐을 쳐다보는데 입술이 바르르 떨렸다.

"말해 줘. 정말로 내가 아름답니?"

"아직까지 너같이 아름다운 여자를 본 적이 없어."

"고마워."

그녀는 꼭 아름다워야만 하는 압력을 받고 있는 듯했다. 케스트렐은 처음부터 그 욕구를 금세 읽을 수 있었다. 단순히 허영심 때문에 그런 것 같지는 않았다. 둘은 어느새 때리며 싸웠던 것을 모두 잊어버렸다.

"너는 누구니?" 케스트렐이 물었다.

"내가 누구냐고? 넌 내가 누군지도 모르니?"

"몰라."

"나는 완벽한 진주, 동편의 광휘, 백만 개 눈의 즐거움인 갱의 조딜라 서하라시라고 해."

"그래?" 케스트렐은 더 이상 해 줄 말이 없었다.

"나는 결혼하러 가는 중이야."

"누구하고 하는 건데?"

"나도 잘 몰라."

"상대도 모르면서 그와 결혼하고 싶은지 어떻게 아니?"

"좋든 싫든 해야만 해."

"나라면 안 해."

"정말로 안 해?"

젊은 공주는 평생 케스트렐과 같은 친구와 이야기를 나눠 본 적이 없는 것 같았다. 그녀는 케스트렐을 통해 신나는 새로운 세계를 발견이라도 한 듯이 흥분하고 있었다. 런키도 그 점을 알아채고는 얼른 끼어들었다.

"아씨, 아직 누군지도 잘 모르는 사람 앞에서 말조심해야지요."

"그럼 누군지 말해 보라고 하면 되지 뭐."

그러더니 케스트렐을 보고 말했다.

"말해 봐."

"뭘 말해?"

"네가 누구고 무엇을 하고 있었는지."

"내 이름은 케스트렐 헤스라고 해. 나는 가족을 찾고 있는 중이었어."

"왜? 가족이 어디 있는데?"

"알면 찾을 필요도 없게?"

케스트렐이 톡 쏘자, 공주는 황당한 표정을 지었다. 케스트렐은 속으로 생각했다. 얘는 공주라서 남들로부터 말대답을 들어 본 적이 없는 모양이로구나.

"너는 정말로 내가 두렵지 않니?" 조딜라가 물었다.

"그럼, 네가 날 해칠 이유가 없는데 왜 두려워하겠니?"

"그래, 널 해칠 생각은 없어. 처음에는 그럴 생각이었지만, 이제는 없어졌어."

"그럼, 우린 친구가 될 수 있겠구나."

케스트렐은 별 생각 없이 한 말이었으나 젊은 공주에게는 그 말이 의미 있게 느껴지는 모양이었다.

"친구라고? 난 친구를 가져 본 적이 없어."

공주는 케스트렐을 자세히 들여다보았다.

"너는 왜 그런 보기 싫은 옷을 입고 다니니?"

"사람들이 날 쳐다보는 것이 싫어서."

조딜라는 그 말을 이해하지 못하겠다는 표정을 지었다. 그러더니 말했다.

"나, 널 키우기로 결심했어."

"난 네 애완 동물이 아니야. 넌 나를 키울 수 없어."

"하지만 그러고 싶은걸."

"그러면 내 의견부터 물어 봐야지."

"물어 봐? 네가 싫다고 하면 어떡하게?"

"그러면 못하는 거지."

"그건— 그건—" 말도 안 돼라고 말하고 싶었으나, 케스트렐의 표정을 보고는 차마 그렇게 말할 수 없었다.

"나를 슬프게 할 거야."

"그 기분은 오래 안 갈 거야."

"내가 널 키울 수 없겠니? 제발?"

케스트렐은 미소를 지었다. 뱃속에 음식이 들어가자 기분이 훨씬 나아졌다. 어여쁜 얼굴이 울상이 되어 안달하는 표정을 보니 저절로 웃음이 나왔다.

"네가 원한다면 내가 원기를 되찾을 때까지 너와 함께 있을게."

조딜라는 케스트렐의 미소를 보더니 자기도 즐거워했다.

"너한테 무엇을 줄까?"

"아무 것도 필요 없어."

"그럼 왜 웃고 있니?"

"네가 우스워서 웃음이 나와."

조딜라는 그 말을 곱씹어 보는 눈치였다.

"친구들끼리는 그러는 법이니? 이유 없이 서로를 보고 웃니?"

"응."

그러자 조딜라도 미소를 지었다.

"오!" 그녀의 웃는 얼굴을 보고 케스트렐은 자기도 모르게 외쳤다. "예쁘기도 해라!"

보고, 듣고, 배운다

현인 오조는 신성한 닭을 바구니에서 꺼내더니 발에 분필 가루를 묻혔다. 그로부터 멀지 않은 곳에서 그의 주인이자, 백만 영혼의 국왕, 조딜라 서하라시의 아버지인 갱의 조하나가 뚱뚱한 몸집을 뒤뚱거리며 마차에서 내려서는 신음 소리를 내며 의자 위에 털썩 주저앉았다.

"닭이 놀라지 않게 조심해요." 그의 아내이자, 국모인 갱의 조디가 말했다. 백성들에게 '작은 엄마'라는 애칭으로 불리는 조디는 남편만큼이나 뚱뚱했는데, 치장을 잔뜩 단 텐트 같은 드레스 때문에 실제보다 더 커 보였다.

조하나가 신음 소리를 내는 것은 배가 고파서였다. 여행 중에는 밤에 잠을 제대로 자지 못하기 때문에 깨어 있으면 음식 생각이 났다. 왕궁에서야 밤에 깨어나는 일도 없었지만, 그럴 경우 원하는 음식은 아무 것이고 시켜 먹을 수 있었다. 하지만 이번 여행 중에는 밤에 깨어나면 아무 것도 먹을 수 없었다. 그날의 점괘를 읽을 때까지는 아무도 아침을 먹을 수 없다는 법을 아내가 새로 만들었기 때문이었다. 만약 아침을 이미 먹었는데 점괘가 그날 단식을 해야 한다고 나오면 어떤 천벌을 받을지 모른다는 것이 그녀의 주장이었다.

왕실 점쟁이는 신성한 닭을 땅 위에 펴놓은 점괘판 위로 가져갔다. 그 살찐 흰 닭의 광적인 핑크빛 눈 주위에는 끈적끈적한 깃털이 나 있었다. 깡마른 대머리의 사나이 오조는 웃통을 벗은 터라 온몸에 그린 청록색 문신이 드러났다. 그 문신은 자기 할머니가 뱀이었다는 주장을 입증하는 증거로 사용되고 있었다. 허리 밑으로는 갱의 남자들이 입는 바지를 입고 있었으므로 그 문신이 어디까지 이어지는지 본 사람은 아무도 없었다.

"앗싸싸!"

그가 닭을 점괘판 위에 내려놓자, 왕실 식구들은 조용히 닭의 움직임을 주시했다. 그 중에서도 특별히 주의를 기울이는 사나이가 둘 있었다. 조하나의 오른쪽 뒤에 서서 허리를 굽힌 채 서 있는 암울한 표정의 사내는 수상 바잔이었고, 그 옆에 서 있는 키 크고 잘생긴 군인은 조혼이었다. 그는 조잔 경비대 대장이었다.

닭은 사람들 쪽을 잠시 바라보더니 고개를 휙 돌리고 옥수수 알갱이가 담긴 그릇 쪽으로 걸어갔다.

"아아!"

모두들 경탄했다. 닭이 지나가면서 분필 가루 발자국을 점괘판 위에 남겼다. 점쟁이는 그것을 심각하게 쳐다보았다.

"훌륭해!"

　　모두들 안도의 한숨을 내쉬었다. 그날 아침은 먹을 수 있을 모양이었다.

　　"대왕께서 보신 바와 같이, 계시는 '팡'을 통해 들어가 '야누'를 통해 나갔습니다."

　　"확실히 그래 보이는구먼." 조하나가 말했다.

　　"그렇습니다. 오늘은 불길한 일이 없을 것입니다."

　　"그럼 잘됐군."

　　조하나는 자리에서 일어났다.

　　"예, 왕실 식구들이 밝은 마음으로 맡은 임무를 잘 수행한다면 말입니다."

　　"뭐라고?" 조하나가 아내 쪽을 바라보며 되물었다.

　　"수행을 안 할 경우에는?" 조디가 아직까지도 공주 마차에서 늦잠을 자고 있는 딸, 조딜라 서하라시 생각이 나 얼른 물었다. 씨씨 (조딜라 서하라시의 애칭—옮긴이)는 밝은 마음은 둘째 치고라도 임무라는 것을 수행하는 법이 없었다.

　　"안 하면 벌을 받을 수 있습니다." 점쟁이가 심각한 표정으로 말했다.

　　"아, 내 그럴 줄 알았지." 조디가 걱정스러운 표정으로 한탄했다.

　　현인 오조는 조디의 마음을 읽고 있었다. 그는 밝게 웃으며 말했다.

　　"조딜라에게는 공식적으로 부여된 임무가 없습니다. 아직 미혼이기 때문이지요."

　　"아, 공식적으로는 그렇지." 조디는 가슴을 쓸어내렸다.

　　"예, 점괘를 읽을 때에는 공식적인 것들만 적용됩니다."

조하나는 흐뭇해서 말했다.

"그럼, 다 괜찮구먼. 팬케이크에 버터를 잔뜩 발라 좀 내오게나."

조딜라 서하라시는 가족들과 함께 식사하지 않았다. 그녀의 식사는 눈가리개를 한 두 명의 하인이 가져다 주었다. 그들은 무거운 쟁반을 들고서 발이 걸려 넘어질까 봐 식당 마차로부터 한 발짝씩 조심조심 걸어 가져왔다. 그들이 하도 천천히 오는 바람에 팬케이크 위에 녹인 버터는 언제나 딱딱하게 굳어 있었다. 매일 아침이 이 모양이었지만 조딜라가 불평을 하지 않기 때문에 아무도 고치려 들지 않았다. 조딜라가 불평을 하지 않는 것은 그녀가 아침 식사를 하지 않기 때문이었다. 그 음식은 나중에 런키가 혼자 몰래 먹었다. 왕실 법에 따르면 종들은 주인이 식사를 한 후에만 먹을 수 있었다. 그런데 조딜라는 며칠씩 굶는 때가 많았으니 런키로서는 여기서 슬쩍, 저기서 슬쩍 집어먹지 않고는 끼니를 때울 수 없었다.

하인들이 비틀거리면서 공주 마차의 바깥쪽 방에까지 음식을 들고 왔다. 케스트렐은 이제 런키와 함께 그 방을 쓰기로 되어 있었다. 그들은 쟁반을 내려놓더니 얼른 밖으로 나갔다. 눈가리개 사이로 엿볼 생각조차 하지 않았다. 잘못해서 조딜라의 얼굴을 봤다가는 시뻘겋게 달군 꼬챙이로 두 눈을 찔릴 판이었다.

"식사 왔어요, 아씨." 런키가 커튼 사이로 불렀다.

"맹물이나 끓여 줘."

케스트렐은 식당 하인들이 가고 나서 슬그머니 공주 마차로부터 빠져 나와 마차들 사이 구석진 공간을 찾아 땅에 엎드렸다. 말

발굽 소리와 지나다니는 병사들로 인해 어수선해서 집중하기가
쉽지 않았지만, 그래도 두 눈을 감고 땅에 배어 있는 기억들을 더
들어 보았다. 그랬더니 그 안에는 보우맨뿐만 아니라 동생, 부모,
그리고 맨스족의 자취가 확실히 남아 있었다.

그때 발소리가 들려 왔다. 누군가 다가와서는 자신을 쳐다보고
있는 것 같았다. 땅바닥으로부터 일어나면서 보니 키 크고 잘생긴
군인이 신기한 눈으로 케스트렐을 쳐다보고 있었다. 그는 금색 장
식이 박힌 보라색의 멋진 유니폼을 입고 있었다. 한 손에는 은색
망치를 들고 그것으로 다른 쪽 손바닥을 버릇처럼 때리고 있었다.

"조딜라의 얼굴을 본 여자애가 바로 너로구나."

"그래요." 케스트렐이 대답했다.

"아름답니?"

"예."

"법대로 하자면 네 눈은 벌써 뽑혔어야 했는데, 너는 그 사실을
알고 있느냐?"

"그것은 바보 같은 법이에요."

그러자 그 군인이 검은 눈썹을 치켜올리면서 미소 지었다.

"그런지도 모르지. 너한테는 다행스럽게도 공주가 너를 좋아하
는 모양이더구나."

케스트렐은 대꾸하지 않았다. 다시 마차로 돌아가는 것이 좋겠
다고 생각했다. 하지만 그 잘생긴 군인은 망치를 뻗어 길을 막았
다. 자세히 보니 망치 자루 끝에는 날카로운 날이 서 있었다.

"너, 내가 누군지 알고 있느냐?"

"몰라요."

"나는 조잔 경비대의 대장, 조혼이다. 갱국에서 조하나 대왕을 빼고는 내가 최고 권력자지."

그는 엿듣는 사람이 있는지 주위를 둘러보더니 목소리를 낮췄다.

"네가 날 도와주면 나도 널 도와주마."

"어떤 도움이 필요하세요?"

"조딜라는 매스터리라는 나라로 가고 있는 중이다. 그곳 군주의 아들과 결혼할 예정이지." 조혼의 입은 냉소로 일그러졌다. "남의 나라를 쳐서 불사르고 노략질하고 노예로 삼는 짓이나 일삼는 친구하고 말이야. 갱의 공주에게 어울리는 배우자라고 생각하느냐?"

"노예로 삼아요?"

"매스터리는 노예를 잡아들여 부유해졌어."

케스트렐은 아라맨스의 원형 경기장으로 달려 들어오던 기마대와 그들이 휘두르던 칼을 피해 도망치던 시민들의 모습을 떠올리고는 몸을 부르르 떨었다.

"그런 자들에게 왜 조딜라 공주를 주려고 하나요?"

그는 케스트렐의 표정을 보며 맞장구쳤다.

"글쎄 말이야, 그러니까 그 결혼을 하게 해서는 안 돼."

갑자기 사람들이 바삐 움직이기 시작했다. 마차 대열이 다시 출발하려는 모양이었다. 하인 한 명이 신성한 닭이 든 닭장을 들고 지나갔다. 그 뒤를 따라 걸어가는 왕실 점쟁이 오조를 보고 조혼은 그가 자기를 봤다고 생각했다.

"나중에 얘기하자꾸나." 그는 조용히 속삭이고 돌아서더니 아무 일도 없다는 듯이 부하들 쪽으로 걸어갔다.

　케스트렐이 공주 마차로 돌아와 보니 조딜라가 잠자리에서 일어나 화장대 앞에 앉아 있었다. 그 화장대에는 거울이 여섯 개나 달려 있어서 자신의 얼굴을 모든 각도에서 볼 수 있었다. 런키가 공주 뒤에 서서 자느라 헝클어진 머리를 매만지고 있었다.

　"케스, 어디 갔다 오는 거야?"

　공주는 돌아앉은 채로 거울에 비친 케스트렐을 보며 말을 걸었다.

　"응, 산보 좀 하고 왔어."

　"산보? 밖에 바람 쐬며? 피부가 거칠어질 텐데." 공주는 자신의 비단 같은 피부를 쓰다듬으며 말했다. "잠잘 때 베개를 베고 잔다는 것은 참 불편한 일이야. 밤새 뒤척이기라도 하면 얼굴에 줄이 간단 말이야. 여기 좀 봐! 어제는 이런 주름이 없었는데."

　"천으로 문지르면 없어져요. 내가 해 드릴게요, 아씨." 런키가 부산을 떨며 말했다.

　런키는 공주의 미모를 가꾸는 데 공주만큼이나 열과 성을 다했다. 조딜라는 자기뿐 아니라 런키를 위해서도 아름다워야 했다. 둘뿐만이 아니었다. 완벽한 진주, 동편의 광휘, 백만 개 눈의 즐거움이라는 이름과 같이 갱국의 백성들을 위해서도 아름다워야만 했다.

　"목에 살이 좀 찐 것 같아. 안 그래?"

　"아녜요, 아씨. 그림자가 비쳐서 그런 것뿐이에요." 런키는 공주의 피부에 향료를 발라 주면서 말했다. "그런데 아씨, 우유 한 모금만이라도 마시지 않겠수?"

　"그런 소리 꺼내지도 마. 그렇지 않아도 살이 찐 것 같아서 속상

한데.”

뚱뚱한 부모로부터 조딜라 같은 말라깽이 딸이 나왔다는 것을 케스트렐은 믿을 수 없었다. 공주는 자기 어머니도 결혼하기 전에는 자기처럼 날씬했다고 알려 주었다.

“결혼하면 뚱보가 돼. 게다가 아이까지 낳으면…… 난 애를 안 낳을 거야. 런키를 시킬 거야. 런키, 날 위해 애도 낳아 줄 거지? 그렇지?”

“그런 걱정은 지금 안 해도 좋아요. 우선 결혼부터 하고 걱정하세요.”

“알았어.”

“너와 결혼할 남자는 어떤 남자니?” 케스트렐은 조딜라가 남자에 대해 얼마나 알고 있나 해서 슬쩍 떠보았다.

“몰라, 어떤 남잔지.” 조딜라는 천진하게 물었다. “런키, 결혼하면 여자는 뭘 해야 하지?”

“하다니, 무슨 소리예요?”

“무엇을 하길래 그렇게 살이 찌지?”

“무엇을 해서가 아니라 안 해서 그렇게 되지요. 지금 보세요. 아름답기 위해서 해야 하는 일들이 얼마나 많아요? 일단 결혼하고 나면 그 다음부터는 아름답지 않아도 되잖아요? 안 그래요?”

“그런지도 모르지.”

“그러니까 자연히 게을러지는 거라고요. 그러다 보면 어느새 살이 통통 찌는 거죠.”

“뚱뚱한 기분이 어때, 런키?”

“익숙해지면 나쁘지 않아요. 추위도 덜 타게 되고. 낮에 시간도 많이 생기고."

화장을 끝내자, 그 다음에는 머리를 꼬아 둘둘 말아 올렸다. 조딜라와 런키는 거울 속에 비친 그들의 합작품이 몹시 마음에 드는 듯 경탄까지 하며 감상한 뒤 베일로 가렸다. 그러는 사이에도 마차는 계속 앞으로 나아가고 있었다. 조딜라의 준비가 모두 끝나자, 런키가 줄을 잡아당겨 벨을 울렸다. 그러자 움직이던 대열이 일시에 정지했다. 조딜라가 춤을 배울 시간이 돌아왔기 때문이었다.

길가에 간이 텐트가 세워졌다. 춤 선생 라자림이 조딜라의 마차로 오더니 정중하게 문을 두드렸다. 그러자 온몸을 푸른색과 은색 비단으로 휘감은 조딜라가 자태를 드러냈다. 케스트렐은 하녀이자 비공식 친구의 자격으로 공주를 따라갔다. 라자림은 그들을 댄스 텐트로 안내했다. 텐트에는 창문이 없는 대신 위로 구멍이 뚫려 있어 하늘이 올려다보였다. 그곳에서 눈가리개를 한 악단 연주에 맞춰 조딜라는 탄타라자라는 춤을 배웠다.

조딜라가 춤에 소질이 없다는 것은 케스트렐이 봐도 알 수 있었다. 탄타라자는 결코 쉬운 춤이 아니었다. 복잡한 스텝들을 외워야 했고, 집중력이 특히 요구됐다. 기계적으로 모든 절차를 공부한 후에는 부드럽고 매끈하게 예술적으로 춰야 했다. 그러나 조딜라는 아직까지 그 무엇에 집중이라고는 해 본 적이 없었고 할 필요도 없었다. 처음 해 봐서 잘 안 되면 흥미를 잃고 쉽게 포기했다.

라자림은 그런 조딜라의 볼기를 때리고 싶은 것을 억지로 참고 있는 모습이 역력했다. 지금같이 끊임없는 불평불만을 듣고 앉아 있느니 차라리 공주를 꼬집어서 소리를 지르게 하거나 울리고 싶은 듯했다.

"꼭 해야만 해? 오늘 아침 피곤해 죽겠는데. 지루해 죽겠단 말야."

"하지만 춤을 배우셔야지요. 아버님께서 공주님의 결혼을 원하시고, 결혼을 하시려면 춤을 배우셔야만 합니다."

"나도 알아. 그렇지만 조금만 춰도 되는 것 아냐? 그것도 단 한 번."

"한 번이면 됩니다. 그렇지만 그 한 번이 완벽해야 합니다. 매스터리 왕가에서 보고 '갱국의 조딜라만큼 아름답고 우아한 여자는 세상에 없구나' 하고 감탄하게 해야 합니다."

"하지만 내가 춤을 추든 안 추든 간에 그것은 사실이잖아."

"공주님께서 춤을 안 추시겠다면 저도 할 말이 없습니다. 하지만 춤을 추실 것이라면 잘 추셔야만 합니다."

"그러면 몇 스텝만 더 해 봐요. 날 혼동시키면 안 돼."

케스트렐은 입을 다물고 공주가 연습하는 모습을 흥미롭게 구경했다. 라자림은 공주를 데리고 처음부터 다시 한 번 복습시켰다. 사이드 스텝, 인사, 세 번 돌아서, 안기고, 발끝과 뒤꿈치로 바닥을 구른 후, 두 손을 맞잡고, 회전. 탄타라자는 춤 중의 춤으로 일컬어지는 고상한 춤이었다. 라자림에게는 예술이자 정열, 사랑이자 종교, 삶과 죽음처럼 중요한 것이었다. 이 자그마하지만 우아한 춤의 대가는 게으른 공주에게 춤을 가르치는 것이 고역이었다. 공주만 아니었으면 혼자서 훨훨 날 수 있을 테지만 공주와 발을 맞추느라고 다리 병신처럼 절뚝거리고 있었다.

"안 돼요, 공주님. 빨리 돌아야 해요, 팽이처럼. 그러고 나서 이렇게 급히 안겨야 하는 거라고요. 내 치마폭이 이렇게 날아오르는 게 보여요?"

"라자림, 당신 치마폭이라고?" 공주는 픽 웃었다. "날 웃기지
마. 주름살 생겨."

"다시 한 번 합시다."

춤 교습이 끝나자 공주는 부모와 함께 점심을 먹기 위해 케스트
렐을 데리고 왕의 마차로 향했다.

"케스, 너는 춤을 안 배워도 되니 행운인 줄 알아라."

"재미있어 보이던데?"

"재미? 그게 무슨 소리야? 얼마나 어렵고 신경질 나는데? 재미
하나도 없어."

왕의 마차는 조잔 경비대가 지키고 있었다. 그곳으로 다가가자,
경비대장 조혼이 부하들을 데리고 서 있었다. 그는 주위를 둘러보
더니 얼른 케스트렐의 두 눈을 똑바로 바라보았다. 그는 우리는
서로 통한다는 의미의 눈짓을 해 보였다. 그러고 나서 베일에 가
린 조딜라를 잠시 쳐다보더니 부하에게 귓속말로 무엇인가를 지
시했다. 그는 부하의 어깨를 탁 치며 웃더니 돌아서서 유유히 걸
어갔다. 일부러 크게 웃는 웃음, 무관심한 태도를 보며 케스트렐
은 그의 마음을 읽을 수 있었다. 일부러 내보이는 무관심한 태도
야말로 실은 그가 관심을 갖고 있다는 표시였다.

그들이 왕의 마차 안으로 들어서자 점심상은 이미 차려져 있었
다. 조하나는 서둘러 먹기 시작했다. 아무도 케스트렐에게 관심을
보이지 않았다. 조하나와 왕비 조디는 케스트렐의 차림새가 마음
에 들지 않았을 뿐 아니라 공주에게 친구가 있다는 것 자체가 어울
리지 않는다고 생각했기 때문에 케스트렐을 탐탁치 않게 여기고

있었다. 하지만 딸에게 그런 말을 하자, 공주는 이렇게 떼를 썼다.

"케스트렐은 내 친구예요. 내가 가는 곳은 어디나 그 애도 데리고 갈 거예요."

할 수 없이 그들은 케스트렐을 식구들과 함께 앉히지 않고 따로 테이블을 마련해 주었다. 사람들은 그녀를 의식하지 않고 대화했기 때문에 케스트렐은 많은 정보를 얻어들을 수 있었다.

"오늘 우리 보배의 기분이 어떠신가?" 조하나는 딸의 베일을 벗기고 얼굴을 자랑스럽게 쳐다보며 물었다.

"아빠, 우리가 지금 집에 있다면 얼마나 좋을까요."

조하나는 한숨을 푹 내쉬었다. 그도 실은 이 여행이 싫었다. 자기도 오바갱 시에 있는 왕궁에서 사랑하는 동물들을 데리고 놀면서 편한 잠자리에서 자고 싶었다.

"그래도 할 일은 해야지."

그는 조금 우울한 기분이 되어 파이를 먹기 시작했다.

"하기 싫은 일을 왜 해야만 하는지 모르겠어요, 아빠."

"애야, 먹어라. 얼굴이 핼쑥해 보이는구나." 어머니가 끼어들었다.

"우리 백성들을 위해 반드시 해야 하는 임무야." 조하나가 말을 꺼냈으나, 곧 파이를 먹기 위해 하던 말을 멈추었다. 설명하기에는 상황이 좀 복잡했다. 예전에 갱국이 막강했을 때는 매스터리라는 나라는 속국에 지나지 않았다. 그러나 갱국이 쇠약해지자 매스터리가 어느새 커져 그곳의 군주 매스터는 갱국의 속국들을 모조리 침략하여 병합시키고 있었다.

그때 문밖에서 노크 소리가 들렸다. 조하나는 얼굴을 찌푸리며 한숨을 쉬더니 딸보고 베일을 다시 쓰라는 손짓을 해 보였다.

"들어와!"

수상 바잔이 들어와서 머리를 숙였다. 감히 군주의 식사를 방해할 수 있는 자는 그 말고는 없었다. 그는 전에도 종종 급한 일이라며 뛰어들어와 왕의 식사를 방해하면서 숨넘어가는 소리를 하곤 했다.

"저희의 희망은 바람 속에 날아가 버렸습니다, 전하. 행군 기획관이 조금 전에 계산을 해 봤는데, 이 상태로 가다가는 목적지에 예정보다 한 달이나 늦게 도착할 것이라고 합니다."

"한 달이나 늦는다고? 그것은 안 될 말이야! 그것은 큰 결례야. 도대체 누구 잘못이야? 책임자를 찾아내 처벌해야겠어."

"예, 문제는 제가 알아서 처리하겠습니다만 지금 당면한 문제부터 해결해야겠기에…… 때맞춰 도착하기 위해서는 점심 전에 춤 교습 때, 점심때, 그리고 식후에 행군을 멈춰서는 안 될 것 같사옵니다."

"그래, 자네 말이 맞아. 서둘러 가야지."

"하지만 내 휴식 시간에는 서야 해요." 조디가 반대하고 나섰다. "움직이는 마차 안에서는 쉴 수가 없어요."

"그래, 힘들지."

"움직이면서 식사를 하면 체하는 것도 모르세요?"

"그래, 식사할 때에는 서야지. 춤 교습 시간에만 서지 말자고."

"그렇다면 조딜라보고 움직이는 마차 안에서 춤을 배우라는 겁니까?"

"허 참!"

“춤은 반드시 배워야만 합니다. 결혼이 성사되지 못한다면 전쟁을 피할 수 없습니다. 그럴 경우…….”

“그래, 그래.” 조하나는 얼굴이 상기되어 말했다. “그럼 어쩌면 좋다는 말인가?”

수상은 한숨을 내쉬었다.

“경비대 말씀입니다…….”

“바잔, 경비대를 돌려보내지는 않을 거요. 조혼하고 사이가 안 좋아 자네가 그러는 것은 알아. 하지만 외국에 하인들이나 데리고 입성할 수는 없어. 그런 식으로 우리 조상님들을 욕되게 할 수는 없어.”

“하지만 전하, 완전 무장한 3천 명의 군대를 데리고, 그것도 대부분이 보병인 그들과 보조를 맞춰야 하니 우리가 늦어질 수밖에 없습니다.”

“갱의 조하나는 언제나 조잔 경비대의 경호를 받는 법이오. 바잔, 다른 방법을 연구해 보시오. 우리가 너무 늦게 움직이면 책임자를 찾아 벌을 주시오.”

“알겠습니다.”

수상은 시무룩해져서 물러났다.

“바잔하고 조혼이 다투지 좀 말았으면 좋겠어.” 조하나가 불평했다. “꼭 애들처럼 서로 시기하다니.”

“아빠,” 공주가 베일을 걷어올리며 말했다. “내 결혼하고 전쟁하고 무슨 상관이 있어요?”

“얘기해 주지 않았냐? 네가 결혼하면 네 남편은 나의 사위이자 상속자가 된다. 자기 아들이 우리 사위가 되었는데 장인이 우리에게 싸움을 걸어 오겠니?"

"하지만 그럴 경우 그는 손가락 하나 까딱하지 않고 모든 것을 손에 넣는 거잖아요?"

조하나는 딸의 얼굴을 바라보며 잠시 생각에 잠기는 듯하더니 말했다.

"나랏일이야. 너는 몰라도 돼."

케스트렐은 뒤편에 혼자 앉아서 이 모든 이야기를 듣고 있었다. 그리고 보고 들은 정보를 토대로 계획을 세우고 있었다. 그 계획대로라면 조잔 경비대가 중심 역할을 해 주어야 했다.

6
갱의 망치

공주와 그녀의 부모는 점심 식사 후에는 언제나 휴식을 취했다. 그 시간을 이용하여 케스트렐은 행렬 끝까지 가 보았다. 처음에는 걸으면서 마차들의 수를 셌는데, 하도 많아서 40대까지 세고는 포기하고 말았다. 호화찬란한 왕실 마차들 말고도 관리들이 타는 평범한 마차, 그리고 그보다 질이 떨어지는 마차가 있었는데, 거기에는 좀 신분이 높은 하인이 타고 있었다. 주방장 마차에는 굴뚝이 달려 있었고, 군인들 마차에는 화살 발사용으로 길고 가느다란 구멍이 나 있었다. 이밖에 식량을 나르는 수레가 있었고, 말먹이용 수레, 텐트 수레, 담요와 요를 나르는 수레 등 마을 전체가 이동하면서 먹고 사는 데 필요한 수레와 마차가 줄을 이었다. 그 행렬 끝 가까이 가자, 묶어 놓은 조잔 경비대의 말들이 보였다. 그 뒤로는 나무 그늘 아래 식사용 테이블이 길게 놓여 있었다. 그곳으로부터 멀지 않은 곳에서 3천 명 가량 돼 보이는 병사들이 훈련을 하고 있었다.

케스트렐은 풀을 뜯는 말 뒤에 숨어서 그들의 동정을 살폈다. 장병들은 모두 웃통을 벗은 상태로 햇볕에 그을린 갈색 근육을 자랑하고 있었다. 그들은 하나같이 키가 크고 힘이 넘쳐 보였다. 긴 머리는 목 뒤로 넘겨 작은 공처럼 묶었다. 그들은 땅을 짚고 엎드렸다가 일어나는 동작을 반복하고 있었다. 몸에 흐르는 땀만 아니었다면 힘들어 보이지도 않았다.

그들 앞에 서서 훈련을 지도하는 큰 키에 근육질의 사나이는 그들의 대장, 다름 아닌 조혼이었다. 그는 아무 소리도 내지 않았다. 그가 움직이면 3천 명의 부하들이 마치 그림자처럼 그를 따라 움직였다. 그가 멈추면 그들도 멈췄다. 케스트렐은 그 모습을 지켜보며 그들의 전투력이 매스터리 병사들에 비해 절대로 뒤지지 않을 것이라고 확신했다.

훈련이 끝나 가는 것을 보고 조혼 앞으로 슬슬 모습을 나타내려는 순간, 저쪽에서 바잔이 다가오는 모습이 보였다. 보초들은 바잔이 몸수색을 허용하지 않는 한 대장을 만날 수 없다고 우겼다.

"이봐요 대장, 내가 자네를 죽이려 했다면 여기까지 직접 올 필요도 없지."

조혼은 제자리에 선 채 바잔을 노려보면서 물었다.

"그렇다면 어떻게 하시겠소?"

"어— 예를 들어 활을 쏘든가 하지."

"그렇다면 궁수를 어디다 배치하시겠소?"

바잔은 미리 생각해 봤던 것이 아니므로 서둘러 주위를 둘러봤다.

"저기, 마차 사이가 좋겠군."

조혼은 실소를 머금으면서 손뼉을 쳤다. 그러자 마차 뒤에서, 나무 뒤에서, 그리고 잡초 아래 숨어 있던 병정들이 모습을 드러냈다. 다행히도 그들 모두 대장을 쳐다보고 있어서 케스트렐은 그들의 눈에 띄지 않았다.

"활에 살을 먹이기도 전에 목이 날아갔을 것이오."

바잔은 울화가 치미는 것을 참기 위해 한숨을 길게 내쉬었다.

"아니, 자기 나라 자기 군영에서 누가 자네를 암살할까 봐 두려워하는가?"

"그것이 수상과 내가 다른 점이오. 당신은 습격이 막상 시작되기 전까지는 걱정을 하지 않소. 그러니 당하면 너무 늦어 죽고 말 것이오. 습격은 실제 시작되기 전에 막아야 하는 법이오. 습격에는 이유도 필요 없소. 나는 그런 식으로 생각하는 덕택에 아직까지도 목숨이 붙어 있는 것이오."

"자네도 살아 있다지만 나도 살아 있지 않는가?"

"하지만 수상, 몸조심하시오."

그는 씩 웃더니 물통을 들고 있는 부관에게 손짓을 했다. 부관이 물통을 건네주자 조혼은 그것을 자기 머리 위에 쏟아 부었다. 물이 사방으로 튀면서 수상의 옷을 적셨다. 조혼은 부관이 건네준 타월로 몸의 물기를 닦았다.

바잔은 불쾌한 얼굴로 자기 옷에 묻은 물을 성급히 털어 내며 물었다.

"나를 보자는 이유가 뭔가? 나는 바쁜 몸일세."

"조하나의 안전을 지키기 위해 바쁜가? 그렇지는 않을 텐데."

"조하나는 안전해."

"지금은 그렇지만 나중에 가서는 다를 텐데?"

"언제? 무슨 소리 하는 거야?"

"매스터리의 유명한 도시 하이 도메인에는 성문이 하나밖에 없다고 들었소."

"그래서?"

"그것 말고 문이 하나뿐인 것이 무엇이 또 있소?"

"무슨 소리 하는지 모르겠군."

"함정!" 하고 조혼이 강조해서 말했다. "출입구가 하나뿐인 성안으로 들어갈 경우 그들이 문을 닫아 버리면 우리는 갇히게 되오."

수상은 손으로 이마를 짚으며 물었다.

"누가 왜 우리를 가둔단 말이오?"

"조하나의 권력을 빼앗기 위해서가 아니겠소?"

"이봐요 대장, 조하나는 벌써 그쪽하고 사돈 관계를 맺기 위해서 딸을 내놓지 않았나? 싸우지 않아도 모든 것이 자기 손안으로 들어올 텐데 무엇 때문에 싸움을 걸겠느냔 말이오?"

조혼은 윗도리를 걸치면서 천천히 말했다.

"진정한 지배자에게는 이유가 필요 없소. 힘이 있으면 힘으로 해결하려 들 것이오. 그러니 전하 일행이 출구 없는 성안으로 들어가야 할 경우 조잔 경비대도 완전 무장을 하고 같이 입성해야 할 것이오."

"완전 무장이라고? 결혼식에 3천 명의 병사를 대동하고 간다고? 말도 안 되오!"

이제 멋진 군복 윗도리를 다 입은 조혼이 손바닥을 벌리자, 부관은 은색 망치를 건네주었다. 수상은 그것을 메스꺼운 얼굴로 쳐다보았다.

"그런 무례한 방법으로 주인 얼굴에 먹칠할 수는 없소."

조혼은 망치를 앞뒤로 흔들어 보였다.

"조하나에게 위험을 알리는 것은 나의 임무요."

"마음대로 하게나. 초대한 사람의 아름다운 성안으로 불한당들을 데리고 들어가 잔치를 망쳐 놓는 것의 위험은 어떻고? 내 조하나에게 그렇게 이르리다."

바잔은 휙 돌아서더니 바삐 걸어갔다. 조혼은 그의 뒷모습을 보며 쓴웃음을 지었다.

"두고 보라지." 조혼은 혼잣말로 중얼거렸다.

케스트렐이 말 뒤에서 앞으로 나서자, 그녀를 본 보초가 소리쳤다.

"너! 거기 서!"

케스트렐은 시키는 대로 그 자리에 섰다. 그 소리를 들은 조혼이 고개를 돌려 쳐다보고는 보초에게 케스트렐을 데려오라는 손짓을 해 보였다.

"해산시켜." 그는 옆에 있던 장교에게 명령했다.

그때까지도 얼어붙은 듯이 서 있던 장병들이 그제야 해산하여 탁자 주위로 몰려가 늦은 점심을 먹기 시작했다. 조혼은 눈을 먼 곳으로 돌리면서 케스트렐에게 말을 걸었다.

"무엇 때문에 왔지?"

"전에 날 돕겠다고 했잖아요?"

"왜 내 도움이 필요한가?"

"난 혼자 몸이에요. 날 보호해 줄 사람이 필요해요."

조혼은 아직도 케스트렐을 쳐다보지 않으면서 고개만 끄떡였다.

"내 말만 잘 들어. 그러면 너는 이 '갱의 망치' 보호를 받을 테니."

그는 옆에 있는 나무 둥치를 망치로 때렸다. 그리고 망치를 앞으로 내밀면서 말했다.

"나는 '갱의 망치'로 알려져 있지. 이 망치를 두고 맹세하지. 내가 일단 보호한다고 하면 아무도 감히 너를 해치지 못할 것이다."

"고마워요." 케스트렐이 말했다.

"하지만 내 도움을 받으려면 너도 내게 도움을 줘야 한다."

그가 고개를 휙 돌려 차가운 눈으로 케스트렐을 빤히 쳐다보았다.

"나는 이 결혼에 반대하지. 아니, 큰 실수라고 생각하지. 왜 조딜라는 만나 본 적도 없는 사내와 결혼해야만 하지? 도대체 상대는 어떤 작자야? 썩은 이빨에 똥배 튀어 나온 난쟁이야? 머리가 다 빠진 영감태기야? 그럴지도 모르지. 우리는 전혀 아는 게 없으니 말이야. 겁쟁이 아버지가 피라미 독재자 하나 상대하지 못하기 때문에 세상에서 제일 아름다운 여인이 팔려 가야 하느냐고?"

대장은 어느새 언성을 높이고 있었다. 그러나 자기 목소리가 너무 크다고 생각했는지 이내 목소리를 낮춰 속삭였다.

"그런 여자는 자기 동족하고 결혼해야 해. 동족들로부터 존경받는, 그리고 보호해 줄 힘이 있는 강한 남자가 그녀에게는 필요하다고. 세상에서 제일 아름다운 여자라면 그럴 자격이 있는 것 아니겠어?"

케스트렐은 그의 말에 아무 대답이라도 해 줘야 할 것 같았다.

"공주는 아주 예쁘게 생겼어요."

"아!" 조혼은 넋이 나간 듯한 표정이 되어 한탄했다.

"비록 공주의 사랑스러운 얼굴을 직접 보지는 못했지만…… 아, 어떻게 설명할까? 그녀의 아름다움이 나를 부르는 것만 같아."

조딜라의 아름다움에 대해 이야기하자, 자기의 잘생긴 모습이 떠올랐다. 그의 마음속에서 잘난 남녀의 얼굴이 한 짝이 되었다.

"우리 집 근처 외진 곳에 내가 수영하러 잘 다니는 연못이 하나 있지. 수영을 하고 나와 몸을 말리면서 수면이 잠잠해지기를 기다리다 보면 가끔 물 위에 비친 내 모습이 보여."

그는 자신의 남자다운 모습을 생각하는지 잠시 말이 없었다. 그러더니 케스트렐보고 물었다.

"네 눈에는 내가 어떻게 보이지? 잘생겼니, 못생겼니? 솔직하게 말해 봐."

"키 크고 잘생겼어요."

"내가 칭찬을 듣자고 묻는 것이 아니야. 나는 진실이 알고 싶은 거야. 내 생각에도 나는 괜찮게 생긴 것 같은데. 게다가 스물아홉 살에 조잔 경비대 대장이야. 조딜라 신랑감으로 괜찮다는 생각이 들지 않니?"

"그래요."

"공주가 네게는 무슨 말 하지 않던가?"

"예."

"하지만 네가 유도하면 할지도 몰라. 결혼, 남편감 얘기를 꺼내면서 아는 사람과 결혼하는 것이 더 낫지 않겠는가 하는 식으로 말하다 보면…… 무슨 말인지 알아듣겠어?"

"알겠어요. 공주가 대장님과 결혼하고 싶은 마음이 있는지 한번 떠 보라는 말이죠?"

"쉿!" 조혼은 케스트렐이 너무 노골적으로 말하는 바람에 당황해서 입에 손가락을 갖다 대며 외쳤다. "입 밖에 내지 말아야 할 말들이 있는 법이야. 이것은 함부로 말해서는 안 되는 내용이야."

"하지만 이제는 너무 늦었잖아요?"

"그것은 아직 모르는 얘기야."

그는 우울한 표정으로 망치를 이리저리 돌리면서 서성댔다.

"우선 공주의 마음부터 알아야겠어. 그러니 도와줘."

"어떻게 하면 되죠?" 케스트렐은 방법을 알고 있으면서도 조혼에게 의지하는 척했다.

"공주하고 말을 해 봐. 이 결혼에 대해서 혹시 두려워하지나 않는지. 내 얘기도 슬며시 꺼내 보고. 그러고 나서 내게 공주의 반응을 알려 줘."

대열 앞쪽에서 나팔 소리가 들려 왔다. 다시 움직여야 할 시간이었다.

"이제 가 봐. 이것은 비밀이야. 혹시 날 배반하면—"

그는 망치를 머리 쪽으로 돌려 잡더니 눈앞에 늘어진 나뭇가지를 휙 그어 잘라 버렸다.

"사정을 봐주지 않을 것이야."

나뭇잎들이 아직도 팔락거리며 떨어지고 있는 순간, 조혼의 날카로운 눈매는 숲 저편의 움직임을 주시하고 있었다. 왕실 점쟁이 오조가 땅을 내려다보며 자기 마차 쪽으로 종종걸음치고 있었다.

"저놈의 점쟁이도 믿지 말도록."

현인 오조는 불안했다. 그는 자기 주변에서 일어나는 일이라면 아무리 작은 일이라 할지라도 간섭하기를 좋아했다. 그런데 가만히 보니 조딜라의 새 하녀가 조혼하고 무슨 수작을 벌이는 것 같았다.

그는 바잔에게 가서 그 사실을 고자질했다. 그의 보호자이자 친구, 그리고 수상인 바잔은 이 결혼이 성공적으로 성사되기만 하면 남부 호수 근처에 있는 기름진 땅을 자기에게 주겠다고 약속했다.

"저 대장하고요—"

"그 개똥 같은 자식이 어째서?"

"조딜라의 새 하녀하고 친해진 것 같아요."

"일부러 어디 전쟁이라도 일으켜서 녀석을 보내 버렸어야 하는 건데."

"혹시 눈여겨보셨어요?"

"물론 봤지, 못 봤을까 봐?" 그는 자기를 멍청이라고 생각할까 봐 무조건 그렇게 대답해 놓고 나서 물었다. "무슨 얘기인데?"

"둘이서 무슨 얘기를 했을까 생각해 봤는데요."

수상은 잘난 체하면서 말했다.

"이봐, 조혼은 신체 건강한 젊은 사내야. 그 하녀는 그만하면 반반하게 생겼잖아? 그러니 알조지 뭐야?"

"아, 그런 이유라고 생각하시는군요."

"그 밖에 무슨 다른 이유가 있겠나?"

"그렇다면 따로 걱정할 이유는 없겠군요?"

"그 반대야. 그 여자 아이에게 조혼이 관심을 보이면 보일수록 우리에게는 좋은 거야. 지금 자기 부하들 데리고 군대 놀이하는 데 너무 빠져 있단 말이야. 신경을 다른 데로 돌리기 위해서는 여자만한 게 없지.”

　현인 오조는 자기 마차로 돌아갔다. 성스러운 닭이 닭장 속에서 꼬꼬댁거렸다. 오조는 닭을 꺼내서 무릎 위에 앉힌 후 쓰다듬어 주면서 상황을 이리저리 따져 보았다.

　“내 사랑스러운 산비둘기야, 난 어쩌면 좋겠느냐? 응? 비단 같은 녀석, 난 어쩌면 좋겠어?”

　닭은 그의 바지를 발로 몇 번 긁더니 만족한 듯이 골골댔다.

　그 거대한 행렬은 속국과 접경 국가들을 가로질러 북동 방향으로 계속 나아갔다. 조잔 경비대 선발대로부터 맨 끝 짐수레에 이르기까지 그 행렬이 지나가는 데는 한 시간이나 걸렸다. 이동 행렬을 만난 길가의 농부와 상인들은 그 자리에서 무작정 코를 땅에 박고 엎드렸다. 수천 명의 병사와 수백 대의 마차들이 천지를 진동시키며 지나가는 동안 엎드린 채 낮잠을 자는 자들도 있었다. 혹시라도 잘못해서 그 유명한 조딜라의 얼굴을 쳐다보느니 낮잠을 자는 게 차라리 안전했다. 순진한 농부들은 그녀의 눈을 통해 천국을 들여다볼 수 있을 것이라고 생각했다. 하지만 그 순간 자기 눈에 불이 붙어 녹을 것이라고 믿었다. 그러니 천국이고 뭐고 안 보고 낮잠을 자는 편이 오히려 상책이라고 생각했다.

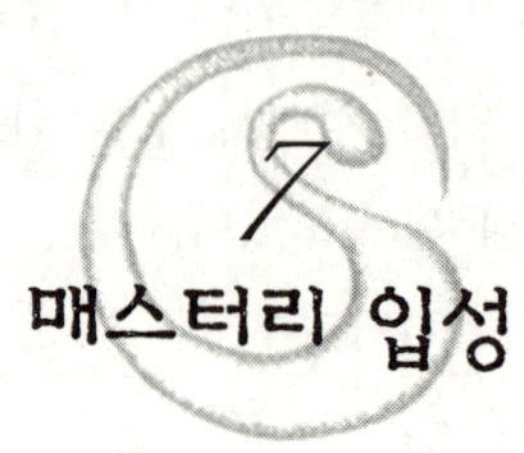

매스터리 입성

마리어스 시미언 오티즈와 긴 포로 행렬은 예정대로 25일 만에 매스터리 국경에 도착했다. 국경이라고 해서 성곽 같은 것이 세워져 있는 것은 아니었다. 길 양편에 세워 놓은 국경 표시 비석이 고작이었다. 하지만 새로운 세상에 발을 들여놓았다는 사실은 달라진 풍경으로부터 느낄 수 있었다. 하노 헤스와 그의 가족은 신기한 표정으로 주위를 두리번거렸다. 비석이 세워진 길의 바깥쪽은 잡초밖에 보이지 않는 황무지였지만, 그 안으로 들어서자 잘 가꾸어 놓은 농경지가 펼쳐졌다. 낮은 울타리로 분리돼 있는 밭과 밭 사이에는 관개 시설이 잘 되어 있어 수로에 물이 흐르고 있었다. 곳곳에 농부들이 말을 몰며 쟁기질을 하거나 감자를 캐는 모습이 보였다. 그들은 일손을 멈추고 지나가는 포로 행렬을 눈을 크게 뜨고 쳐다보았다. 오티즈는 오랜 여독으로 몸이 쑤셨지만 그들의 표정을 보니 흐뭇해졌다. 그들이 놀라는 이유는 원정 나가서 지금같이 많은 포로를 잡아온 것을 예전에 본 일이 없었기 때문이었다.

오티즈는 부하 한 명을 불러서는 명령을 내렸다.

"먼저 가서 매스터께 아뢰어라. 내가 곧 맨스족을 데리고 가서 전하 앞에 무릎 꿇릴 것이라고."

고된 여정의 끝이 가까워 왔다는 것을 안 포로들의 다리에는 새 힘이 솟았다. 눈에 비친 새 천지는 그들을 감탄케 했다. 이제 그들은 돌로 포장된 길 위를 걷고 있었다. 저만치 개울 위로는 정교하게 만든, 돌로 된 다리가 놓여 있었다. 길 양편으로 뾰족하고 높은 지붕을 한, 나무와 진흙으로 지은 깔끔한 시골집들이 보였다. 빗자루로 깨끗이 쓸어 놓은 앞뜰이 인상적이었다. 들에는 살찐 수들이 풀을 뜯고 있었다. 높이 솟은 굴뚝에서는 연기가 모락모락 피어 올랐다. 창문이 많이 있는 학교 건물에서는 아이들의 글 읽는 소리가 들려 왔다. 서로 등을 맞댄 채 뒤에 걸터앉은 젊은이들이 탄 수레가 노예 행렬을 앞질러 지나갔다. 그들은 즐겁게 웃으며 떠들고 있었다. 이곳에는 철창이나 사슬, 경비 따위는 없어 보였다. 그렇다면 노예는 어디다 가두는 것일까?

보우맨은 아버지와 함께 노예 행렬 맨 가장자리에 서서 걷고 있었다. 그의 오른쪽으로 얼굴이 동그란 졸병이 함께 걷고 있었다. 그 역시 아라맨스로부터 줄곧 노예들과 함께 걸어왔기 때문에 그의 처지가 노예들보다 낫다고 하기도 어려웠다. 졸이라는 이름의 그 병정은 룸이라는 해안 지방으로부터 온 루머스인이었다. 루머스인들은 주로 어부 출신으로 말이 별로 없고 행동과 생각이 느렸다. 보우맨은 지난 며칠 사이에 룸과 친해져 그에게 질문을 부담

없이 할 수 있었다.

"저기 저 사람들은 어디로 가는 거죠?"

행렬 저 앞쪽에서 맨스족과 같은 방향으로 걷는 다른 무리에 대해 물은 것이었다. 갈수록 여러 무리의 사람들이 사잇길로부터 나와 그들이 가고 있는 큰길에 합류하고 있었다. 지평선 저 멀리 보이는 수풀까지 뻗어 있는 큰길을 인파가 가득 메우고 있었다.

"매낙사로 가는 거야." 졸이 대답했다. 그리고는 턱으로 말을 타고 앞에 가는 오티즈를 가리키며 말했다, "장군은 역시 영리해. 일부러 매낙사 날을 골라 포로들을 데리고 입성하다니."

"매낙사가 무엇인데요?"

"매낙사가 무어냐고? 글쎄, 세상에 따로 그와 비슷한 것이 없으니 뭐라고 말해야 하나? 텔, 매낙사를 어떻게 설명해야 돼?"

텔도 루머스인 졸병으로 졸 바로 앞에 서서 걷고 있었다.

"매낙사? 글쎄, 춤이라고 해야 하나?"

"흠, 살인 행위라고도 할 수 있을 테고." 졸이 말했다.

"하지만 언제나 죽는 것은 아니잖아? 괜히 애들 기대 걸게 하지 말라고."

"그건 그렇지. 지면 뛰어내릴 수도 있으니까."

텔은 보우맨을 보면서 설명했다.

"서로 비슷한 놈들끼리 붙으면 끝까지 싸우다가 죽기도 해. 그럴 때는 정말 볼 만하지."

"강제로 싸움을 붙이나요?" 보우맨이 물었다.

"강제로 싸움을 붙이냐고? 매낵이 얼마나 큰 영광인데? 안 그래, 졸?"

"그렇고말고. 명예와 영광이고말고. 그리고 매낙사는 위험하지만 멋있잖아. 안 그런가, 텔?"

"그래, 위험하면서도 아름답지."

그들은 나무가 우거진 곳에 도달해 잠시 그늘 밑을 걸어갔다. 맨스인들은 하루 종일 계속된 행군으로 인해 몹시 지친 터라 저항할 기운이 조금도 남아 있지 않았다. 아이라 헤스마저 침묵을 지키고 있었다. 물집이 잡혔던 곳은 이제 굳은살이 되어 더 이상 고통스럽지 않았다. 오티즈는 매일 무리한 거리를 행군시키지 않았고, 식량도 도중에 떨어지지 않도록 정확히 나눠 주었다. 그 덕분에 포로들은 음식과 휴식을 갈망하기는 했지만 완전히 탈진한 상태는 아니었다. 오티즈는 그날 저녁에는 본영에 도착할 것으로 예상하고 남은 음식을 모두 나눠 주라고 명령했다.

헤스 가족은 언제나와 마찬가지로 모두 함께 움직였다. 아이라 헤스와 핀토는 하노와 보우맨의 뒤를 따라 걸었다. 치리시 부인을 등에 업은 멈포는 좀 사이를 두고 그들 뒤를 따라 걸었다. 숲을 지나면서 별로 구경할 것이 없어지자, 그들은 나름대로 생각에 빠졌다. 하노는 그곳에 도착해서부터 가족이 서로 헤어지면 어떡하나 걱정했다. 아이라는 오렌지 구역에 살 때 부엌에서 보우맨이 아기였던 핀토를 바닥에 굴리면서 웃기던 일을 떠올리고 있었다. 보우맨은 케스트렐 생각을 하고 있었다. 그리고 핀토는 그 짧은 다리로 어른들과 보조를 맞춰 걸으면서 자기가 적으로부터 모두를 구해 주는 영웅적인 순간을 상상하고 있었다. 그것이 구체적으로 어떤 상황이 될지 생각해 낼 수 없어서 앞은 생략하기로 하고 자기가 구해 준 사람들이 자기를 보고 고마워하며 환호하는 장면을 상상하고 있었다.

그 때문에 그들은 숲의 그늘로부터 나왔을 때 갑자기 앞에 펼쳐진 광경을 보고 놀라지 않을 수 없었다. 언덕으로 둘러싸인 호숫가에 아름다운 매스터리가 자태를 드러냈기 때문이었다.

그들이 가는 길은 푸른 들과 농장, 마을 그리고 장원을 굽이돌아 호숫가로 향하고 있었다. 호숫가로부터 800미터 정도 목재를 쌓아 만든 방죽 길이 섬까지 이어져 있었는데, 그곳에는 높은 벽에 둘러싸인 도시가 찬란한 모습으로 우뚝 서 있었다. 성안에는 서로 바짝 붙여서 지은 건물들이 보였지만 수천 개의 지붕들은 마치 무게 없이 공중에 둥둥 떠 있는 것 같은 착각을 일으키게 했다. 늦은 오후 햇살이 돔처럼 생긴 지붕 위에 반사되어 장밋빛 핑크, 에메랄드 초록, 핏빛 빨강의 색깔들을 내뿜고 있었다.

성은 물 위로부터 9미터 이상의 높이로 불쑥 솟아오른 크림색 성벽으로 둘러싸여 있었다. 성벽은 그 엄청난 규모에도 불구하고 일부러 가볍게 보이도록 건설돼 있었다. 위로 올라갈수록 얇은 벽돌을 사용했고 여기저기에 일부러 구멍을 뚫어 일정한 모양을 낸 까닭에 멀리서 보면 마치 호박색 레이스 커튼처럼 보였다.

마리어스 시미언 오티즈는 노예들이 감탄하는 모습을 흐뭇한 마음으로 지켜보면서 매스터리로 돌아올 때마다 새삼 매스터에 대한 존경과 감사하는 마음을 다시 한 번 느꼈다.

"저것이 바로 하이 도메인이다. 인간의 힘으로 지은 가장 훌륭한 성이지."

행군하면서 하노는 자기들을 어디에 가둘 것인지가 궁금하여 교도소나 담벽으로 둘러싸인 장소를 찾아보았다. 하지만 농장과 마을, 그리고 호수에 있는 찬란한 성 외에는 보이는 것이 없었다. 그리고 어디를 둘러보아도 사람들은 즐거운 표정으로 길을 걸어 언덕 아래 장소로 집결하고 있었다. 그곳에는 언덕 허리를 도려내 지은 거대한 경기장이 있었다. 그 정도 규모의 공사를 하기 위해서는 적어도 수천 명의 노예가 동원됐을 것 같았다. 하지만 그 노예들은 지금 어디 있단 말인가? 지금 이렇게 자유롭고 유쾌하게 몰려다니는 사람들은 노예가 아닐 것이다.

멈포는 치리시 부인을 업고 가느라고 허리를 앞으로 굽히고, 머리를 낮춘 채 걷고 있었다. 그 상태로는 멈포가 멀리 쳐다볼 수 없다는 것을 잘 아는 치리시 부인이 자기가 대신 주위를 돌아보면서 눈에 보이는 것들을 설명해 주었다.

"어머나! 내 평생 저런…… 내 눈을 못 믿겠네…… 저 색깔 좀 봐! 멈포야, 너한테 잘됐다. 저 앞에서 모두 서는 것 같아. 아마 쉬게 해 줄 모양인데…… 저 앞에 거 뭐라고 하지? 거시기, 사람들이 사람 구경하는 곳 있잖아? 얼마 안 가 보드라운 잔디가 있는데…… 바구니 안에 뭐가 담겨 나오나? 흠…… 빵 줄 모양이네…… 저렇게 많은 사람들이 뭘 보러 왔나? 어쨌든 조금 있으면 우리도 쉬게 해 줄 모양이야."

멈포는 발걸음을 멈추고 치리시 부인을 조심스럽게 땅 위에 내려놓았다. 노예들은 경기장 위 공터에서 쉴 수 있었다. 치리시 부인은 멈포의 팔을 다독거리며 말했다.

"멈포, 너는 네 늙은 아줌마에게 너무 잘해 준다."

멈포는 사람들로 붐비는 경기장의 계단식 잔디 관중석을 내려다보았다. 그는 피곤했지만 흥분에 들떠 있는 관중들로부터 이유를 알 수 없는 오한을 느꼈다. 사람들은 매낙사 얘기로 열을 올리고 있었다. 멈포는 확실히 알지는 못했지만 이 경기장은 싸움을 구경하기 위해 만들어진 곳이라는 생각이 들었다.

여러 층의 관중석으로 둘러싸인 주경기장에는 모래가 깔려 있었고, 그 중앙에 사람 키만한 높이의 평평한 모래 바닥이 있었다. 길이가 18미터 정도 됐는데 매낙사라는 경기를 하는 무대가 바로 그곳임에 틀림없었다. 평평한 무대 너머로 한쪽 벽에 난 굴로 통하는 어슴푸레한 통로가 보였다. 그 굴의 다른 편 출입구는 호수 근처까지 연결되는 언덕 밑 부분에 나 있었다. 굴로 통하는 입구가 있는 벽 바로 상단 테라스에는 진홍색과 황금색으로 치장한 귀빈석이 있었는데, 종들은 그곳에 의자를 놓느라고 바삐 움직이고 있었다.

관중석을 꽉 메운 사람들이 내지르는 소리로 그곳 분위기는 고조되었다. 멈포가 사람들이 가리키는 곳을 보니, 성문이 열리면서 말 탄 사람들이 줄지어 방죽 길을 걸어 나오고 있었다.

딴따따! 딴따따! 사냥 나팔이 호수를 가로질러 울려퍼졌다. 2열로 말을 타고 오는 매스터리 귀족들을 영접하는 신호였다. 그들은 색깔도 선명한 망토를 바람에 날리면서 나무로 된 방죽 길 위를 천천히 달려왔다. 그들 뒤로 역시 2열로 웃통을 벗은 사나이들이 말을 타고 따라왔다. 그리고 마침내 빨강 망토를 두른 사나이가 관리들과 경호원들과 종들에 둘러싸여 모습을 나타냈다.

보우맨도 그 광경을 지켜보고 있었다. 갑자기 손에 쥐고 있던 빵조각이 얼어붙는 것 같았다. 말 탄 사람들이 가까워 올수록 보우맨의 두려움은 더욱 커졌다. 창과 칼로 무장한 그들은 단순한 병사가 아니었다. 그들의 가슴속에는 신비한 힘이 용솟음치고 있었다. 특히 빨강 망토 사나이로부터 대단한 힘이 전해져 왔다. 그는 수행인들보다 키도 컸고 덩치도 훨씬 컸다. 펄럭이는 망토 안에는 금색 갑옷이 번쩍였다. 머리에는 금색 투구를 썼는데, 어깨까지 흘러내리는 금색 사슬이 양 귀와 뒷머리를 보호해 주고 있었다. 그는 검은 말을 타고 위풍당당하게 나팔 환영을 받으며 달려왔다.

"매스터!" 하고 군중들이 외치기 시작했다. "매스터!"

마리어스 시미언 오티즈도 노예들과 함께 그의 모습을 주시하면서 그의 곁에 있을 때면 언제나 느끼곤 하는 열정적 희열에 빠졌다. 그는 어느새 충성의 언약을 외우고 있었다.

"매스터, 나의 모든 행동은 당신을 위한 것입니다."

말 탄 행렬은 언덕 밑에 있는 굴 속으로 자취를 감추었다. 잠시 후 귀족들이 경기장 내 굴 통로로부터 걸어 나왔다. 웃통을 벗은 사나이들도 경기장 모래 바닥으로 쏟아져 나왔다. 그들이 한 명씩 무대 둘레를 돌며 손을 흔들자, 관중들은 열광하며 박수를 보냈다. 늠름한 그들의 몸에는 여기저기 상처가 나 있었다. 긴 머리는 땋아서 목 뒤로 감아 올렸는데, 그들이야말로 매낵으로 불리는 세상에서 가장 무서운 전투사들이었다.

멈포는 매낵에게서 눈을 뗄 수가 없었다. 경기장에 처음 도착했을 때 느꼈던 오한은 정도가 더 심해져서 이제는 경련으로 바뀌었다. 그는 자기도 모르게 매낵처럼 관중들의 환호에 답하는 모습을 흉내내고 있었다.

관중들에 대한 매낵의 인사가 끝나자, 그들은 귀빈석을 향해 줄지어 섰다. 귀족들도 양편으로 갈려 귀빈석 뒤쪽에 섰다. 그러자 관중들이 조용해졌다. 갑자기 매낵이 땅에 무릎을 꿇었다. 귀빈석의 귀족들도 무릎을 꿇었다. 마리어스 시미언 오티즈도, 관중들도, 심지어 노예들을 지키는 병사들까지 모두 무릎을 꿇었다. 관중들도 차례차례 침묵 속에 무릎을 꿇었다.

그때 매스터가 귀빈석 뒤에서 앞쪽 난간을 향해 천천히 걸어 나왔다. 그는 배도 크고 가슴도 크고 머리도 큰 거인이었다. 투구를 벗자 갈색 얼굴과 흰색의 긴 머리, 짧은 턱수염이 드러났다. 그는 미소 띤 얼굴로 관중석을 둘러보았다. 그의 인자한 표정을 본 사람은 누구나 그가 자기에게 미소를 보내는 것이라고 느꼈다.

매스터가 금색 장갑을 낀 손을 들어올리자 귀족들과 매낵, 그리고 관중들이 일제히 일어섰다. 매낵은 굴 속으로 자취를 감추었고, 매스터는 자기 자리에 앉았다.

보우맨은 매스터로부터 단 한순간도 눈을 떼지 않았다. 다른 사람들은 매스터에게서 그의 뚱뚱한 배와 사람 좋아 보이는 미소를 보았으나 보우맨은 달랐다. 보우맨은 그로부터 어떤 힘을 느끼고 있었다. 그것은 예전에 모라로부터 느꼈던 힘―절대 패할 수 없을 것같이 느껴지던 그 광란의 환희―과는 달랐다. 하지만 매스터의 힘도 위대한 힘인 것만은 부인할 수 없었다. 그 힘은 지금 매낵사를 보러 온 관중들을 압도하고 있었다.

또다시 나팔 소리가 울려퍼졌다.

딴따따! 딴따따! 굴 안으로부터 매낵 두 명이 뛰어나왔다. 관중들의 환호 속에 그들은 편평한 무대 위로 뛰어 올라갔다. 그들은 무장을 하고 있었다. 발목에서 무릎까지와 손목에서 팔꿈치까지는 쇠로 된 보호 싸개를 착용하고 있었는데, 무릎 위와 팔꿈치 위에는 각각 짧은 칼날이 부착돼 있었다. 그리고 머리에는 투구를 쓰고 있었는데, 이마 위에도 칼날이 달려 있었다. 그러나 나머지 부분은 맨살 그대로였다.

그들은 여기저기 옮겨 다니며 환호하는 관중들에게 손을 들어 답례했다. 그 중 한 명은 상대보다 덩치가 더 컸다. 배와 넓적다리에 수없이 난 상처 자국으로 볼 때 아마도 경기 경험이 많은 것 같았다. 다른 한 명은 더 젊고 몸도 호리호리했는데, 상대보다 관중들로부터 환호를 적게 받았다.

멈포가 앞으로 나와 헤스 가족 사이에 끼여 앉자 핀토가 옆으로 당겨 앉으며 그의 허리에 팔을 둘렀다.

"저 사람들 무엇 하려고 저래, 오빠?"

"싸울 모양이야." 멈포가 대답했다.

"서로를 죽일 거야?"

"한 명은 죽고 한 명은 살아남을 테지."

멈포는 매낵에 마음을 빼앗겨 자기가 무슨 말을 하고 있는지조차 모르는 듯했다.

선수들은 무대 양끝으로 가더니 고개를 숙이고 가만히 있었다. 관중들도 쥐죽은 듯 조용해졌다. 갑자기 멈포에게 이상한 느낌이 찾아왔다. 멈포는 그들이 앞으로 어떻게 움직일 것인지 알 것 같았다. 그들은 아마도 고양이가 기지개를 켜고 움직이듯, 서서히 시작할 것이었다.

과연 그랬다. 매스터가 신호를 보내자, 매낵은 서로를 향해 천천히 다가가더니 거리를 좀 둔 상태에서 춤을 추기 시작했다. 팔을 치켜들고, 다리를 들어올리고, 몸을 구부리고 뒤틀면서 그들은 서로를 향해 천천히 다가갔다. 강인한 두 사내가 서서히, 그리고 조금도 자세가 흐트러짐 없이 움직이는 모습은 무척 아름다웠다. 하지만 아름다운 춤에 긴장을 더하는 것은 얼마 안 있어 지금 휘두르는 팔다리에 누군가가 맞아 피를 흘리게 될 것이라는 기대감이었다.

핀토는 잔인한 광경을 보고 싶지 않아 얼굴을 돌렸다. 하노는 자신의 심장이 흥분해 뛰는 것을 의식하고는 그런 것에 영향받는 자기 자신이 부끄러워졌다. 보우맨은 매스터와 매낵들을 번갈아 보면서 매낙사의 기가 바로 매스터의 기인 것을 알아차렸다. 이 잔혹하면서도 고상한 경기를 개발한 자는 바로 매스터였다. 아름다움과 피, 춤과 죽음이 눈앞에 펼쳐지려 하고 있었다.

젊은 매낵이 먼저 상대편의 목을 노리고 팔꿈치를 휘두르며 공격해 들어갔다. 덩치 큰 사내는 몸을 뒤로 젖히면서 오른쪽 다리에 몸의 중심을 실은 후, 왼쪽 무릎을 번쩍 쳐들었다. 무릎 위에 있는 칼날이 젊은 매낵의 옆구리를 찌르면서 붉은 피가 흘러나왔다.

관중들은 영웅의 이름을 소리쳐 부르기 시작했다.

"다이몬! 다이몬!"

갑자기 선수들의 움직임이 빨라졌다. 젊은 매낵은 매우 민첩했다. 그는 재빨리 돌아서며 팔꿈치 칼날을 휘둘렀다. 그 칼날은 다이몬이 채 방어하기 전에 그의 넓적다리를 그었다. 피를 본 다이몬은 성난 사자처럼 팔다리를 마구 휘두르며 상대를 무대 한쪽 구석으로 몰았다. 뒤로 물러서며 방어에 급급하던 젊은 매낵은 다이몬의 일격에 밀려 무대 한쪽으로 굴러떨어졌다.

관중들은 일제히 함성을 질렀다. 다이몬은 의기양양해하며 두 팔을 높이 쳐들었다. 패배한 매낵은 일어나서 숨을 헐떡이며 그 자리에 서 있었다. 다이몬은 두 팔을 내렸다. 그 모습을 올려다보는 패배자를 향해 관중들이 야유를 퍼붓기 시작했다. 젊은 매낵은 그 소리에 쫓기듯 통로 안으로 사라졌다.

핀토는 공포에 질려 관중들을 둘러보며 말했다.

"저 사람은 최선을 다해 싸웠는데 왜 야유를 보내는 거야?"

"졌기 때문이지." 옆에 있는 병사가 대신 대답했다.

멈포는 마치 열병을 앓는 듯이 온몸에 경련을 일으키고 있었다. 몸 안에서 불이 타오르는 것 같았다.

"나도 할 수 있어." 멈포가 말했다.

"뭐, 지는 것?" 병사가 웃으며 농을 걸었다. "우리 모두 그것은 잘할 수 있지."

멈포는 아무 대꾸도 하지 않았지만 그가 한 말은 그 뜻이 아니었다. 자기도 죽음의 춤을 출 수 있고 싸움에서 승리할 수 있다는 의미였다. 그의 몸이 그렇게 말하고 있었다. 그의 몸은 매낵사를 이해하고 있었다.

또 다른 매낵 경기가 벌어졌다. 이 경기 역시 한 명이 무대 밖으로 굴러떨어지면서 승부가 결정났다. 멈포는 경기를 자세히 관전하면서 그들의 동작과 작전을 연구했다. 한편에서 공격을 시작하면 앞으로의 공격 패턴을 알 수 있기 때문에 그 예상된 패턴을 어떻게 깨느냐에 따라 승부가 결정났다. 따라서 유능한 선수들은 다양한 공격을 가했다. 관중들에게 환호받는 멋진 공략법일수록 위험 부담률 또한 컸다.

세 번째 경기에 출전한 한 선수는 관중들로부터 대단한 인기를 누리고 있었다.

“저기 저 선수가 아노야.” 병사가 핀토에게 알려 주었다. “매낙사의 진수를 보여 줄 거야.”

아노라는 매낵은 덩치가 어찌나 큰지 몸이 무거워 보였다. 그런 거대한 몸으로 날쌘 상대를 당해 낼 수 있을 것 같아 보이지 않았다. 하지만 싸움이 시작되자, 아노는 역시 한 수 위였다. 어찌나 빠르면서도 우아하게, 그리고 가볍게 움직이는지 전혀 힘을 들이지 않는 것처럼 보였다. 그는 마치 흥미 없다는 투로 상대방을 다루며 피투성이로 만들어 버렸다. 그의 널따란 가슴에는 상처 자국이 여러 개 있었지만, 이번 경기의 상대는 그에게 상처를 입히는 것은 고사하고 일방적으로 몰리고 있었다. 아노는 상대를 구석으로 몰고 나서 마치 지금 뛰어내리리라는 듯이 팔꿈치 칼날로 상대를 슬쩍 떠밀었다. 아노는 상대가 당연히 뛰어내릴 것으로 믿고 순간 방심했다. 그 기회를 놓치지 않고 상대는 무릎 칼날로 아노의 넓적다리를 찔렀다.

핀토는 놀라서 비명을 질렀다. 아노는 분하다는 듯 울부짖었다. 그는 왼손 주먹을 내지르는 한편, 오른쪽 보호대로는 상대의 공격을 막았다. 그리고 왼쪽 팔목으로 상대방의 다음번 공격을 막으면서 머리를 숙이고 받았다. 그러자 그의 투구에 달린 칼날이 상대 선수의 가슴에 깊숙이 꽂혔다. 두 선수는 어색한 포옹을 하는 듯 잠시 그대로 있었다. 아노가 뒤로 물러서자, 상대 가슴으로부터 검붉은 피가 뿜어져 나왔다. 패한 매낵은 바닥에 무릎을 꿇더니 앞으로 고꾸라졌다. 그가 흘린 피가 모래를 붉게 적셨다.

아노는 그 자리에 붙박힌 듯 그대로 서 있었다. 다리에서 흐르는 피는 의식조차 하지 않는 듯했다. 그는 오른손을 높이 들어 매스터에게 경의를 표했다. 죽음을 본 관중들은 더욱 열광했다. 관중들의 환호 소리로 경기장은 마치 떠내려갈 것 같았다.

"그때 뛰어내리지 않고……." 병사가 고개를 흔들며 말했다. 경기장 일꾼들이 들어와 죽은 선수를 들어내 갔다.

"어쩌면 저렇게 잔인할 수가!" 핀토가 발을 일제히 구르며 환호하는 관중들을 바라보면서 부들부들 떨며 외쳤다.

"그건 그래." 멈포가 말을 받았다. "하지만 아름답기도 해."

그날 더 이상의 죽음은 없었다. 매낙사가 끝나자, 그때까지도 흥분과 열광을 가라앉히지 못하고 들떠 있는 노예들을 보며 감시병이 말했다.

"메스터리에 온 첫날부터 매낙사를 다 보고 사람 죽는 구경까지 해? 운이 좋아도 보통 좋지 않은데!"

"참, 인간이라는 게……." 하노가 슬픈 어조로 중얼거렸다.

마리어스 시미언 오티즈의 명령에 따라 병사들은 노예들을 일으켜 세웠다. 몇 시간 앉아서 쉬다가 다시 행진하려니 모두 내키지 않는 눈치였다.

"앞으로 얼마나 더 가야 해요, 아빠?" 핀토가 물었다.

"나도 모르겠다. 업어 줄까?"

"아니에요, 괜찮아요."

핀토는 그동안 한 번도 업어 달라고 하지 않았다. 행군을 시작하고 나서 며칠째 되던 날, 아주 힘들었던 때가 있었다. 다리가 너무 아파 가만히 서 있어도 근육이 부들부들 떨려 왔다. 그래서 속으로 곧 업어 달라고 할 수밖에 없겠구나 하고 생각했다. 하지만 필요하면 언제라도 부탁할 수 있다고 생각하면서 가는 데까지 가

보자고 버텼다. 그런데 그 고비를 한 번 넘기고 나자 그 다음부터
는 견딜 만했다.

노예들은 내리막길을 걸어 언덕 밑에 나 있는 굴 안으로 들어갔
다. 잠시 걸어 들어가자, 저 앞쪽으로 관중들의 소리가 들리면서
저녁놀에 비친 모래 바닥이 보였다. 그들은 주경기장 안으로 입장
하고 있었다.

매스터가 아직 자리를 뜨지 않았으므로 관중들은 모두 제자리
를 지키고 있었다. 말을 타고 맨 앞에 서서 가던 오티즈가 위로 달
려 올라갔다. 맨스족이 그 뒤를 따라 들어가서 모래 더미 주위를
둘러싸는 동안 그는 제자리에 서서 매스터를 주목했다.

맨스족이 입장하자, 관중들은 환호를 보냈다. 포로들이 끝없이
입장하자, 관중들은 더욱더 열광적이 되었다. 매스터는 넓적한 얼
굴에 흐뭇한 미소를 머금고 그들을 지켜보았다. 마치 그들이 자기
에게 경의를 표하기 위해 제 발로 걸어오기라도 한 듯이. 보우맨은
경기장을 한 바퀴 돌아 굴 통로로 나가기 직전에 순간적으로 매스
터와 눈이 마주쳤다. 턱수염을 기른 자상한 얼굴은 웃고 있었지만
그의 눈만은 달랐다. 아주 짧은 순간이었지만, 보우맨은 매스터의
눈빛에서 그의 강한 집념과 노예의 안전 따위에는 관심이 없는 그
의 마음을 읽을 수 있었다. 보우맨은 속으로 이렇게 중얼거렸다.
'이 남자는 사랑을 필요로 하지 않는구나.' 굴 바깥으로 나가는 출
구는 차단되어 있었고 행렬은 지하층으로 이어지고 있었다.

어두운 공간을 지나면서 보니 아까 싸웠던 매낵이 드러누워 치
료도 받고 근육 마사지도 받고 있었다. 멈포는 일부러 천천히 걸
으면서 그들의 모습을 눈여겨보았다. 그의 눈에는 그들을 동경하

는 빛이 엿보였다. 한쪽 구석 벤치 위에 담요를 씌워 논 죽은 매낵의 시체도 보였다. 노예들의 행렬은 다시 밖으로 나와 각종 훈련장들 옆을 지나갔다.

오티즈는 노예들이 다 빠져 나갈 때까지 말 위에서 조금도 움직이지 않았다. 그는 마지막 노예가 나간 뒤에야 깊이 고개 숙여 예를 올린 후 매스터를 올려다보며 말했다.

"매스터! 모든 것은 당신을 위한 것입니다."

매스터는 천천히 고개를 끄떡였다.

"잘했다." 매스터가 깊고 부드러운 음성으로 말했다. "너는 나를 늘 기쁘게 했다."

오티즈의 가슴은 기쁨으로 터질 것만 같았다. 기대했던 젓 이상의 칭찬을 받았던 것이다. 자기를 향해 고개를 한번 끄떡이든지, 미소 한번 지어 줄 것으로 그는 생각했다. 그런데 매스터가 공식 석상에서 기쁘다고까지 말했던 것이다. 오래지 않아 자기를 불러 앉혀 놓고 그렇게도 바라던 말을 해 줄 것이 분명했다. 자기를 정식 아들로 삼겠다는.

기쁨에 넘친 오티즈는 피곤함도 잊은 채 말을 몰아 무대에서 뛰어내려 경기장을 빠져 나갔다.

노예들은 서로 이어져 있는 수많은 안뜰에 나누어 배정되었다. 안뜰마다 앞이 트인 외양간이 있었다. 외양간의 뒤편과 옆편은 접한 또 하나의 안뜰 벽이었다. 여기서 노예들은 컵에 담긴 수프를 마시면서 물받이에 흐르는 물로 몸을 씻고 있었다. 오늘 밤 마지막으로 땅 위에서 잠을 잘 것이었다. 다음날부터는 방을 배정받고 일을 하게 될 것이었다.

헤스 가족도 다른 사람들처럼 옷을 입은 채 땅 위에 드러누웠다. 하노와 아이라는 나란히 누워 버릇처럼 서로의 손을 꼭 쥐었다. 핀토는 엄마 옆에 누웠고, 보우맨은 아버지 옆에 누웠다. 너무 피곤해서 가족 기도를 할 힘도 없었다. 그들은 서로의 체온을 느끼면서 눈을 감자마자 잠에 빠졌다.

하지만 보우맨만은 잠을 이룰 수 없었다. 보우맨은 눈을 감은 채 매스터의 얼굴을 떠올렸다. 미소 짓는 턱수염의 얼굴. 그에게서 강한 힘과 집념을 느낄 수 있었다.

케스, 빨리 돌아와 줘. 나 혼자서는 감당할 수 없어.

보우맨은 가족들이 생각하는 것 이상으로 케스트렐을 그리워하고 있었다. 낮에는 딴 일에 정신을 팔 수 있었지만 밤이 되면 고통스러울 정도로 보고 싶어졌다. 그들은 태어나서 몇 시간 이상 서로 떨어져 본 적이 없었다. 케스트렐의 엉뚱한 발상과 열정에 익숙했기 때문에 지금과 같은 고요는 정말 참기 힘들었다. 케스트렐이 없다는 것은 자기의 반이 죽은 것이나 다름없었다. 어쩌면 반 이상일지도 몰랐다. 생동감이 넘치는 쪽은 언제나 케스트렐이었으니까. 그녀의 예민하면서도 발랄한 정신이 그리웠다.

케스, 지금 어디 있니? 내게 돌아와 줘. 너 없이는 살 수 없어.

그는 그리움을 고요한 밤에 쏟아내어 힘이 미치는 데까지 멀리 보냈다. 하지만 케스트렐은 그보다도 더 먼 곳에 있는지 아무런 응답을 해 오지 않았다.

은둔자

대지 언저리에 북서풍을 막아 주는 거대한 주목 나무가
홀로 서 있다. 그 나무가 몇 살인지는 아무도 모른다. 하
지만 한 번도 마른 적이 없다는 작고 맑은 시내를 수백 년
이상 지키며 그 자리에 서 있다. 독페이스는 홀로 서 있는
주목 나무가 좋아서, 그리고 근처에 물이 있는 것이 마음
에 들어 그곳에 산다. 그는 많이 먹지는 않지만 물은 많이
마신다. 주목 나무는 상록수이기 때문에 겨울에 은신처가
되어 주고 여름에는 그늘을 만들어 준다. 가지가 든든하
여 그 위에 집을 짓기 안성맞춤이다. 남쪽에서 바라보는
경치가 그만이라는 점도 빼놓을 수 없다.

독페이스는 나무 은둔자였으므로 가진 것은 아무 것도
없다. 나무 위에 지은 작은 초가집에서 살기는 하지만, 그
것을 자기 소유라고는 생각지 않는다. 긴 끈을 매단 물병
이 하나 있지만 사용만 할 뿐, 소유하지는 않는다. 그리고
미스트라는 회색 고양이 한 마리를 친구 삼고 있지만 그
것 역시 소유하지는 않는다. 그 기가 센 미스트는 아마 그
누구도 소유할 수 없을 것이다.

변화가 찾아온 그날 아침도 여느 아침이나 다름없이 시작된다. 새벽에 독페이스가 깨어나자, 미스트가 유리 없는 창틀에 앉아 그를 한심하다는 표정으로 내려다보고 있다.

독페이스는 일어나 기지개를 켜며 말한다.

자네는 나하고 재미도 없으면서 왜 같이 붙어 사는지 모르겠어.

나는 자네하고 붙어 사는 것이 아니야. 미스트가 대답한다. 내가 여기 있는데 자네가 내 근처에서 얼쩡댈 뿐이야.

그래, 알겠네 알겠어. 독페이스는 방바닥 가운데 뚫어 놓은 구멍으로 가서 오줌을 눈다. 매일 행해지는 이 의식으로 인해 밑의 나뭇잎과 풀밭에는 갈색 자국이 나 있다.

그래도 자네는 내가 좋은가 보지. 싫으면 벌써 딴 데로 이사갔을 텐데 말야.

좋아한다고? 미스트가 말을 받는다. 내가 왜 자네를 좋아하겠는가?

좋아하는 데도 이유가 필요한가?

독페이스는 허영심 있는 인간은 아니다. 자기가 개같이 생겼다는 것, 눈이 어둡다는 것 따위의 결점을 아주 잘 알고 있다. 자기 몸에서 악취가 난다는 것도 잘 안다. 그 냄새를 맡을 수는 없지만 3년 8개월하고도 11일 전, 이곳에 온 이래 한 번도 목욕을 하지 않았던 것이다. 뿐만 아니라, 자기는 가진 것이 없기 때문에 고양이에게 줄 것이 아무 것도 없다는 것도 안다. 그럼에도도 불구하고 그 고양이는 자기 곁을 떠나지 않는다.

그는 물병에 달린 끈 타래를 풀면서 말한다.

자네가 나한테 친절한 이유는 내가 잘해 줘서가 아니라 나에 대한 애정 때문이 아닌가 하고 생각하는데.

애정?

은둔자가 물병을 저 아래 나무 옆에 흐르는 시냇물 속에 담그는 모습을 지켜보면서 미스트는 반문한다.

내가 애정 따위를 알지 못한다는 것은 자네가 나보다 더 잘 알고 있지 않은가?

글쎄, 알겠네, 알겠어.

독페이스는 끈을 당겨 물이 가득 찬 물병을 끌어올리더니 그것을 고양이에게 내민다. 미스트는 창틀에서 뛰어 내려와 물병 주둥이를 몇 번 핥는다. 고양이가 다 마시기를 기다렸다가 독페이스는 자기도 물을 꿀꺽꿀꺽 마시고 나서 나머지로 얼굴을 적신다. 정신이 드는지 숨을 크게 들이쉬더니 아침의 노래를 부르기 위해 마음을 가다듬는다.

근처에 길도 없기 때문에 다니는 사람도 없지만, 만약 있다 해도 은둔자와 고양이 사이의 대화는 듣지 못할 것이다. 그들은 무성으로 대화를 주고받기 때문이다. 독페이스는 너무나 오랜 시간을 홀로 살아왔기 때문에 공기를 울려 주고받는 식의 대화는 잊은 지 오래다. 고양이는 소리를 내어 말을 할 수는 없지만 무성의 대화는 가능하다. 미스트가 그곳을 떠나지 않는 이유도 바로 거기에 있다. 동물들은 인간과의 대화를 즐기지만 동물과 대화할 수 있는 인간은 그리 많지 않다. 비록 독페이스가 괴짜이고 생활 방식을 이해할 수 없긴 하지만 말을 걸면 대답할 줄 아는 것이 마음에 든다. 어느 인간에게 그런 능력이 있는지 겉으로 봐서는 알 수 없다. 따라서 말을 걸어 본 후 대답을 하나 안 하나 기다려 보는 수밖에 없다. 어쩌다 대답할 줄 아는 인간을 만났다는 것이 나무에 사는 애꾸눈 은둔자인 것이다.

인간과 고양이 사이의 대화는 무성이지만 독페이스의 노래는 유성이다. 미스트가 그의 곁을 떠나지 않는 또 하나의 이유는 그가 부르는 노래가 마음에 들기 때문이다. 특히 새로운 날을 맞이하여 만천하의 생동력을 일깨우는 아침의 노래는 몸을 달콤하게 일깨우는 데는 그만이다. 독페이스는 여러 가지 노래를 부른다. 식사의 노래, 수면의 노래, 비의 노래, 햇빛의 노래, 근육통의 노래, 소화불량의 노래, 외로움의 노래 등. 미스트는 그 모든 노래가 귀에 익다.

아침의 노래가 거의 끝나 갈 무렵 고양이는 오두막을 빠져 나가 나뭇가지 위를 살금살금 기어간다. 그는 숨을 장소를 찾아서는 그곳에서 조용히 아침 식사를 기다린다.

독페이스는 아침의 노래를 부른 후 일어나서 기지개를 켠다. 위로 뻗은 양손이 천장에 가 닿는다. 기지개를 켜고 나서는 옷을 턴다. 옷이라고 해 봐야 까칠한 모로 만든 단순하면서 투박한 모양의, 큰 소매와 단이 바닥에 끌릴 정도로 긴 로브에 지나지 않는다. 독페이스는 그것을 빨지

는 않지만 매일 아침 창 밖으로 마구 흔들어서 먼지를 털
어 낸다.

 이처럼 옷을 흔들어 털면 나무 위의 새들은 공중으로 날
아올랐다가 오두막 근처로 날아 내린다. 독페이스는 옷을
다시 입고 문밖으로 나선다. 그 오두막은 지면으로부터
12미터 정도 되는 높은 곳에 있다. 그가 밖으로 나와 나뭇
가지 위에 앉으면 그의 몸 위로 새들이 날아와 앉는다.

 새 중에서도 특히 박새, 울새, 피리새 같은 작은 새들이
독페이스를 무척 좋아한다. 그의 왼편 어깨에는 언제나
그 나무에 사는 딱따구리가 날아와 앉는다. 찌르레기는
떼로 몰려와 시끄럽게 떠들지만 오래 앉아 있지는 않는
다. 검은 새들은 그의 머리 위에 앉기를 좋아하고, 참새들
은 무릎과 넓적다리 위를 종종거리며 뛰어다닌다.

 새들아 잘 잤니? 그는 손가락으로 방울새의 가슴에 난
깃털을 쓰다듬으며 말한다. **해가 짧아지는 것을 보니 얼
마 안 있어 찬바람이 불기 시작하겠구나.**

 새들은 짹짹거리며 대답한다. 그가 말할 때는 고개를 옆
으로 갸우뚱하다가는 다시 짹짹거린다. 새들의 뇌는 너무
작아서 대화할 수는 없지만 은둔자의 말을 알아듣고 재미
있어한다. 새들은 자기들 나무에 그가 와서 사는 것을 무
척 자랑스럽게 여긴다. 아침에 모여들어 무엇인가 한마디
라도 얻어들으면 하루 종일 생각해 볼 거리가 생기기 때
문이다. 은둔자의 존재는 새들의 단조로운 생활에 다채로
움을 준다. 그것을 아는 독페이스인지라 하루에 적어도

한마디씩은 새로운 말을 해 주려고 노력한다. 마치 하루에 격언 한마디씩을 넣은 달력같이. 한마디 해 주고 받는 대가 또한 만만치 않다.

그가 손을 앞으로 내밀고 있으면 새들이 펄떡거리며 날아와 조공을 바친다. 이제 새들도 그가 지렁이나 벌레 같은 것은 좋아하지 않는다는 것을 안다. 매일 아침 그의 손바닥은 과일, 곡물, 씨, 견과들로 가득 채워진다. 그러면 독페이스는 그것들 중 더러는 겨울을 위해 따로 남겨 두고 나머지는 입 안으로 가져간다. 그는 곡물과 과일을 한꺼번에 씹으면서 손을 다시 앞으로 내민다. 그는 이런 식으로 친구 새들의 도움을 받아 하루에 한 번 식사를 한다. 겨울에는 새들도 먹을 것이 모자라서 그에게 도움을 줄 수 없다. 그는 굶으면서 봄까지 겨울잠을 잔다. 다행히 배고픔의 노래가 있어서 굶주림의 고통으로부터 구원을 받을 수 있다.

그가 식사를 마치면 새들은 그의 몸 위에 앉아 그날의 생각을 듣는다.

우리 어머니는 언제나 날보고 예쁜 아기라고 불렀어. 내게 작고 파란 보넷 모자를 만들어 주셨어.

새들은 독페이스의 말을 듣고 우습다고 생각하지 않는다. 그가 못생겼다는 것을 모르기 때문이다. 보넷 모자(턱 밑에서 리본 따위로 매게 되어 있는 여성·어린이용 모자—옮긴이)가 무엇인지도 모른다. 그렇기 때문에 더욱 재미있다고 생각한다.

미스트는 위쪽 가지에 앉아 이야기에 귀를 기울이기는 하지만 아무런 말도 하지 않는다. 참새에게 최면을 거느라고 바쁘기 때문이다. 불쌍한 새는 미스트의 눈과 마주친 후 감히 돌리지 못한다. 미스트가 슬그머니 접근해 와도 그 자리에 얼어붙은 듯 도망치지 못한다.

독페이스가 고양이 소리를 듣고 올려다보면 미스트는 어느새 새를 입에 물고 저편으로 가고 있다. 그는 고개를 설레설레 흔든다. 잠시 후에 고양이가 나타나면 그때 가서 넌지시 불평한다.

미스트, 내 친구를 먹지 말라고 부탁했잖아?

미스트는 아침 식사를 소화하느라고 은둔자의 무릎 위에 앉으며 대답한다.

자네 친구인지는 모르지만 내 친구는 아니야.

날 도와주는 셈치고 생쥐 같은 것을 대신 먹을 수는 없겠나?

내가 왜 자네를 도와줘야 하는가?

이봐 미스트, 농담 그만 하게. 나는 자네 친구 아닌가?

우정이라는 것은 버릇과 편리함이 전부라네.

내 무릎 위에 앉아서 한다는 소리 좀 들어 봐!

인간의 몸은 온기를 위해 필요한 거지.

인간의 몸이라고? 이봐! 내 몸이야, 내 몸!

그래, 근처에 인간이라곤 자네밖에 없지 않은가?

그렇다면 내가 죽어서 싸늘해지면 어쩔 건가?

그때 가서 걱정할 일이지.

독페이스는 고개를 절레절레 흔들면서 고양이의 등을 힘차게, 그리고 규칙적으로 쓰다듬는다. 처음 만났을 때 독페이스는 쓰다듬는 방법이 서툴러 미스트가 가르쳐 줘야 했다. 하지만 이제는 제법이다. 가르쳐 준 대로 적당히 압력을 가해 리드미컬하게 쓰다듬는다.

자네 곧 죽겠다는 말인가? 미스트가 묻는다.

글쎄, 시간이 되면.

그렇다면 그냥 하는 얘기로구먼. 멈추지 말고 계속 쓰다듬게나.

독페이스는 친구를 놀라게 하고 싶지 않아 더 이상의 말을 삼간다. 시간이 되면, 이라는 말은 그냥 하는 얘기가 아니다. 독페이스는 싱어족이다. 모든 싱어족이 그러하듯 그는 부름을 기다리고 있다. 최근 몇 주 동안 저 멀리서부터 전해져 오는 진동, 공기 압력의 변화 등을 그는 느끼고 있다. 그래서 다른 때보다 신경을 곤두세우고 있다. 그는 곧 부름을 받으리라는 것을 확신한다.

무릎 위에서 고양이가 낮잠을 자는 사이에 그는 오전 망각 수련을 한다. 수련은 발바닥의 감각을 느끼는 것에서부터 시작된다. 발목까지 거슬러 올라간 후에 발 전체를 마음에서부터 지운다. 그러고 나서 옷자락이 간질이는 정강이 부분을 느낀 후 마음속에서 제외시킨다. 아래로는 나뭇가지에, 위로는 고양이의 몸무게에 눌려 있는 넓적다리와 엉덩이, 안에서 과일과 견과를 소화하고 있는 복부, 달콤한 공기를 마시는 폐, 천천히 뛰는 심장, 한쪽은 움직

이고 다른 한쪽은 그대로 있는 팔 등을 모두 느끼고 의식
하고는 마음으로부터 걷어 낸다. 마지막으로 얼굴, 산들
바람의 간지러움, 나뭇잎 흔들리는 소리, 잘 보이는 한쪽
눈에 비치는 빛, 이 모든 것들을 의식하는 마음 그 자체마
저 떠나 보내고 망각한다. 그는 고요 그 자체가 된다.

밝고 푸른 나비가 주목 나뭇가지 사이를 춤추며 날아오
더니 은둔자의 창틀에 앉는다. 햇빛에 날개를 반짝이며
가만히 앉아 있는다. 잠시 후, 날개를 팔딱이며 공중으로
다시 날아오르더니 은둔자의 머리 위를 빙빙 돌아 왼쪽
귀에 가 앉는다.

독페이스는 깜짝 놀라 벌떡 깨어나다 하마터면 나무 위
에서 떨어질 뻔한다. 고양이는 무릎으로부터 뛰어내려 등
을 곧추세우고 으르렁댄다.

응? 누구야?

은둔자는 주위를 둘러보며 말한다.

왼쪽 귀가 간지러운 것을 의식한다. 그는 고개를 숙이
고 무엇인가 듣는지 조용해진다. 그러더니 고개를 끄떡
인다.

미스트는 걱정스러운 눈매로 사태를 관망한다. 무엇인
가 심상치 않은 일이 벌어지고 있다. 그는 변화를 싫어한
다. 특히 아무런 경고나 해명도 없이 찾아오는 변화를. 은
둔자로부터 푸른 나비가 날아올라 나무 한 그루 없는 평
원 위를 날아가는 모습을 본다. 머리 위의 구름들이 움직
여 저 멀리 수평선 위로 집결하는 광경을 본다. 까마귀 떼

가 날아와 깍깍 하고 운다. 그것들은 예사로운 광경이 아니다. 은둔자는 벌써 자리에서 일어날 차비를 한다. 아직 그러기에는 이른 시간임에도 불구하고.

독페이스는 벌떡 일어나더니 오두막 안으로 들어간다. 그는 잠옷하고 물병을 꾸린다. 미스트는 마음에 안 든다는 듯이 사태를 지켜본다.

뭐 하는 거야?

난 이제 떠나야 해.

은둔자가 대답한다.

가? 어디로?

소식을 전해 주러 가야 한다네.

그는 밖으로 나서더니 새들을 부른다.

새들아! 난 이제 떠나야 한단다.

새들 사이에서 소식은 빨리 전달되어 모두 날아 내려와 나뭇가지에 앉는다.

난 이제 떠난다. 그동안 친절히 대해 줘서 고맙다. 내가 할 수 있는 한 나름대로 너희들에게 보답할게.

그러더니 그는 갑자기 나무 위에서부터 지면까지 둥둥 떠서 내려간다. 새들은 날 줄 아니까 별로 놀라지 않지만 고양이는 깜짝 놀란다. 미스트는 입을 헤 벌리고 은둔자가 땅 위로 사뿐히 내려앉는 모습을 바라본다. 재빨리 그를 좇아 나무 둥지를 타고 달려 내려온다. 새들도 은둔자의 뒤를 따른다.

어떻게 그랬어? 인간은 못 나는데?

날 수 있는 인간도 있다네.

독페이스는 대답을 하면서 몇 발짝 걸어 본다. 거의 4년 만에 걷는 걸음이라 어색하다.

좋아. 내가 인정하지. 이건 흥미로운 일이로군.

미스트가 말한다.

머리 위로 새들이 짹짹거리며 줄지어 날아온다. 작별을 고하는 친구, 질문하는 친구도 있다. 하지만 알아들을 수 있게 말을 한다는 것은 그들에게는 아직 무리다. 독페이스는 싱어족이기 때문에 정말로 노력하면 아무하고나 접촉할 수 있다. 하지만 열심히 집중한 끝에 이해한 말이라곤 파란 부넷 모자가 어떤 거야? 하는 말뿐이다.

지금 그는 몹시 흥분해 있다. 소식을 전하러 갈 시간이 됐다는 것은 그가 그토록 훈련을 하며 기다리던 바로 그 시간이 다가왔다는 의미다. 얼마나 가까이 온 것일까? 어쩌면 불과 몇 주 앞으로 다가왔는지도 모른다. 예언가의 아이를 찾는 데는 며칠이 걸릴 것이다. 물론 다른 사람들과 만나는 데는 더 많은 시일이 걸릴 것이다. 그는 왜 자기가 하필 나무 은둔자가 됐을까 하고 후회한다. 나무 위에 사느라고 다리 운동을 제대로 못한 탓에 벌써 다리가 저려 오기 때문이다. 걸어서는 여행을 제때 마칠 수 없을 것 같다. 싱어족들은 보통 개인적 편안을 위해서 초능력을 발휘하지 않지만 독페이스는 지금 상황은 예외라고 생각한다. 그는 뒤에서 따라오는 고양이에게 묻는다.

미스트, 나하고 같이 갈 건가?

보면 모르나?

그렇다면 내 어깨 위에 앉게나. 빨리 가야 할 테니까.

자네하고 같이 오래 있지 않을지도 몰라.

말만 하면 가다가도 서서 내려 줌세.

그 말을 듣고 미스트는 은둔자의 오른쪽 어깨 위로 뛰어 오른다.

꼭 붙잡게.

독페이스는 정신을 집중하더니 미스트가 전에 들어 보지 못한 노래를 부르기 시작한다. 얼마 안 있어 그의 몸은 몇 인치 공중으로 붕 떠오르더니 몸을 앞으로 기울인 채, 미끄러져 나간다. 처음에는 서서히 움직이더니 이내 같은 고도를 유지하면서 속도가 붙는다. 곧 그는 머리 위로 날아가는 구름의 속도만큼이나 빠르게 미끄러져 나간다.

미스트는 처음에는 발톱을 잔뜩 세우고서 은둔자의 옷을 움켜쥐지만 속도에 일단 익숙해지자, 몹시 신이 나는 듯하다.

정말 대단한걸! 좋았어!

미스트는 얼굴을 앞으로 내밀고 콧수염을 바람에 날리면서 자기가 하늘을 나는 상상을 해 본다. 그는 눈 아래 평야에서 들쥐가 뛰노는 모습을 마음속에 그려 본다. 소리 없이 날아가 바로 위에서 덮치면—!

자네 이거 어떻게 하는지 내게 가르쳐 줘야겠네. 이것만은 꼭 배워야겠어.

시간이 너무 많이 걸려. 은둔자가 대답한다. 갈 길이 너무 멀어서 결국에는 원하는 것을 얻지 못하고 만다네.

자기 비밀을 가르쳐 주고 싶지 않은 게지, 하고 고양이는 속으로 별로 놀라지도 않으며 생각한다. 하지만 꼭 알아내고야 말 테다. 그렇게만 된다면 새들도 내 앞에서 건방지게 못 까불 테지. 날갯짓해서 날아 봤자야! 구름까지라도 날아올라 잡을 수 있을 테니까.

미스트는 꿈을 꾼다. 어디를 가서든, 무엇을 해서든 언젠가 꼭 날고야 말겠다고 다짐한다.

8

케스트렐, 춤을 배우다

케스트렐은 조딜라의 하녀들이 입는 연두색 로브를 입고 있었다. 전에 입고 다니던 검정색 옷은 런키가 가져다 태워 버렸다. 하지만 윈드싱어의 목청 목걸이는 여전히 목에 건 후 남의 눈에 띄지 않게 옷 속에 넣고 다녔다.

"너 그렇게 입으니까 런키하고 똑같아 보인다. 살이 안 찐 것만 빼고." 조딜라가 말했다.

그들은 거의 하루 종일을 흔들리며 달리는 마차 안에서 보냈다. 하지만 조딜라가 밖으로 나갈 때에는 케스트렐도 꼭 따라 나섰다. 이제 왕궁 식구들도 케스트렐에 익숙해져서 조딜라에게 하녀가 하나 더 생겼거니 하고 생각할 뿐이었다.

"너무 기분 나빠하지 마. 저분들은 친구가 무엇인지도 몰라. 설명해 줘도 이해를 못해."

"나 상관 안 해."

케스트렐은 조딜라가 부르지 않을 때에는 창가에 앉아서 밖을 내다보았다.

"너는 왜 항상 밖만 내다보니?" 조딜라가 물었다. 그러는 것이 마음에 들지 않는다는 의미는 아니었고, 다만 흥미가 동해서 묻는 것뿐이었다. 조딜라는 케스트렐의 일거수일투족을 흥미를 갖고 지켜보았다.

"우리 종족이 이 길을 지나갔기 때문이야."

케스트렐은 매일 길에서 그 흔적을 찾아낼 수 있었다. 지금 맨스족이 지나간 그 길을 가고 있는 것이 분명했다.

"아! 아직도 그 타령이니?"

"응."

"내가 네 곁에 있어도?"

"응."

"하지만 그들을 나보다 더 가깝게 생각하는 것은 아니겠지? 내가 너에게 얼마나 잘해 주는데? 런키는 내가 너에게 너무 잘해 준다고 샘내더라."

"네가 나보다도 네 부모를 더 가깝게 생각하는 것처럼, 나도 너보다는 그들을 더 가깝게 생각하는 거야."

조딜라는 잠시 그 말을 생각해 보았다. 자기도 부모를 사랑하기는 하지만 그리 재미있는 분들은 아니라는 생각이 들었다. 만약 그들이 케스트렐 부모처럼 잡혀 간다면 자기가 그들을 그렇게까지 그리워할 것 같지는 않았다.

"하지만 너네 종족은 망했잖아? 나는 여기 버젓이 살아 있고. 그러니까 내가 더 중요하지 않니?"

　　케스트렐은 검은 눈을 들어 조딜라를 똑바로 쳐다보았다. 조딜라는 그 눈을 볼 때마다 그녀의 강한 의지와 신비로움이 느껴져서 가슴이 뛰었다. 그 눈은 보고 또 보아도 밑바닥을 볼 수 없을 것 같은 그런 기분을 느끼게 했다.

　　"내게는 쌍둥이 오빠가 있어. 내가 내 자신보다도 가깝게 느끼는 사람이야. 내가 말을 안 해도 그는 내 마음을 읽을 수 있어. 그가 죽으면 나도 죽고 말 거야. 지금 나는 하루하루 그에게로 다가가고 있어. 얼마 안 있으면 만날 수 있을 거야."

　　조딜라는 그 말을 들으며 눈물을 흘렸다.

　　"나에게도 쌍둥이 형제가 있었으면……."

　　"아니야. 그렇게 가까운 형제가 있다는 것은 좋지 않아."

　　"왜?"

　　"둘 말고는 다른 사람을 필요로 하지 않기 때문이지."

　　"그러면 어때?"

　　"조딜라, 너는 결혼해서 어떻게 살 거니?"

　　조딜라는 어깨를 으쓱했다. 가능하면 생각하고 싶지 않은 화제였다.

　　"시키는 대로 하는 거지 뭐. 공주는 그래야만 된대."

　　케스트렐은 창 밖으로 눈을 돌리면서 은근히 물었다.

　　"같은 종족하고 결혼하고 싶다는 생각은 안 드니?"

　　"같은 종족?" 공주는 뜻밖이라는 듯이 물어 왔다. "누구?"

　　"글쎄, 네 마음에 드는 젊은 남자 없어?"

　　"응, 없어. 뭐 그럴 사람이 있어야지?"

　　케스트렐은 너무 속보이는 소리를 할 수 없어 주변에 예로 들만한 마땅한 남자가 없나 생각해 보았다. 하지만 적당한 예를 찾기가 쉽지 않았다.

"점쟁이 오조는 어때?"

"발가벗고 다녀서 징그러워."

"바잔은?"

"재미없을 뿐 아니라 이미 결혼했잖아."

"조혼은?"

"우습지도 않은데 언제나 비실비실 웃고 다녀. 그는 자기밖에 사랑할 줄 모르는 남자야."

케스트렐은 그 소리를 듣고는 놀라지 않을 수 없었다. 의외로 공주에게는 사람을 보는 안목이 있었다.

"그리고 또 한 가지, 내가 공주이기 때문에 우리 동족은 모두 나보다 한 급 아래야. 내 남편은 나보다 지위가 높아야 해. 그러니 다른 나라 사람하고 결혼할 수밖에 없지."

"너보다 높지 않아도 돼."

"너라면 너보다 지위가 낮은 사람하고 결혼하겠니? 웃기지 마. 그건 말도 안 돼."

"서로 나은 데도 있고 못한 데가 있으면 서로 보완하면서 살면 되지."

조딜라는 잠시 생각하는 눈치였다.

"그럴 수도 있겠네. 그러면 좋긴 좋겠다. 하지만 그런 사람이 없잖아? 없을 바에야 부모가 정해 준 사람하고 결혼하는 수밖에 없지."

"그렇다면……" 케스트렐은 속으로 자기가 할 일은 다 했다고 생각하면서 말했다. "할 수 없지. 어쨌든 내가 공주가 아닌 게 다행이야."

잠시 말없이 있던 조딜라가 입을 열었다.

"사람들이 생각하는 것하고는 전혀 달라. 내 주위에는 진실된 얘기를 해 주는 사람이 한 명도 없어. 어디 마음대로 나갈 수도 없고, 새로운 사람을 만날 수도 없어. 남들보다 낫다고는 하지만 유리 상자에 갇힌 인형하고 다를 게 하나도 없어."

그 소리를 들은 케스트렐은 감격해서 말했다.

"공주 그만두면 되잖아?"

"그렇다면 뭐 한 가지라도 잘하는 게 있어야 하잖아? 무엇이든 내 손으로 직접 해 본 일이 없으니…… 그냥 아름답게 치장할 줄만 알았지."

"조딜라."

"다른 사람들에게 내가 이런 말 했다고 퍼뜨리지 마. 아마 이해하지도 못할 테니. 인형 공주는 행복하고 찬란해야 하는데……."

조딜라는 케스트렐을 보고 야릇한 미소를 짓더니 고개를 돌렸다.

둘이 이야기하는 중에 행렬이 멈추었다. 조딜라가 춤을 배울 시간이 돌아왔기 때문이었다. 곧 춤 선생이 마차 문을 두드리는 소리가 들렸다. 조딜라는 한숨을 크게 내쉬더니 베일로 얼굴을 가렸다.

케스트렐은 공주와 같이 천장이 없는 텐트로 갔다. 몸집 작은 춤 선생은 긴장해 있는 모습이 역력했다.

"이제 열흘만 있으면 목적지에 도착한다고 합니다."

"그래요, 픽시. 이 지겨운 여행도 곧 끝나긴 할 모양이네."

"공주님, 제 말뜻을 오해하시는 것 같습니다. 이제 열흘밖에 안 남았는데 공주님은 아직도 춤을 배우지 못하고 계십니다. 끝내 못 배우시면 제가 욕먹고 벌받게 될 것입니다."

"그렇겠죠, 뭐. 당신이 내 춤 선생이니까."

"하지만 공주님," 라자림이 애원하듯 말했다. "공주님께서는 노력을 하지 않으십니다. 노력을 하지 않는데, 제가 어떻게 가르칠 수 있겠습니까?"

"케스, 너는 이 춤이 어려운 춤이라고 생각지 않니?"

"응, 어려워. 하지만 아름다워."

라자림은 고마운 눈으로 케스트렐을 쳐다보았다.

"그것 보세요. 어렵지만 아름답다고 하잖아요? 열심히 연습하시면 어려운 것은 다 없어지고 아름다움만 남게 되지요."

"응," 하고 조딜라는 그 말을 믿지 않는다는 투로 대답했다. "조금 노력은 해 볼게. 하지만 날 지루하게 해서는 안 돼."

조딜라가 왼발을 앞으로 뻗고 오른손을 쳐들어 시작 자세를 취하자, 라자림이 공주 옆에 가 섰다. 악단이 연주를 시작하자 라자림은 살짝 왼쪽으로 스텝을 밟으려다가 오른쪽으로 뛰어든 공주와 부딪쳤다.

"공주님! 그러면 안 되죠! 왼쪽 발을 뒤로 가져갔다가 옆으로, 이렇게 하셔야죠."

"아참! 이제야 기억이 나는군."

그들은 처음부터 다시 추었다. 이번에는 옆 스텝, 인사, 그리고 회전까지 갔다. 하지만 중간에 딱 멈춰야 하는 대목에서 조딜라는 멈추지 않고 계속 돌았다.

“공주님! 이렇게 돌다가 딱 멈춰야지요. 곡의 박자에 귀를 기울여야지요.”

라자림은 직접 빙글빙글 돌다가 힘 하나 들이지 않고 도중에 멈춰 서는 시범을 해 보이며 말했다.

“몸을 이렇게 굽힙니다. 회전할 때 몸의 곡선이 균형을 잡아 주기 때문에 타이밍을 맞춰 이렇게 등을 곧게 펴 주기만 하면—”

그의 우아한 시범을 흥미롭게 보면서 케스트렐은 자기도 해 보고 싶다는 충동을 느꼈다.

“픽시, 당신한테야 쉽지.” 조딜라가 투정하듯 말했다. “당신 몸은 그렇게 굽혀지지만 나는 안 돼.”

케스트렐은 더 못 참고 끼어들었다.

“제가 해 볼게요.”

“그래? 해 볼 테야?” 조딜라는 조금도 기분 나빠하지 않으며 되물었다. 공주와 아웅다웅하던 판이라 라자림도 마다하지 않았다.

“거리를 두고 남이 하는 것을 보면 도움이 될 수도 있지요.”

“나는 보는 쪽이 좋아. 그래 케스, 잘해 봐.”

케스트렐이 탄타라자 댄스 시작 자세를 취하자, 라자림이 그녀의 손을 잡았다. 춤 선생이 반복에 반복을 해 가며 열심히 가르치는 것을 며칠 동안 계속해서 지켜봤기 때문에 케스트렐은 스텝에 환했다. 라자림이 손을 잡자, 몸이 찌르르 하고 울렸다. 조딜라에게 말하지는 않았지만 옆에서 구경하는 사이에 그녀의 영혼은 탄타라자에 흠뻑 빠져 버렸다. 그 춤은 일단 빠지면 안 추고는 배길 수 없는 춤이었다.

“자, 이제 왼쪽으로 세 스텝, 그리고 오른쪽으로 세 스텝 가야 해.”

"알 것 같아요. 그냥 해 보세요. 나중에 가서는 좀 헷갈리겠지만."

손을 붙잡는 순간, 라자림은 케스트렐이 춤에 천부적인 소질이 있다는 것을 직감할 수 있었다. 그는 너무 반가워서 자기가 가르쳐야 할 학생은 조딜라이고 케스트렐은 하녀일 뿐이라는 사실도 잊었다. 그는 호흡을 가다듬으며 자세를 취한 후, 혀를 퉁겨 악사들에게 신호를 보냈다. 북이 울리더니 피리의 달콤한 연주가 시작되었다. 그가 움직이기 시작하자, 케스트렐도 물찬 제비처럼 보조를 맞췄다. 그가 돌아섰을 때에도 케스트렐은 정확하게 있어야 할 곳에서 기다리고 있었다. 인사는 완전치는 않았지만 그런 대로 귀여웠다. 그리고 한치의 오차도 없이 빙글빙글 돌다가 순간적으로 포즈를 취한 채 동작을 멈췄다. 케스트렐은 춤에 취한 밝은 눈으로 그의 눈을 똑바로 바라보더니 스텝을 밟으며 그에게로 다가왔다. 둘이 다시 하나가 되는 순간 라자림은 자기의 그날 임무를 잊어버렸다. 완전히 춤의 무아지경에 빠져 버렸던 것이다.

케스트렐은 라자림의 두 팔에 안겨 마치 새처럼 날았다. 처음에는 스텝을 기억하려고 했지만 곧 스텝에 대한 걱정도 잊고 몸이 자연스럽게 기억하고 있는 율동에 몸을 맡겼다. 케스트렐은 춤 선생이 이끄는 대로 점점 더 깊이 몰입해 들어갔다. 어느새 탄타라자의 기본 동작을 지나 자유 비행이라고 일컫는 고수들에게만 가능한 경지에 들어섰다. 악사들도 마치 눈가리개를 뚫고 그들의 동작을 지켜보면서 완벽한 틀과 자유의 앙상블을 창조하라고 격려라도 하는 듯이 황홀경에 빠져 열정적으로 연주했다. 조딜라는 얼빠진 얼굴로 그 광경을 지켜보면서 친구가 자랑스러워 어쩔 줄 몰랐다.

케스트렐은 평생 새장 속에 갇혀 지내다가 처음으로 날개를 펼쳐 창공을 나는 새가 된 듯한 기분이었다. 케스트렐은 상대방을 신뢰했기 때문에 두려움 없이 자기의 몸을 전부 해방시켰다. 가슴은 뛰고 뺨은 뜨거워졌지만 마음은 차분했고 자신이 있었다. 춤 이외의 일은 생각조차 할 수 없었다. 영원히 그렇게 춤추고 싶었다.

탄타라자의 진수는 뭐니 뭐니 해도 클라이맥스에 있었다. 라자림이 스텝을 바꾸자 악사들은 그 소리를 듣고 그의 의도를 눈치챘다. 고수가 승천이라는 최후의 리듬을 치기 시작했다. 라자림은 이 부분을 조딜라와 연습한 적이 없었으므로 케스트렐이 그 스텝을 알 리 없었다. 스텝이 바뀌는 것을 보고 춤 선생을 좇아 열심히 따라 해 보았지만, 결국 박자를 놓치고 말았다. 그는 케스트렐의 두 손을 잡고 우아하게 회전시킨 후 정지하면서 절하는 포즈로 춤을 끝냈다.

조딜라는 케스트렐에게서 자신이 전에 미처 보지 못했던 생동감 넘치는 아름다움을 발견하고 있었다. 케스트렐은 숨을 헐떡이며 웃었다.

"미안해요. 그 부분은 몰라요."

라자림은 케스트렐의 손을 들어 자기 입술에 가져갔다. 그는 불타는 듯한 눈으로 케스트렐을 쳐다보며 감사의 뜻을 전했다. 조딜라가 연약해 보이는 손을 들어 손뼉을 치며 말했다.

"너 참 아름답다!"

공주는 마치 새로운 동지를 얻은 듯이 진심으로 기뻐했다. 이제부터는 둘이 같이 아름다울 수 있다는 듯이.

라자림이 공주를 보며 말했다.

"공주님, 바로 이렇게 추는 것이 탄타라자입니다."

"알아요, 픽시. 케스 잘 추지 않아요?"

"공주님도 그렇게 출 수 있을 것 같아요?"

"아니, 당신은 내가 그럴 수 있다고 생각해요?"

라자림은 한숨을 내쉬었다. 천년이 가도 그것은 불가능할 것이다. 하지만 그렇게 추어야만 하는 것이다.

"하녀가 배울 수 있는 스텝이라면 공주님도……."

"허튼 소리 하지 말아요. 케스트렐은 보통 사람들하고 달라요. 당신에게도 그것이 보일 텐데."

"그렇다면 어쩌면 좋지요?"

주딜라도 문제는 인정했다. 하지만 모두 것이 불공평하다는 생각이 들었다. 하필 결혼해야 할 사람은 왜 자기이며, 결혼하기 위해서 소질도 없는 춤을 춰야만 한다는 말인가? 그 반면에 케스트렐은 춤에 소질이 있지만 결혼할 필요는 없었다.

"케스가 나 대신 춤을 추어 준다면 나머지는 내가 소화할 수 있을 텐데."

"물론 그렇겠지요. 하지만 신부가 한 명이지 두 명이 될 수는 없지 않습니까?"

"춤은 그때 딱 한 번만 추면 된다고 했잖아?"

"그렇습니다만."

"그렇다면 알게 뭐야?"

"공주님, 무엇을 모른다는 말씀입니까?"

"베일로 얼굴을 가릴 거잖아? 케스트렐이 나 대신 춤을 춘다고 해서 내가 아닌 줄 누가 알겠어?"

케스트렐은 그런 상황이 펼쳐질 경우 자기에게 돌아올 이점이 무엇인가부터 재빨리 계산해 보면서 옆에서 조용히 듣고 있었다.

라자림은 고개를 저었다.

"대왕께서 그것을 허락하실 리 없습니다."

"말할 필요도 없지."

춤 선생은 공주를 똑바로 쳐다보았다. 그 말에도 일리가 있었다. 누가 알 것이란 말인가? 성공할 수도 있었다. 물론 무척 위험한 발상이긴 해도…….

공주는 자기 생각이 마음에 드는지 케스트렐을 보고 말했다.

"케스, 날 위해 해 줄 수 있지? 암만 연습해도 난 그 바보 같은 춤을 배울 수 없는 거 알잖아? 그런데 춤을 못 추면 결혼을 못하게 되고, 결혼이 성사 안 되면 전쟁이 일어날 것이라고 하고…… 그러면 아빠는 날 얼마나 미워하겠어?"

케스트렐은 공주와 춤 선생을 번갈아 바라보았다. 자기가 조딜라 대신 춤을 춰 줄 경우 자기의 계획에 도움이 될 것인가? 현재 상황으로 볼 때에는 어떤 이점도 있어 보이지 않았다. 하지만 약속할 경우 그녀는 위험한 일에 가담하게 되고, 남의 약점을 안다는 것은 그녀에게 힘이 될 수도 있었다.

"제발 그렇게 해 줘. 너, 내 웨딩 드레스 입으면 참 예쁠 거야."

조딜라는 애원하는 눈빛으로 케스트렐을 바라보았다. 케스트렐은 자기가 그때까지도 대답을 하지 않고 있다는 사실을 그제야 눈치챘다.

"저 사람들은 어떡하고?" 케스트렐은 악사들을 가리키며 물었다.

"저 사람들 뭐?"

"저 사람들이 입을 불면?"

조딜라가 그들을 향해 외쳤다.

"여기서 들은 말을 딴 곳에 가서 했다가는 혓바닥을 뽑고, 토끼 머리를 입 안에 처넣고 입을 꿰매 버리겠다!"

악사들은 두려움에 벌벌 떨며 머리를 조아렸다.

"그리고 눈은 불에 달군 꼬챙이로 찔릴 줄 알라." 조딜라는 입버릇이 된 그 말을 못 참고 덧붙였다.

"공주님, 저들은 아무 말도 안 할 것입니다." 라자림이 안심시켰다.

"그렇다면 우리 셋 이외엔 아는 사람이 없어."

이 여행을 시작할 때부터 마음을 무겁게 하던 걱정거리를 덜게 됐다는 생각에 조딜라는 신이 났다.

"친구끼리는 누가 기발한 생각을 해내면 잘했다고 칭찬해 주지 않나?"

"응." 케스트렐이 답했다.

"내가 좋은 생각 해냈지? 그치?"

"그래, 좋은 생각이야."

케스트렐은 말없이 라자림의 두 눈을 쳐다보았다. 둘은 같은 생각을 하고 있었다. 이 위험한 계획이 과연 성공할 수 있을까? 라자림으로서는 눈앞에 닥친 곤경으로부터 구원받을 수 있는 한 가닥 희망이었다. 케스트렐에게는 자기의 운명에 닥쳐온 또 하나의 기회였다. 그렇다면 춤을 출 수밖에 없다고 생각했다.

"내가 춤을 추어야 한다면 제대로 배워야겠네."

원숭이 철창의 그늘

다음날 아침 맨스족 노예들은 삐거덕거리며 다가오는 음식 수레바퀴 소리를 듣고 잠에서 깨어났다. 그들의 아침 식사는 거무스레한 차와 빵 한 조각뿐이었다. 그래도 그것을 먹고 마시자 원기가 좀 도는 것 같았다.

보우맨과 멈포는 뜰 안을 돌아다니면서 수용소 벽에 약한 곳이 없나 찾아보았다. 그랬더니 손으로 강하게 잡아당기면 떨어져 나갈 것 같아 보이는 판자들이 여기저기 눈에 띄었다. 담은 쉽게 기어오를 수도 있을 것 같았다. 저 멀리 보초들을 몇 명 세워 놓기는 했지만 경비도 그리 삼엄해 보이지 않았다. 밖에서 빗장을 건 대문은 마음만 먹으면 부수고 나갈 수 있을 것 같았다.

"탈출하려면 얼마든지 할 수 있겠다." 멈포가 말했다.

"우리를 추격해 올 테지. 기마병들이 있으니까."

갑자기 등뒤로부터 누군가의 목소리가 들렸다.

"숨으면 되지."

보우맨이 깜짝 놀라 뒤돌아보니 루피 블레시였다. 어느새 뒤에 와서 자기들이 하는 말을 들은 모양이었다. 그의 눈에 광기가 번득였다.

"너희들도 나하고 같은 생각을 하는 거지? 보초 수도 많지 않아. 얼마든지 숲 쪽으로 뛰어 도망칠 수 있어."

"우리 모두 함께? 애들과 노인들도?"

루피는 주위를 살피며 대답했다.

"모두는 안 되지. 하지만 몇 명이라면 가능해."

"그럴 순 없어." 보우맨이 말했다. "간다면 모두 함께 가야 해."

보우맨은 자신의 단호한 어조에 스스로 놀라면서도 자기 생각이 옳다고 믿는 데는 변함이 없었다. 어떤 일이 있어도 맨스족은 단결해야 했다.

"그렇다면 우리는 영원히 여기를 빠져 나가지 못할 거야." 루피가 반박했다. "네 눈에는 안 보이니? 우리 종족이 개같이 얻어맞고 나서 두려움에 벌벌 떨고 있는 걸. 감히 대항할 생각도 못하고 노예 생활을 택할 게 분명해. 두고 봐."

"나는 달라." 멈포가 말했다. "나는 끝까지 싸울 거야."

"그렇다면 나하고 같이 가자!" 루피가 흥분한 어조로 말했다. "너도 나처럼 돌볼 가족이 없잖아? 그러니 밤에 빠져 나가서 숲 속에 숨자."

"그러고 나면 어쩔 거야?" 보우맨이 물었다.

"그러고 나면? 자유의 몸이 되는 거지."

"그게 다야?"

핀토가 그들 쪽으로 달려왔다.

"회의가 열리고 있어. 빨리 가 봐."

"또 우리 맨스족 특기가 나왔군. 회의만 하면 모든 것이 해결되는가?" 루피가 빈정거렸다.

하노와 아이라도 회의에 참석하고 있었다. 그 회의는 그리스 박사가 소집한 것이었다. 그는 옛 아라맨스에서 높은 직책에 있다가 물러난 인물이었다.

"제슬 그리스는 현실적인 인물이지." 하노가 아내보고 소곤댔다. "하지만 지금 우리에게 닥친 현실을 제대로 이해하고 있지는 못해."

"노예로 살아남는 것이 자유롭게 죽는 것보다 낫지요." 아이라가 대답했다. 하노 헤스는 놀란 눈으로 아내를 쳐다보았다.

"당신 방금 뭐라고 했어?"

"예? 뭐요?" 아이라는 조금 당황한 듯이 대답했다. "내가 뭐라고 했는데요?"

"응." 그는 아내의 얼굴을 찬찬히 쳐다보았다. "아무 것도 아니야."

그리스 박사는 음식 수레 위에 서서 연설을 하고 있었다.

"여러분, 나는 지금 우리가 처한 상황에 대해 냉철하게 판단해야 할 때라고 생각합니다. 우리의 사랑하는 고향은 파괴되고 말았습니다. 과거는 돌이킬 수 없습니다. 우리는 외국에 끌려온 포로이자 노예입니다. 그렇다면 우리는 어떻게 해야 좋겠습니까? 무기도 없이 맨주먹으로 자유를 위해 싸워야 하겠습니까? 갈 곳도 없는 처지에 탈출을 시도해야 하겠습니까?"

"겁쟁이!" 루피 블레시가 뒤에 서서 코웃음을 치더니 소리 높여 외쳤다. "그렇다면 노예로 살다가 죽자는 말이오?"

그리스 박사는 적당한 대답을 생각해 내느라고 얼굴을 잠시 찌푸렸다. 그 순간 하노 헤스는 그리스 박사의 입에서 무슨 말이 나올 것인지 직감적으로 알아차렸다.

"노예로 살아남는 것이 자유롭게 죽는 것보다 낫습니다!"

하노는 아내의 얼굴을 쳐다보았다. 아내는 눈을 끔벅거리더니 자기도 모른다는 듯이 고개를 내저었다.

"겁쟁이!" 루피 블레시가 외쳤다.

"나는 겁쟁이일지 모릅니다." 그리스 박사가 침착한 어조로 대답했다. "당신은 나보다 용감하지도 모르겠습니다. 하지만 주위를 둘러보십시오. 우리 종족의 얼굴을 보세요. 당신은 모두를 보고 죽음을 택하라고 말할 수 있습니까? 무엇을 위해서 말입니까?"

"맨스족의 자존심을 위해서요!"

"자존심과 죽음을 맞바꾸자는 말인가요?"

"노예 생활과 맞바꾸자는 말이오."

군중 속에서 몇몇이 그 말에 동조하며 술렁거렸다.

"우리 섣불리 행동하지 맙시다." 제슬 그리스가 말했다. "겨울이 다가오고 있습니다. 이곳 생활이 어떨지는 알 수 없습니다. 정말로 견딜 수 없을 정도로 괴롭다면 그때 가서 이 젊은이 말대로 싸우다 죽어도 늦지 않습니다. 그러니 참고 기다려 봅시다. 기다린다고 해서 손해볼 것은 하나도 없으니까요."

사람들은 아무 말도 하지 않았다. 그때 갑자기 재봉사 미코 미밀리스가 외쳤다.

"하노 헤스의 의견을 들어 봅시다."

하노 헤스는 평생을 도서관 직원으로 일해 왔지만 사람들로부터 통찰력을 인정받고 있었다. 그의 아내에게 특별한 능력이 있다고 믿는 사람들도 꽤 있었다. 하노는 조용한 목소리로 말했다.

"생각만큼 우리에게 시간이 많지 않습니다. 이곳 말고 어딘가에 우리의 진정한 고향이 기다리고 있습니다. 너무 늦기 전에 그곳을 찾아야 합니다."

사람들이 웅성거리기 시작했다.

"늦는다니 무슨 소리야? 무슨 일이 벌어질 건데? 고향은 또 무슨 얘기야? 어떻게 알고 하는 말이야?"

제슬 그리스는 하노의 입장을 곤란하게 하기 위해 일부러 꼬아서 질문했다.

"우리가 죽을지도 모르면서 괜히 여기를 떠나야 하며, 있는지 없는지도 모르고, 설사 있다 해도 그곳이 어딘지조차 모르는 고향을 찾아가야 한다는 말이오?"

"그렇습니다." 하노가 대답했다.

"그것이 소위 예언가라는 당신 아내로부터 들은 얘기인가?"

그는 겉으로는 아이라 헤스를 비웃으려는 의도가 없는 것처럼 행동했지만, 그 말 속에는 비아냥거리는 뜻이 담겨 있었다.

"그렇습니다." 하노가 대답했다.

"아내가 정확히 무엇이라고 하던가요?"

하노는 조금 주저하면서 아들의 얼굴을 쳐다보았다. 보우맨은 아버지를 똑바로 쳐다보며 말했다.

"말하세요, 아버지."

"바람이 불 것이라고 했습니다."

그 소리를 듣자, 제슬 그리스는 픽 하고 웃음을 터뜨렸다.

"바람이 분다고요?"

아이라 헤스는 더 이상 참지 못하고 자리에서 벌떡 일어났다.

"나는 예언가가 아닙니다. 각자 마음대로 행동하세요. 내 말에 신경 쓰지 마세요."

바로 그때 격리소 문이 열리면서 병사들이 겨드랑이에 장부를 낀 직원들을 보호하며 들어왔다. 회의는 그 자리에서 해산되었다. 분통이 터져 누군가 한방 먹이고 싶은 기분이 된 아이라는 남편을 때리기 시작했다. 아이라는 남편의 가슴과 어깨를 때리며 달려들었다.

"다시는 그런 짓 하지 마세요!"

하노 헤스는 순순히 맞아 주었다. 그리고 아내가 진정되기를 기다려 말했다.

"하지만 당신도 그 말이 사실인 것을 알잖소?"

"난 몰라요!"

"하지만 당신은 그가 하려던 말을 정확하게 예상했어. 그가 말을 꺼내기도 전에 당신은 들은 거야."

"추측했을 뿐이에요."

"아니야."

"당신은 무슨 소용이 있다고 그래요? 아무도 듣지 않는 말을 왜 꺼내요?"

"사실이 그렇기 때문이지."

아이라는 대꾸하지 않았다. 하지만 두 눈은 두려움에 떨고 있었다.

"불길한 일이 벌어질 거지. 그렇지?"

아이라는 천천히 고개를 끄떡였다.

직원들은 포로들 사이를 돌아다니면서 각자의 능력에 따라 직장을 배정해 주고 있었다. 그 중 한 명이 손에 장부를 들고 하노 헤스 앞으로 와 섰다.

"노예 번호?"

"뭐요?"

"손목을 봐."

하노가 손목을 걷어올리자, 직원이 그곳에 찍힌 번호를 장부에 적었다.

"능력." 그가 말했다.

"능력이오?"

"뭘 할 줄 아는가?"

"나는 도서관 직원입니다."

"도서관? 그러면 책과 관련된 것이군. 보관 창고로 가면 되겠군. 그곳에는 책이 있으니까. 다음은 당신!"

"저요?" 아이라가 되물었다.

"번호하고 능력."

아이라는 남편의 얼굴을 쳐다보더니 대답했다.

"여성 예언가."

"응? 그게 뭐야?" 직원이 놀란 눈으로 쳐다보았다.

"사람들이 듣고 싶어하지 않는 소리를 하는 사람이죠."

"그럼 무슨 소용이야?"

“소용이 별로 없죠.”

“그것 말고 뭐 딴 것 할 줄 아는 것 없는가?”

“째려볼 줄 알지요.” 아이라가 코를 벌름거리며 대답했다. “한 쪽 손을 들고 흔들 줄도 알고…….”

“바느질 할 줄 알아요.” 아이라가 또 일을 저지르기 전에 하노가 서둘러 대답했다. “바느질 솜씨가 좋아요.”

“바느질이라,” 하며 직원은 장부에 적었다. “옷 수선. 빨래.”

그는 그렇게 적고 나서 다음 사람에게로 옮겨 갔다.

“난 안 할 거예요.” 아이라가 떼쓰는 아이처럼 말했다.

“아이라, 제발.” 하노가 달랬다.

아라맨스 제일의 빵 요리사인 스쿠치는 큰 빵집에 배정받았다. 미코 미밀리스는 양복점에서 옷감 자르는 일을 하게 되었다. 왕이었던 크리오스는 일을 배정받기가 쉽지 않았다. 그는 아무런 능력이 없다고 직원에게 말했다.

“정말 아무 일도 못해?”

“예.”

“그렇다면 하루 종일 시간이 너무 더디 가서 지루하겠구먼.”

“예, 그래요.”

“몸은 건강해 보이니 농장에 나가 일하게.”

멈포는 직원에게 매낵이 되고 싶다고 했다. 핀토는 그 말을 옆에서 듣고 깜짝 놀랐다.

“안 돼, 오빠! 죽으면 어쩌려고!”

하지만 멈포는 끄떡도 하지 않았다.

“난 할 수 있어.”

"노예 중에 자진해서 매낵이 되겠다는 자는 자네가 처음이야."
직원이 말했다. "최고 장수들만 뽑는다는 것 알고 있어?"

"저를 뽑아 줄 거예요."

직원들은 자기들끼리 모여 쑥덕거렸다.

"평가받으러 보낸다고 해서 안 될 것은 없겠지."

보우맨은 야간 경비를 맡겠다고 자청했다. 이유는 간단했다. 모두들 잠이 든 후에 케스트렐을 찾아볼 생각이었다.

"야간 경비원" 하고 직원이 장부에 적었다.

일 배정이 끝나자 그들은 새 일터를 찾아갈 준비를 했다. 그들이 격리소 밖으로 나가려고 할 때 병사들이 군중 사이를 돌아다니면서 가족이나 소집단을 대표해서 인질을 한 명씩 골라냈다. 헤스 가족을 대표해서는 핀토가 뽑혔다.

"저 아이를 어디로 끌고 가는 거예요?" 아이라 헤스가 물었다.

병사는 대답하지 않았지만 그들은 곧 알 수 있었다. 포장된 길 양편으로 원숭이 우리 같은 것이 일렬로 세워져 있었다. 그 안에는 사람들이 벌써 반쯤 차 있었다. 철창 하나에 스무 명씩 넣는다고 했다. 바닥 밑에는 장작이 쌓여 있었다. 핀토는 철창 안으로 들어가며 몸을 부르르 떨었다. 하노는 끌려가면서 핀토를 돌아보며 외쳤다.

"아무 일도 없을 거야. 저녁때 보자."

더 이상의 설명이나 경고가 필요없었다. 모두 그 철창의 역할에 대해서는 이미 알고 있었다. 보우맨과 멈포는 그제야 주위의 경비가 허술한 이유를 알았다. 탈출을 기도하든지 따르지 않을 경우 사랑하는 사람들이 불에 타 죽을 것이었다. 그들은 원숭이 우리의 그늘에 가려 살 수밖에 없었다.

하노 헤스는 아내의 분노가 끓기 시작하는 것을 느꼈다.

"제발 참구려, 핀토를 생각해서라도." 하노가 아내에게 애원하듯 말했다.

그들 모두 새로운 일터를 향해 떠났다.

멈포는 매낙사 도장의 최고 조련사 앞에 서서 그의 말이 떨어지기를 기다리고 있었다. 라스 야누스 헤켈은 책상에 앉아서 멈포의 몸을 유심히 뜯어보더니 관심 없다는 투로 코웃음쳤다.

"하!"

그러더니 자리에서 일어나 그 큰 손으로 멈포의 몸을 여기저기 주물러 댔다. 과거 매낵으로 싸울 때 근육질이었던 헤켈의 몸은 이제는 비곗덩어리일 뿐이었다. 하지만 지난날을 말해 주듯 몸 여기저기에 수많은 상처가 나 있었다.

"약골이야." 헤켈이 말했다. 동그란 얼굴에 가느다란 팔을 가진 소년으로부터 매낵의 자질이라곤 찾아볼 수 없었다. 헤켈은 첫 경기에서 난도질당해 죽으려고 불나방같이 뛰어드는 낭만파 소년 따위에는 관심이 없었다. 매낙사는 예술이지 사형 집행이 아니기 때문이었다. 그는 소년으로부터 고개를 돌렸다.

"가 봐."

"그럴 수 없습니다." 멈포가 대답했다.

"가 보라니까."

"제 몸이 알고 있습니다."

"뭐? 뭐라고 했어?"

"제 몸이 알고 있다고 했습니다."

헤켈은 멈포를 노려보았다. 먼 옛날 자기도 그런 기분을 느끼고 그런 말을 한 적이 있었기 때문이었다. 그러고 나서 9년 동안 무패로 챔피언 자리를 지켰었다. 이 가냘프게 보이는 소년에게도 그런 타고난 재능이 있단 말인가?

그는 다시 자리에 꿍 하며 앉더니 생각에 잠겼다.

"좋아, 그렇다면 어디 구경이라도 해 보지."

헤켈은 잔인한 성격의 사내가 아니었다. 괜히 꿈에 부푼 순진한 소년을 죽게 할 생각은 없었다. 그는 초보자이긴 하나 능력을 인정받고 있는 벤즈라는 이름의 매낵을 불렀다.

"훈련복으로 갈아입어. 새로 온 친구를 시험해 봐야 할 테니까."

멈포는 옷을 벗고 다리와 팔에 보호대를 찼다. 훈련이어서인지 칼날이 있어야 할 자리에 쇠로 된 혹이 달려 있었다. 그는 모래 언덕 대신에 나무로 만든 훈련용 링으로 안내되어 갔다. 멈포의 스파링 상대는 그의 팔을 툭툭 치며 말했다.

"걱정 마. 부상을 입히지는 않을 테니."

"내 몸에 손 한번 댈 수 없을걸." 멈포가 대꾸했다.

수석 조련사는 멈포의 자신감에 적이 놀라지 않을 수 없었다. 저 소년은 정말로 실력이 있거나, 아니면 아주 바보이거나 둘 중 하나임이 틀림없다고 생각했다.

멈포는 링 위로 기어 올라갔다. 그는 마음속 깊이 타오르는 분노를 억누를 수 없어 누군가를 상대로 싸움을 하고 싶었다. 그리고 나아가 격투기를 배운 후 그 능력을 이용해 지배자를 쳐부수고 싶었다.

조련사는 링 옆의 벤치에 앉더니 벤즈에게 시작하라는 신호를 보냈다. 벤즈는 매낙사의 관례대로 춤을 두둥실 추면서 다가왔다. 멈포도 그를 흉내내며 춤을 추기 시작했다. 헤켈은 흠— 하며 고개를 끄떡였다. 소년의 자세가 그런대로 괜찮아 보였던 것이다. 벤즈가 접근하면서 무릎과 주먹으로 공격해 왔다. 하지만 멈포는 그것을 미리 예상하고 있었다. 멈포는 재빨리 방어하더니 어느새 상대의 뒤로 돌아 들어가 주먹으로 등을 가격했다. 헤켈은 픽 웃었다. 단순한 동작이었지만 제법이라고 생각했다.

벤즈는 슬슬 해서는 안 되겠다는 생각이 들었다. 그는 멈포를 향해 돌아서면서 '망치 공격'이라는 기술을 사용하여 연타로 치고 들어갔다. 하지만 멈포는 본능적으로 반격하는 방법을 알고 있었다. 멈포는 몸을 뒤로 빼면서 주먹으로 상대의 머리를 가격했다. 큰 충격은 주지 못했지만 상대는 순간 균형을 잃고 멈칫했다. 그 기회를 놓치지 않고 멈포는 주먹과 무릎을 이용하여 사정없이 때려 상대를 쓰러뜨렸다.

"그만! 그만!"

헤켈은 멈포의 흉폭함에 놀라 소리쳤다.

"죽이려고까지 할 필요는 없잖아?"

멈포는 뒤로 물러서면서도 흥분을 가라앉히지 못하고 주먹과 무릎으로 허공을 치고 때리는 동작을 되풀이하고 있었다. 벤즈가 비틀거리면서 바닥에서 일어났다. 헤켈은 벤즈에게로 가서 얼굴과 가슴에 난 상처를 살펴보더니 말했다.

"가서 누워 쉬어."

벤즈는 절뚝거리며 사라졌다. 조련사는 멈포 쪽으로 고개를 돌렸다.

"그렇게까지 할 필요는 없잖아?"

"난 싸우고 싶어요."

"그것은 내가 봐도 알겠다만."

헤켈은 감탄했다는 소리를 소년에게 해 주지 않았다. 괜히 자만하게 만들 필요는 없다는 생각에서였다.

"나에게 가르쳐 주시겠어요?" 멈포가 물었다.

헤켈은 어려운 결정이라는 듯이 고개를 갸우뚱했다.

"네 주먹질하는 꼴이 꼭 어린애 장난하는 것 같아. 그리고 공격해 들어갈 때 찬스를 만들 줄 몰라. 하지만 내가 너를 진정한 매낵으로 만들어 주마."

핀토는 하루 종일 원숭이 철창에서 보내야 했다. 다른 사람들이 걱정하기는커녕 지루하다고 불평하는 것을 보고 조금은 안심했다. 철창 두 개 건너편 사람들은 노래를 부르다가 옆 철창 사람들의 불평을 듣고 그만두기도 했다. 대부분의 포로들은 잡담을 하거나 졸거나 하며 시간을 보냈다. 아무리 작은 소문이라도 그 안에서는 입에서 입으로 재빨리 퍼졌다. 보초들은 점심으로 그날 무엇이 나올까 궁금해하는 정도였다. 핀토는 괜히 눈에 띄어 불타 죽을까 봐 다소곳이 앉아 있었다. 시간이 남아돌았으므로 멈포에 대한 꿈을 꾸었다. 자기가 결혼할 나이인 열다섯 살이 될 때 멈포는 스물세 살이 될 터였다. 그는 덩치는 지금보다 더 커지겠지만 다정다감한 마음은 지금과 똑같을 것이었다.

점심 시간 직전에 하노 헤스가 딸을 보러 잠깐 들렀다. 핀토는 철창 사이로 아빠의 두 손을 잡고는 걱정하지 말라고 일부러 웃어 보였다.

"하나도 힘들지 않아요. 그냥 지루할 뿐이에요."

"조금만 있으면 끝나. 아무 일 없을 테니 걱정하지 마."

"그런데 비가 오면 어쩌지요?"

"글쎄…… 아마 비에 젖겠지."

"아니, 내 말은 장작에 불을 붙일 수 없을 텐데……"

하노는 딸을 자랑스러운 눈으로 바라보았다.

"너는 이 세상에서 제일 용감한 아이야."

하노 헤스의 새로운 일터인 커다란 창고에는 없는 것이 없었다. 아라맨스를 비롯해 다른 나라에서 빼앗아 온 전리품이 가득 쌓여 있었다. 아라맨스로부터 가져온 물품들은 아직도 수레에 실려 있는 상태였다. 한 수레 위를 보니 가구 사이에 자기가 일하던 도서관의 책들이 끼여 있었다. 아마 가구 보호용으로 쓰인 모양이었다. 창고 지배인은 아라맨스로부터 도착한 수레들을 귀찮다는 눈으로 바라보았다.

"아니 이런 쓰레기는 가져다가 뭐 하자는 거야? 노예야 제 발로 걸어다니니까 괜찮지만, 이것들을 누가 옮기느냔 말이야?"

"무슨 일을 할까요?" 하노가 물었다.

"어디 보자," 지배인이 하노의 장부를 들춰보더니 말했다. "자네는 도서관 직원이었다고? 그러면 책 관리를 하게나."

"어떻게 하면 좋을까요?"

"같은 것들을 한 군데에 모아 놓게나. 의자는 의자끼리, 그림은 그림끼리, 책은 책끼리 분리해서 쌓아 놓으면 돼.”

“쌓고 나면 어떻게 됩니까?”

“어떻게 되긴 어떻게 돼? 썩어 없어지지.”

지배인은 두 팔을 들어 물건들로 가득 찬 공간을 가리키면서 말했다.

“이 창고를 세상이라고 보면 돼. 여기서 우리가 무엇을 하는가? 조금 돌아다니다가 꽥 하고 죽지.”

지배인은 하노를 혼자 일하게 내버려 두었다. 잠시 하노는 책을 쌓는 일에 열중했다. 하지만 지배인이 눈에 띄지 않자 주위를 슬슬 돌아다니면서 자기 도서관으로부터 온 귀중한 책들을 주워 모으기 시작했다.

책들은 책장으로부터 아무렇게나 뽑혀 나와 수레에 처박혀 왔기 때문에 많이 파손돼 있었다. 하노 헤스는 등이 으스러지고 페이지가 뭉그러진 책들을 차마 그대로 버려 둘 수가 없었다. 그는 한 권 한 권 집어서는 접힌 페이지를 펴고 귀를 맞춰 가며 정리해 나갔다. 그런 작업을 하면서 자연히 그것들을 여기저기 읽어 보지 않을 수 없었다.

옛 맨스족 기록을 읽는 데 몰두하는 바람에 하노는 옆으로 다가오는 발소리를 듣지 못하고 말았다.

“무슨 짓 하는 거야?”

누군가가 무지하게 큰 목소리로 물었다. 하지만 그 말을 한 사람은 작은 체구에 챙이 넓은 모자를 쓴 남자였다.

하노는 깜짝 놀라 벌떡 일어섰다.

“잠깐 쉬고 —”

"이리 내놔 봐."

작은 사내는 손을 앞으로 내밀었다. 하노는 책을 건네주면서 자기 때문에 핀토에게 해가 갈까 봐 그 걱정부터 하고 있었다. 창고 지배인이 재빨리 다가왔다.

"포츠 교수님! 여기 계신 줄 몰랐습니다."

"알 리가 있어? 머리가 텅 빈 꼴통 주제에! 뭐 하나 아는 게 언제 있었어?"

그는 하노를 의심스러운 눈으로 쳐다보았다.

"이 책은 맨스 고어로 쓰여 있는데 아라맨스에서 맨스 고어를 읽을 수 있는 사람은 없어."

"저는 읽을 수 있습니다." 하노가 말했다.

"정말?" 포츠 교수가 흥미 있다는 듯 그를 올려다보더니 지배인을 돌아보며 말했다.

"당신, 이 사람 필요 없지? 당신은 아무 일도 안 하잖아. 그것은 혼자서도 할 수 있는 거 아니야?"

"저 교수님, 그게 말입니다—"

"더 말할 것 없어."

그는 돌아서서 하노를 찬찬히 보며 말했다.

"당신도 맨스족이겠지?"

"예, 그렇습니다."

"흥미 있는 종족이지. 역사도 재미있고. 이제는 다 끝난 얘기지만 말이야. 다 타버렸다면서?"

"예." 하노가 대답했다.

"날 그런 눈으로 쳐다보지 마. 내가 태우지 않았어. 여기서는 사람들 능력을 낭비시키지 않네. 매스터께서는 사람 쓸 줄 아신다네. 자네 오늘 운 좋은 줄 알게."

교수는 짧은 다리를 바삐 움직여 놀라운 속도로 걸어 나갔다. 창고 지배인이 그 뒤를 서둘러 쫓아가며 물었다.

"저 사람은 어떡하죠?"

"그냥 둬." 그는 특유의 큰 목소리로 대답했다. "나중에 사람을 보낼 거야. 그러니 평소와 같이 아무 것도 하지 않고 있으면 돼."

하루 일과가 끝나자, 원숭이 철창의 자물쇠가 열리고 갇혀 있던 사람들이 나왔다. 철창 밖에서는 그들과 교대로 추운 밤을 지새기 위해 몸에 담요를 두른 노예들이 기다리고 있었다. 하노와 아이라, 그리고 보우맨도 핀토를 마중 나와 있었다. 거리는 사랑하는 사람들을 다시 만나 얼싸안고 입맞추는 사람들로 가득했다. 그러나 다른 한쪽에서는 사랑하는 사람들이 철창 안으로 들어가 갇히는 모습을 슬픈 얼굴로 바라보는 사람들도 있었다.

핀토는 엄마가 자기를 껴안고 입을 맞추는데도 눈물을 전혀 흘리지 않았다. 철창 안에 하루 종일 갇혀 지내다 보니 감정도 무뎌진 모양이었다.

"나쁜 놈들이에요" 하고 한마디 했을 뿐이었다.

"네 말이 맞아, 나쁜 놈들이란다."

치리시 부인은 철창 안에 들어가 밤을 새워야 했다. 멈포가 옆에서 그녀를 거들고 있었다.

"아침에 모시러 올게요, 아줌마."

"멈피, 너는 좋은 아이야."

"그냥 누워 주무세요."

"네게 짐이 되고 싶지 않단다." 치리시 부인이 철창 안을 살펴보더니 말했다. "내 몸집이 큰 것이 걱정이구나. 안이 너무 좁아서."

"여기 철창 쪽으로 끼여 앉으시면 돼요. 이쪽에 앉으세요."

"그래, 앉으마. 멈포야, 잘 자라. 꿈 친구하고 잘 놀아라."

"안녕히 주무세요, 아줌마."

돌아오는 길에 핀토는 치리시 부인이 말한 꿈 친구가 누구냐고 멈포에게 물었다.

"어렸을 때 나는 친구가 없어서 외로웠어. 그래서 밤에 잠자리에 들기 전에 아주머니는 항상 나보고 꿈에서 친구를 만날 거라며 말씀해 주곤 하셨지."

"그럼 오빠, 꿈속에서 친구를 만났어?"

"가끔."

"하지만 이제는 우리가 있잖아, 그치?"

"응, 이제는 괜찮아" 하다가 생각난 듯 덧붙였다. "케스만 괜찮으면."

"우리가 꼭 찾을 거야." 보우맨이 끼어들었다. "케스가 우리를 먼저 찾지 않으면……."

격리소로 돌아오자, 직원이 장부를 들고 다니면서 모두에게 새로 살 곳을 지정해 주고 있었다. 그들은 이제부터 마을 변두리에 위치한 2층짜리 노예 아파트에 입주한다고 했다. 헤스 가족은 언덕 아래 호수 쪽에 가까운 노예 아파트 17호를 배정받았다.

길쭉하게 생긴 건물은 작은 방들로 나뉘어져 있었고 실외 복도를 통해서 다닐 수 있게 설계돼 있었다. 커튼이나 카펫도 없는 매우 소박한 방이었지만 부족하나마 사생활은 보호받을 수 있었다. 게다가 침대까지 갖춰져 있었다. 침대는 나무 프레임에 로프를 감은 것이었고 매트리스라고 해 봤자 자루에 지푸라기를 채워 넣은 것이 전부였지만, 피곤한 노예들에게는 그것마저 분에 넘치게 느껴졌다. 방 하나에 침대 여덟 개가 바싹 붙여 놓여 있었다. 침대 다리에 주인 번호가 찍혀 있었기 때문에 노예들은 자기 손목에 찍힌 낙인과 그 번호를 번갈아 보면서 자기 침대를 찾아 여기저기 돌아다녀야 했다. 헤스 가족은 멈포, 스쿠치, 크리오스, 치리시 부인(그 자리에 없었지만)과 같은 방에 배정받았다. 밤새 일을 해야 하는 보우맨은 저녁을 먹고 일찍 침대에 누워 잠시 눈을 붙였다. 어두워지기까지는 아직 한 시간이나 여유가 있었다.

크리오스는 남들보다 늦은, 해 질 무렵에야 유쾌한 얼굴을 하고 나타났다. 그는 아래층에 있는 식당에서 사람들 사이에 끼여 저녁을 먹으면서 아무나 붙잡고 그날 농장에서 겪었던 일에 대해 신나서 이야기를 늘어놓았다.

"소라는 놈들, 참 괜찮아! 참 재미있는 하루였어."

그는 소젖 짜는 일을 그날 새로 배운 모양이었다.

"잡아당겨도, 너무 꼭 쥐어도 안 돼. 손가락을 순서대로 눌러야 해. 이렇게!"

그는 손가락을 차례로 굽혀 가면서 시범을 보였다. 모두들 그의 말을 듣고 깔깔대며 웃었다.

"당신들 웃지만 직접 해 보라지. 그렇게 쉽지 않아."

그날 새 일터로 나가서 일을 즐긴 사람은 크리오스뿐이 아니었다. 미코 미밀리스는 양복점에서 다양한 양복감을 접할 수 있었다.

“그렇게 보드라운 비단은 처음이라니까요. 마치 공기 같아요.
아니 공기보다도 보드라워요. 마치 생각 같다고 해야 할까!”

아라맨스에서 학생들을 가르쳤던 배치 박사는 노예 아동들을
위한 학교에서 선생직을 배정받았다.

“필요한 것은 다 제공해 주겠다, 아이들도 말 잘 듣겠다. 어른들
말에 순종하도록 교육시키는 것, 그것 하나 마음에 듭디다.”

멈포는 매낙사 도장에 입회했다고 말했다. 핀토는 그 말을 듣고
경악했다.

“안 돼! 그러면 안 돼. 죽으면 어떡하려고 그래?”

“나 안 죽어.”

멈포가 다리 운동을 할 겸 밖으로 나가자 핀토도 쫓아 나섰다.

“칼에 찔려 죽으면 어쩌려고 그래? 하지 마, 제발.”

핀토는 멈포를 두 팔로 감싸안으면서 애원했다.

“그만두겠다고 말해.”

“아니야. 하고 싶기 때문에 하는 거야.”

“오빠, 제발.”

“귀찮게 굴지 마.”

“그만두겠다고 약속할 때까지 안 놓을 거야.”

“이것 놔!”

흔들어 풀려고 해도 핀토는 끝까지 붙잡고 늘어졌다. 어쩌면
핀토의 말이 옳다는 생각이 들었기 때문일까, 멈포는 울화가 치
밀었다.

“빨리 놔, 이 조그만 생쥐 같은 것아!”

그는 홧김에 핀토를 팽개쳐 땅 위에 떨어뜨렸다. 어깨를 다친

핀토가 울기 시작했다. 땅 위에 쪼그리고 앉아 우는 모습을 보니 멈포는 더욱 화가 났다.

"넌 왜 나만 자꾸 쫓아다니니?" 멈포는 되려 핀토를 원망하며 소리질렀다. "난 너 따위는 필요 없어. 그러니 저리 꺼지란 말야!"

핀토는 울며 달려갔다. 얼마 후 구석에서 눈이 벌겋게 되어 우는 핀토를 엄마가 발견하고 왜 우느냐고 물었지만 핀토는 끝내 대답하지 않았다.

옆 건물에 배정받은 제슬 그리스가 밤이 깊기 전에 하노 헤스를 찾아왔다. 그는 맨스족이 노예 생활 첫날을 겪어 보고 난 소감이 대체로 나쁘지 않다는 것을 알고 있었다.

"자네 생각은 어떤가, 하노? 아직까지도 폭동을 일으켜야 한다고 생각하는가?"

"그것은 쉬운 일이 아니지요." 하노가 대답했다.

"쉽지 않을 뿐 아니라 똑똑한 짓도 못 되지."

"매일 식량을 조금씩 비축해 두는 것이 현명할 것 같아요. 길을 떠나려면 말입니다."

"길을 떠나? 여기서 빠져 나가는 것이 우선일 텐데 그것이 가능할까?"

"글쎄올시다."

"괜히 딴 사람들 동요시키지 말고 내 말부터 들어 보시오. 나는 보급청에서 일하게 됐는데 말이오, 오늘 저녁 식단을 내가 직접 짠 것 아시오? 내가 경영 능력이 있다는 것을 아마 아는 모양이오. 그런데 보급 관계 총 책임을 맡고 있는 내 상관도 노예 출신입디다. 손목에 찍힌 낙인을 내가 직접 눈으로 확인했소."

하노는 그리스가 기뻐하는 얼굴을 이해할 수 없다는 표정으로 바라보았다.

"내 말뜻을 모르겠소? 노예에게도 승진 기회를 준다는 말이오. 중책을 맡고 있는 자들 중에도 노예 출신이 많이 있더이다. 그러니 우리에게도 희망이 있다는 말 아니겠소?"

"하지만 제슬 씨," 하노가 눈썹을 찌푸리며 말했다. "그들은 우리 동족을 죽이고 나라를 멸망시킨 놈들이에요!"

"글쎄, 그건 그거고. 다 지나간 이야기를 다시 꺼내서 뭐 하겠소? 앞을 내다봐야지, 안 그렇소?"

"이 나라는 강제와 잔혹성을 바탕으로 이렇게 성장했다는 것을 알아야 합니다. 그러니 근본이 썩은 것 아니겠습니까?"

그리스는 잠시 심기가 불편한 표정을 지었다. 그러더니 어깨를 으쓱하며 말했다.

"이 세상에 완벽한 게 어디 있겠소? 그러니 현실 속에서 최선을 다하는 것이 상책이지. 대안이 없지 않소? 목적지도 모르면서 길을 떠날 수도 없는 일이고."

그는 자기가 논쟁에서 이겼다고 스스로 만족하면서 그날 있었던 일들에 대해 함께 이야기하기 위해 배치 박사 쪽으로 갔다.

하노 헤스는 자신의 걱정을 아내에게 털어놓았다.

"어떻게 저 사람을 설득해야 할지 모르겠어."

"얼마 안 있어 때가 되면 자연히 들을 거예요."

"얼마 안 있어?"

"겨울이 오기 전에요."

밤의 방문객

밤이 되자 보우맨은 일하러 나갔다. 한 손에는 등잔, 다른 한 손에는 지팡이를 들고 소와 송아지를 방목시키는 호숫가 들판으로 갔다. 그의 임무는 송아지를 물어 가려고 간혹 출몰하는 이리를 쫓는 일이었다.

창문은 없지만 그래도 비와 추위를 피할 수 있는 조그만 오두막이 하나 있었다. 보우맨은 그곳에 자리를 잡고는 출입문을 열어젖뜨린 채 흙으로 된 바닥에 앉아 호수 앞 방목장에서 풀을 뜯는 소들을 바라보았다. 근처 마을로부터 들려 오던 소리가 잠잠해지자, 보우맨은 케스트렐을 찾기 위해 마음의 문을 열고 귀를 기울였다. 한두 번 케스트렐을 느낀 것 같기도 했지만 너무 멀고 희미하여 확신할 수 없었다. 밤하늘에 뜬 반달이 호수 위의 성을 비추어 주었다. 아름다운 성채의 불이 하나씩 꺼져 가고 있었다.

시간이 얼마나 흘렀는지 가늠할 수가 없었다. 마치 시간이 멈춰

선 듯한 기분이 들었다. 별들의 위치가 바뀌고 달이 밤하늘을 가로질러 가고 있었지만 그것은 시간과 관계없는 것같이 느껴졌다. 밤 공기가 찼다. 보우맨은 얻어 입은 양가죽 망토의 깃을 여몄다. 소들도 잠이 들었다. 바람이 일자, 호수에 잔물결이 일렁거렸다. 호수 위의 궁전은 어둠 속에 모습을 감추었다. 적막이 흘렀다.

갑자기 풀이 흔들리는 소리가 나더니 어디선가 콧노래 소리가 들려 왔다. 누군가가 이쪽으로 오고 있었다. 보우맨은 지팡이를 집어 들고 이 늦은 밤에 쏘다니는 사람이 누구인지 알아내기 위해 오두막을 뛰쳐나갔다. 밖으로 나서자, 노래 소리가 더 선명하게 들렸다. 어둠 속으로부터 등잔불이 미치는 거리 안으로 외눈의 못생긴 사나이가 모습을 드러냈다.

사나이는 옷소매를 맞대고 그 안에 두 손을 넣은 채 오두막을 향해 걸어왔다. 염색도 하지 않은 모로 만든 투박하게 생긴 옷은 이 추운 밤에 입고 다니기에는 너무 얇아 보였다. 그는 신발도 신고 있지 않았다. 보우맨은 이 사나이가 무엇 때문에 오고 있는지 궁금했다. 어쩌면 이 불쌍해 보이는 사나이는 오두막에서 몸을 녹이고 싶을 수도 있었다. 그는 호젓한 길에서 가끔 만나는 외톨이 방랑객 같았다. 하지만 그가 부르는 노래 소리는 듣기가 좋았다. 그 사나이 뒤로 회색 고양이 한 마리가 쫓아오고 있었다.

이상한 사나이가 드디어 보우맨 앞까지 왔다. 그는 노래를 멈추더니 아무 말 없이 보우맨을 쳐다보았다. 그 사나이는 우수에 찬 얼굴을 하고 있었다. 우윳빛을 한 한쪽 눈은 전혀 움직이지 않았다. 그는 만족스러운 표정으로 보우맨을 요모조모 뜯어보더니 말했다.

"자네 혹시 예언가의 아들이 아닌가?"

"제가요?" 보우맨은 놀라서 되물었다. "어느 예언가 말씀이세요?"

"예언가가 여럿 있었던가?"

사나이는 오두막 안으로 들어가더니 흙바닥에 털썩 주저앉았다. 그리고 보우맨을 올려다보며 옆자리를 손으로 토닥거렸다.

"여기 앉아 봐."

보우맨은 사나이 옆에 앉았다.

그 사나이가 다시 콧노래를 부르기 시작했다. 노래를 방해하면 안 될 것 같아 보우맨은 그의 노래가 끝날 때까지 잠자코 기다렸다. 얼마 후 노래를 그친 사나이가 양손을 쥐었다 폈다 했다.

"아, 좀 나아졌군. 습기가 높은 밤에는 손에 통증이 와서 말이야. 이제 좀 괜찮아졌어."

"그 때문에 노래를 부르셨나요?"

"음, 외부적인 고통을 없애는 노래지. 실은 그 고통을 그대로 느낀 후에 그것을 이용해야 하는데 말이야. 고통도 에너지 중 하나이거든. 하지만 우리 모두 완벽할 수는 없지."

그는 호수 위에 떠 있는, 어둠 속의 성채 쪽으로 눈을 돌렸다.

"저것이 하이 도메인인 모양이구먼."

"예."

"가 봤나? 직접 구경해 봤어?"

"아니오."

"대단하다고들 하던데. 아름답고 학문과 인간의 정신이 만개한 곳이라고 하던데."

보우맨은 분노에 찬 눈으로 궁전을 바라보며 말했다.

"저들이 살인과 방화를 일삼는다는 것밖에 저는 아는 것이 없습니다.”

“그것도 그렇고.”

회색 고양이가 갑자기 어둠 속으로부터 뛰어나와 사나이의 무릎 위에 앉았다. 보우맨은 고양이를 자세히 쳐다보며 물었다.

“고양이를 기르시나 보죠?”

“기른다고는 못하고 나와 함께 여행한다고 해야겠지.”

미스트는 보우맨을 마음에 안 든다는 듯이 쳐다보았다. 그는 독페이스를 보고 무성으로 물었다.

이 얼간이는 누군가?

“우리에게 필요한 사람일세. 내가 이 소년의 임무를 확인시켜 줘야 한다네.”

“예?” 하고 보우맨이 되물었다. 독페이스가 소리를 내어 말했기 때문이었다.

“미안. 고양이하고 말하는 중이었어.”

미스트는 천천히 고개를 옆으로 돌렸다. 그는 이런 애송이는 상대도 하고 싶지 않았다.

소나 지키라고 하게. 그 정도 지능밖에 안 돼 보이는데.

독페이스는 그제야 들판에 있는 소를 둘러보았다.

“자네더러 소를 지키라고 하던가?”

“예.”

“소들은 고마워하나?”

“글쎄요. 잘 모르겠는데요.”

“물어 보면 되지 않는가?”

“소하고는 대화를 할 수 없어서…….”

"할 수 있고말고. 아직 시도를 안 해 봤다는 것뿐이지."

맙소사! 여기 벌벌 떨고 앉아서 소가 지껄이는 말까지 들어야 하는가? 미스트가 말했다.

"뭐 나쁠 것 없지 않은가?" 은둔자가 대답했다.

보우맨은 자기보고 한 말인 줄 알고 되물었다.

"뭐가요?"

은둔자는 가까이 있는 소를 향해 소리쳤다.

"이봐 친구, 좀 일어나 보게. 잠을 깨워서 미안하지만 여기 있는 젊은이가 말 좀 하자고 한다네."

놀랍게도 그 소는 벌떡 일어나더니 보우맨 쪽으로 다가왔다. 소는 보우맨 옆으로 와서 그 큰 머리를 숙이더니 얼굴에 축축한 콧김을 불어 댔다.

"자네 대화할 줄 알잖아?" 사나이는 보우맨을 향해 시도해 보라는 듯이 말했다.

보우맨은 어떻게 하면 좋을지 몰라 소의 왕방울만한 눈을 조심스럽게 들여다보며 케스트렐을 찾을 때와 같이 차분하게 마음을 비웠다. 몇 분 동안을 그러고 있자, 소가 갑자기 심하게 경련을 일으켰다. 혼란스러운 소음이 보우맨에게 느껴져 왔다. 소는 공포에 떨고 있었다.

괜찮아. 그는 말 대신에 감각으로 얘기했다. **난 너를 해치지 않을 거야.**

소가 점점 안정을 되찾으면서 진동하던 소음이 가라앉고 그 대신 느린 박동 소리가 들려 왔다. **움파―움파―움파.** 소는 젖은 코를 보우맨에게 바싹 갖다 대고는 숨을 들이쉬고 내쉬고 했다.

갑자기 소리가 들리기 시작했다. 그것은 마치 제각기 떠드는 아이들로 가득한 시끄러운 교실에서 아무 말도 알아들을 수 없다가 누가 자기 이름을 부르는 것을 의식하게 될 때와 비슷했다. 일단 한 목소리에 집중하기 시작하면 나머지 잡다한 소리는 들리지 않는 것과 같이. 소에게는 목소리가 없었다. 하지만 의견은 분명히 갖고 있었다.

괴수 밤 고요 풀 즙 믿지 마 근처 송아지 내 냄새 갑자기 움직여 괴수 잠자 내 창백한 괴수 달밤 덜덜 떨고……

"난 네 친구야." 보우맨은 사나이도 들으라고 큰 소리로 말했다.

친구 천천히 괴수 서둘러……

기묘한 일이었다. 소가 말을 한 것도 아닌데 감각이 선명하게 전해져 왔다. 보우맨은 이제까지 소를 우둔한 동물이라고 생각했다. 하지만 인간보다 속도가 느릴 뿐이라는 것을 비로소 이해하게 되었다.

보우맨은 한쪽 손을 들어 소를 일부러 천천히 쓰다듬으며 말했다.

"나―도―느―려―질―수―있―어―"

소는 심각한 표정으로 보우맨을 쳐다보았다.

불쌍한 괴수 평화 없어 못 쉬어 빠른 동작 고요 파괴 괴수 울어……

소는 놀랍게도 불쌍한 쪽은 보우맨이라고 생각하고 있었다.

"소야, 내가 가엾게 느껴지니?"

슬픈 괴수 빨리빨리 괴상한 지팡이 왔다 갔다 하하하……

소가 자기를 보고 웃고 있지 않은가! 침묵 속에 느릿느릿 움직이는 소이지만 속으로는 웃고 있었다.

"그래, 웃을 테면 웃어라." 보우맨이 약간 비위가 상해서 말했다. "하지만 내가 두렵기도 할 테지."

아 괴수 때려 괴수 때려 모두 이리 기둥뚱 저리 기우뚱 웃겨 괴수 무서워 괴수 죽어 괴수 그리고 끝이야 하하하…….

보우맨은 소의 기분을 알 것 같았다.

"그래, 우리 괴수들이 너희를 그토록 무섭게 대하니 우리를 보고 안 웃고 어쩌겠니?"

소는 자기의 기분을 이해해 줘서 고맙다는 듯이 보우맨을 잠시 쳐다보았다. 그러고 나서 뒤돌아서더니 송아지 쪽으로 어슬렁어슬렁 가 버렸다.

"그것 봐." 독페이스가 말했다.

그래, 그래. 참 자알한다. 이제 갈 거요?

미스트가 안달하며 물었다.

"아직 다 끝나지 않았다네." 독페이스가 말했다.

보우맨은 고양이를 쳐다보며 물었다.

"모든 동물하고 다 통할 수 있나요?"

"당연하지. 식물하고도, 돌멩이하고도 가능하지. 어렵긴 해도."

"어떻게 모든 것을 그렇게 잘 아세요?"

"배워서 알지, 뭐 다른 방법이 있겠나?"

"아저씨는 누구세요?"

"내 이름이 알고 싶어? 이름은 실제로는 별 쓸모가 없지. 우리 모두 이름 없이도 잘 지낼 수 있어."

그는 말하면서 추운 듯 몸을 부르르 떨었다.

"아저씨 추우세요?"

보우맨은 자기 망토를 벗어서 은둔자를 덮어 주었다.

"좀 더 따뜻하게 입고 다니시지 않고."

"자네 말이 맞기는 해. 하지만 우리 동네에서는 그러면 면박받아. 추우면 노래를 부르라고 하지. 아니면 추위를 그대로 받아들이고 나서 이용하라고 하지. 어쨌든 고맙군. 자네는 소한테도 매우 자상하던데. 그때가 오면 잘하겠어."

"때가 오면이라뇨?"

"자네가 요청했잖아?"

그는 안 보이는 쪽 눈을 손으로 비비며 말했다.

"파멸의 힘이라고 했던 것 같은데. 내 생각으로는 별로 고상한 부탁은 아닌 것 같더구만. 더구나 자네는 그럴 능력을 이미 갖고 있으면서 말이야. 가능성으로 따지자면 나보다 능력이 더 많으면서."

고양이는 이 말을 듣고 깜짝 놀랐다.

이 애송이가 자네보다도 능력이 많다고?

그렇다네, 하고 독페이스가 대답했다. **선천적으로 그렇게 태어났어.**

보우맨이 놀란 이유는 고양이가 놀란 이유하고는 달랐다. 그날 밤 했던 기원에 대한 응답이 지금 정말로 이렇게 찾아왔단 말인가? 그렇다면 이 외눈 사나이는 도대체 누구란 말인가?

그렇다면 하늘을 날 수도 있겠네, 안 그래? 하고 미스트가 물었다.

"원하는 것은 무슨 일이든 할 수 있지." 은둔자가 대답했다. 하지만 잠시 생각하는 듯하더니 이번에는 보우맨을 향해 말했다. "그때 가서 자네의 힘으로 충분하다는 말은 아니야. 하지만 자네는 언제라도 도움을 청할 수 있어."

"언제 어느 때를 말씀하시는 거지요?"

"파멸의 시간." 독페이스는 손을 들어 호수 위의 도시를 가리켰다. "자네, 지금 저것을 전부 파괴하고 싶지?"

"그— 글쎄, 잘 모르겠어요."

"아니야. 분명히 그럴 거야." 그는 어디서 얻어들은 것을 상기하는 듯한 어조로 말했다. "파멸시키고 통치하게 하기 위해 자네를 보낸 것일세."

"파멸시키고 통치하게 한다고요? 무슨 오해를 하시는 모양인데 날 보낸 사람은 아무도 없어요. 저는 노예일 뿐입니다. 저는 타의에 의해 이곳까지 끌려왔습니다."

"글쎄, 자네의 의도는 아니었을지 몰라도 그들의 의도일 수는 있지."

"누구의 의도요?"

"사이린."

보우맨은 입을 다물고 은둔자를 자세히 쳐다보았다. 난생 처음 들어 본 이름이었지만 어딘지 모르게 익숙하게 느껴지는 이름이었다.

"그러니까 오해일 수가 없는 거야. 소하고 통할 수 있는 것처럼 자네에게는 이미 능력이 있어. 아직 사용하려고 하지 않았다는 것뿐이지. 연습만 하면 얼마든지 가능해. 자네가 얼마나 절실히 원하느냐 그것이 문제일 뿐이지."

연습만 하면 된다고? 하고 미스트가 되물었다. **얼마나 절실히 원하는가 그것이 문제일 뿐이라고?**

독페이스는 고양이를 살짝 밀어 무릎 위에서 뛰어내리게 하고는 양가죽 망토를 벗었다.

"빌려 줘서 고맙네. 이제 가야겠어."

그는 콧노래를 다시 부르기 시작했다.

"하지만 난 무엇을 어떻게 해야 할지 몰라요. 아직 아무 말씀도 해 주시지 않았잖아요? 저한테 설명이라도……."

은둔자는 노래를 멈추더니 보우맨을 차갑게 쳐다보았다.

"남한테 의지하려는 버릇은 이제 그만 버리는 게 좋아. 그래 갖고는 아무 것도 배울 수 없어. 소하고 한 대화를 생각하면서 자꾸 연습해 보게."

그는 보우맨의 지팡이를 빼앗아 땅바닥에 떨구더니 그것을 조용히 쳐다보았다. 그러자 지팡이가 갑자기 바르르 떨면서 벌떡 일어나더니 보우맨의 손아귀 안으로 다시 돌아갔다.

"봤지? 하나도 안 어렵잖아? 난 이제 시간이 없어서 가 봐야겠어."

독페이스는 놀라운 속도로 걸어가기 시작했다. 회색 고양이도 그 뒤를 성급히 쫓아갔다.

저 아이가 자네보다 더 능력이 많다는 말이 사실인가?

그렇다네. 진짜 예언가의 아들이니까.

보우맨은 양가죽 망토의 깃을 여미며 떠나가는 독페이스를 바라보았다. 망토를 뒤집어썼지만 몸은 떨리고 있었다.

사이린…….

왜 알지도 못하는 이름이 그토록 친근하게 들리는 것일까? 왜 듣기만 해도 몸이 떨리는 것일까? 정말로 자기에게도 외눈 사나이와 같은 능력이 있을까?

보우맨은 지팡이를 땅바닥에 다시 떨어뜨리고 나서 그것을 쳐다보았다. 자기 자신에 대해 조금 멋쩍게 느끼면서도 한편으로는 야릇한 흥분을 느끼고 있었다. 그는 지팡이에 정신을 집중하며 마음으로 명령했다.

움직여!

하지만 지팡이는 꿈쩍도 하지 않았다.

그는 지팡이를 뚫어지게 보면서 갖가지 방법을 동원해 일으켜 세워 보려 했지만 지팡이는 움직일 생각조차 하지 않았다. 지팡이는 마음만 먹으면 움직일 수 있으면서도 일부러 옹고집을 부리는 것같이 느껴졌다. 그 사나이 말대로 연습을 하면 될 것 같았다. 하지만 아무런 반응도 없는데 반복해서 연습하기란 쉽지 않았다.

보우맨은 지팡이에 집중하느라고 회색 고양이가 다시 돌아와 어둠 속에서 그를 지켜보는 것을 전혀 눈치채지 못하고 있었다.

정말로 얼마큼 절실히 원하느냐 그것이 문제일 뿐이라…….

보우맨은 땅바닥에 망토를 깔고 주저앉았다. 머리 속은 사나이가 한 말들로 뒤죽박죽 혼란스러웠다. 마음을 애써 가라앉히면서 밤하늘에 뜬 반달을 쳐다보았다. 반달은 움직이지 않는 것 같아 보이면서도 단 한순간도 쉬지 않고 자리를 옮겨 다니고 있었다. 보우맨은 지팡이를 다시 한 번 쳐다보았다. 그리고 소와의 대화를 생각했다. 어쩌면 지팡이에게도 나름대로 감정이 있는지도 모른다는 생각이 들었다.

보우맨은 지팡이를 존중하는 마음을 갖기 위해 노력하면서 어떻게 해야 할까 생각해 보았다. 말을 걸어 보나? 좀 어처구니없는 짓이라는 생각이 들었다. 지팡이하고 대화를 하려 들다니! 그 대신 주의를 기울여 관찰해 보았다. 마음의 눈을 이용하여 지팡이의 모든 면을 어루만져 보았다. 흔한 지팡이라는 점 말고는 특별히 다른 점을 찾아볼 수 없었다. 자세히 보니 그리 오래된 지팡이는 아닌 것 같았다. 아직도 나무 껍질 밑으로 수액이 차 있었던 것이다. 나무 속은 꽉 차 있어 쉬 벗겨질 것 같아 보이지 않았다. 나무는 아직까지도 전성기 상태를 그대로 유지하고 있었다. 지팡이 윗부분에서 여러 사람의 손길이 느껴졌다. 거기에서 그들의 몸무게를 받쳐 준 지팡이의 긍지를 느낄 수 있었다. 지팡이는 쉬 휘거나 부러지지 않았다. 사람들이 자기를 신뢰한다는 사실을 알고 있는 듯했다.

보우맨은 땅에 닿은 쪽을 관찰하기 위해 살짝 밀어 보았다. 그러자 지팡이는 아주 조금, 반 바퀴 정도 굴렀다. 하지만 보우맨의 손은 여전히 망토 속에 있었다. 마침내 마음으로 지팡이를 움직인 것이었다.

보우맨은 놀란 마음을 억지로 가라앉히며 지팡이와 이어진 끈을 잃지 않으려 정신을 집중했다. 조금 밀자, 지팡이가 또 밀려났다. 그것은 마치 나뭇잎을 입으로 부는 것과 같았다. 마음을 통해 떠밀면, 지팡이는 그 힘의 영향을 받고 움직이는 것이었다.

보우맨은 지팡이의 손잡이 부분을 마음을 통해 움켜쥐고는 살짝 들어 보았다. 그러자 지팡이 한쪽 끝이 바닥에 붙은 채 손잡이 부분이 들어올려졌다. 보우맨은 지팡이를 바로 세운 후 자기 쪽으로 잡아끌었다. 하지만 힘이 약했던지, 아니면 기교가 정확하지 못했던지 지팡이는 다시 쓰러져 버렸다.

그 광경을 목격한 고양이는 감탄했다. 이 소년에게는 능력이 있는 것이 분명했다. 더 이상 기다릴 필요가 없었다.

미스트는 일어나서 등잔불 안으로 천천히 걸어 들어왔다.

"네가 다시 돌아왔구나." 보우맨이 말했다.

나보고 하는 말인가? 하고 미스트가 되물었다. 소년은 물론 고양이의 말을 듣지 못했다. 고양이는 몸을 땅에 붙이고는 보우맨을 쳐다보았다. **능력이 그렇게 많다면서 말부터 좀 배우지 그러나?**

"네 주인은 어디 갔니?"

주인이라니? 쳇, 제발 그런 소리는 하지 좀 말았으면!

보우맨은 암흑 속을 바라보았다. 외눈의 이상한 사나이 모습은 보이지 않았다. 밤은 깊어 가는데 생각해 봐야 할 것들이 수두룩했다. 보우맨은 오두막의 문가로 돌아와서 등잔과 지팡이를 옆에 내려놓고는 다리를 꼬고 앉았다. 미스트는 그의 무릎 위에 뛰어올라 몸을 동그랗게 말고는 가르랑거렸다. 보우맨은 고양이를 쓰다듬어 주었다.

"너는 내가 좋은 모양이구나." 보우맨이 말했다.

웃기지 좀 말아. 상부상조하자는 거야. 그게 다니 별달리 오해하지 말게나.

그날 밤 아이라 헤스는 또다시 전에 꾸었던 것과 똑같은 꿈을 꾸었다. ─붉은 하늘로부터 눈이 내리고 가파른 계곡 사이로 두 줄기의 강이 뻗어 있는 해안가 평지가 자신의 눈앞에 펼쳐져 있는 광경을. 아이라는 꿈속에서 소리쳤다. "기다려 줘요! 날 두고 가지 말아요!" 아이라는 그 바람에 소스라치게 놀라 깨어났다. 하노 헤스도 그 소리를 듣고 깨어났다. 아이라는 남편 품에 안겨 꿈 이야기를 해 주었다.

"난 정말 싫어요. 그런 꿈은 정말 질색이에요."

“그래 알아.”

“난 예언가가 되고 싶지 않아요. 너무 힘들어요.”

“당신이 꿈에서 보는 그 땅, 좋은 곳이오?”

“예.”

“우리의 땅이오?”

“예.”

“당신, 우리를 그리로 인도할 수 있겠소?”

“예.” 아이라가 하노의 얼굴에 입을 맞추며 말했다. “난 당신 곁을 안 떠날 거예요. 아무도 나를 떼어놓을 수 없을 거예요.”

하노는 대답 대신 아내에게 입맞춤을 했다.

새벽녘에 보우맨은 노예 아파트로 돌아왔다. 고양이는 멀찌감치 사이를 두고 그를 뒤따라왔다. 보우맨은 아버지를 보자마자 밤의 방문객 이야기를 들려주었다.

“사이린이라고!” 아버지가 외쳤다. “그곳은 옛날 싱어족의 고향이었어.”

“그 사람도 옛날의 싱어족인지 모르겠어요.”

“그들이 아직까지 살아 있을 줄은 몰랐는데.”

“옛 싱어족이란 어떤 족속이에요?”

“잘은 몰라. 아, 지금 내게 그 책만 있어도!”

“윈드싱어를 세운 사람들이죠?”

“그래. 집도, 가진 것도, 심지어 가족도 없는 사람들이었지. 소박한 옷을 입고, 맨발로 다녔지. 낯선 사람들의 호의에 의지해서 살던 사람들이야. 무기도, 갑옷도 없었어. 하지만 모라의 힘에 맞설 수 있었던 사람은 그들뿐이었어."

"무슨 힘 말씀이세요?"

"잘은 몰라. 기록이 있었는데 많이 없어져 버렸어."

아버지는 조용히 생각에 잠겼다.

보우맨은 자기가 발견한 마음의 힘에 대해서는 말하지 않았다. 아직 확신이 서지 않았을뿐더러 남들의 주의를 끌고 싶지 않았기 때문이었다. 같은 이유로 이상한 사나이가 "파멸시키고 통치하게 하기 위해 너를 보냈다"고 한 말에 대해서도 입을 다물었다. 자기 자신도 그 의미를 알지 못했기 때문이었다. 하지만 자기가 어떤 거대한 계획의 일부인 것 같다는 말은 아버지에게 했다.

"아버지, 저는 여기에 목적이 있어 온 것같이 느껴져요. 마치 여기서 해야 할 일이 있는 것 같아요."

"보우, 우리 모두 이유가 있어 여기에 오게 된 것이란다. 우리 모두 동정을 살피며 때를 기다려야 할 거야."

남들은 일터로 나갈 때 보우맨은 침대 속으로 기어 들어갔다. 미스트는 어느새 방안으로 들어와서 침대 밑에 누워 있었다. 거의 잠이 들 무렵 그토록 매일 밤 목마르게 기다리던 감각이 전해져 왔다. 귀로 듣기에는 너무 요원한 소리, 눈으로 보기에는 너무 먼 움직임, 어둠 속에서 그림자가 지나가는 듯한……

케스!

그 파동은 너무 여려서 생각하는 것마저 시끄럽게 느껴질 정도였다. 그리고 다시 느껴지지 않았다. 하지만 케스트렐이 분명했다. 케스트렐이 자기에게로 오고 있는 것이 분명했다.

11 결혼식 준비

케스트렐이 보우맨의 파동을 잠깐 느낀 것은 조딜라의 마차 안 하녀용 침대 위에 누워 있을 때였다. 꼼짝하지 않고 누워 좀 더 집중해 보았지만 그 감각은 다시 전해져 오지 않았다. 긴장을 풀고는 눈을 뜨자, 그 사이에 조딜라가 커튼 너머로부터 자기를 찾고 있었다.

"케스, 왜 답을 안 하니? 나한테 화났어?"

"아니야, 오빠를 생각하고 있었어."

"너는 언제나 그 생각만 하더라."

"네 마음에도 들 거야, 직접 만나 보면."

"안 그럴 것 같아." 공주가 뾰로통해서 말했다. "나는 너하고 런키만 빼고는 모든 사람들이 다 싫어."

말은 그렇게 하면서도 조딜라는 호기심이 동하는지 물었다.

"네 오빠도 너랑 비슷하니?"

"비슷하다기보다는 내 반쪽과 같다고 할 수 있어."

"너하고 키도 비슷하니?"

"나보다 조금 더 커."

"그리고?"

"무엇이 알고 싶은데?"

"머리카락은 무슨 색이니?"

"나처럼 까만색이야. 그리고 얼굴은 조금 창백하고, 조용한 성격이야. 자주 슬픈 표정을 짓곤 해. 사람들 얼굴만 보고도 그들이 느끼는 감정을 똑같이 느낄 수 있어."

"결혼할 상대는 있니?"

"아니, 외로운 사람이야."

"그럼 나하고 비슷하구나." 조딜라가 말했다.

조딜라는 규칙적으로 흔들리는 침대 위에 누워서 상상의 나래를 폈다. 케스트렐은 자기가 사랑하는, 이 세상에 하나밖에 없는 친구였다. 보우맨이 남자이면서 케스트렐과 똑같다면…… 어쩌면 자기 마음에 들 것도 같았다.

"나, 네 오빠하고 결혼할까 봐." 조딜라가 선언하듯 말하자, 케스트렐이 큰 소리로 웃으며 말했다.

"우선 본인에게 물어 봐야 순서가 아니겠어?"

"왜? 내가 이렇게 아름다운데 나와 결혼하고 싶지 않을 이유가 없잖아?"

"너는 참……."

"뭐?"

"단순하다고 해야 할지."

“내가 바보라고?”

“아니, 바보라는 것은 아니고 이해 못하는 것들이 많다는 것뿐이야.”

“우리 엄마 말씀이 모든 남자들은 아름다운 여자를 원한다고 했어. 아름답기만 하면 바보라도 괜찮다고 하셨어.”

“보우맨은 보통 남자들하고는 달라.”

“아름다운 아내를 원하지 않는단 말이야?”

“응. 아마 원하지 않을 거야.”

“그렇다면 나도 아름다울 필요가 하나도 없는 거 아냐?”

조딜라는 여태까지 자기가 헛수고했다는 생각에 자기도 모르게 소리를 꽥 질렀다. 케스트렐이 아무런 반응을 보이지 않자, 그녀는 다시 한 번 소리를 질렀다.

“그만 해!” 하고 케스트렐이 타일렀다. “소리는 몸이 아프거나 할 때 지르는 거지, 그런 말도 안 되는 소리 때문에 지르는 게 아니야.”

“케스, 너 내 앞에서 까불지 마. 그러면 너……” 하다가 스스로 노여움을 삭이며 말했다. “아니야, 아무 것도.”

“어쨌든 너는 보우맨과 결혼할 수 없어. 너는 그 알지도 못하는 남자와 결혼할 거잖아?”

“아니, 안 할 거야.”

“자기 입으로 해야만 한다고 해놓고!”

“네가 내 입장이라면 안 한다고 했잖아?”

“난 네가 아니잖아?”

“하지만 네가 나였으면 좋겠어. 그러면 나는 네가 될 테니까. 넌 날 대신해서 춤을 추기로 했어. 그러니 너는 벌써 조금씩 내가 되어 가고 있는 거나 마찬가지야. 나같이 아름다워질 수 있다고 생각해 봐.”

“싫어.”

“왜 싫어?”

“난 나대로가 좋아.”

“너면서 아름답기까지 하다면?”

“그것은 불가능해. 내가 아름다워지면 그것은 벌써 내가 아니라는 이야기야. 사람들은 나의 아름다움을 보느라고 진정한 나를 못 볼 거야.”

“별 이상한 이야기를 다 하는구나. 절대로 그렇지 않아.”

둘은 잠시 침묵했다. 조딜라는 지금까지 다른 사람들로부터 아름답다는 말만 듣고 성장했기 때문에 아름다움과 무관한 자신의 이미지는 생각조차 할 수 없었다. 얼마 안 있어 누군가에 의해 베일은 벗겨져 나가고 얼굴은 노출될 것이었다. 그때 신랑이 자기를 보고 어떻게 생각할까? 자기의 아름다움을 봐 주면 좋겠지만 진실한 자기 모습도 봐 주면 좋을 것 같았다.

“그렇구나.” 조딜라가 한숨을 쉬며 말했다. “모든 것이 생각할수록 어려워.”

잠시 후, 조딜라는 결혼 예식에 대해 어머니로부터 가르침을 받기 위해 황제 마차로 불려 갔다. 그 기회를 틈타 케스트렐은 조잔 경비대를 찾았다.

조혼은 부하들을 훈련시키고 있었다. 그는 모든 군사들이 한눈에 보이는 높은 사다리 위에 올라서서 그들을 지휘하고 있었다.

"돌아! 합쳐! 엇갈려!"

케스트렐은 한쪽에 서서 그 모습을 구경했다. 보라색 군복을 입은 군인들이 대열을 따라 서로 엇갈려 지나가면서 마치 하나의 생명체와 같이 질서정연하게 움직이고 있었다. 조혼은 자기 부하들을 훌륭한 무사로 다듬고 있었다. 케스트렐은 흐뭇한 마음으로 그 모습을 지켜보았다. 케스트렐은 벌써 조잔 경비대를 자기를 도와 종족을 해방시켜 줄 군대로 내심 생각하고 있었다.

조혼은 케스트렐을 보더니 빨리 소식을 듣고 싶은 마음에 훈련을 적당히 끝내는 눈치였다.

"돌아! 주목! 경례!"

전군이 그를 향해 경례를 붙였다.

"해산!"

조혼은 케스트렐은 거들떠보지도 않고 사령관 마차 쪽으로 걸어갔다. 케스트렐은 잠시 기다리다가 그의 뒤를 따라갔다.

단둘이 되자, 조혼이 이글거리는 눈으로 케스트렐을 바라보며 물었다.

"그래, 말해 봤느냐?"

"예." 케스트렐이 대답했다.

"그랬더니?"

케스트렐은 목소리를 낮추어 말했다.

"조딜라는 매우 두려워하고 있어요."

"두렵다고? 어서 더 말해 봐."

"공주는 매스터리라는 나라를 두려워해요. 하지만 아버지의 명을 어기는 것을 원치 않죠. 백성들을 실망시킬 수도 없고요.”

“사람들은 공주에게 너무나 많은 것을 요구하고 있어.”

“공주는 자기 본분을 수행해야 한다고 생각하고 있어요.”

“결혼하고 싶은 마음이 없는데도 말이지?” 조혼은 자기의 추측이 맞다고 생각하며 성급하게 물었다.

“그런 마음은 없어요.”

“나에 대해서는 뭐라고 하지? 얘기해 봤어?”

“같이 얘기하다가 슬쩍 떠봤지요.”

“그랬더니?”

“아무 말도 안 하고 조용히 땅만 쳐다봤어요.”

“아무 말도 안 하고 땅만 쳐다봤다…….” 조혼은 제자리에 가만히 있지 못하고 왔다 갔다 하면서 케스트렐이 한 말을 되뇌었다. “그게 무슨 뜻일까? 함부로 말을 꺼낼 수 없다는 뜻이겠지. 그랬다가는 감정이 복받칠 테니까! 내 이름을 입 밖에만 내도 감정을 주체하지 못할 테지!”

그는 자기 혼자서 아무렇게나 결론을 짓더니 케스트렐에게 다음 작전을 지시하기 시작했다.

“너는 다시 공주한테 가서 내가 이러더라고 전해. 나는 공주를 결혼으로부터 구해 줄 수 있지만 그녀의 마음을 알고 싶어한다고. 내 말뜻 알아들었어?”

“예.” 케스트렐이 답했다.

“너를 통해 답을 전하라고 해. 그러면 나는 나대로 행동을 개시할 테니.”

“알겠습니다.”

"그럼 가 봐. 난 이제부터 해야 할 일이 있다. 행운은 용감한 자에게 찾아오는 법이야."

그 사이 조디 왕비는 딸에게 결혼식 연습을 시키고 있었다. '다섯 걸음'을 해 본 지 세월이 많이 흘렀지만 아직도 그 기억은 생생히 남아 있었다.

"네 할머니는 하루 종일 우셨어. 나도 아마 울겠지. 무엇보다도 중요한 것은 걸음을 작게 떼야 한다는 거야. 이런 식으로."

조디는 발을 앞으로 내디디면서 말했다.

"네가 한 발짝 나아가면 신랑도 마주 서서 한 발짝 다가설 거야. 가운데서 몸이 부딪치면 안 돼. 다섯 걸음을 다 떼기 전에 가운데서 만나 버린 예식을 여러 번 봤어. 그럴 경우 어떤 일이 생기는지 아니?"

"몰라요. 어떤 일이 생기는데요?"

"둘 중 한 명이 상대보다 10년 덜 살게 되지. 한 걸음이 10년을 같이 사는 걸 의미한다는구나. 그러니 연습 잘 하자. 내가 신랑이 될게."

그들은 실내 양쪽 벽에 서서 서로를 마주 보았다.

"두 손을 마주 잡고 밑을 내려다봐." 조딜라는 시키는 대로 따라했다. "내가 먼저 움직이고 나면 네가 움직이는 거야. 자, 나 먼저 한 발짝. 이제 네 차례야."

조딜라는 한 발짝 앞으로 내디뎠다.

"그러고 있어. 음악 반주가 나올 거야. 세 발짝 갈 때까지 고개를 들어서는 안 돼."

"왜 안 돼요?"

"예전에는 좋은 아내라 하면 남편의 명령에 무조건 순종해야 했단다."

"하지만 엄마는 아빠 말에 순종하지 않잖아요?"

"그러니 내가 옛날이라고 했잖아? 자, 한 발짝 앞으로 내디뎌."

조딜라는 또 한 발짝 내디뎠다.

"아빠하고 결혼하기 전에 엄마는 아빠하고 결혼하고 싶었어요?"

"물론 그랬지. 갱의 조하나 1세의 아들이었으니까."

"아빠를 사랑했어요?"

"자, 또 한 발짝. 만나 보지도 못한 사람을 어떻게 사랑할 수 있었겠니?"

"그럼 싫으면 어쩔 뻔했어요?"

"걸음을 작게 떼는 것 잊지 마. 자, 네 번째."

조딜라는 또 한 발짝 앞으로 나갔다.

"자, 고개를 들어. 이제부터는 고개를 바짝 쳐들고 있어야 해."

조딜라는 앞으로 가깝게 다가온 엄마의 얼굴을 쳐다보았다.

"다 적응하며 사는 거지. 아마 너도 나처럼 살다 보면 정이 들게다. 자, 다섯 번째 발짝."

조디가 발을 앞으로 내딛자, 조딜라도 엄마를 뒤따라 앞으로 내디뎠다. 이제 두 사람은 손을 뻗으면 닿을 거리에서 마주 보고 서 있었다. 조디는 두터운 손을 앞으로 내밀며 선언했다.

"이 다섯 걸음을 걸어 나는 당신의 남편으로 서 있습니다. 당신은 나의 아내로서 나를 받아들이겠습니까?"

"여기서 '예' 하면 끝인가요?"

"그래. '예' 하면 아내가 되는 거야."

조딜라는 갑자기 슬퍼졌다. 눈물을 보이고 싶지 않아 엄마의 가슴에 얼굴을 파묻었다.

"원, 녀석도 참."

"엄마." 조딜라는 잠시 후 조용히 물었다. "엄마는 아빠하고 결혼해서 행복하세요?"

조디는 한숨을 내쉬었다.

"다른 인생을 모르니…… 아빠는 좋은 분이시지. 다른 남자와 결혼했다고 해서 지금보다 더 나으라는 보장도 없으니……."

그날 밤, 공주가 자기 마차로 돌아와 잠자리에 들었을 때였다. 공주는 런키가 코고는 소리를 확인한 후 케스트렐을 가만히 불렀다.

"케스, 아직 안 자니?"

"응."

"너는 어디론가 도망가서 전혀 새로운 사람이 되고 싶다는 생각을 해 본 적 없니?"

"있어. 그런 생각을 자주 했어."

"실행에 옮겨 본 적은 없고?"

"한 번 도망친 적은 있었지만, 그렇다고 해서 새로운 사람이 될 수는 없었어."

"그래서 어떡했어? 집으로 되돌아갔니?"

"응."

"그러고 나서 예전 생활로 돌아갈 수 있었어?"

"아니, 그 다음부터는 모든 것이 달라졌어."

“좋게, 아니면 나쁘게?”

“잘 모르겠어.” 케스트렐은 진실하게 대답해 주기 위해서 잠시 생각해 보았다. “어쩌면 나쁜지 모르겠어. 그 후로는 어딜 가도 외톨이같이 느껴졌어.”

“너는 본래부터 외톨인지도 모르지. 어떤 사람은 외톨이일 수밖에 없는지도 몰라.”

케스트렐은 목에 걸고 있는 목청을 만지작거리며 대답했다.

“그래, 그런지도 몰라.”

둘은 잠시 침묵했다. 케스트렐은 자기가 결혼하기를 원하는 엄마 생각을 해 보았다. 결혼을 해야만 하는 조딜라 입장도 생각해 보았다. 어쩌면 둘은 닮은꼴인지도 모른다는 생각이 들었다.

“케스.” 공주가 어둠 속에서 불렀다. “나 결혼하고 싶지 않아. 하지만 어쩌면 좋을지 모르겠어.”

케스트렐은 공주를 계획적으로 이용하려는 자기 자신이 부끄러워졌다. 하지만 다른 방법이 없었다. 공주를 이용하지 않는다면 자기 종족은 영원히 해방될 수 없을지도 몰랐다.

“부모님한테 말씀드려 봐.”

“나보고 해야만 한다고 하실 게 뻔해. 엄마는 상대가 누구든지 마찬가지라면서 살다 보면 정이 들 거라고 하실 거야.”

“그러면……” 케스트렐은 가책을 느끼면서 말했다. “식을 올리려면 아직 시간이 있으니까 그 사이에 무슨 일이 벌어질지 누가 아니?”

“글쎄……” 공주는 작은 목소리로 대답했다. “그럴 리는 없을 거야.”

케스트렐은 마음을 독하게 먹고 계획대로 밀고 나가기로 결심했다. 케스트렐은 공주가 누워 있는 쪽으로 팔을 뻗으며 말했다.

"우리의 우정은 영원한 거지?"

"응, 영원해."

"우리 비밀 사인 정할까?"

"비밀 사인이 뭐야?"

"우리의 우정을 확인하는 몸짓이야."

"좋아. 어떻게 하는 건데?"

"우리가 공식 석상에 있을 때 너는 공주고 나는 하녀니까 서로 이야기를 나눌 수 없잖아? 그럴 때 내가 손을 깍지 낀 채 꼭 쥐어 보일게. 그건 우리는 친구라는 표시야."

"너무 멋있다, 케스. 그러면 나는 어떻게 해야 해?"

"너도 나하고 똑같이 하면 되지."

잠시 침묵이 흘렀다. 곧 공주의 기쁜 음성이 들렸다.

"나 지금 하고 있어. 너도 하고 있니?"

"응."

"나는 네가 참 좋아. 난 지금까지 비밀 사인 같은 것은 해 본 적이 없어."

"나도."

"그럼 우린 서로에게 첫 번째 비밀 친구가 되는구나."

흐뭇한 마음에 공주는 모든 근심을 잊고 잠에 빠졌다.

다음날 아침, 현인 오조가 아침에 일어나 보니 사랑하는 암탉이 보이지 않았다. 새장 문이 열려 있었고 닭은 온데간데없었다. 오조는 긴장해서 마차 안을 샅샅이 뒤져 보았다.

"비단 같은 녀석, 너 어디 있니? 꼭 꼭 꼭! 내 산비둘기야, 너 어디에 숨었어?"

그래도 닭은 찾을 수 없었다. 자기 힘으로 새장을 빠져 나갈 수는 없었으므로 누가 훔쳐 간 것이 분명했다.

오조는 근심에 빠져 빈 새장 옆에 앉아 눈물을 흘렸다. 닭을 사랑한다면 우습겠지만 그는 정말로 닭을 애지중지했다. 닭은 그의 유일한 친구요 동반자였다.

그는 눈물을 닦고 깊이 생각해 보았다. 아침 점을 볼 시간이 다가오고 있었다. 신성한 닭을 잃어버리고 어디로 간지조차 모른다면 점쟁이로서 창피한 노릇이 아닐 수 없었다. 오조는 식량 마차 쪽으로 바삐 걸어갔다.

그날 아침, 조딜라는 닭점을 보는 장소에 참석하기로 했다. 날이 갈수록 앞날에 대한 관심이 점점 더 커졌던 것이다. 케스트렐도 따라가서 뒷전에 물러앉아 구경하기로 했다.

현인 오조가 병사들의 호위를 받으며 나타났다. 그는 점괘판을 들고 있었고, 하인들이 그 뒤를 따랐다. 하지만 하인들 손에는 암탉이 든 새장이 들려 있지 않았다.

궁중 점쟁이가 점괘판을 땅 위에 펼쳐 놓고는 그 앞에 심각한 얼굴로 쪼그리고 앉아 무엇 하나 놓칠 수 없다는 듯이 열심히 들여다보았다. 조하나는 이리저리 둘러보더니 왕비에게 큰 소리로 말했다.

"닭이 안 보여."

"조용히!" 하고 점쟁이가 외쳤다.

"조용히 해요!" 왕비도 소리쳤다.

오조는 두 눈을 감고 몸을 앞뒤로 흔들며 으르렁대기 시작했다.

"전에 하지 않던 짓을 하네." 조하나가 말했다.

조디는 걱정스러운 표정으로 그 모습을 지켜보았다. 무엇인가 불길한 예감이 들었기 때문이었다. 케스트렐이 수상을 흘낏 보자, 그는 눈썹을 찡그리며 점쟁이가 무슨 수작을 부리려고 저러나 하는 얼굴로 쳐다보고 있었다. 조혼을 보자, 그는 무표정하게 보고 있을 따름이었다. 케스트렐은 왠지 오조가 하는 짓과 조혼이 모종의 관계가 있다는 느낌이 들었다.

"카루! 카루!" 하고 오조가 콧소리를 냈다. 오조는 점괘판 위에 갑자기 팔짝 뛰어오르더니 그 위에 엎드려 눕는구나 하는 순간 다시 쪼그린 자세로 돌아갔다. 점괘판 위에서 달걀 하나가 빙글빙글 돌고 있었다. 왕족들은 숨넘어가는 소리를 냈다. 조혼마저 놀란 표정이었다.

"미래를 보기 위해서 저는 과거로 돌아가야 했습니다. 성스러운 닭은 달걀 상태로 되돌아갔습니다."

"오, 여보!" 조디가 경악하며 말했다. "우리 모두 과거로 돌아가야 하나 봐요!"

"달걀은 새로운 생명의 상징입니다. 반가운 재출발을 뜻합니다." 점쟁이가 말했다.

"반가워! 정말? 오, 불쌍한 닭."

"이제 달걀이 멈추는 것을 잘 보세요, 작은엄마."

조디는 진정했다. 그녀는 작은엄마라고 불리는 것을 좋아했다. 달걀은 이제 돌기를 멈추고 있었다.

"뾰족한 쪽은 카루를 계시하고 있습니다. 사랑의 새 시대가 열린다는 성스러운 뜻입니다. 앞으로 있을 혼례에 대한 좋은 징조입니다."

오조는 조딜라 쪽을 향해 허리를 굽혔다.

"그렇다면 모든 것이 다 좋다는 말이렷다?" 조하나가 물었다.

"좋은 정도가 아닙니다, 전하. 전하도 보시다시피 저 성스러운 달걀이 가리키고 있지 않습니까?"

"글쎄, 내 눈에도 보이긴 하는구먼."

"사랑이 보이고 평화가 보이지 않습니까? 병사들은 무기를 버리고 사랑하는 가족들이 기다리는 가정으로 돌아가서 기쁜 마음으로 노동에 전념할 것입니다."

케스트렐은 조혼이 얼굴을 찡그리며 옆으로 돌리는 모습을 보았다.

"내 눈에는 아침 식사가 보인다." 조하나는 그렇게 말해 놓고 씩 웃더니 자리에서 일어나 황제 마차 쪽으로 씰룩거리며 걸어갔다.

케스트렐이 조딜라와 함께 공주 마차로 돌아가고 있을 때였다. 바잔이 다가오더니 공주에게 하녀와 잠깐 말을 하고 싶으니 허락해 달라고 했다. 조딜라는 뜻밖의 요청에 놀라서 물었다.

"케스하고요? 무엇 때문이죠?"

"개인적인 용건입니다만."

공주는 케스트렐을 데리고 저편으로 가서 속삭였다.

"너, 저 사람하고 얘기하고 싶지 않지? 아마 네 눈을 불 꼬챙이로 찌르려 들 거야. 널 처음 만났을 때부터 그러고 싶어했으니까."

"아마 너에 대해 묻고 싶은 것 아니겠어?"

"나에 대해서? 그러면 너는 뭐라고 대답할 건데?"

"글쎄, 뭐라고 해 줄까?"

현재의 상황에 대해 자기가 판단한 것과는 전혀 다른 해석이라 공주는 조금 생각해 보아야 했다.

"난 지금 배우자가 마음에 들지 않기 때문에 결혼하지 않을 거라고 말해 줘."

"누군지도 모르면서 어떻게 마음에 안 드냐고 하겠지."

"너도 그럴 수 없다고 생각하니?"

"배우자가 누군지부터 알아봐야 할 것 같지 않아?"

"그래, 그게 좋겠다. 우선 누군지부터 알아보고 그 다음에 마음에 안 든다고 해 주자."

조딜라는 케스트렐을 수상과 남겨 두고 마차로 돌아갔다.

"너도 점쟁이의 말을 들었겠지." 수상은 일부러 자상한 얼굴을 해 보이며 말했다. "사랑의 새 시대가 열린다고."

"예." 케스트렐이 대답했다.

"사랑은 천하에 충만하고 있어. 성스러운 달걀이 그것을 계시했지. 너에게도 사랑이 싹트려나 보지?"

"저에게도요?"

"널 좋아하는 사람이 있다고 들었는데."

"누구요?" 케스트렐은 정말로 놀라 물었다.

"조잔 경비대의 미남 대장이지 누구겠어? 갱국의 모든 젊은 여성들이 선망하는……."

그제야 케스트렐은 상황을 이해했다.

"대단히 고마우신 말씀이지만 대장께서는 제게 그런 말씀을 전혀 하지 않으셨습니다."

"너와 얘기를 나누진 않았느냐?"

"그러긴 했지만."

"그것 보아라. 그 정도 되는 사람이 마음에 없으면 왜 말을 걸겠느냐? 그게 다 네가 마음에 들어 그러는 것이 아니겠느냐?"

"그럴까요?" 케스트렐이 믿어지지 않는다는 듯이 물었다.

"잘생겼겠다, 부자겠다, 지위까지 높으니 더 바랄 것이 무엇이겠느냐? 갱국에서 그만한 신랑감도 없지."

그는 조심스럽게 주위를 둘러보았다. 그러자 조혼이 저 멀리에서 이쪽을 지켜보고 있는 모습이 눈에 띄었다.

"지금도 봐라. 너로부터 눈을 떼지 못하고 있으니…… 네가 조금만 더 관심을 보인다면 그는 아마 녹아 버릴 거야."

수상은 이제 막 타오르기 시작하는 불에 기름을 부었다고 생각하고는 몹시 만족한 듯 고개를 끄떡이면서 갔다.

수상이 완전히 사라지기를 기다려 이번에는 조혼이 다가왔다. 그는 말을 걸지 않았을 뿐만 아니라 케스트렐 따위는 관심도 없다는 투로 딴전을 피우며 스쳐 지나갔다. 하지만 남들의 귀에 들리지 않도록 재빨리 내뱉었다.

"내 마차로 와."

케스트렐은 몇 분 더 그 자리에서 서성대다가 그가 시키는 대로 그의 마차로 갔다. 마차 안으로 들어가자, 조혼 대신에 궁중 점쟁이 오조가 앉아 있었다. 둘은 서로를 의심하는 눈초리로 쳐다보았다.

"너는 여기에 무엇 때문에 왔느냐?"

"지시를 받고 왔습니다."

"나보고도 오라고 했는데?"

둘은 잠시 침묵을 지키고 있었다. 오조는 케스트렐의 목에 걸린 목청에 관심을 보였다.

"그 목걸이, 흔치 않은 것 같은데 어디서 났느냐?"

"고향에서요."

"나한테 팔거라. 돈을 많이 줄 테니."

"팔 수 없어요."

오조가 뭐라고 말하려는 순간, 근처 어디에서인가 닭이 꼬꼬댁거리는 소리가 들렸다. 오조가 벌떡 일어났다.

"내 닭!"

그는 서둘러 주위를 둘러보았다.

"오, 나의 비단 같은 것아. 어디 있니?"

그 소리는 문을 열고 들어가게 되어 있는 침실로부터 들렸다. 그 마차는 가운데에 벽을 만들어 반은 침실로 사용하고 있었다. 오조가 문을 열고 커튼이 둘러쳐진 침대 쪽으로 가는 것을 케스트렐은 잠자코 보고만 있었다. 꼬꼬댁거리던 닭이 더 놀란 듯 소리를 질렀다.

"산비둘기야, 나 여기 있다."

커튼을 열어젖힌 오조는 그 자리에 얼어붙은 듯 섰다. 침대 위에서 조혼이 닭의 다리를 움켜쥔 채로 누워 있었던 것이다.

조혼은 점쟁이를 향해 미소를 짓더니 천천히 일어나 앉았다. 그리고는 한쪽 손을 뻗어 탁자 위에 놓아 두었던 은 망치를 집어 들었다.

"자네의 계시가 이런 것까지 알려 주던가?"

그는 조금도 망설이지 않고 망치에 붙은 칼날로 닭의 목을 그 자리에서 따 버렸다. 오조는 자기 목이 잘리는 듯이 비명을 질렀다. 조혼이 목 없는 닭을 건네주자, 오조는 그것을 가슴에 쓸어 안고 울음을 터뜨렸다. 조혼은 벌떡 일어서며 말했다.

"이제부터 너는 내 지시를 따라야 해."

조혼은 열린 문을 통해 케스트렐을 쳐다보며 점쟁이에게 짓던 것과 같은 미소를 지어 보였다. 그러더니 앞발로 닭 대가리를 탁 찼다. 그것은 바닥 위를 미끄러져 케스트렐 발 근처에까지 와 섰다.

오조는 대가리 없는 닭의 깃털을 쓰다듬으며 흑흑 흐느꼈다.

"오, 나의 산비둘기야. 비단 같은 놈아."

조혼은 점쟁이를 쏘아보았다.

"이제부터는 내가 원하는 대로 계시를 해 줘야겠어. 강력한 지도자가 필요할 때라고 해. 그리고 외부인들의 음모에 주의해야 한다는 뜻도 비치고. 진실한 사랑은 고향에 있다는 말도 하고. 내 말 알아들었겠지?"

"예." 오조는 머리를 조아렸다.

"이제 가 봐."

오조는 배 위에 피가 잔뜩 묻은 것도 개의치 않고 대가리 없는 닭을 얼싸안은 채 밖으로 나갔다.

조혼은 얼음같이 차가운 눈으로 케스트렐을 바라보며 말했다.

"나는 친구로는 좋지만 적으로는 위험한 사람이야."

케스트렐은 그가 일부러 자기가 보는 앞에서 닭의 목을 자른 것을 알고 있었다. 케스트렐은 그가 우둔하다고 생각하고 있었는데, 이제는 우둔할 뿐 아니라 잔인하다는 것까지 알게 되었다. 그것은 매우 위험한 배합이 아닐 수 없었다.

"바잔하고는 무슨 말을 했지?"

"그가 내게 와서 먼저 말을 걸었어요. 내가 간 게 아니에요."

"무슨 말을 하려고 말을 걸었어?"

조혼은 케스트렐의 눈을 똑바로 쳐다보면서 손에 쥔 은 망치를 천천히 흔들었다.

"대장님에 대한 얘기였어요. 그는 대장님이 제게 관심이 있다고 보고 있어요. 그래서 나보고 대장님을 유혹하라고 했어요."

"무엇이?!"

그는 큰 소리로 웃기 시작했다.

"내가 너에게 관심 있는 줄 안다고? 하하하! 차라리 잘됐다. 바보 같은 놈. 그렇게 생각하라고 해. 그래, 내가 너에게 빠졌다고 말해 줘. 이 위대한 조혼이 조딜라의 하녀에게 빠졌다고. 하하하."

그는 배를 잡고 웃었다.

"거기까지는 나도 미처 생각해 보지 못했는걸!" 그는 평상심을 되찾더니 다시 심각한 표정이 되었다. "조딜라는 어떻게 됐지? 나한테 무슨 말을 전하지 않던가?"

"말로는 하지 않고……."

케스트렐은 얼굴을 붉혔다. 케스트렐은 이 순간을 위해 마음을 독하게 먹고 있었다. 하지만 그것은 그의 잔혹성을 보기 이전의 일이었다. 그를 속이는 것은 좋았지만 자기 때문에 조딜라 신변에 위험이 생긴다면? 하지만 조혼은 전혀 다른 시각으로 사태를 해석하고 있었다.

"부끄러워 말고 공주가 한 말을 해 봐."

"공주는 말로는 못하고 그 대신……."

케스트렐은 다시 한 번 망설였다. 하지만 눈을 내리깔고는 말해 버렸다.

"비밀 사인으로 마음을 밝히겠다고 했습니다."

조혼은 눈을 더욱 크게 뜨며 물었다.

"사인이라니! 그래, 그게 무엇이냐?"

케스트렐은 깍지를 끼고 두 손을 마주 잡았다.

"이 동작은 영원한 사랑을 의미합니다."

조혼은 케스트렐의 두 손을 홀린 듯한 눈으로 쳐다보더니 길게 한숨을 내쉬었다.

"영원한 사랑이라. 언제 그 사인을 내게 보여 줄 건데?"

"글쎄요. 인내심을 갖고 기다려 보세요. 공주는 지금 마음이 매우 혼란스러운 때라."

"음, 나도 이해해. 공주에게 이렇게 전하라. 아무 걱정 하지 말라고. 이 갱의 망치가 공주를 보호해 줄 것이라고 말이야."

조혼은 말을 하면서 망치를 쳐들었다. 칼날에는 아직도 닭의 피가 묻어 있었다.

12 상과 벌

　　　마리어스 시미언 오티즈는 하이 도메인 위층으로 통하는 넓은 계단을 걸어 올라갔다. 겉으로는 태연한 척했지만 그의 가슴은 쿵쾅거리며 뛰고 있었다. 위층으로부터 명연주가의 바이올린 소리가 들렸다. 그것은 좋은 징조였다. 매스터는 기분이 좋을 때만 바이올린을 켰다. 자기가 고대하던 순간이 지금 다가오고 있다는 생각이 들었다. 매스터로서도 더 이상 지체할 수 없을 것이다. 신부 마차가 며칠 안으로 도착할 터인데 그는 아직까지도 아들이자 후계자를 지명하지 않고 있었다.

　오티즈는 천장에 보석이 박힌 돔 모양의 넓은 방안에 발을 들여놓았다. 그곳은 가구와 커튼은 물론이고 램프조차 없는 텅 빈 공간이었다. 매스터는 개인 오케스트라와 합창단 앞에 서서 바이올린을 어깨에 받친 채 연주에 몰입해 있었다. 연주자들은 선 채로 매스터를 응시하며 악보도 없이 반주를 하고 있었다. 합창단원들도 입을 다문 채 자기들 앞에서 왔다 갔다 하며 연주하는 매스터를 주목하고 있었다. 한쪽 구석에는 사나이 두 명이 조용히 대기하고 있었다. 한 명은 커다란 장부를 들고 있었고 다른 한 명은 양동이와 걸레를 들고 있었다. 장부를 든 사나이는 미론 그래프라는 자로서 매스터의 집사였고, 또 다른 한 명은 스팔리안으로 매스터의 몸종이었다.

달콤한 현악기의 연주가 끝나고 금관악기의 연주가 시작되자, 그제야 매스터는 방문객을 돌아다보았다. 그는 눈을 반쯤 감은 채 활을 든 손을 휘저어 관악기와 타악기를 지휘하더니 다시 자기 악기로 돌아가 협연을 숨막히는 절정으로 휘몰아 갔다.

오티즈는 온몸에 전율을 느끼며 그 자리에 붙박힌 듯 서 있었다. 매스터의 희고 긴 머리는 어깨 위에서 출렁댔고 회색 눈은 정열적인 음악에 도취되어 이글거렸다. 오티즈는 선망의 눈으로 그 고귀한 얼굴을 쳐다보았다. 그 두터운 눈썹으로부터 지혜를, 날카로운 코로부터 힘과 신념을, 넓고 혈색 좋은 뺨으로부터는 자상함을 느낄 수 있었다. 매스터의 나이는 지금 몇이나 됐을까? 그것은 아무도 몰랐다. 예순 살 정도? 아니, 더 많을 수도 있었다. 아직도 왕성한 식욕과 활력을 자랑하는 그였다. 매스터는 사람들의 눈을 통해 그들의 마음속 비밀까지 들여다볼 수 있다고 했다. 하지만 오티즈는 그에게 감추는 비밀이란 게 없었다. 그는 어렸을 때 아버지를 잃고 매스터리로 오게 되었다. 매스터는 그에게 아버지와 같은 존재였다. 오티즈는 그로부터 인정받기 위해서라면 무슨 일이든 서슴지 않고 했다.

공기를 진동하던 최후의 음마저 사라져 버리고 연주자들이 악기를 내리자, 매스터도 어깨에서 바이올린을 떼고는 오티즈를 향해 손짓했다. 오티즈는 앞으로 한 발짝 나서서 바닥에 엎드렸다.

"일어나거라."

오티즈가 일어섰다.

"잘했어."

"오직 주인을 기쁘게 해드리기 위해 한 일일 뿐입니다."

매스터는 고개를 끄떡였다.

"나랑 같이 좀 걷자꾸나."

그는 등을 돌리더니 발소리가 울려 돌아오는 실내를 걸어가기 시작했다. 매스터는 언제나 이 위층에서 바이올린을 들고 먼 산이나 호수, 아니면 푸른 하늘을 쳐다보며 거닐기를 좋아했다. 그는 사람들로 복잡한 곳과 정적, 벽, 그리고 정지 상태를 싫어했다. 그 때문에 그는 항상 탁 트인 공간에서 움직였다. 마치 보통 크기의 방은 그의 거대한 몸집을 가둘 수 없다는 듯이.

"새로 온 노예들은 잘 돌보고 있느냐?"

"예, 매스터."

"상과 벌을 잊지 말거라."

"예, 매스터."

"맨스족은 한때 훌륭한 족속이었다. 위대한 재능을 갖고 있었지, 하지만…… 역사를 공부해야 한다. 우리 모두 역사로부터 배울 것이 참 많아."

"예, 매스터."

"잔혹성을 보여 준 다음에 자상함을 베풀어라. 지금은 우리를 미워하겠지. 하지만 머지않아 우리를 사랑하게 될 거야."

"국민 모두는 당신을 사랑합니다, 매스터."

"물론 그렇겠지. 힘있는 자를 사랑하는 것은 인간의 본능이야. 일부러 그렇게 시킬 필요도 없지."

그는 커다란 창문을 통해서 도시를 내려다보았다. 비둘기 두 마리가 성벽에 내려와 앉았다. 두 마리 모두 은회색이었으나 그 중 하나의 가슴에는 하얀 점이 찍혀 있었다. 매스터는 비둘기를 조심스럽게 관찰하더니 말했다.

"저기 두 마리 비둘기가 보이느냐? 그 가운데 가슴에 하얀 점이 찍힌 놈이 먼저 날아갈 것이다. 내기 걸어도 좋다. 지면 내 오늘 저녁을 안 먹지."

그는 창가로 다가서면서 바이올린 활을 앞으로 내저었다. 새들이 놀라 날아올랐다. 아니나 다를까 흰 점 있는 비둘기가 먼저 날아갔다. 매스터는 즐거운 듯 크게 웃음을 터뜨렸다.

"아하하! 어떠냐? 내 그러지 않더냐?"

오티즈는 입을 다물고 있었다. 매스터가 하는 말과 행동 중에는 자기로서 이해할 수 없는 것이 수없이 많았다. 그럴 때는 가만히 있는 편이 차라리 나았다.

"나는 맞히기도 잘하지만 그만큼 틀리기도 잘하지. 얼마 전에는 내기에서 다섯 번을 계속해서 지는 바람에 이틀이나 꼬박 굶기도 했지."

그는 유쾌하게 웃더니 오티즈를 쳐다보았다.

"너는 내가 내기를 자주 거는 이유를 아느냐?"

"의지력을 키우기 위해서인가요?"

"맞았어. 나는 지금 혼자서 완벽한 권력을 누리고 있어. 내 주위에서 내게 명령할 수 있는 자는 아무도 없지. 그러니 내가 나 자신을 다스릴 수밖에. 내기를 걸어 지면 내가 내 자신에게 값을 치르게 하지. 네 나이 지금 몇이냐?”

전혀 예상치 못한 때 질문을 터뜨리는 것은 매스터 특유의 버릇이었다.

“스물한 살입니다, 매스터.”

“결혼을 생각해 보았느냐?”

오티즈는 흥분을 억누르며 답했다.

“예, 매스터. 시기만 적절하다면.”

“시기? 상대는 고려치 않고?”

“그리고 상대도요, 매스터.”

“지금 우리 나라를 향해 한 왕족이 오고 있다. 우리 변경에 있는 제국에서 혼인을 성사시키자는 제안을 해 왔지. 그쪽에서는 공주를 내놓기로 하고 내 쪽에서는 아들을 내세우기로 했지. 너도 이미 알고 있지?”

“예, 매스터.”

갑자기 매스터는 발걸음을 멈추더니 손에 든 바이올린과 활을 미론 그래프에게 건네주면서 외쳤다.

“모두 비켜라!”

오티즈는 얼른 뒤로 물러났다. 매스터는 로브를 걷어올리더니 돌 바닥 위에 오줌을 좔좔 싸기 시작했다.

“아!” 그는 만족한 듯 소리쳤다. “인생에서 이 같은 즐거움도 없지. 때가 되면 참을 수 없고 내보내면 그렇게 시원한! 스팔리안!”

그의 몸종은 그가 부르기도 전에 기다렸다는 듯이 걸레와 양동이를 들고 달려왔다. 오케스트라와 합창단원들은 고개를 돌리고 못 본 체했다. 순식간에 바닥 위의 오줌은 깨끗이 치워졌고 매스터는 바이올린을 다시 받아들었다.

"추잡한 버릇이라고 생각하지 않느냐?" 스팔리안이 양동이를 들고 물러나는 모습을 보면서 그가 오티즈에게 물었다. "짐승같이. 내가 왜 그러는 줄 아느냐?"

"자신을 자제하는 또 하나의 방법이 아니겠습니까?"

"맞았다. 아무도 나를 탓하지 못하지 않느냐? 그러니까 내가 나를 탓해야지. 하지만 무엇 때문에 그러느냐고? 모든 것을 최고로 만들기 위해 그러는 거지. 오직 그 염원 때문에 나는 수치심을 무릅쓰고 바닥에 오줌을 싸면서 더욱 정진하려는 것이다. 알겠느냐?"

그는 바이올린을 어깨에 받치고는 자신의 수치심을 표현하려는 듯이 성난 음을 켰다.

"이해합니다, 매스터."

매스터는 바이올린을 다시 내렸다.

"무슨 얘기 하던 중이었지? 그렇지, 결혼 얘기 중이었지. 가서 얼굴을 보고 오너라. 네게 괜찮은지."

"매스터, 주인님의 뜻을 따르겠습니다. 그렇다면……."

"그래, 무엇이냐?"

"주인님께서는 아들이 필요하다고 말씀하셨는데……."

"그래, 누군가 공주하고 결혼해 줘야 할 사람이 필요해."

"그렇다면 제가……?"

오티즈는 차마 자기 입으로는 말을 꺼내지 못하고 물었다. 매스터는 눈썹을 치켜뜨고 오티즈를 바라보았다. 그러더니 와— 하고 웃음을 터뜨렸다.

"그래, 그래. 내 너를 지정했다. 하지만 너무 기뻐하기에는 일러. 너를 아들로 삼고 공주와 결혼시킨다고 해서 네가 내 후계자가 되는 것은 아니야. 공주와 결혼하는 것만으로는 자격이 안 돼."

"알고 있습니다."

"아직까지 내 일을 감당하기에는 부족하다. 너는 앞으로 더 커야 해."

그는 오티즈를 정겹게 쳐다보더니 자기 배를 툭툭 쳤다.

"매스터, 저는 앞으로 더 클 것입니다."

"좋았어. 한 발짝씩 정진하는 거다. 우선 가서 공주 얼굴부터 보고 오너라. 네 마음에 들면 그 다음 일을 결정하자."

"알겠습니다."

"그럼 가 보거라. 탄타라자도 짬짬이 연습해 두고."

"알겠습니다, 매스터!"

"그리고 맨스족을 잘 돌봐라. 우리에게 유용한 족속이야."

맨스족은 매스터리에 와서 일을 배정받은 뒤로 자신들의 능력을 마음껏 발휘하면서 인정받기 시작했다. 스쿠치는 첫날 밀가루 반죽하는 일손으로 시작했지만 어느새 조수를 세 명이나 거느리고 베이커리를 직접 경영하게 되었다. 미코 미밀리스는 남들로부터 주목받는 옷을 몇 벌 만들더니 이제는 하이 도메인의 상류 사회 귀부인용 드레스를 만드느라 바빴다. 그는 퇴근 후 노예 아파트로 돌아와서 주위 사람들에게 자기 디자인에 대해 열심히 설명했다.

"옷자락이 끌리게 디자인된 단순한 선의 하이넥 드레스이지요. 옷자락 끝을 손목에 걸어 걸을 때 옷자락이 함께 움직이도록 돼 있지요."

그는 엉덩이를 씰룩거리면서 시범을 보여 모두를 웃겼다.

크리오스는 젖소 돌보는 일을 했다.

"한 마리 한 마리, 모르는 얼굴이 없지. 천사, 구름, 발콩콩 등 내가 이름도 하나씩 지어 주었지."

멈포는 노예 아파트에서 나와 훈련 합숙소로 거처를 옮겼다. 이 번 결혼식을 축하하는 매낙사에서 데뷔전을 치를 예정이었다. 핀토는 멈포를 몹시 그리워했다. 매일 싫은 학교를 가야 했기 때문에 더욱 그랬다. 다른 아이들은 새 공책에 끝이 뾰족한 연필 네 자루가 든 필통, 그리고 지우개, 자를 받고 좋아했다. 배치 박사는 학생들에게 연필을 매일 뾰족하게 깎아 올 것을 주문했다.

"무딘 연필로는 무딘 글씨밖에 쓸 수 없습니다. 우리 학생들의 머리는 연필 끝같이 날카로워야 합니다."

핀토는 연필 심을 가는 것이 싫었다. 동급생들은 원래 헤스 가족 근성 때문이라고 놀렸다. 옛 아라맨스에서와 같이 헤스 가족은 다시 한 번 남들로부터 따돌림을 받기 시작했다. 그들은 새 생활에 적응하지 못했으며 새로 주어진 기회를 이용할 줄 몰랐다.

하노 헤스는 창고에서 책 정리하는 일을 계속 맡아 했다. 아이라 헤스는 더 나은 일을 찾지 않고 세탁소에서 바느질 일을 했다. 아무에게도 말하지 않았지만 그녀의 몸은 점점 쇠약해져 가고 있었다. 예언도 가느다란 목소리로밖에 할 수 없었지만 듣는 사람도 없었다. 항상 같은 내용만 예언했기 때문이었다.

사람들은 뒤에서 그녀를 흉내내며 비웃었다.

"오, 불행한 인간들이여! 새 고향을 찾을지어다. 바람이 일기 시작했도다."

그들은 마치 바람이 자기들을 날려 보내기라도 하듯이 두 손을 휘저으며 깔깔댔다.

"저들이 당신 말을 듣든지 안 듣든지 상관없어. 당신이 예언을 한다는 것이 중요한 거야. 당신의 예언이 그들의 귀에 들리는 것만으로도 성공이야. 비웃어도 상관하지 마."

보우맨은 밤에 가축 지키는 일을 계속했다. 그는 이제 친구가 된 회색 고양이와 함께 앉아 다가오는 케스트렐의 파동을 찾는 한편 자기의 염력을 키웠다. 이상한 사나이를 만난 이래 보우맨은 자신이 압제자를 파멸시킬 운명을 타고났다고 굳게 믿게 되었다. 매일 밤 초원에서 그는 마치 운동선수가 훈련을 통해 힘을 기르듯이 내면의 힘을 길러 나갔다.

어느 날 밤, 그가 연습에 몰두해 있을 때 누군가가 뒤에서 그의 이름을 불렀다.

"보우맨, 어디 있니?"

"여기 있어."

밤이슬 먹은 풀을 밟으며 다가오는 그림자는 다름 아닌 루피 블레시였다. 그는 보우맨의 등잔 옆에 와 앉더니 고양이와 소를 쳐다보고는 어두운 호수 쪽으로 눈길을 돌렸다.

"매일 밤 여기 앉아 이러고 있니?"

"응."

"죽을 때까지 이러고 있을 거니?"

“그렇지야 않겠지.”

“그럴지도 몰라. 네 스스로 뭔가 하기 전에는.”

보우맨은 그로부터 성급한 조바심을 느낄 수 있었다. 루피에게는 자신의 비밀을 말해 주지 않는 것이 나을 것 같았다.

“루피, 우리는 때를 기다려야 해.”

“기다려서 어쩌자는 거야? 얼마나 더? 늙어 죽을 때까지? 너는 매일매일의 노예 생활이 수치스럽지도 않니?”

“어쩔 수 없잖아. 괜히 잘못했다가는 어떻게 되는지 알잖아?”

“알아.” 그는 흥분해서 말했다. “그 핑계로 우리는 자신의 노예화를 합리화하고 있지. 깊이 생각해 봤는데 대답은 하나밖에 없어. 자유로워지기 위해서는 값을 치르지 않을 수 없다고. 다수의 자유를 위해서 몇 명의 피해는 감수하는 수밖에 없어.”

“너는 그럴 수 있다고 생각하니? 난 못해.”

“왜? 전쟁이 일어났다고 생각해 봐. 인명 피해를 피할 수는 없어. 지금 이것이 전쟁이 아니고 뭐야? 벌써 여럿이 죽었잖아? 만약 우리가 투쟁하지 않는다면 그들의 목숨은 헛되이 희생된 것이 되어 버려.”

“난 못해, 루피.”

“그렇다면 넌 항복한 거야. 패배한 것이고 정말로 노예가 된 거야.”

“그렇지는 않아.”

“그래. 너도 다른 사람들과 다를 게 없어. 포기한 것이라고!”

“루피, 놈들이 네 어머니를 죽인 것은 알아.”

“우리 엄마 때문에 이러는 것이 아니야. 나 때문이야. 엄마는 돌아가셨지만 나는 살아 있어. 앞이 창창하다고. 너도 마찬가지야.

보우맨, 적어도 너만은 같이 싸우자고 할 줄 알았는데.”

“싸울 거야. 하지만 기회를 기다려야 해.”

“침착히 때를 기다리자는 말 수없이 들었어. 하지만 변한 것이 아무 것도 없어.”

루피는 벌떡 일어나더니 보우맨에게 손을 내밀었다.

“잘 있어. 너는 좋은 놈이야.”

보우맨은 그의 손을 잡고 흔들었다.

“성급한 짓은 하지 말아. 너 혼자가 아니라는 걸 기억해.”

“우리 모두 결국에 가서는 혼자야. 내가 새로 배운 것이 있다면 바로 그 점이지.”

루피는 ㄱ 말을 뱉더니 어둠 속으로 사라졌다.

보우맨은 걱정스러운 눈으로 그의 뒷모습을 바라보았다.

“무슨 말인가 해 줘야 하는데.” 보우맨은 혼자 중얼거렸다. “하지만 내가 무슨 말을 해 줄 수 있을까?”

회색 고양이는 그를 꾸짖는 듯한 눈으로 바라보았다. 보우맨은 고양이에 익숙해져서 그를 향해 말을 하곤 했다. 하지만 그것은 고양이를 상대로 한 말이라기보다는 혼잣말이었다. 미스트는 보우맨의 그런 일방적인 대화가 싫었다.

보우맨은 내면의 힘을 기르는 연습을 다시 시작했다.

“나비야, 이것 봐. 이 지팡이 좀 봐.”

이제 보우맨은 은둔자가 했던 것처럼 지팡이를 일으켜 세워 자기 손 안으로 오게 할 수 있었다.

뭐 그런 재주 갖고 야단이야?

미스트가 관심 없다는 투로 말했다.

"이것이 바로 싱어족의 힘이야. 나도 언젠가 싱어족의 일원이
될 거야."

언젠가라고? 지금 되면 남 주니?

"너는 왜 나를 그런 눈으로 바라보는 거지? 무슨 생각을 하고
있지?"

알고 싶으면 직접 물어 봐라!

"글쎄, 네가 내 말을 알아듣기나 할까?"

하! 내 참.

"오른발 들어 봐."

미스트는 그 명령을 고려해 봤다. 자신을 좀 얕잡아 보는 주문
이었다. 자기가 새끼 고양이도 아니고. 하지만 둘 사이의 대화를
진전시킬 필요가 있다는 생각이 들었다. 내키지는 않지만 억지로
한다는 것을 보여 주기 위해 일부러 하품을 하면서 고양이는 앞발
을 들었다.

보우맨은 그 모습을 보고는 신이 나서 말했다.

"너, 내 말귀를 알아듣는구나!"

그래. 그러니 이제는 네가 내 말을 알아들을 차례야.

"원을 그려 돌아 봐."

이거야 원 창피해서. 땅에 등을 대고 누워 네 발을 다 쳐들라는
주문까지 할래?

미스트는 위엄을 잃지 않고 서서히 돌아 보였다. 보우맨은 잠시
그 모습을 보더니 땅에 한쪽 무릎을 꿇었다.

"내가 이제까지 너에게 불성실하게 대한 것을 용서해 줘. 난 아
직 미숙한 점이 너무나 많아."

소년은 예상 외로 눈치가 빨랐다. 미스트는 조금 감격했다. 보기보다 우둔하지 않다는 생각이 들었다. 미스트는 꼬리를 치켜들고 소년에게로 가서 우호의 의미로 그의 다리에 자기 몸을 비볐다.

"자, 내 옆으로 와서 가만히 앉아 있어 봐. 너에 대해 자세히 알고 싶어."

미스트는 시키는 대로 했다. 정중한 소년의 제안을 거절할 수 없었다. 보우맨은 팔꿈치를 땅에 대고 엎드려서 이마를 고양이 머리에 갖다 댔다. 미스트는 콧수염이 간지러워 얼굴을 돌렸다. 하지만 보우맨이 그대로 있자, 고양이는 자기 머리를 다시 보우맨의 이마에 갖다 댔다. 둘은 잠시 그렇게 있었다.

보우맨은 정신을 집중했다. 우선 그는 자기 마음부터 비웠다. 아무 것도 생각하지 않고 고요함 속에 있었다. 그러고 나서 매우 은근하게 고양이의 마음속으로 접근하기 시작했다.

처음 다가가자, 고양이는 움찔했다.

"널 해치지 않을 거야. 걱정 마."

이것은 미스트가 일찍이 경험하지 못했던 기분이었다. 은둔자는 자기 말을 단순히 알아들을 수 있었을 뿐이었다. 하지만 소년은 달랐다. 소년은 자기를 알고 싶다고 했다.

"너는 신경을 너무 날카롭게 세우고 있어. 긴장을 풀어."

미스트는 자신의 충동을 억누르려고 애를 썼다. 자기의 감각이 쉬지 않고 인상, 소리, 냄새, 갑작스런 움직임 등을 알려 오기 때문에 긴장하고 있지 않을 수 없었다. 자기가 아닌 이 세상의 모든 것은 먹이 아니면 위험을 뜻했다. 잠잘 때까지 그의 몸은 용수철처럼 잔뜩 움츠러든 상태로 있으면서 갑작스러운 사냥이나 도주에 대비해야 했다. 그런데 이 소년은 자기보고 긴장을 풀라고 하는 것이 아닌가. 쉬운 주문이 아니었다.

고양이는 다잡고 있던 마음의 고삐를 풀었다. 그러자 추억 속에 빠져들면서 갑자기 따뜻함, 높은 소리, 그리고 걷잡을 수 없는 희열이 느껴져 왔다. 달콤하고 따뜻한 추억 속의 하늘은 머리 위에서 움직이고 있었다. 그는 자기를 둘러싸고 꿈틀거리는 것들을 느끼고 싶어 자기 몸을 꿈틀거려 봤다. 갑자기 한순간이 선명하게 떠올랐다. 자기와 형제들은 모래 구덩이 속 마른 잎 위에 누워 있었다. 머리 위로 엄마의 긴 몸뚱이가 지나가고 있었다. 그는 젖이 먹고 싶어 고개를 쭉 빼들고 있었다. 그때 강렬한 기쁨을 주체하지 못하여 고양이는 머리를 보우맨 얼굴에 갖다 대고 비비면서 크게 울었다. 보우맨도 고양이의 추억을 더듬고 있었다.

"그래, 그래." 보우맨이 말했다.

야, 너 내게 무슨 짓을 했길래…… 그러고 보니 나도 참 오랫동안 혼자 살아왔구나……. 미스트가 중얼거렸다.

너무 오랫동안 혼자 살았어, 하고 보우맨이 말했다.

그는 고양이의 생각을 들은 것이었다.

너 내 생각을 들었어?

응, 들었어.

야, 너, 참! 은둔자 말이 맞긴 맞는군.

고마운 마음에 고양이는 보우맨의 뺨과 눈썹을 핥았다. 인간 피부의 짭짤한 맛이 느껴졌다.

이제야 드디어 너와 참다운 접속이 이루어졌구나. 보우맨이 말했다.

너는 보통내기가 아니야. 대단한 아이야.

미스트는 자기 입에서 나오는 말에 놀라면서 소년을 계속 핥았다. 자기가 이런 식으로 마음의 정을 표시하다니! 새끼 고양이 때의 감정의 메아리가 흘러넘친 때문이긴 해도…….

넌 내가 앞으로 해야 할 일에 대해 알려 주려고 나타난 거니? 보우맨이 물었다.

응, 하고 미스트가 대답했다.

그럼 말해 봐.

넌 내게 나는 법을 가르쳐 줘야 해.

미스트는 소년이 머리를 뒤로 빼고 의문스러운 표정으로 자기를 쳐다보는 모습을 마주 보았다. 소년은 웃기 시작했다.

하지만 나도 날 줄 모르는걸?

연습하면 될 거야. 얼마나 절실하게 원하는가가 문제일 뿐이야. 고양이가 대답했다.

그들이 얘기를 계속하려고 하는데 근처 마을로부터 위급한 종소리가 들려 왔다. 다른 종들도 따라 울리면서 불이 하나 둘 켜지기 시작했다. 보우맨은 자리에서 벌떡 일어났다.

무슨 일이 생겼어.

심각한 표정을 한 병사들이 등잔을 들고 바삐 돌아다니며 길 가는 사람들을 조사하고 있었다. 노예 아파트로 돌아가는 중에 보우맨은 세 번이나 검문을 당했다. 그럴 때마다 그는 손목의 낙인 번호를 보여 주어야 했다. 늦은 시간이었지만 노예 아파트에 사는 사람들은 모두 깨어나 웅성거리고 있었다. 경보를 울린 이유는 노예가 한 명 없어졌기 때문이라고 했다.

매스터리 관리들이 나와 방을 샅샅이 수색하고 있었다. 소문은 벌써 쫙 퍼졌다. 핀토가 보우맨에게 다가와 속삭였다.

"루피 블레시가 탈출했어."

장부를 손에 든 관리들이 줄지어 서서 벌벌 떨고 있는 노예들을 장부와 일일이 대조했다. 그들은 실종된 노예의 친지가 어느 원숭이 철창에 갇혀 있는지를 확인했다. 그리스는 블레시와 사촌간이었다. 아라맨스가 불타기 전날 밤에 올렸던 결혼식에서의 신부 피아 그리스는 철창 11번에 수감돼 있었다.

"설마, 그렇게까지 할 리는 없겠지!"

병사들은 장부를 든 관리 뒤를 따라 원숭이 철창 쪽으로 행진해 갔다. 그 뒤를 맨스족 노예들이 줄줄이 쫓아갔다. 놀랍게도 그곳의 보초들은 벌써 피아 그리스가 있는 철창 밑에 땔나무를 쌓고 있었다. 옆에 있는 화로에서는 숯불이 빨갛게 타고 있었다.

헤스 가족들도 병사들을 따라갔다. 보우맨 발밑으로 회색 고양이도 같은 방향으로 가고 있었다.

11번 철창 속에는 포로가 20명 있었다. 얼마 안 있어 그들의 가족이 몰려들었다. 공식 발표가 있었던 건 아니지만 앞으로 내려질 벌에 대해 모두 걱정하고 있었다. 보초들은 아직 정식 명령을 받지 않은 상태에서 행동하고 있는 듯했다. 테너 에이모스는 철창 사이로 젊은 아내의 손을 꼭 붙잡고 아무 일 없을 것이라며 안심시키고 있었다.

"우리를 겁주려고 저러는 것뿐이야. 아무 죄도 없는 사람들을 모두 불태워 죽일 리는 없어. 설마 그렇게까지 잔인한 짓은 못할 거야."

피아 그리스의 아버지 그리스 박사는 숨을 헐떡거리며 뛰어와 보초에게 소리쳤다.

"여기 누가 책임자인가? 당신 상관이 누구인가 말이오!"

보초는 들은 척도 하지 않았다. 그리스 박사는 장부를 들여다보고 있는 관리에게로 달려갔다.

"당신이 여기 책임자요?"

"내게 책임이 있는지는 모르겠고 다만 모든 것이 순조롭게 집행되는 것을 확인하는 것이 내 임무요."

"그렇다면 저 머저리들에게 말하시오. 땔나무를 쌓지 말라고. 철창 속 사람들에게는 아무런 죄가 없소. 그들은 탈출할 생각조차 하지 않고 있었소."

"탈출자가 생겼소." 관리가 말했다. "그러니 벌이 내려지는 것이오. 그것이 다요."

"그것은 말도 안 되오! 죄도 짓지 않은 사람들을 처벌하다니! 그런 법이 어디 있단 말이오?"

"그렇다면 죄를 지은 사람을 처벌한다고 해서 나을 것이 뭐가 있소? 죄는 이미 범했으니 너무 늦은 일 아니겠소? 그러니 죄를 범하기 전에 못하도록 미연에 방지해야 하는 것이오. 매스터의 분부가 그렇소. 매스터 말씀은 틀린 적이 없소."

그리스 박사는 그제서야 이들이 실제로 화형을 집행하려고 한다는 것을 알았다. 테너 에이모스는 주먹으로 철창을 때리기 시작했다. 관리는 그 모습을 보고 모두 들으라고 큰 소리로 외쳤다.

"반항하면 철창 하나를 더 태우겠다!"

그 후로는 아무도 감히 앞으로 나서지 못했다.

보우맨은 군중 속에 섞여 사태를 주시하면서 마음의 힘을 모으고 있었다. 그는 보초가 화로에서 불 꼬챙이를 집어 들고 철창 쪽으로 가려 하자 염력을 통해 그것을 빼앗았다. 불 꼬챙이는 땅에 떨어졌다.

"우둔한 놈!" 관리가 혀를 찼다.

불 꼬챙이는 아직도 타고 있었다. 보초는 의아해하면서 그것을 다시 집어 들기 위해 허리를 굽혔다. 그 순간 보우맨이 다시 불 꼬챙이를 끌어당겼다. 그러자, 불꼬챙이가 미끄러져 나가면서 젖은 풀에 닿아 불이 꺼져 버렸다. 보초는 어안이벙벙한 눈으로 그것을 지켜볼 따름이었다.

"너 왜 그래?" 하고 관리가 따졌다.

"저도 잘 모르겠습니다."

"바보 같은 놈. 너!" 관리는 다른 한 명을 손으로 가리키며 불렀다. "네가 하거라. 떨어뜨리지 말고."

두 번째 보초가 화로에서 불타는 나뭇가지를 집어 들고는 원숭이 철창을 향해 다가갔다. 보우맨이 이번에도 그것을 빼앗으려 하자, 보초는 두 손으로 그것을 꼭 붙잡고는 놓지 않았다. 보우맨은 보초가 앞으로 더 못 나가게는 할 수 있었지만 그것을 빼앗기에는 역부족이었다. 잠시 둘 사이에 밀고 밀리는 힘겨루기가 계속되었다.

"누군가 빨리 이리 와서 날 좀 도와줘!" 보초가 소리쳤다.

다른 동료 두 명이 놀라 그의 곁에 붙어 함께 앞으로 나가기 시작했다. 보우맨의 힘에는 한계가 있었다. 더 이상 안 되겠다는 생각이 들자, 그의 힘은 순간적으로 사라졌다. 그 때문에 세 명의 보초는 앞으로 꼬꾸라지고 말았다. 하지만 나뭇가지에 불은 아직 붙어 있었다. 기진맥진해진 보우맨은 그들이 땔나무에 불을 붙이는 모습을 힘없이 바라보고 있을 수밖에 없었다.

불은 쉽게 번졌다. 철창 안의 사람들은 불길을 피해 쇠창살을 타고 기어오르며 비명을 질렀다. 철창 둘레에 선 보초들은 쇠창살을 잡은 포로들의 손을 몽둥이로 때려 밑으로 떨어뜨렸다. 사람들은 발을 동동 구르며 울면서 고개를 돌렸다. 보우맨도 자신의 무능을 탓하며 고개를 돌릴 수밖에 없었다. 테너 에이모스만은 자기의 젊은 아내로부터 눈을 떼지 않았다. 제슬 그리스는 땅바닥에 주저앉아 동물 우는 소리를 내며 울었다. 타죽는 사람들이 지르는 비명은 한때 커졌으나 이내 점점 작아졌다. 그들을 태우는 오렌지 빛깔의 불길은 길과 길가에 세워 놓은 마차를 훤히 밝혔다.

마침내 테너 에이모스까지도 그 참상을 끝까지 지켜볼 수 없었다. 사람들은 한 명씩 불길 앞에 무릎을 꿇고는 두 손으로 귀를 가렸다. 결국 불길은 잦아들었고 사랑하는 사람들의 고통도 끝이 났다.

제슬 그리스가 비틀거리며 일어나더니 몸을 부들부들 떨면서 하노 헤스에게로 다가왔다. 그의 얼굴은 주체할 수 없는 분노로 뒤틀려 있었다.

"네가 저들을 죽였어!" 그가 소리쳤다. "네 망할 놈의 꿈 이야기 때문이야. 네가 블레시 아들에게 이상한 소리를 하는 바람에 그가 네 말을 믿고 도망친 거야!"

"제슬, 날 미워하지 말고 매스터를 미워하게." 하노가 말했다.

"난 네가 미워! 네가 원망스러워!" 그리스 박사가 외쳤다. "너와 네 미친 꿈, 그리고 미친 아내 따위는 우리한테 아무 짝에도 소용없어!"

"그만 해요!" 핀토가 소리질렀다.

"그래, 너에게는 아직까지도 네 편을 들어 줄 딸이 있지." 그리스 박사는 북받치는 울음을 참지 못하고 터뜨렸다. "내 딸은 지금 어디 있냐는 말이야!"

"뭐라고 말해야 할지 모르겠네……."

"값싼 동정 따위는 필요 없어. 난 네가 벌을 받는 것을 봐야겠어. 나처럼 너도 당해 봐야 해!"

하노 헤스는 주위를 둘러보았다. 모두 그를 원망하는 눈으로 쳐다보고 있었다. 그는 입을 다물고 말았다.

"그만 갑시다." 하노는 아내를 돌려세웠다. 그는 아무 말도 하지 않고 가족들을 데리고 노예 아파트로 돌아갔다.

보우맨은 속으로 자책하면서 그 뒤를 따랐다. 핀토가 자기 팔을 붙잡는 것을 느끼고 돌아보니 핀토는 울고 있었다. 끌어당겨 안자, 핀토의 마음속에서 소용돌이치는 공포와 증오가 느껴져 왔다.

"이 상태가 오래가지는 않을 거야. 내 말을 믿어 줘."

"오빠, 난 더 못 견디겠어. 난 빨리 어른이 되고 싶어. 그래서 뭔가 하고 싶어. 아무 짝에도 쓸모 없는 내 자신이 싫어."

"쓸모 없다니? 우리 모두에게는 할 일이 있어."

"그럼 내가 할 일은 뭐야?"

"몰라. 하지만 꼭 기회가 올 거야. 그때를 기다리는 거야. 그때가 오면 우리는 가만히 서서 방관만 하지 않을 거야."

방으로 돌아온 후, 하노 가족은 둘러앉아 서로의 손을 꼭 붙잡았다.

"얼마나 더 기다려야 하오?" 하노가 물었다.

"얼마 안 남았어요." 아이라가 대답했다.

"여기 모든 것들은 파멸되고야 말 것입니다." 보우맨이 선언했다.

"어떻게 그럴 수 있어?" 핀토가 반문했다. "어떻게 그들에 맞서 싸울 수 있고, 어떻게 그들에게 해를 끼칠 수 있어? 그들을 어떻게 파멸시킬 수 있느냐는 말이야?"

보우맨은 침대 위에 놓여 있던 핀토의 연습장과 필통을 가져다 연습장을 무릎 위에 펼쳤다. 그는 염력을 이용하여 연필을 집어 들었다. 그의 부모와 누이동생은 놀란 눈으로 그 광경을 바라보았다. 보우맨은 연필을 공책 위까지 끌어다가 뭔가를 긁적였다.

"매스터리는 이런 방법으로 파멸될 것이야."

그리고는 공책을 펼쳐 모두에게 보였다. 거기에는 싱어족의 S자형 심벌이 그려져 있었다.

"사이린." 하노가 조용히 중얼거렸다.

그것을 보고 무엇인지 이해하는 듯한 부모의 표정을 본 핀토는 적이 안심하는 눈치였다.

"얘야," 아이라는 아들의 뺨에 입을 맞추며 말했다. "너는 나보다도 많은 능력을 갖고 있구나!"

핀토는 오빠의 무릎 위에 올라앉아 두 팔로 그를 감쌌다.

"그럼 우리의 고통은 언제 끝나는 거야?"

보우맨은 동생을 포옹하며 아기 때 밝은 미소를 지으며 "보우, 사랑해" 하던 동생을 상기했다. 그는 핀토에게 예전의 밝은 미소를 되찾아 주고 싶었다. 보우맨은 동생을 껴안은 채 몸을 앞뒤로 흔들며 자기의 희망을 얘기하기 시작했다.

"언젠가 우리는 방랑을 멈추고 고향을 찾게 될 거야. 바다로 통하는 강가에 마을을 지을 거야. 모두 하루 종일 열심히 일한 후 저녁때에는 큰 식탁에 둘러앉아 맛있는 음식을 먹으며 옛날 얘기를 오순도순 나눌 거야. 어쩌면 너도 어른이 되어서 아이가 있을지도 모르지. 네 아이들은 우리가 고향을 찾아 헤매던 이야기를 듣게 될 거야. 큰 도시에서 살다, 노예로 붙잡혀 갔다가 방랑 끝에 고향을 찾은 얘기를. 하지만 안전과 행복만 아는 네 아이들에게는 실제로 그런 일이 있을 수 있다는 것이 믿어지지 않아 단순한 이야기로만 들릴 테지. 그 애들은 지금 네가 내 무릎 위에 앉은 식으로 네 무릎 위에 앉아서 이렇게 물을 거야. '엄마는 그때 무섭지 않았어요?' 그러면 너는 이렇게 대답하겠지. '아마 그 당시에는 무서웠겠지. 하도 옛날 이야기라서 나도 가물가물하단다'라고."

보우맨의 부모는 자상한 말로 동생을 달래 주는 아들을 지켜보며 초능력보다도 동생을 사랑할 줄 아는 그 마음을 더욱 자랑스럽게 느꼈다.

"오빠, 고마워." 핀토가 말했다.

"보우, 고맙다." 아버지가 말했다.

미스트는 모든 것을 보고 들었다. 그는 여느 군중과 다름없이 잔혹성을 보고 경악했고 이제 침대 밑에 앉아서 보우맨의 다정한 말을 듣고는 위로를 받았다.

'이 친구 참 괜찮은 소년이네.' 미스트는 혼자 생각했다. '앞으로 큰일을 할 친구야. 내가 선택을 잘했어.'

잃어버린 유언장

다음날 하노 헤스가 창고에서 일하고 있을 때 포츠 교수가 찾아왔다.

"이봐, 자네!" 포츠 교수가 쩌렁쩌렁한 목소리로 하노를 불렀다. "옛날 맨스족 원서를 정말로 해독할 수 있는지 어디 나랑 같이 가 보세."

하노는 호수 쪽으로 가는 교수 뒤를 따라 걸었다. 가는 길에서 마주친 맨스족 노예들은 마치 자기들이 수치스러운 일을 저지르기라도 한 듯 침울한 표정으로 얼굴을 피했다. 죄 없는 사람들이 희생된 뒤로 살아남은 사람들은 모두 죄책감을 느끼고 있었다.

포츠 교수는 담담한 표정으로 중얼거렸다.

"어젯밤에 화형식이 있었다면서? 참 경악할 노릇이야. 사람들이 어떻게 그런 야만적 행동을 할 수 있는지…… 하지만 우리 학원의 자랑거리인 대도서관에 소장된 귀중한 서적들은 모두 전쟁을 해서 빼앗아 온 것들이지. 그러니 나도 할 말이 별로 없지.”

교수는 하노가 자기 말을 듣든 말든 전혀 개의치 않고 혼잣말을 계속했다. 그는 하노보다 키가 훨씬 작은 데다 챙이 넓은 모자를 쓰고 있었기 때문에 하노의 눈에는 검은색 동그라미가 벌레처럼 팔딱팔딱 뛰며 가는 것같이 보였다.

“전에는 나도 딜레마에 빠져 고민을 좀 했지. 하지만 시간이 흐르면서 윤리적인 가책도 무뎌지더군. 그러나 보물은 시간이 가도 없어지지 않아. 아니, 오히려 더 귀중해지지. 우리가 소장하고 있는 옛 맨스 서적들은 보물 중 보물이라고 할 수 있어. 그런데 안타깝게도 그 내용을 읽을 수 있는 사람이 없단 말이야.”

하노는 그제야 자기가 하이 도메인을 향해 가고 있다는 것을 알았다. 그는 땅딸보 교수 뒤를 따라 방죽 길을 걸으며 저 높은 성곽 안에는 무엇이 있을까 하고 상상해 보았다. 갑자기 포츠 교수의 주절대는 독백 중에서 하노의 관심을 끄는 이야기가 들렸다.

“옛 맨스 서적들은 매스터께서 직접 원하셨지. 그는 아이라 맨스라는 자네 족속의 옛 예언가에 대해서 큰 관심을 갖고 계시다네.”

“매스터가 아이라 맨스를 안다고요?”

“그렇다네. 하지만 매스터께서도 그 문서는 읽지 못하시지.”

하노의 머리는 바삐 돌아가기 시작했다. 매스터는 무슨 연유로 맨스족의 첫 번째 예언가인 아이라 맨스에 대해서 알고 있을 뿐 아니라 관심을 갖고 있을까? 그러는 사이에 두 사람은 성문을 통과하여 미궁과 같은 좁은 길을 돌아 대도서관에 도착했다. 그 때문에 하이 도메인의 시내 구경은 할 수조차 없었다.

“여기가 귀중한 고서들을 소장해 두는 곳이지. 우리는 이 서적

들을 보통 애지중지하지 않아. 그러니 전쟁 때문에 덕보는 쪽은
이것들이 아니고 무엇이겠어? 본국에서는 읽는 사람들이 없어 좀
이나 먹고 있다가 여기서 이렇게 대우를 받고 있으니까. 자, 여기
가 맨스 구역이네. 앉게.”

넓은 테이블에 앉아서 교수가 펼쳐 보이는 고서를 들여다보는
순간, 하노의 가슴은 요동치기 시작했다. 꿈에도 생각지 못하던
보물이 자기 눈앞에 버젓이 놓여 있는 것이 아닌가!

“이것들이야. 자네 읽을 수 있겠나?” 교수는 책들을 한 권씩 펼
쳐 보이며 물었다. “여기 한 권 더 있군.”

“정말로 놀랍습니다.” 하노가 대답했다. “우리 종족의 역사적
문서들이 여기 있을 줄이야.”

“자네는 이것들의 가치를 알고 있구먼?”

“옛날에 부족 싸움을 겪으면서 고대 서적들이 많이 분실되었지
요. 모두 없어진 줄 알았는데…….”

“그렇지 않다네. 여기 이렇게 있지 않나? 그러니 한시바삐 내가
읽을 수 있도록 번역을 해놓게. 도대체 이놈의 구닥다리 문서를
읽을 재주가 있어야지.”

하노는 잠시도 지체할 수 없다는 듯이 서류를 훑어보기 시작했다.

“어떤 순서로 번역을 할까요?”

“아니, 내용도 모르는 판에 내가 무슨 지시를 할 수 있겠는가?
말부터 하지 말고 생각을 한 후에 말을 하게.”

“그렇다면 서류 목록부터 만들겠습니다.”

“알아서 하게. 하다가 중요한 발견을 하게 되면 즉각 내게 알
리게.”

교수는 하노를 혼자 일하게 내버려 두었다. 교수에게 말은 안 했지만 하노는 그 책을 처음 보는 순간 그것이 무엇인지 대번에 알 수 있었다. 그것은 다름 아닌 『잃어버린 유언장』이었다.

보우맨은 남들이 일하는 낮에 잠을 잤다. 잠에서 막 깨어나려고 할 때, 병사들이 그를 데리러 왔다. 노예 아파트에 남아 있는 사람이라곤 그밖에 없었다. 병사들은 그의 손목에 찍힌 번호를 확인했다.

"보우맨 헤스인가?"

"그런데요."

"부츠를 신고 우리를 따라와."

"어디로 갑니까?"

"보자는 사람이 있어." 그들은 더 이상 아무 말도 하지 않았다.

호수로 향하는 길에 나서고 보니 벌써 가을의 놀이 빨갛게 지고 있었다. 저 앞 방죽 길이 호수 변에 와 닿는 지점에 한 사나이가 서서 그들을 기다리고 있었다. 가까이 가면서 보니 마리어스 시미언 오티즈였다.

병사들이 그를 향해 경례했다. 오티즈가 보우맨을 유심히 들여다보더니 병사들에게 말했다.

"그래, 맞았어. 바로 저 친구야."

그는 손을 흔들어 병사들을 돌려보냈다.

"나를 따라와."

오티즈는 돌아서더니 하이 도메인으로 향하는 방죽 길을 걷기 시작했다. 보우맨은 말없이 그의 뒤를 좇아 걸었다. 길 양편의 물

위로 도시의 불빛이 반사되고 있었다. 하늘에는 벌써 별들이 하나 둘 나타나고 있었다. 모든 것이 평화로워 보였다.

"행군 때 너를 눈여겨보았지." 오티즈가 말했다.

보우맨은 아무 말도 하지 않았다. 오티즈의 기분을 사전에 알아내 앞으로 벌어질 상황에 대비하려는 계산에서였다.

"입이 무겁군." 오티즈가 말했다. "내 맘에 들어."

그들은 계속 걸었다. 방죽 길은 뭍 쪽에서 보기보다는 제법 길었다. 가까이 갈수록 하이 도메인의 성벽이 더 웅장하게 다가왔다. 그들 뒤로 회색 고양이가 그늘에 몸을 숨기며 조용히 쫓아오고 있었다.

"특별한 일을 시킬 몸종이 필요해서 말이야. 막노동은 아니야. 어때? 해 보고 싶지 않나?"

"제가 선택할 수가 있습니까?"

"아니."

보우맨은 입을 다물었다.

"무슨 일이냐고 묻지 않는군."

"제가 알아야 할 필요가 있다고 느끼면 자연히 제게 알려 주실 것 아닙니까? 그러면 내가 원하든 원치 않든 해야 할 것이고."

오티즈는 그를 쳐다보았다. 그들은 한동안 말없이 걸었다. 들리는 것이라고는 두 청년의 발소리뿐이었다.

"넌 내가 밉겠지."

"예." 보우맨이 대답했다.

"네가 살던 도시를 재로 만들었고 고향에서부터 끌고 와서 너희들을 노예를 만들었으니 나를 미워하지 않을 수 없겠지."

그들은 이제 성곽의 정문을 향해 다가가고 있었다. 문 왼쪽에 보행자용 작은 문이 하나 있었다. 오티즈는 그 문을 두드리면서 보우맨에게 말했다.

"하지만 나는 너를 해방시킨 사람이기도 해. 네 종족을 해방시킨 사람은 바로 나야. 너도 언젠가는 그 사실을 이해할 날이 올 거야."

작은 문은 안으로부터 열렸다. 보우맨은 아무 대꾸도 하지 않았지만 방금 오티즈가 한 말을 듣고 놀라지 않을 수 없었다. 여태까지 보우맨은 이 젊은 장수가 난폭한 군주의 허수아비 정도로 생각하고 있었다. 그런데 그가 자기하고 자기 부모도 속으로만 생각할 뿐 감히 입 밖에 내지 못하는 생각을 서슴없이 말하고 있지 않는가? 즉, 아라맨스의 멸망, 노예 생활과 고난이 모종의 목적을 위한 과정이라는 믿음이 바로 그것이었다. 맨스족은 그곳에 가기 위해 살던 곳을 떠날 수밖에 없었다. 하지만 그곳이 도대체 어디란 말인가?

오티즈는 작은 문을 통해 도시 안으로 들어갔다. 보우맨도 그 뒤를 따랐다. 고양이도 들어가려는 찰나 그 문은 닫히고 말았다.

보우맨에게 처음으로 와 닿은 감각은 음악 소리였다. 바이올린의 정겨운 멜로디, 관악기의 달콤하면서도 구슬픈 음, 그리고 아름다운 합창 소리가 사방으로부터 들려 왔다. 하루 일과를 마치고 아직 잠자리에 들기에는 이른 그런 시간이었다. 어두워지기는 했지만 불이 환하게 밝혀 주고 있었다. 길 옆으로 빼곡하게 들어서 있는 건물들은 불빛 때문에 환하게 빛났다. 건물의 지붕과 벽에는 갖가지 색깔의 유리를 박아 놓아 그것들은 마치 보석과 같이 현란한 빛을 발하고 있었다. 건물들의 안과 밖, 그리고 주위에는 친구를 방문하러 가는 사람들, 이야기를 주고받거나 모여 춤을 추는 사람들, 악기를 연주하거나 합창하는 사람들로 가득했다.

보우맨은 자기의 눈을 의심했다. 낙천적이고 선량해 보이는 저 사람들이 과연 어젯밤 호수 건너편에서 화형식이 벌어진 것을 알까? 만약 알고 있다면 그런 불의를 참지 못하고 모두 들고일어나 그런 잔인한 짓을 사주한 매스터를 내쫓을 것 같아 보였다. 오티즈는 앞서 걸으며 넓은 골목길 쪽으로 따라오라는 손짓을 해 보였다. 그들은 케이크와 포도주가 진열되어 있는 찻집 앞을 지나갔다. 찻집 안으로부터 즐거운 웃음소리와 열띤 논쟁을 벌이는 소리가 들려 왔다. 앞 건물의 활짝 열어 논 위층 창문을 통해서는 합창 연습을 하는 사람들이 화음과 함께 지휘자가 지휘봉으로 악부 받침대를 탁탁 두드리며 하는 소리가 보우맨의 귀에까지 들려 왔다.

"박자를 맞춰서 여성들만 다시 한 번 해 봅시다."

그들은 라임나무에 둘러싸인 작은 광장을 가로질러 갔다. 그곳에서는 노인들이 저녁 바람을 쏘이며 장기를 두고 있었다. 한쪽 옆 지붕만이 덮인 열린 공간에서는 춤 선생이 사람들을 모아 놓고 어려운 스텝의 춤을 가르치고 있었다.

"집중하세요. 자기 발을 잘 보아야 합니다. 발가락으로 생각을 해야 해요!"

골목길이 활짝 열리며 앞에 정교하게 지은 커다란 건물이 모습을 드러냈다. 그 건물 꼭대기는 돔 네 개가 차곡차곡 쌓여 있는 형태를 하고 있었다. 돔의 크기는 위로 올라갈수록 작아졌는데, 그 때문인지 웅장한 건물인데도 아주 가볍게 느껴졌다. 색깔도 금색·오렌지색·빨강색·자주색으로 다양했으며, 안으로부터 발산

되는 빛을 받아 저녁놀처럼 은은한 광채를 발했다.

"아!" 보우맨은 자기도 모르게 소리쳤다. "정말 아름다워!"

오티즈는 그를 보며 흐뭇한 얼굴로 고개를 끄떡였다.

"인간은 이렇게 살아야 하는 거야."

오티즈는 보우맨을 건물 안에 있는 넓은 공간으로 데리고 갔다. 그곳 가운데에는 분수가 있었다.

"저 분수를 봐라." 오티즈가 말했다.

분수에는 대리석을 깎아 만든 새장이 세워져 있었다. 새장 문은 활짝 열려 있었는데 창살 사이로, 그리고 열린 문을 통해 물이 콸콸 솟아오르고 있었다. 그 옆으로 날아오르는 새 세 마리의 모습이 보였다. 새장으로부터 해방되어 날개를 활짝 펴고 웅비하는 그런 모습이었다. 새들 역시 새장과 마찬가지로 대리석으로 만들어졌다. 하지만 그것들을 받쳐 주는 부분은 흐르는 물에 가려 보이지 않는 까닭에 마치 혼자서 공중에 떠 있는 듯한 착각을 일으켰다. 날개 밑으로 퍼지는 물안개로 인해 새들은 영원히 자유를 찾아 날아오르는 이미지를 훌륭하게 나타내고 있었다.

"저것을 조각한 사람은 여기 오기 전에는 평생 석공 노릇을 하고 있었지. 돌을 네모나게 자르는 일이 전부였어. 그에게 이런 능력이 내재해 있었는데, 그것을 발휘해 보지도 못하고 말이야."

"그도 여기 노예였나요?" 보우맨이 물었다.

"물론이지." 그는 매혹적인 실내 공간을 돌아보며 말했다. "여기 있는 모든 것들은 예술가의 작품들이지. 도시 전체가 예술이야. 이 세상에서 여기 말고 이런 곳은 없어."

보우맨은 감탄과 함께 혼란을 느꼈다.

"도대체 무엇 때문에?"

"여기 사는 우리 모두를 위해서지. 매스터가 말씀하셨지 — 인간은 아름다움 속에 살아야 한다고."

"노예는 예외겠지요."

"아름다움은 노예를 위해서도 존재하지. 너도 노예이면서 느끼고 있지 않느냐?"

그는 넓은 홀을 가로질러 걸어갔다. 보우맨도 그 뒤를 좇아 걸었다. 저 앞쪽으로 작은 홀들로 통하는 아치형 통로들이 보였다. 그 중 한 곳에서 사람들이 둘러앉아 무엇인가 구경하고 있었다. 매낙사 도장의 무사 16명이 그곳에 나와 훈련 겸 시범을 보이고 있었다. 그들은 두 명씩 짝을 지어 땀에 젖은 근육을 번들거리며 싸움 동작을 선보였다.

오티즈와 보우맨은 잠시 머물러 그 모습을 구경했다.

"결혼식 날에 경축용 매낙사가 있을 거야." 오티즈가 말했다.

"서로를 죽일 건가요?"

"그럴지도 모르지."

저렇게 고상한 몸놀림이 잔인한 살인의 전주곡이라고는 믿어지지 않았다. 하지만 직접 목격하지 않았던가? 매낵은 경기장 안으로 발을 들여놓는 순간 죽음을 위해 춤을 추었다. 그것은 매스터리를 상징하는 모순 그 자체였다. 아름다움과 노예, 문명과 공포, 춤과 죽음.

매낵 중에 눈에 익은 사람이 있었다.

"멈포 아냐?"

"부르지 마. 아마 못 들을 거야."

멈포가 매넉 합숙소로 들어간 것은 알고 있었지만 그 사이에 어쩌면 저토록 변할 수 있단 말인가? 하지만 그는 멈포가 분명했다.

보우맨은 멈포가 코흘리개였던 다섯 살 때부터 알고 지냈다. 항상 반에서는 꼴찌였으며 케스트렐만 졸졸 따라다녔다. 성장한 후에도 키만 컸지, 늘 자신 없는 듯한 어조로 말하던 그였다. 그러던 그가 어느새 저런 늠름한 매넉이 되어 자기 앞에서 팔다리를 휘두르며 죽음의 춤을 추고 있단 말인가?

오티즈는 보우맨의 생각을 알 리 없었다. 하지만 매스터리가 노예들의 잠재된 능력을 최대한 발휘시키는 곳이라는 것은 누구보다도 잘 알고 있었다.

"누구든지 이곳에 오면 변해. 아마 너도 변하지 않고는 못 견딜걸."

오티즈는 다시 앞서 걷기 시작했다. 보우맨은 그 뒤를 따랐다. 복도를 따라 걸어가니 작은 방들로 통하는 문이 여러 개 보였다. 안에서 교사의 가르치는 목소리, 그리고 춤추는 댄서의 발 구르는 소리가 들렸다.

"나는 지금 탄타라자라는 춤을 연습해야 해." 오티즈가 말했다.

"춤이라고요?" 장군이자 정복자, 파괴자가 춤을 배운다니 믿어지지가 않았다.

"매스터 말씀이 우리는 춤을 출 때 가장 완벽함에 근접할 수 있다고 했어."

오티즈는 문을 열고 안으로 들어갔다. 가냘픈 여인이 두 명의 악사와 조용히 이야기를 나누고 있었다. 악사 한 명은 관악기를, 다른 한 명은 북을 들고 있었다. 그 여인은 오티즈를 보더니 얼른 일어나서 무릎을 굽혀 경의를 표했다.

"내 춤 선생인 사에즈 부인이야." 오티즈가 보우맨을 돌아보며 소개했다. "선생님 나이가 몇이나 됐을 것 같나?"

보우맨은 어떻게 대답해야 그녀에게 불쾌감을 주지 않을까 고심했다. 몸에 꼭 끼는 윗도리에 가벼운 치마를 두른 그녀의 몸으로부터 젊은 여성의 탄력을 엿볼 수 있었다. 하지만 목과 얼굴에 진 주름살만은 어쩔 수 없었다.

"사십 전 아니면 후?" 오티즈가 부추겼다. 사에즈 부인은 보조개가 팬 웃음을 지어 보였다.

"사십대 정도 돼 보이시네요." 보우맨이 대답했다.

"68세야!" 오티즈와 교사는 보우맨이 놀라는 모습을 즐거운 눈으로 쳐다보았다.

"하지만 지금도 펄펄 날죠. 자, 시작합시다. 외투는 저기 벗어 놓으시고."

오티즈는 외투를 벗고 춤을 출 자세를 취했다. 지시는 안 했지만 보우맨은 앉아서 구경이나 하라는 모양이었다. 보우맨은 그때까지도 오티즈가 왜, 무슨 용도로 자기를 뽑았는지 알 수가 없었다.

사에즈 부인도 춤을 출 포즈를 취하며 명령했다.

"아차! 시작해."

음악이 시작되자, 두 사람은 춤을 추기 시작했다. 탄타라자란 춤을 전에 한 번도 본 적이 없지만, 보우맨은 오티즈의 춤 실력이 여간 아니라는 것은 금세 알 수 있었다. 오티즈와 사에즈 부인은 정교한 스텝을 밟으며 빙글빙글 돌다 떨어졌다 하면서 서서히 속도를 더해 갔다. 그러다―

"아니, 아니, 아니!" 하면서 사에즈 부인이 답답하다는 듯이 발을 굴렀다. "아니, 거기서 회전하는 것을 놓치다니! 탄타라자를 이해한 다면 그런 실수는 할 수가 없어요. 말도 이해시키려면 두서 있게 해야지요? 춤도 두서 있게 스텝을 밟아야 하는 법이라고요. 아차!"

악사들의 음악이 다시 시작되자, 두 사람은 처음부터 다시 춤을 추기 시작했다. 보우맨은 마음의 문을 활짝 열고 춤을 감상했다. 스텝에 대해서는 하나도 아는 게 없었지만 문제가 어디서 비롯되는지는 쉽게 알 수 있었다. 선생은 생각을 하지 않고 본능적으로 춤을 추는 반면, 오티즈는 마음속의 각본을 따라 움직이고 있었다. 그 때문에 상대보다 속도가 늦어져 앞서 나가야 할 곳에서 되려 리드를 당하는 것이었다.

"그만! 그만!" 선생은 마음에 들지 않는다는 표정을 해 보이며 말했다. "도무지 늘지 않네. 더 조심해서 춰 봐요."

"그게 아니에요." 보우맨이 감히 끼어들며 말했다. "되려 주의를 하지 않으면서 춰야 해요."

사에즈 부인은 보우맨을 쏘아보았다.

"이봐! 이제 총각이 선생 할 거야? 나는 50여 년 동안 춤을 가르쳐 왔어. 그런데 총각이 나보다 더 잘 안다는 거야?"

오티즈가 싱글싱글 웃으며 말했다.

"어쩌면 저 친구 말이 맞는지도 몰라요."

"신중하지 못한 것이 문제예요! 더 정확하게, 완벽하게 하려고 노력해 봐요. 이 스튜디오 밖에서는 주의하든 부주의하든 마음대로 하세요. 하지만 여기서는 정확성이 우선이에요. 아차!"

그들은 다시 춤을 추기 시작했다. 오티즈의 춤 실력은 눈에 띄게 좋아졌다. 춤 선생과 달리, 그는 보우맨의 말귀를 알아들었던 것이다. 보우맨은 자신의 의지와는 관계없이 오티즈에게 호감을 느끼는 자기를 발견했다. 길게 늘어뜨린 머리에 매 같은 얼굴을 한 그가 어려운 춤에 몰두하는 모습은 잔인하면서도 아름다운 매스터리 그 자체였다. 이 젊은 장수는 자기가 옳다고 생각하는 것을 위해 최선을 다하고 있는 모습이 역력했다. 보우맨은 그를 이해할 수는 없었지만 자기 눈을 쳐다보는 오티즈의 눈 속에는 한 점의 부끄러움도 찾아볼 수 없었다. 춤을 출 때의 그의 모습에는 순진함마저 엿보였다.

보우맨은 그에 반해 자기는 순진하지 않다고 생각했다. 자기가 오티즈를 위해 어떤 역할을 해야 하는지는 아직 모르겠지만 어떻게 하면 그것을 이용해 좋은 기회를 만들까부터 생각하고 있었다. 아무리 이 도시가 아름답다 해도 결국은 멸망되어야 할 것이고, 그 일을 수행해야 할 사람은 자기라고 굳게 믿고 있었다.

하노 헤스는 도서관 책상 앞에 앉아서 떨리는 손으로 고서를 들고 첫 장에 쓰여 있는 제목을 읽고 또 읽었다.

내 이름을 물려받아 나의 일을 완결해야 할 아이를 위해

오래전부터 맨스 학자들은 『잃어버린 유언장』의 존재에 대해 알고 있기는 했지만, 그것의 구체적인 내용은 모르고 있었다. 누가 누구를 위해 무슨 이유로 기록했는가에 대해서만 알 뿐이었다.

유언장의 저자는 맨스족의 1대 예언가인 아이라 맨스였다. 그는 자기와 같은 이름의 일곱 살 난 손녀를 위해 이 유언장을 쓴 것으로 알려져 있었다. 목적은 자기가 예언가로서 보고 들은 모든 것을 기록으로 후세에 남기기 위해서라고 했다. 그 내용 중에는 맨스족의 미래를 예견한 부분도 있다는 설이 있었다.

그런데 바로 그 유언장이 지금 이 책상 위에 놓여 있었다. 제목 아래 본문은 사이사이에 줄을 그어 여러 부분으로 나눠져 있었다. 그리고 각 블록마다 5진법으로 세는 맨스족의 손가락 부호가 매겨져 있었다. 문서의 마지막에는 싱어족의 S자형 심벌이 그려져 있었다. 그렇게 오래된 문서에 그 심벌이 이미 사용된 것을 보고 하노는 놀라움을 금치 못했다.

그는 문서를 등잔 옆에 가까이 놓고 첫 장부터 읽어 내려가기 시작했다.

완결의 시간이 다가왔다. 이제 나와 함께 길을 떠나온 사람들은 최후의 노래를 불러야 할 시간이 되었도다. 우리의 정막, 우리의 사랑, 우리의 노래로부터 불의 바람이 불기 시작하리라.
우리가 마친 후 첫 번째 세대는 자애의 시대가 될 것이다. 두 번째 세대에는 모아가 일어날 것이며 격동의 시간이 올 것이다. 세 번째 세대에는 모아가 사람들 속에 차게 되고 잔혹한 시대가 열릴 것이다. 그러면 노래는 다시 한 번 불러져야 할 것이다.
아이야, 네가 평화의 시대, 즉 망각의 시대를 지나는 중 나의 지혜를 고이 간직할 것을 명하노라. 아직 다 지어지지 못한 노래들을 다음 세대로 전해 주자꾸나. 싱어의 대를 이어가도록 하자. 정막 속에 살면서 불길에 대해 알게 하자꾸나. 그들은 모든 것을 잃을 것이며, 주어야 할 것이다. 완성 전 달콤한 순간에 축복의 폭풍이 불 터이니 그것이 그들의 보상일지어다.

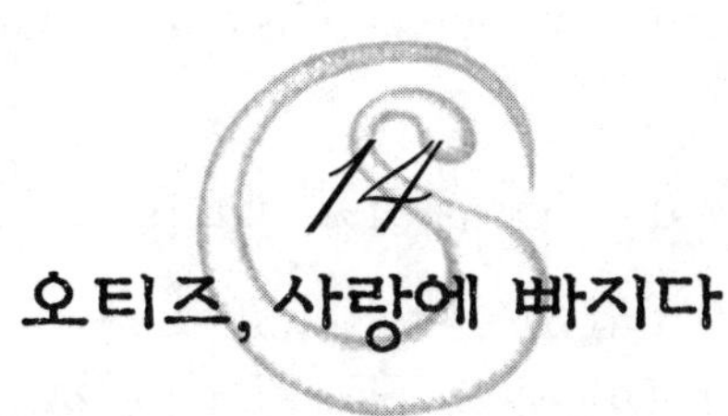

14
오티즈, 사랑에 빠지다

갱의 대행렬은 매스터리 국경까지 오더니 거기서 더 나아가지 않고 멈췄다. 77대의 마차를 비롯해 왕족, 관리, 하인, 그리고 호송 군대는 진을 치고 나서 결혼식의 마지막 준비에 열을 올렸다. 할 일은 한없이 많았다. 신부 드레스를 여행용 트렁크에서 꺼내 손을 봐야 했으며, 조하나의 궁중 폐물들도 광을 내야 했다. 예행 연습도 해야 했다. 모두들 긴장해서 바삐 돌아다녔다.

케스트렐은 강하고 확실하게 전해져 오는 보우맨의 느낌을 통해 자기가 보우맨 가까이 온 것을 짐작할 수 있었다. 하지만 갑자기 그의 목소리까지 들려 올 줄은 미처 예상치 못하고 있었다. 케스트렐이 조딜라, 런키와 함께 마차 안에 있을 때였다. 갑자기 공기의 움직임과 함께 따뜻한 진동이 느껴지더니 저 멀리로부터 자기를 찾는 목소리가 있었다. 분명히 보우맨이었다.

케스, 나 여기 있어!

케스트렐은 그 자리에 우뚝 서서 모든 잡생각을 마음으로부터 비웠다.

케스! 네가 느껴지는구나. 너 거기 있구나!

응, 하고 케스가 응답했다. 나 여기 있어!

보우맨이 느끼는 기쁨이 케스트렐에게까지 와 닿았다. 그를 직접 보거나 들을 수는 없었지만 그가 가까이 오고 있음이 확실했다. 자기가 사랑하는 쌍둥이 형제가 다가오고 있는 중이었다.

엄마 아빠는—

모두 안녕하셔!

너는 노예가 됐니? 놈들이 너를 못살게 굴지는 않니?

자유는 없어. 하지만 괜찮아.

엄마 아빠한테 내 사랑을 전해 줘.

울음이 나오려고 했다. 그런 케스트렐의 마음을 보우맨은 벌써 느끼고 있었다.

케스, 우린 곧 만나게 될 거야.

얼마 지나지 않아 매스터리의 사자가 도착하여 매스터리 환영단이 오고 있다는 소식을 전했다. 매스터의 아들인 신랑도 신부를 접견하러 온다고 했다.

조딜라는 그 소식을 듣고는 화를 벌컥 냈다.

"신부를 보러 온다고? 아니, 나를 뭘로 보고? 내가 뭐 골라 먹는 메뉴야? 자기한테 무슨 선택의 여지라도 있는 줄 아나?"

"베일로 얼굴을 가릴 텐데 뭐." 케스트렐이 안심시켰다.

"아참." 조딜라는 그 사실을 깜빡 잊고 있었다. "그래, 마음껏

오라고 그래. 흥! 암만 떼를 써도 내 얼굴은 안 보여 줄 거야.”

“하지만 네 쪽에서는 그 남자를 볼 수 있겠지.”

“그래. 실컷 봐 둬야지.”

“만약 마음에 안 들면 어쩔래?”

“도망칠 거야. 너도 나랑 함께 도망가자. 나무 위에서 다람쥐처럼 살면서 평생 결혼하지 말자. 참, 다람쥐도 결혼하나?”

“어쨌든 기다려 보는 거지 뭐. 알게 뭐니? 그 사이에 무슨 일이 생겨 결혼을 못하게 될지.”

케스트렐은 보우맨이 점점 더 가까이 오고 있는 것을 느낄 수 있었다. 신랑을 포함한 환영단의 일원으로 오고 있는 것이 틀림없었다. 보우맨은 신랑측 일원으로, 자기는 신부 쪽 일원으로 재회하게 될 것을 생각하니 처음에는 신기하게 느껴졌으나 자신감이 불끈 솟았다. 우연이라기보다는 숙명이라고 느껴졌기 때문이었다. 누군가가 그들을 돌봐 주고 있는 게 분명했다. 서로 얼싸안을 날이 머지않은 듯했다.

하지만 서로의 정체를 감추어야 했다.

보우, 나를 보고 알은 체해서는 안 돼.

알았어. 걱정하지 마.

그는 여느 때와 마찬가지로 케스트렐의 마음을 잘 이해하고 있었다.

조혼은 무장한 부하들을 거느리고 야영장 근처를 어슬렁거리며 길 양쪽에 부하들을 매복시켜 놓았다. 그것을 보고 불안을 느낀 케스트렐이 수상을 찾아갔다.

“싸움이 일어날 것이라면 공주를 더 잘 보호해야 하지 않을까요?”

"싸움이라니?" 하고 바잔이 외쳤다. "무슨 싸움? 결혼식 때문에 왔는데!"

"수풀 속에 병사들을 배치시키는 것을 보고……."

"뭐? 병사들을 숨겨?"

바잔은 당장 조혼을 찾아가 항의했다.

"조하나를 방위하려는 것뿐이오." 조혼은 차갑게 대답했다. "놈들이 몰래 우리에게 접근하면 본때를 단단히 보여 줄 것이오."

"몰래 접근하다니! 무슨 소리를 그렇게 함부로 하는 거요? 신부를 만나러 오는 것뿐인데."

"그것을 어떻게 안단 말이오?"

"사자가 미리 와서 그렇게 전하지 않았소?"

"그럼 사자를 보내 '당신 진영을 공격하고 조딜라 공주를 납치해 가겠소' 하고 미리 알려 줄 바보가 어디 있소? 당신은 정말 한심한 소리만 하는구려."

"조딜라를 납치한다고? 아니, 우리가 공주를 주러 왔는데 납치는 무슨 납치?"

"우리가 그럴지도 모르지만 그렇지 않을 수도 있지 않소? 조딜라 공주를 준다는 구실로 와서는 자기 나라를 공격하려 한다고 생각할 수도 있지."

"하지만 우리는 그럴 속셈이 없지 않소?"

"그들이 그것을 어떻게 확신할 수 있겠소? 그러니 선제 공격을 안 한다는 법이 없소. 그럴 경우 우리가 먼저 공격하겠지만."

"그들이 공격하기 전에 당신이 먼저 공격하겠다고?"

"그렇소!"

"그들이 공격하지도 않았는데, 어떻게 미리 공격하려 하는지를 안단 말이오?"

"그것이 바로 나의 특기요. 내가 조잔 경비대를 맡고부터 5년 동안 패배하지 않은 이유가 바로 거기 있소."

"그렇지 않소. 당신이 패배하지 않은 이유는 지난 5년 동안 우리가 전쟁을 하지 않았기 때문이오."

"바로 그거요. 그 이유가 어디 있다고 생각하오? 이제야 내 말을 알아듣겠소?"

"당신은 미쳤어!"

바잔은 조하나에게 가서 병사를 매복시킨 것에 대해 불평을 늘어놓았다.

"전하, 상대를 의심하게 되면 일을 그르치실 것입니다."

"뭐 미끈하게 잘생긴 젊은이들을 몇 좀 세워 놓는다고 해서 무슨 일이 생기겠어?" 조하나는 대수롭지 않다는 반응을 보였다.

"그들은 단순한 젊은이들이 아니고 병사들입니다. 병사들은 싸움을 하게 마련입니다. 우리는 전쟁을 바라지 않고요."

"쓸데없는 걱정은 하지도 마, 바잔." 조하나는 그의 의견을 묵살해 버렸다.

조디는 현인 오조에게 신랑 환영대가 오기 전에 점을 쳐 달라고 요청했다. 조혼에게 혼쭐이 난 궁중 점쟁이는 이제 양쪽을 만족시키지 않으면 안 되는 난처한 입장에 빠졌다. 그는 부들부들 떨리는 손으로 성스러운 달걀을 돌렸다.

돌다 서서히 멈추는 달걀을 보며 그는 외쳤다.

"아! 저런!"

조디는 입술에 침을 바르며 물었다.

"왜 그런가?"

"직접 눈으로 확인하십시오. 달걀은 스퐁에 가 있습니다."

"이봐요, 당신. 아, 글쎄 스퐁이라지 않아요?" 조디가 남편의 팔을 붙잡고 흔들며 외쳤다.

"그래, 그래. 그래서 어쨌다는 거야?"

"스퐁에서는," 하고 오조가 이야기를 늘어놓기 시작했다. "평화의 은혜는 인류의 꽃에 의해 유지됩니다." 오조는 자기가 인류의 꽃이란 말을 생각해 낸 것이 더할 나위 없이 만족스러웠다. 조혼 경비대를 두고 하는 말인 것 같아 조혼이 좋아할 것이지만 평화 운운했으니까 바잔도 좋아할 것이었다.

"그래서 모든 것이 괜찮다는 말인가?" 조디가 걱정스러운 얼굴로 물었다.

"그늘이 있는 곳에 빛이 있게 마련입니다." 점쟁이가 대답했다. "해가 지면 다시 뜨게 마련이죠."

"거 맞는 소리 하는구먼." 조하나가 끼어들며 말했다.

망을 보던 조혼의 부하가 손님들이 다가오고 있다고 알렸다.

"모두 어서 환영 대열을 갖춥시다!" 바잔이 소리쳤다.

왕족과 관리들은 왕의 마차를 중심으로 환영의 의미로 양팔 형태로 벌려 섰다. 나팔수들은 나팔을 입가에 대고 명령이 떨어지기만을 기다렸다. 조혼은 흘러넘치는 힘을 애써 누르느라고 망치를 흔들면서 서성댔다. 조딜라와 케스트렐은 마차의 망사 창문에 얼굴을 대고 앉아서 다가오는 환영대를 유심히 지켜보았다.

도로 쪽에서부터 나팔이 울리더니 중간에 한 번, 그리고 본영에서 다시 한 번 울렸다. 말을 탄 잘생긴 젊은이들이 망토를 나부끼며 다가왔다. 그들은 정교하게 수놓은 웃옷을 입었고 머리에는 깃털이 달린 모자를 쓰고 있었다.

"공작 같은 놈들." 조혼은 그들을 보고는 코웃음쳤다. "내, 너희들 털을 몽땅 뽑아 주마."

케스트렐은 창문을 통해 오티즈를 단번에 알아보았다. 오티즈는 모자도 쓰지 않은 채 긴 머리를 흩날리며 오고 있었다. 수백 명의 눈이 자기에게 집중된 것을 의식해서인지 그는 말 위에 의젓하게 앉아 천천히 다가왔다. 그 뒤로 젊은 일행이 따라왔고, 또 그 뒤로 종들이 쫓아왔다. 케스트렐은 그를 보는 순간 온몸이 굳는 것 같았다. 불타던 건물로부터 코를 찌르던 연기 냄새와 사람들의 비명 소리가 머리 속에 생생히 되살아났다. 화염 속에서 교만한 눈으로 주위를 둘러보던 그 모습. 기어코 무찔러 파멸시키고야 말겠다고 맹세했던 그녀의 적이 바로 거기 있었다.

"괜찮게 생겼는걸." 조딜라가 말했다. "늙지도 않았고."

"하지만 살인마야." 케스트렐이 말했다.

"정말? 네가 그걸 어떻게 알아?"

케스트렐은 사실대로 말해 주고 싶었지만 공주가 남들 앞에서 무슨 말을 할까 두려웠다. 현재로서는 비밀로 해 두는 것이 유리할 듯싶었다.

"얼굴을 봐. 얼마나 잔인해 보이니?"

"난 모르겠는걸? 어떻게 생긴 것이 잔인한 얼굴인데?"

오티즈가 말에서 내리자, 수행원들도 모두 그를 따라 말에서 내렸다. 조하나와 조디는 왕의 마차에서 내려섰다. 그러자 수상이 앞에 나서 신랑을 왕과 왕비에게 소개했다. 케스트렐은 보우맨을 가깝게 느끼기는 했지만 눈으로는 찾지 못하고 있었다. 오티즈 주위의 남자들이 앞으로 나서자 그 뒤에서 조용히 오티즈의 말고삐를 쥐고 서 있는 보우맨의 얼굴이 보였다. 그는 조금도 변한 것 같지 않았다. 커다란 명마 옆에 서 있어서 그런지 작고 초라해 보였다. 보우맨도 케스트렐을 느끼고는 있었지만, 아직은 찾지 못하고 있었다. 보우맨을 보자 케스트렐의 가슴은 기쁨으로 가득 찼다.

네가 보여.

어디? 넌 어딨어?

보우맨은 머리를 여기저기로 돌리며 케스트렐을 찾고 있었다.

초록색과 금색으로 된 마차 안이야. 곧 신부와 함께 나갈 거야.

이제 보우맨의 눈은 곧바로 케스트렐이 있는 쪽을 바라보았다. 하지만 망사 창문을 뚫고 안을 들여다볼 수는 없었다.

정식 소개가 끝나고 신부를 접견할 시간이 되었다. 조딜라의 마차로 발소리가 다가왔다.

"베일로 얼굴을 가려요." 런키가 말했다.

문은 밖으로부터 열렸다. 수상이 큰 소리로 소개했다.

"완벽한 진주, 동편의 광휘, 백만 개 눈의 즐거움, 조딜라 서하라시!"

공주는 런키와 케스트렐을 대동하고 마차 밖으로 나섰다. 밖으로 나서자마자 케스트렐은 보우맨의 눈길을 느낄 수 있었다. 하지만 일부러 그쪽은 쳐다보지 않았다. 하녀처럼 눈을 내리깔고 조딜라의 뒤를 따랐다.

조하나는 딸의 손을 꼭 붙잡았다. 이 젊고 늠름한 신랑이 딸을 보러 온 것을 보자, 왕은 불현듯 딸을 보내고 싶지 않아졌다.

"전하, 말씀하십시오." 수상이 속삭였다.

"응, 그래." 조하나는 한숨을 내쉬고는 고개를 쳐들고 사위에게 선언했다.

"나의 사랑하는 딸을 바치노라. 자네의 눈에 들기를 바라겠네."

오티즈는 조딜라를 쳐다보았다. 베일을 쓰고 있을 줄은 미처 예상하지 못했다. 정략 결혼이긴 하지만 신부의 얼굴을 보여 주지 않자, 적지 않은 실망을 느꼈다.

"공주여, 반갑습니다."

그는 공주를 향해 고개 숙여 절했다.

수상이 혹시 오해할까 봐 얼른 한마디 했다.

"결혼 전까지 신부는 신랑과 말을 하지 않는 것이 저희 풍속입니다."

"아, 그렇소?" 오티즈는 더욱 실망하며 대답했다.

"장군께 하는 첫마디가 장군의 아내가 되겠다는 말이 될 것입니다."

"흠."

말도 안 하는 상대를 대하면서 어찌할 바를 몰라 공주 주변을 둘러보던 오티즈의 눈이 케스트렐에게 가 멈췄다. 조딜라의 하녀로 보이는 젊은 여인이 눈을 아래로 깔고 서 있었다. 왠지 낯설지 않은 얼굴이었다. 어디서 봤는지 기억해 내려 애썼지만 허사였다. 그녀의 쌍둥이 형제와 닮은 것을 미처 생각지 못했던 것이다.

갑자기 케스트렐이 눈을 들고 그의 눈을 똑바로 쳐다보았다. 순간적으로 무엇인가 통하는 듯했다. 그녀는 이내 눈을 내리깔았다.

그 순간 오티즈는 놀라운 충동에 사로잡혔다.

바로 같은 순간 조딜라는 예비 신랑 뒤에서 창백한 얼굴에 검은 눈동자를 한 젊은이를 주시하고 있었다. 그는 케스트렐을 응시하고 있었다. 공주가 계속해서 자신을 쳐다보자, 그도 눈을 돌려 공주를 똑바로 쳐다보았다. 베일로 얼굴을 가리고 있었으므로 공주는 그가 모르게 그의 눈을 똑바로 쳐다볼 수 있었다. 그의 검은 눈동자는 그야말로 매혹적이었다. 그로부터 고요함, 그리고 포근함이 느껴졌다. 그에 비해 다른 남자의 눈매는 거칠고 위압적이며 자기 뜻대로 남을 지배하려 든다는 것을 느낄 수 있었다. 하지만 그의 눈매는 부드럽고 너그러운 데다 인자해 보였다.

보우맨은 케스트렐과 눈을 마주치고 싶었다. 서로의 정체가 드러나서는 안 된다는 것을 알고 있었지만 마주 보고 싶은 욕구를 억누르기가 쉽지 않았다. 그가 베일을 쓴 공주로부터 케스트렐 쪽으로 눈을 돌리는 순간, 케스트렐이 고개를 치켜들며 그의 눈을 바라보았다. 그 짧은 눈길을 통해 둘은 서로를 얼마나 사랑하고, 아무 일도 없는 것에 안도하며, 서로를 다시 만나게 되어서 기쁜지 하고픈 모든 감정을 나누었다. 보우맨은 케스트렐에게 달려가 당장 포옹하고 싶은 것을 억눌러야만 했다.

공주는 보우맨을 계속 쳐다보고 있었다. 그는 케스트렐을 알고 있는 것이 분명했다. 그것이 힌트가 되어 더욱 자세히 뜯어보니 케스트렐과 닮은 듯했다. 케스트렐의 쌍둥이 형제가 분명해! 공주는 신이 나서 그를 더욱 자세히 살펴보았다. 키가 크거나 힘이 세 보이지는 않았지만 그의 얼굴은 공주의 흥미를 끌기에 충분했다. 그의 표정은 계속해서 바뀌고 있었다. 케스트렐같이 웃지는 않았다. 물론 지금 웃을 상황도 아니었다. 그는 어쩌면 좋을지 모르는 듯한 인상이었다. 공주는 그 점이 마음에 들었다. 자기도 지금 어찌하면 좋을지 모르기 때문이었다.

누군가가 공주의 팔을 꼬집었다.

"인사드려라." 꼬집은 사람은 왕비였다. "그리고 네 마차로 돌아가." 왕비가 공주의 귀에 대고 속삭였다.

조딜라는 시키는 대로 했다. 케스트렐과 런키는 그녀 뒤를 따라갔다. 마차로 돌아가자마자 공주는 런키를 심부름시켜 내보낸 다음 케스트렐을 향해 신이 나서 말했다.

"나 봤어. 네 오빠! 한눈에 당장 알아봤어."

케스트렐이 당황해서 대답했다.

"제발, 아무에게도 그 말을 해서는 안 돼."

"안 할게. 우리 둘만 아는 비밀이니까. 하지만 내게 소개시켜 줘."

"왜?"

"결혼하고 싶으니까. 우선 만나 봐야 결혼도 할 것 아니야?"

"너는 보우맨과 결혼할 수 없어."

"할 거야. 너무 다정다감해 보이더라."

"너는 그— 그— 사람하고……."

"나는 네가 살인마라고 한 그 남자와 결혼해야 한다고?"

"응."

"난 네 오빠가 더 좋아."

"그 사실을 정말 아무에게도 말해서는 안 돼."

"왜 그러는 거야? 사람을 보내 당장 여기로 부르지 않고? 넌 만나고 싶지도 않니?"

케스트렐은 감추고만 있을 수 없다는 생각이 들었다.

"오빠는 지금 노예 신분이야. 우리 가족 모두가 노예야. 난 지금 그들을 구해 낼 방법을 찾고 있는 중이야."

"야! 신나는 이야기로구나! 어떻게 할 건데?"

"아직 모르겠어."

"내게 좋은 생각이 있어! 결혼 선물로 그들을 내게 달라고 매스터에게 부탁하면 어떨까?"

케스트렐은 그 말을 듣고 감격했지만, 살짝 웃으며 머리를 흔들었다.

"우리 가족뿐만 아니라 우리 종족 모두를 구해야 해."

"모두 몇 명이나 되는데?"

"수천 명이 넘어."

"오!" 공주는 놀라서 말했다. "그건 너무 많다. 수천 명의 사람들을 어떻게 탈출시켜?"

"난 하고 말 거야. 꼭 해야만 해!"

케스트렐의 강한 의지를 보고 공주는 덩달아 신이 났다.

"그래, 넌 하고 말 거야." 하지만 자기의 입장이 생각난 듯 물었다. "그런데 나는 어떻게 되는 거지? 난 그 살인마하고 결혼해야 하는 거야?"

"실제로 상황이 벌어질 때까지는 아무도 미래를 알 수 없어."

하지만 케스트렐은 미래를 운명에 맡길 생각은 조금도 없었다. 이제 보우맨도 만났고 서로 의사소통도 할 수 있으므로 끝까지 계획을 밀고 나갈 생각이었다. 모든 것이 하나 둘씩 계획대로 이루어지고 있었다. 보우맨하고 힘을 합치면 어떤 일이라도 해낼 수 있을 것 같았다. 조딜라 걱정을 하기에는 아직 일렀다. 솔직히 말해 공주에게 정을 느끼는 것은 사실이었다. 처음에는 바보인 줄 알았지만 사귀다 보니 공주는 순진할 뿐이었다. 진짜 바보는 조혼이었다. 처음에는 그를 보고 웃었지만 허영심 많고 우둔한 그 작자는 날카로운 칼까지 갖고 있어 정말 경계해야 할 인물이었다. 그런 남자에게 조딜라 공주를 넘겨 줄 수는 없었다. 그렇다고 살인마 오티즈한테 팔려 간다고 해서 형편이 나을 수도 없었다. 그래서 케스트렐은 계획을 그대로 추진해 나가면서 기회를 보아 공주를 구할 수 있으면 구하리라 마음먹었다.

마리어스 시미언 오티즈는 깊은 생각에 잠겨 하이 도메인으로 돌아가고 있었다. 그의 머리는 조딜라 시중을 들던 젊은 여인에 대한 생각으로 꽉 차 있었다. 전형적인 미인은 아니었지만 인상이 아주 강렬했다. 직선적인 행동, 대담해 보이는 눈매, 거기에 야성미까지. 살포시 미소 짓는 그녀의 입을 상상해 보았다. 그 입술에 입맞춤하는 모습을 상상해 보다가 머리를 세차게 흔들었다. 만약 다른 곳에서 만났더라면 어찌해 볼 도리가 있었을지도 모르지만, 지금같이 중요한 임무를 수행해야 할 상황에서 그런 철없는 생각을 하다니! 어떤 일이 있어도 자기는 조딜라 공주와 결혼하여 갱국을 매스터리의 손안에 들게 해야 했다. 그러면 매스터는 자기를 자랑스럽게 여겨 후계자로 지정할 것이고, 결국 매스터리의 부와 권력도 자기에게로 돌아올 것이다.

오티즈는 호수 쪽으로 향하는 언덕 내리막길과 호수 위에 떠 있는 성곽을 쳐다보았다. 며칠 안 있어 결혼식을 올리게 되면 갱국의 공주 조딜라 서하라시는 자기와 함께 새 생활을 시작하기 위해 입궁할 것이다. 그러면 공주의 하녀들도 공주를 따라올 것이다. 그럴 경우 그 검은 눈의 하녀도 자기와 같은 지붕 아래 살게 될 것이다. 낭하를 걷다가 마주칠 수도 있다. 그녀의 눈과 자기의 눈이 마주칠 수도, 자기 팔과 그녀의 팔이 살짝 스쳐 지나갈 수도 있다. 그때 자기가 돌아보면 그녀도 자기를 돌아볼지 몰랐다. 그러면 욕망을 주체하지 못하고 그녀를 끌어당겨 입술에 입맞춤을…….

달그닥—달그닥—달그닥— 말이 통나무 방죽 길 위를 걷기 시작하면서 편자로부터 요란한 소리가 났다. 오티즈는 눈을 끔뻑이며 백일몽으로부터 깨어났다.

내가 왜 이럴까? 이름도 모르는 여자를 갖고. 말 한마디도 주고받지 못했고 순간적으로 한 번 본 것이 전부였다. 그런데 사랑에 빠진다는 것이 가능할까.

사랑에 빠졌다고?

머리 속으로 사랑이라는 말이 떠오르는 순간 그의 몸은 희열로 부르르 떨렸다. 사랑에 빠졌다? 그것은 말도 안 되는 소리였다. 매스터리의 후계자가 신부를 만나러 가서 신부의 하녀와 사랑에 빠진다는 것은 결코 있을 수 없는 이야기였다.

매스터리의 비밀

보우맨은 오티즈와 함께 하이 도메인으로 돌아오면서 한시바삐 가족에게로 돌아가 케스트렐의 소식을 전해 주고 싶은 마음을 간신히 억누르고 있었다. 오티즈는 이미 보우맨에게 그날 밤을 성안에서 보낼 것을 지시하며 종보다는 친구에게 걸맞은 훌륭한 방을 마련해 주었다. 하지만 그가 앞으로 해야 할 임무에 대해서는 말해 주지 않았다. 그는 보우맨에게 명령을 한다기보다는 예우를 갖추고 대하면서 도와 달라는 식의 태도를 보였다. 그래서 보우맨은 속으로 그날 밤 집에 보내 달라고 간곡히 부탁할 생각이었다.

하지만 오티즈는 성으로 돌아오자마자 다른 일행은 모두 해산시키면서도 보우맨만은 보내 주지 않았다. 그는 보우맨을 도시 전경이 내려다보이는 테라스로 데리고 갔다. 그곳은 오티즈가 혼자 깊은 생각에 잠기고 싶을 때 찾는 곳이었다.

보우맨이 집에 보내 달라고 부탁을 하려는 순간, 오티즈가 먼저 입을 열었다.

"너는 내 신부에 대해서 어떻게 생각하느냐?"

"신부요?"

"아름다움, 목소리, 성격, 매너, 이해심 등등에 관해서 말이다."

"얼굴을 가리고 있는 데다 말은 한마디도 하지 않아서……."

"바로 그 점이야."

"저……."

"결혼이란 게 무엇이냐?" 그는 마음이 심란해서인지 보우맨에게보다는 자기 자신에게 질문을 던지고 있었다. "이것은 단순한 정략일 뿐이야. 사랑이나 행복하고 아무 관계가 없어. 그러니 내가 결혼해서 아내를 사랑하리라고 기대하는 사람은 아무도 없어."

보우맨은 무엇이라고 대답해야 좋을지 몰라 입을 다물고 있었다.

"그러니 이 결혼은 사랑하고는 별개야. 결혼은 계획대로 진행될 테지. 마치 상거래 하듯이 말이야. 나는 매스터한테 가서는 만족스럽다고 해야 하는 거야, 알았어?"

"예." 보우맨은 케스트렐 생각을 하느라고 오티즈에게 신경 쓸 겨를이 없었다. 그래서 지금 그의 감정을 제대로 이해하지 못하고 있었다.

"내가 하는 말을 이해 못하겠지?"

"예."

"난 지금 아무 말이나 지껄이고 있는 거야. 달빛과 꿈, 그리고 그늘에 대해서. 저길 봐!" 그는 도시 한가운데 서 있는 돔 건물을 가리키며 말했다. "이렇게 아름다운 도시를, 그리고 이렇게 유복하게 사는 시민들을 본 적이 있어? 이것들이야말로 실제로 있는 것이고, 또 앞으로도 계속 남아 있을 것들이지. 일시적인 호감에 빠져 자기를 보고 미소라도 던져 줄까 하며 혼자 기대하는 그런 감정하고는 달라.”

그는 열정적인 눈초리로 보우맨을 쳐다보았다. 보우맨은 오티즈의 눈을 통해 그의 들뜬 감정을 느낄 수 있었다. 사랑에 빠지면 모두가 그러하듯, 오티즈도 자기의 감정을 누구에게라도 호소하고 싶은 충동에 빠져 있었다.

“넌 내 마음을 조금은 이해할 거야. 안 그래?”

“예.” 그제야 보우맨은 오티즈의 감정에 관심을 쏟으며 대답했다.

“참 어처구니없는 일이야. 문에 난 조그만 구멍을 통해 전혀 다른 세계를 본 듯한 기분이야. 어떻게 그렇게 대수롭지 않은 순간을 통해 그 많은 것을 느낄 수 있는지!”

보우맨은 재빨리 머리를 굴려 생각해 보았다. 오티즈의 정열이 조딜라 공주를 향한 것일 리 없었다.

“그 검은 눈동자를 딱 한 번 봤는데……” 하면서 오티즈가 크게 한숨을 내쉬었다.

보우맨은 그제야 상황을 알 수 있을 것 같았다.

“조딜라의 하녀 말씀입니까?”

“아! 너도 봤느냐?”

“예, 봤습니다.”

“내가 지금 결혼해야만 할 상황이 아니라면 정말 사귀고 싶어.”

보우맨은 마음속으로 이 새로운 상황을 재빨리 저울질해 보고 있었다. 잘만 이용하면 자기 종족을 해방시키기 위한 계획에 도움이 될 것 같았다.

"결혼을 안 하셔도 되지 않습니까?"

"매스터가 그것을 원하시니……."

"매스터의 모든 명령에 복종할 필요는 없지 않습니까?"

오티즈는 고개를 돌려 보우맨을 자세히 보더니 말했다.

"그럴 필요가 없다고? 그렇지! 넌 아직도 여기 사정에 어둡지. 그러니 이해를 못하지." 그는 도시 전경을 손으로 가리키며 말했다. "여기 이 모든 것들이 매스터의 창조물이야. 우리가 매스터의 뜻에 따르기 때문에 이 완벽한 세상을 누릴 수 있는 거야."

"장군께는 완벽할지 모르나 노예들에게는 완벽하지 않습니다."

오티즈는 야릇한 표정을 지으며 보우맨을 다시 한 번 쳐다보았다.

"너는 그것이 사실이라고 믿느냐? 매스터리의 노예들도 편하고 안전하게 잘 살고 있지 않느냐? 자기 능력껏 일하고 돈벌고 대우 잘 받으면서? 그 이상 무엇을 원한다는 말이냐?"

"자유요."

"무엇 때문에?"

"무엇 때문이라니오?" 보우맨은 조금 당황해서 대답했다. "모든 사람들은 자유를 원하기 때문이죠."

"모든 사람들이라고? 그래, 그렇다면 사람들이 초콜릿을 원한다고 무한정 주면 좋을 것 같으냐?"

"아닙니다. 자유란 것은……."

보우맨은 잠시 말을 더듬고 있었다.

"그래, 자유란 뭐란 말이냐? 내 말해 주지. 자유란 허영과 탐욕을 두고 하는 말이야. 그 때문에 인간은 서로 싸우지. 우리를 야만

인으로 만드는 원흉이야. 매스터는 자유의 잔혹성에 대해서 설명해 주셨어.”

미친 소리 같았지만 오티즈는 그 말을 진심으로 믿고 있었다. 보우맨은 그 순간 자기 신분도 잊고 떨리는 목소리로 말했다.

“난 잔혹성을 이 눈으로 똑똑히 보았습니다. 죄 없는 사람들이 불에 타 죽는 광경을 목격했다고요.”

“물론이지. 여기서 그것을 보지 않은 사람은 한 명도 없어. 하지만 그것은 잔혹성과는 달라. 그것은 공포야. 본보기를 통해 공포를 느끼게 함으로써 모두를 순종하게 만들지. 순종 없이는 혼란만 따를 뿐이야. 순종을 통해 평화와 바른 질서가 찾아오지. 처음에는 공포 때문에 순종하지만 나중에는 사랑해서 순종하게 되는 거야. 매스터는 그것을 우리에게 가르쳐 주셨어. 그리고 그 대가로 우리는 이 부유하고 아름다운 세상을 누리고 있는 거지.”

보우맨은 또 한 번 같은 말을 되풀이했다.

“장군을 위한 세상이지 노예들을 위한 세상은 아닙니다.”

오티즈는 보우맨 앞으로 오른팔을 뻗어 보이더니 말없이 소매를 걷어올렸다. 그의 손목에도 낙인 번호가 찍혀 있었다.

“여기에 사는 우리 모두는 노예들이야. 그것이 바로 매스터리의 비밀이지.”

보우맨은 눈을 크게 뜨고 물었다.

“모두가요?”

“단 한 분만 제외하고. 매스터 혼자서 우리 모두를 위해 자유의 짐을 지고 계시지.”

보우맨은 오티즈로부터 얼굴을 돌려 도시 전경을, 그리고 그 너머로 잘 다듬어진 밭을 바라보았다. 쟁기질하는 농부의 모습이 눈에 들어왔다. 길 위로 마차가 여러 대 지나가고 있었다. 방죽 위에서는 기병들이 말을 타고 달리는 모습이 보였다. 오티즈를 동행했던 젊은이들을 생각해 봤다. 춤 선생, 매낵, 그리고 저녁때 노래 연습을 하던 합창단원들. 그들 모두 노예란 말인가?

"그렇다면 우리는 노예의 노예들이란 말씀입니까?"

"그렇다."

갑자기 테라스로부터 도시 전체가 빙글빙글 도는 기분이었다.

"그렇다면 노예들이 반란을 일으키지 않는단 말입니까?"

"처음에는 공포 때문에 순종하지. 그러나 나중에는 사랑에 의해 순종하게 돼."

"전 이해할 수 없습니다."

"시간이 좀 걸릴 거야. 아직 처음이니까. 하지만 자유 대신에 보상받는 것들에 대해 하나 둘 공감하게 될 거야. 이 나라는 네 나라가 될 것이고 너도 이 나라 건설에 참여하겠지. 긍지도 느끼게 될 것이고. 매스터가 단 한 분 있음으로 해서 우리는 상부상조하며 잘살 수 있는 거야. 네가 느끼는 공포는 오래지 않아 사랑으로 바뀔 거야."

"저는 죽어도 매스터를 사랑하지 않을 것입니다."

"아니야. 사랑하게 될 거야. 아무리 지금 아니라고 하지만 결국에는 그렇게 될 거야."

갑자기 생각난 듯 오티즈는 덧붙여 말했다.

"내가 매스터를 만나게 해 주지. 신부를 만나 본 소감을 보고해야 하는데 나하고 같이 가서 뵙자꾸나."

"지금 말고 내일이 어떻겠습니까? 오늘 밤에는 집으로 돌아가 가족을 만나고 싶은데요. 제 걱정을 하고 있을 것 같아 염려됩니다."

"아니야. 지금 당장 나하고 같이 가야 해."

"그렇다면 장군의 새로운 흥밋거리에 대해 매스터께서 알기를 바라십니까?"

"새로운 흥……? 아니, 그러면 안 되지. 왜 내 얼굴에 그렇게 써 있느냐?"

"예."

오티즈는 그제야 마음을 가라앉히며 말했다.

"네 말이 맞는지도 모르겠다. 하룻밤 자고 나면 진정이 되겠지. 평소 나답지 않은 것은 사실이야. 그래. 가족에게 가 보려무나. 아침에 사람을 보낼 테니."

미스트는 방죽 길에서 보우맨을 기다리고 있었다.

밤새 여기서 날 기다렸니? 보우맨이 물었다.

아, 뭐 봐 가면서 그랬지 뭐. 고양이가 대답했다. 소년이 자기를 동정하는 듯한 말투가 마음에 들지 않았다.

넌 이제 집으로 돌아가. 이곳에 앞으로 재난이 닥칠 거야.

재난이야 어딜 가도 마찬가지지. 그리고 나에게는 집이 없어.

고양이는 빨리 걷는 보우맨을 따라 뛰었다.

언제 나는 법을 가르쳐 줄래?

말했잖아? 난 날 줄 모른다고.

독페이스가 날 줄 아는데 네가 날 줄 모른다는 것은 말이 안 돼. 노력을 안 하는 것뿐이라고.

미안하지만 지금 내게는 그보다 더 중요한 일이 있어.

더 중요하다고? 미스트는 제자리에 우뚝 서며 되물었다. 네가 싫다면 나 혼자서도 연구할 수 있어.

보우맨이 서둘러 가자 고양이는 더 이상 그를 뒤쫓지 않았다. 심술이 난 고양이는 소년이 자기만 생각하고, 또 열의도 부족하다고 생각했다. 미스트는 소년이 자기를 안중에도 없는 듯이 대한 것 때문에 자존심이 상했다. 가만히 생각해 보니 나는 법은 혼자서도 연구할 수 있을 것 같았다. 미스트는 소년이 지팡이를 갖고 연습하던 모습을 떠올려 보았다. 정신 집중이 요체인 것 같았다. 그렇다면 나는 것도 그와 다를 바 없을 것이라는 생각이 들었다.

미스트는 연습할 장소를 찾았다. 내려 뛸 수 있는 곳이면서도 연습하다가 부상당하지 않도록 너무 높지 않아야 했다. 저 멀리 가고 있는 보우맨을 바라보다 길 옆에 놓여 있는 큰 바퀴가 달린 철창이 눈에 띄었다. 다름 아닌 원숭이 철창이었다.

보우맨이 방안으로 들어서자 단둘이 앉아 조용히 이야기를 주고받던 아버지와 어머니가 그를 돌아보았다. 아버지 손에는 서류가 들려 있었다.

"보우!" 아이라가 보우맨을 보더니 외쳤다. "어서 문을 닫거라. 아버지가 하실 말씀이 있단다. 우리는 과연 불행한 사람들인가 보다."

"그렇지 않소." 하노가 부인했다. "결국에는 모든 것이 잘될 것이오. 그렇지 않다는 언급이 없단 말이오."

"우선 저부터 전해 드릴 소식이 있어요." 보우맨이 말했다. 그는 침대 위에 앉아서 어머니의 두 손을 꼭 쥐며 말했다. "오늘 케스트렐을 만났어요."

"오, 그래?" 아이라의 두 눈에서 눈물이 흐르기 시작했다. "내 사랑하는 자식. 그래 무사하더냐?"

"예, 잘 있더라고요."

"지금 어디 있는데?" 하노가 물었다.

"오늘 막 도착한 신부측 일행에 섞여 있어요. 매스터의 아들 오티즈와 결혼하기 위해 다른 나라 공주가 도착했거든요."

"너를 부른 자가 바로 그 오티즈란 작자더냐?"

"예."

"케스하고 직접 말해 봤니?" 아이라가 물었다. "무슨 얘기를 하더냐? 그 사람들은 어떻게 해서 알게 되었대?"

"많은 말을 나눌 수는 없었어요. 자기 신분이 탄로날까 봐 불안해했어요. 지금 신부의 하녀로 가장하고 있어요."

"신부의 하녀라고?" 아이라는 깜짝 놀라 말했다. "내가 직접 가서 만나 보고 싶구나."

하노 헤스는 벌써 케스트렐이 공주의 하녀가 된 이유에 대해 생각하고 있었다.

"가만 놔두오. 정체를 감추고 있게. 아마 무슨 꿍꿍잇속이 있을 거요. 보우, 네게는 아무 말도 하지 않더냐?"

"아직까지는……."

"네가 가서 단둘이 만나 보는 것이 좋겠구나. 여기서부터 먼 곳에 있느냐?"

"그렇게 멀지는 않아요. 그런데 아버지—" 그는 그날 새로 입수한 정보에 대해 빨리 알려 주고 싶어 성급히 말했다. "이 나라에

사는 모든 국민, 심지어 귀족들까지 실은 노예 출신이래요. 매스터리는 노예의 나라래요!"

"모두 노예라고?" 아이라가 반문했다. "그것은 말도 안 돼. 노예의 노예가 어떻게 있을 수 있어?"

"그런 식으로 구성돼 있대요. 매스터만 빼고는 모두가 노예이고 그의 말만 들어야 한대요."

"그래?" 하노는 예상했던 만큼 놀라지는 않으며 말했다. "매스터란 작자, 역시 보통 인물이 아니야."

"저, 내일 만날 거예요."

"네가 매스터를 만난다고?"

"오티즈하고 같이요."

"흠. 그 매스터란 작자, 의문스러운 점이 한두 가지가 아니야." 하노가 신중하게 말했다. "맨스족 고서들을 수집해 놨더라고. 아이라 맨스에 대해서도 잘 알고 있대. 그를 만난다니 잘됐다. 무슨 새로운 점을 발견하거든 내게 알려 다오."

"어떤 점을 유의해 볼까요?"

"글쎄다." 하노는 머리를 긁으며 매스터의 정체를 알 수 있는 단서를 찾아보려 애썼지만 쉽게 떠오르지 않았다. "결혼식은 언제 올릴 예정이냐?"

"곧이요. 며칠 안 있어 올릴 것 같아요."

"그렇다면 우리에게 남은 시간이 별로 없구나."

하노는 자기가 들고 있던 서류를 보우맨 앞에 내밀었다. 그 종이에는 그가 속필로 써 내려간 글로 가득 메워져 있었다.

"나도 네게 들려줄 말이 있단다."

"아, 내 아들아!" 아이라 헤스는 마치 아들과 곧 이별을 해야 하는 것처럼 그를 꼭 껴안았다. 보우맨이 서류를 열심히 읽는 사이에 하노가 조용히 말했다.

"아이라 맨스의 『잃어버린 유언장』을 오늘 보았어. 여러 가지 새로 알게 된 점들이 많지만 그것은 나중에 시간이 있을 때로 미루고 우선 네가 알아야 할 일이 있단다. 너뿐만 아니라 케스트렐과 핀토와도 관계된 이야기란다."

보우맨이 아버지 얼굴을 쳐다보자, 그는 쓸쓸한 웃음을 짓고 있었다. 그 웃음은 앞으로 다가올 커다란 슬픔을 의미하는 듯했다. 어머니는 그의 손을 쓰다듬었다.

"우리가 전에 싱어족에 대해서 이야기한 적이 있지? 그들의 목적이 무엇이고, 그 목적을 이루기 위해 무엇을 희생해야 하는지에 대해 오늘 알게 됐어."

"그들은 우리를 모라로부터 보호해 주죠."

"그뿐이 아니야. 모라를 물리칠 수 있는 사람은 그들뿐이야. 하지만 그러는 중에 그들도 죽고 말지."

"그들도 죽고 모라도 죽는단 말예요?"

"그러고 나서 다시 살아나지. 싱어족도 다시 회생하고. 읽어 봐."

보우맨은 아버지가 번역한 글을 소리내어 읽었다.

"내 자식의 후손들은 완결의 시간에 너와 함께 하리라. 그리하여 나는 다시 살아나고 다시 죽을 것이로다."

"난 이런 것을 바라지 않았어." 아이라는 보우맨의 손에 입을 맞추며 말했다. "평범한 가정에서 평범하게 살고 싶었는데……."

"저 때문에 걱정하지 마세요, 엄마." 보우맨이 조용히 말했다.

"난 전부터 느껴 왔던 것 같아요."

"느껴 오다니, 무엇을?"

"제게는 수행해야 할 모종의 임무가 있다는 거요. 내가 유별난 이유도 그것 때문이라고요."

"그래, 네 생각이 맞는 것 같다." 아버지가 조용히 중얼거렸다.

하노는 그날 읽은 문서로부터 새로 알게 된 내용을 설명해 주었다. 맨스족은 모든 생명체에 존재하는 생명력을 모아라고 불렀다. 모아는 인간에게 활력을 불어넣고, 모든 일에 최선을 다하게 하고, 노력하게 하고, 꿈을 추구하게 하는 없어서는 안 될 존재였다. 인간에게 모아야말로 용기, 영광, 그리고 자긍심의 원천이었다.

하지만 그와 같이 유익한 힘도 너무 커지자 용기가 난폭함이 되고, 자긍심은 분노로 변하게 되었다. 모아가 팽창할수록 인간의 힘은 강해지는 반면 사람들 간의 갈등은 커질 수밖에 없었다. 그에 따라 전쟁을 일으키고 공포와 증오에 대해 배우게 되었으며, 공포와 증오가 커지면 커질수록 자기 방어를 위해 더 큰 힘을 찾게 되었다. 모든 사람들 안에 충만하던 모아가 너무 비대해져서 더 이상 갈 곳이 없게 됐을 때, 서로를 격리시키고 있던 피부를 파열시키며 방출되어 하나의 거대한 힘으로 통일되었다. 그것은 자기 자신은 물론 모든 인간을 삼켜 버린 후 영원히 파멸되지 않는 존재로 남게 되었다. 이 엄청나고 악독한, 통일된 힘이 바로 모라라는 것이었다.

아버지로부터 이와 같은 새로운 이야기를 들으면서도 보우맨은 그것이 전혀 낯설게 들리지 않았다. 자신은 이미 모라의 영향을 받았기 때문이었다. 여럿 중에 하나, 모든 것의 일부. 두려움은 이제 그만. 이제 다른 사람들도 그것을 느낄 차례였다.

"아이라 맨스는 3세대에 대해서 언급했어." 하노가 말했다. "자애의 시대, 격동의 시대, 그리고 잔혹의 시대. 3대째 말에 가면 모라의 힘은 절정에 달한다고 했어. 공포에 휩싸여 인류는 사랑을 잃고 지배를 하거나 지배당하게 되고, 죽이거나 죽임을 당하게 된다고 했어. 바로 그때 싱어족은 돌아온다는 것이지."

"그러고 나서 죽나요?"

하노는 고개를 끄떡였다. 보우맨은 알 것 같았다.

"우리가 지금 그런 시대에 살고 있군요."

"그런 것 같아." 하노가 대답했다.

"분명해요." 아이라가 몸서리를 치며 말했다. "바람이 일기 시작해요. 우린 빨리 고향을 찾아가야 해요. 바람은 모든 것을 날려버리고 말 거예요."

보우맨은 아무 말도 하지 않았다. 자기의 마음속 깊이 안도의 기쁨이 솟구치는 것을 부모에게 어떻게 설명할 수 있단 말인가? 항상 어딘지 모르게 남들과 달랐던 자신, 그래서 고독할 수밖에 없었던 성격마저도 결국에는 모종의 임무를 수행하기 위한 큰 계획의 일부였던 것이다. 주어진 임무를 수행하기 위해서 자기는 자기 본연의 모습으로 남아 있어야 했다. 몇 년 전 모라의 소굴에서 그 달콤하고 무서운 힘에 포섭되었던 것도 그동안 자기 자신을 책망했지만 실은 계획된 운명의 일부였던 것이다. 두려움을 이기지 못하고 그는 모라에게 마음을 빼앗겼었다. 하지만 이제는 그 당시의 어린 자기가 아니었다. 그가 명예 회복을 할 수 있는 시간이 다가오고 있었다.

그는 아버지가 번역한 첫 번째 줄을 다시 한 번 읽어 보았다.

**완결의 시간이 오면 내 후세대의 아이가 언제나
너와 함께 하리라.**

하노는 의문스러운 표정으로 아들을 쳐다보았다.

"난 그들과 함께 할 거예요, 아빠."

"안 돼!" 아이라가 외쳤다. "오, 내 새끼!"

"엄마, 울지 마세요. 난 행복해요. 여태까지 내가 기다리고 있던 것이 바로 이것이었어요."

"그들이 도대체 네게 무슨 일을 시키려고 한단 말이냐? 이 불바람이라는 것은 뭐니?"

"저도 몰라요. 전 혼자 있을 시간이 필요해요. 읽으면서 생각을 좀 해 봐야겠어요."

"그래라."

아이라는 보우맨을 보내 주었다. 보우맨이 방을 나갈 때 아이라는 아들을 경외하는 눈빛으로 쳐다보았다. 이제는 더 이상 보우맨이 자기 아들이 아니기라도 한 것처럼……

"여보, 어떤 일이 벌어질까요? 우린 어쩌면 좋죠?"

"우리 임무는 우리 종족을 준비시키는 일이오. 이 부강하고 아름다운 나라가 우리의 고향이 될 수 없다는 사실을 어떻게든 설득시켜야 하오."

"그들은 내 말을 더 이상 듣지 않아요."

"그렇다 할지라도 준비를 시켜야 하오. 잔혹의 시간이 닥칠 것이오. 그러면 우리 말을 듣지 않을 수 없을 것이오.”

정막 속에 살면서 불길에 대해 알게 하자꾸나.
그들은 모든 것을 잃을 것이며 주어야 할 것이다.

보우맨은 아버지가 번역한 내용을 밤이 될 때까지 읽고 또 읽었다. 그러고 나서 서류를 아버지에게 가지고 갔다.

“케스를 만나고 오겠어요.”

“조심하거라.” 아버지가 말했다. “만약 누가 널 보기라도 하면…….”

노예들은 밤에는 집 안에 있어야 했다. 그 법을 거역했다가는 어떤 대가를 치러야 하는지 이제 모르는 사람이 없었다.

“아무도 날 보지 못할 거예요.”

보우맨의 자신에 찬 대답을 듣고 하노는 더 이상 아무 말도 하지 않았다. 보우맨은 급속히 변하고 있었다. 자신의 숙명을 발견한 후로는 마음속에 갇혀 있던 무엇인가가 해방되기라도 한 듯 거칠 것이 없었다. 외눈 사나이도 자기에게 능력이 있다고 하지 않았던가? 자신의 임무는 앞으로 자기를 찾아오고야 말 것이다. 그러면 모든 것을 잃고 주어야 할 것이라고 했다. 지금부터 그때가 닥칠 때까지 무엇이 감히 자기를 해칠 수 있단 말인가?

그는 하이 도메인의 불이 모두 꺼질 때까지 기다렸다. 그러고 나서 언덕을 거슬러 올라 숲 속에 몸을 숨긴 후, 매스터리 국경에 있는 야영지로 향했다. 가벼운 발걸음으로 거의 소리를 내지 않고 달렸다. 그의 마음은 이미 케스트렐에게로 가 있었다. 만나서 기쁨에 넘쳐 서로 포옹할 순간을 생각하며……

"거기 멈춰!"

보우맨은 그 자리에 우뚝 멈춰 섰다. 키가 훤칠한 조잔 경비대원이 칼을 빼들고 다가왔다. 그제야 보우맨은 자신을 책망했다. 왜 매복해 있을 보초를 미리 염두에 두지 못했던가!

보초는 그를 노려봤다.

"날 따라와!" 그는 왼손을 뻗어 보우맨을 낚아채려 했다.

보우맨은 한 발짝 뒤로 물러서며 정신을 집중하여 그의 이마를 노려보았다. 그 순간 보초가 이마를 감싸고는 뒤로 자빠졌다. 그는 이미 혼절한 상태였다. 보우맨은 자기가 손 하나 까딱하지 않고 그를 때려눕힌 것을 알고는 신이 났다. 미리 생각해서 한 행동도 아니었고 급한 김에 순간적으로 그렇게 했을 뿐이었다. 그 이상한 사나이 말이 맞았다. 얼마나 간절히 원하는가가 문제라는.

보우맨은 온몸에 희열이 번져 나가는 것을 느꼈다. 자기의 힘은 점점 더 커지고 있었다. 이제는 단순히 연필을 드는 정도가 아니었다. 자기보다 두 배나 큰 장정을 무찌른 것이었다. 자기가 원하기만 한다면 그보다 더 무서운 행동도 할 수 있을 것 같았다. 마치 처음으로 피 맛을 본 늑대가 된 듯한 느낌이었다. 남에게 고통뿐 아니라 죽음까지 가할 수 있는 능력이 자기에게 있다고 생각했다.

내가 지금 무슨 생각을 하는 거지?

그의 마음은 현실로 되돌아왔다.

눈앞에는 수많은 텐트와 마차가 줄지어 있는 거대한 야영지가 펼쳐져 있었다. 케스트렐은 저기 어딘가에 있을 것이다. 케스트렐을 찾아야 했다.

보초들을 살피며 보우맨은 텐트에서 텐트로 소리 없이 움직였다. 케스트렐의 존재가 점점 더 가까이 느껴졌다. 케스트렐은 고르게 숨을 쉬며 잠에 빠져 있었다.

보우맨은 왕족 마차들이 세워져 있는 지역으로 들어섰다. 워낙 칠흑 같은 어둠 속이라 어디가 어딘지 구별하기 힘들었지만 보우맨은 두 눈을 감고서도 케스트렐이 있는 곳을 찾을 수 있었다. 보우맨은 조딜라의 마차 앞까지 와서 마음속으로 케스트렐을 불러 깨웠다.

케스…….

케스트렐의 마음이 동요하며 꿈속으로부터 빠져 나오는 것이 느껴졌다.

보우, 너니?

케스트렐은 이제 잠에서 완전히 깨어났다. 케스트렐을 눈으로는 볼 수 없었지만 행동 하나하나를 느낄 수 있었다. 케스트렐은 일어나 앉아 조딜라 쪽 눈치를 살피고 있었다.

나 지금 밖에 와 있어.

케스트렐은 잠옷 위에 가운을 걸치고 나서 신발을 찾아 침대 밑을 더듬고 있었다. 그리고 살금살금 걸어 마차 문 쪽으로 걸어 나오고 있었다. 그 순간 안으로부터 문이 열렸다.

케스트렐은 뛰어나오자마자 보우맨을 얼싸안았다. 둘은 서로 꼭 껴안고 뺨을 비볐다. 그리고는 눈썹을 마주 댄 채 한동안 그렇게 있었다. 반으로 갈려 있던 둘이 다시 하나가 되는 순간이었다.

그제야 둘은 떨어져 두 손을 쥔 채 서로를 마주 보았다.

그새 많이 변했구나.

대답 대신 보우맨은 자신의 새로운 힘을 과시해 보였다. 자기의 마음으로 케스트렐의 마음을 지긋이 눌렀다. 그러자 케스트렐이 뒤로 몇 발짝 물러나며 물었다.

"지금 어떻게 한 거야?"

"쉿! 조용히 말해. 나도 잘 몰라."

둘은 숨을 죽이고 숲 속으로 갔다. 함께 오래 있을 수는 없었다. 보초들이 순찰을 돌면서 근처에 올지도 몰랐다. 만약 보우맨이 스파이 혐의로 체포되어 매스터리로 보내진다면 또 하나의 원숭이 철창에 불이 붙을 것이었다.

케스트렐은 화형식 얘기를 듣고는 분노를 참지 못하고 말했다.

"괴수 같은 놈들! 난 놈들을 기어이 몰살시키고 말 거야."

"그래, 우리는 놈들을 파멸시킬 거야, 케스."

케스트렐은 평소 온순하던 보우맨의 입에서 그런 소리가 거침없이 나오는 것을 보고 놀라지 않을 수 없었다. 무엇이 그를 그렇게 변하게 한 것일까? 물어 볼 말도, 해 주고 싶은 말도 많았지만 시간이 없었다.

"내게 계획이 하나 있어." 케스트렐은 재빨리 조혼과 그가 가진 개인적 야심에 대해서 들려주었다. "그는 이 결혼식이 성사되기를 바라지 않아. 자기가 조딜라 공주를 차지하고 싶기 때문에 군대까지 움직일 뜻을 갖고 있어."

"모두들 매스터리를 몹시 두려워하는데 조혼이 감히 덤비려 할까?"

"그렇게 만들 방법을 내가 알고 있어."

"우리 종족을 모두 탈출시켜야 해. 뒤에 남는 자들은 몰살당할 것이 분명해."

"싸움이 시작되면 그때를 틈타 탈출해야 해. 하지만 미리 만반의 준비를 갖추고 있어야 해."

“꼭 그렇게 해야지.”

보우맨은 케스트렐의 손을 꼭 쥐었다. 이제는 둘이 힘을 합해 무슨 일이든 할 수 있다는 확신이 섰다.

“케스, 네게 들려줄 말이 너무 많아…….”

바로 그때 야영지 쪽에서 누군가 조용히 부르는 목소리가 들렸다.

“케스트렐! 지금 어디 있니?”

“조딜라야! 지금 빨리 떠나. 공주에게 모습을 보이면 안 돼.”

보우맨은 케스트렐을 급히 포옹한 후 나무들 사이로 멀어져 갔다. 그 순간 반대 방향으로부터 나타난 조딜라는 보우맨의 검은 그림자를 보았다.

“그가 맞지? 그렇지?”

“쉿! 자지 않고 뭘 해?”

“다시 와 보라고 해. 나 좀 만나게 해 줘.”

“지금은 안 돼. 아무도 알면 안 돼. 우리의 비밀이잖아?”

“여기에는 왜 왔어? 날 보러 온 것 아니야? 나에 대해서는 물어보지 않았어?”

케스트렐은 공주를 진정시키면서 마차로 되돌아갔다.

“날 보러 왔어. 우리 서로를 몹시 그리워한 것 알잖아.”

“그래, 그것은 이해해. 하지만 너는 수백 번도 더 봤을 테지만 난 한 번도 본 적이 없잖아? 그러니 이제는 내 차례가 아니겠어?”

“그래 곧 만나게 해 줄게. 하지만 지금은 잠을 자야 할 시간이야. 내일 무슨 일이 생길지 모르잖아.”

매스터! 아버지시여!

다음날 아침 일찍 보우맨은 자기의 주인인 마리어스 시미언 오티즈에게로 돌아갔다. 하이 도메인의 거리는 물로 깨끗이 씻겨져 있었다. 시민들은 새날을 맞이하여 새벽부터 호스로 물을 뿌리고 빗자루로 깨끗하게 쓸었다. 오티즈는 긴장 때문인지 지나치게 쾌활하고 들뜬 모습이었다.

"매스터께서 나를 부르셨다! 당장 가 뵈어야 해. 오늘은 나한테 대단히 중요한 날이야. 어제 내가 조금 마음이 흔들린 것에 대해서는 절대로 입 밖에 내서는 안 된다. 알겠느냐?"

"알겠습니다."

"참 말도 안 되는 생각을 했어. 잠시 내가 좀 어떻게 됐나 봐. 아침에 맑은 정신으로 깨어나니까 그 여자 생각은 나지도 않아. 우리는 그저 매스터에게만 절대 복종하면 되는 거야. 그러면 모든 것이 잘 해결되게 되어 있어. 너도 곧 알게 될 거야."

그는 보우맨을 데리고 해가 뜨기 시작하는 거리로 나섰다.

"내가 하는 말에 동의하지 않으면 언제라도 망설이지 말고 솔직히 말해. 매스터 말씀이 힘있는 자들일수록 현실을 제대로 볼 수 없게 된다고 하셨어. 주위에 있는 사람들이 듣고 싶어하는 말만 해 주고 진실을 말해 주지 않기 때문이지."

오티즈는 걸음을 멈추고는 잘생긴 얼굴을 돌려 보우맨을 쳐다보며 씩 웃었다.

"내가 아직 너에게 네 직분을 알려 주지 않았지? 너는 나의 진실 상담자야. 이곳으로 돌아올 때 너를 눈여겨보았지. 너는 줏대가 강해 보이더라고. 맞지?"

보우맨은 놀라는 동시에 감탄하지 않을 수 없었다. 이 젊은 장수는 생각처럼 단순한 인물이 아니었다.

"예를 들어 말이다," 하며 오티즈가 말을 계속했다. "내가 아침에 일어나서 그 검은 눈의 아가씨 생각이 하나도 안 나더라고 했을 때 너는 '그렇다면 왜 하필 그 여자 얘기를 꺼내시는 겁니까?' 하고 반문할 수도 있다는 얘기야. 알겠어? 지금 이 말은 예로 하는 말일 뿐이지만."

"제가 말하는 진실이 받아들이기 고통스럽거나 위험스럽다고 생각될 경우에는 어쩌실 겁니까?"

"위험스럽다니, 어떤 식으로?"

"제가 장군을 죽일 예정이라고 말한다면."

"날 죽일 거라고?" 오티즈는 놀란 눈으로 보우맨을 쳐다보았다. 하지만 자기가 약속했듯이 그는 보우맨의 말을 신중히 생각해 보는 눈치였다. 그러더니 이렇게 대답했다.

"그것은 진실을 말한다고 하기 어렵지. 그것은 미래를 말하는 것이지. 하지만 미래야 너도나도 모르는 것 아니겠어? '장군을 죽이고 싶습니다'라고 한다면 진실을 말한다고 할 수 있겠지. 행동으로 직접 옮기든 옮기지 않든 간에 본인의 의지를 말하는 것일 테니까. 그 차이에 대해서 알겠어?"

"예." 보우맨도 어쩔 수 없이 실소하지 않을 수 없었다.

"그러니까 진실을 말해 봐."

보우맨은 잠시 생각해 보더니 이렇게 대답했다.

"장군의 가장 큰 야망이 매스터를 기쁘게 하는 것이라면 장군은 영원히 남들의 매스터가 되실 수 없을 것입니다."

"아하! 정말로 그렇게 생각하느냐?"

이제 그들은 위층으로 통하는 넓은 계단 앞에 도달했다.

"좋은 말이야. 그 문제에 대해서는 생각을 좀 해 봐야겠는걸. 자, 이제 다 왔어. 매스터가 널 무시한다고 해서 달리 생각 말도록. 현재 생각해야 할 것이 많아서 그러시니까."

그들은 계단을 올라 넓고 밝은 위층으로 들어섰다. 매스터는 두 눈에 쌍안경을 붙인 채 창 밖을 내다보며 한 손으로 야릇한 신호를 보내고 있었다. 그의 몸종 스팔리안은 바이올린을 들고 그 옆에 서 있었다.

"저기! 아니야, 아직도 나를 못 보고 있잖아? 그래!"

"이제야 전하가 보이는 모양입니다."

미론 그래프 역시 조금 떨어진 곳에서 쌍안경을 들고 서 있었다. 매스터는 왼손을 들어 흔들어 보였다. 저 멀리 높이 솟아 있는 건물 지붕 위에서 누군가가 손을 흔들었다.

"됐어. 거기 기록해 둬."

오티즈와 보우맨은 기다리면서 매스터의 행동을 지켜보았다. 매스터는 시내 중심가 건물의 창문, 테라스, 지붕 등에 사람들을 배치시켜 놓고 그들의 시각을 확인하고 있는 중이었다. 지금 이곳 위층에서는 시내의 이쪽 편만 내려다보일 뿐 도시 전체를 볼 수는 없었다. 아주 먼 곳에 배치된 전망대에는 망원경이 있어 매스터의 신호를 볼 수 있었다. 보우맨은 지금 매스터가 신부 일행이 오기 전에 함정을 만드는 것이라고 생각했다.

보우맨은 매스터를 유심히 관찰했다. 마치 불이 열을 내뿜듯 그의 몸은 권위를 내뿜고 있었다. 하지만 피상적인 열 밑바탕에는 한기가 도사리고 있었다. 그의 에너지는 서로 화합되지 못한 채 부딪치면서 뜻밖에도 높은 치수의 불안감을 나타내고 있었다. 붉은색 가운을 걸치고 금색 벨트를 두른, 그리고 흰 머리칼을 날리며 호령하는 이 거대한 사나이의 마음속 깊은 곳에는 놀랍게도 두려움이 도사리고 있었다.

"그래프, 잘 들어. 그게 그들의 위치야. 자기 위치를 잘 확인시켜 주어야 해."

"잘 알겠습니다."

"타이밍이 무엇보다도 중요해. 조금이라도 늦으면 안 돼. 내가 신호를 보내면 곧바로 시작해야 하니까."

"알겠습니다, 매스터."

매스터는 쌍안경을 눈으로부터 떼더니 오티즈를 돌아보았다. 오티즈 뒤에 조용히 서 있는 보우맨은 거들떠보지도 않았다.

"아! 네가 와 있었구나."

오티즈는 바닥에 엎드렸다.

"그래 만나 봤느냐?"

"예, 매스터."

"일어나거라. 그래 어떻더냐? 그만하면 괜찮더냐?"

"매스터께서 원하신다면 조딜라와 결혼하는 것에 만족합니다."

"네가 원하고 안 원하는 것에 대해서 물어 보지 않았다. 공주가 어떻더냐고 물었어."

"베일을 쓰고 있었습니다."

"베일이라고!" 매스터는 호탕하게 웃었다. "그래? 그러니 알 수 없다는 말이렷다. 그래 좋아. 나도 그런 예상은 미처 하지 못했는 걸. 그렇다면 또 내기를 걸어 보자. 내 생각에 공주는 아름다울 것이야. 적어도 추녀는 아닐 거야. 내가 틀리면 왕권을 내놓겠다."

"매스터!"

"공주가 아름다우면 너는 예쁜 아내를 맞이하는 것이고 못생겼으면 제국을 손안에 넣게 되는 것이야. 어때? 과히 나쁘지 않지?"

"너무나 황공합니다."

"너를 위해 멋진 결혼식을 올려 주마. 오바갱의 야만인들은 평생 구경도 못한 화려함을 보여 줄 것이다. 예식 그 자체가 예술이 될 것이야. 먹을 것!"

그가 말하다가 갑자기 소리쳤다. 종이 나서더니 양과자가 담긴 쟁반을 앞으로 내밀었다. 매스터는 양과자 하나를 집어 통째로 입안에 넣고 한두 번 씹더니 꿀꺽 삼켰다.

"맛있군!" 그는 감탄했다. "새로 양과자 요리사가 왔는데 솜씨가 대단해. 너도 한 개 먹어 보거라."

오티즈도 한 개 집어 들고는 천천히 먹기 시작했다. 매스터는 한 개를 더 집더니 순식간에 먹어치웠다. 보우맨은 그 모습을 보고 놀라지 않을 수 없었다. 그는 대단한 식욕을 갖고 있는 데다 그것을 전혀 자제하려 하지 않았다.

"조딜라 공주와 결혼하는 것이 전하의 바람이신지요?"

"그렇지. 누군가가 공주를 데려와야 할 것 아니냐?"

"저……." 오티즈는 말끝을 흐렸다.

"그래, 무슨 말을 하고 싶은 거냐?"

오티즈는 경건하게 고개를 숙였다.

"그렇다면 저를…… 아들로…… 지명하시는 것입니까?"

"아, 그것은 꽤 큰 비약인걸. 내 나이가 돼서 아들을 얻는다는 것이…… 어디 네 얼굴 좀 자세히 보고 얘기하자."

오티즈는 그 말의 의미를 알고 있었다. 그는 부들부들 떨면서 매스터의 두 눈을 마주 보았다. 그는 매스터가 자기 마음속으로 들어오는 것을 느낄 수 있었다. 가슴이 몹시 쿵쾅거리며 뛰었지만 눈을 돌려 피하지는 않았다.

갑자기 매스터가 격분한 어조로 으르렁댔다.

"이게 어찌 된 일이냐, 마리어스. 너, 나한테 감추고 있는 것이 있구나."

"비밀이라고요? 그런 것 없습니다."

"나쁜 자식!"

매스터의 두 눈은 화가 나서 광채를 내뿜었다. 그가 턱을 앞으로 내밀자, 오티즈가 고통을 이기지 못하고 바닥에 쓰러졌다. 마치 매스터가 눈에 보이지 않는 꼬챙이로 그를 찌르기라도 하는 것처럼 오티즈는 바닥 위를 데굴데굴 구르며 괴로워했다. 보우맨은 그 광경을 보고는 경악했다. 매스터는 마음의 힘을 이용하여 오티즈에게 고통을 주고 있었다. 그 힘이 자기가 지닌 힘보다 훨씬 엄청나다는 것만 다를 뿐, 자기가 은둔자로부터 배운 것과 똑같은 종류의 초능력이었다. 언젠가 매스터를 상대해야 한다고 생각하고 있는 보우맨으로서는 매스터의 힘이 얼마나 강한지 알고 싶었다. 조심스럽게 매스터의 주의를 끌지 않으면서 오티즈를 움켜쥐고 있는 에너지에 접근해 보았다.

"네놈이 숨기고 있는 더러운 비밀이 무엇이란 말이냐?"

오티즈가 고통을 이기지 못해 비명을 지르면서 팔다리를 휘두르는 모습을 보며 그가 호통쳤다.

"너는 내 소유다. 알아듣겠느냐? 너의 모든 생각, 그리고 정열을 모두 내게 바쳐야 하는 것이다."

"예, 매스터." 오티즈는 울음을 참지 못하고 대답했다.

"어서 말해!"

"예쁜 얼굴에, 매스터. 몸종에게 잠시 마음을 빼앗긴…… 아악!"

"계집이라고?"

매스터는 갑자기 오티즈를 놔주었다. 오티즈는 숨을 몰아쉬면서 마음을 가다듬었다.

"그런 것 가지고 뭐. 젊은 놈이 그럴 수도 있지. 날 다시 쳐다보거라."

두려우면서도 감히 거역하지 못하고 오티즈는 등을 바닥에 붙인 채 매스터를 올려다보았다. 매스터는 그를 보고 웃고 있었다. 그러자 고통이 씻은 듯 가시고 그 대신 그의 마음은 기쁨으로 가득 채워졌다. 오티즈는 그제야 긴장을 풀었다. 매스터의 무한한 사랑이 마음속에 사무쳐 환희의 눈물이 저절로 쏟아져 나왔다.

"매스터, 진심으로 사랑합니다. 당신을 위해 어떤 일이라도 할 것입니다. 지금부터 영원히 당신을 사랑할 것입니다."

"그래, 그래." 매스터의 목소리는 어느새 부드럽게 변해 있었다. "너는 결혼한 다음에 내 아들이 될 것이야. 어때? 그렇게 되면 좋겠느냐?"

오티즈는 기어서 매스터에게로 가더니 그의 발밑에 납작 엎드렸다.

"매스터! 아버지시여!"

보우맨은 자기 감정을 감추고 매스터의 주의를 끌지 않기 위해 두 눈을 내리깔고 있었다. 하지만 기쁨에 넘친 오티즈가 벌떡 일어서더니 보우맨을 돌아보며 말했다.

"자, 이제 왜 모두들 매스터를 그토록 사랑하는지 알겠느냐?"

"예" 하고 보우맨이 얼른 대답했다.

"매스터," 하고 오티즈가 불렀다. "저는 이 젊은이를 저의 진실 상담자로 채용했습니다."

"진실 상담자라고?" 매스터는 보우맨을 처음으로 유심히 보더니 말했다. "그런 일을 맡기기에는 너무 어려 보이는걸."

"이 아이는 맨스족입니다."

"그래?" 매스터는 아직도 보우맨으로부터 눈을 떼지 않고 있었다. 보우맨은 계속해서 바닥만 쳐다보았다. "너는 아이라 맨스라는 예언가에 대해서 알고 있느냐?"

"예." 보우맨이 대답했다.

"예, 매스터라고 해야 하는 거야!" 매스터가 호령했다.

"예, 매스터."

"날 똑바로 쳐다봐. 네 눈을 좀 보자."

보우맨은 눈을 들어 그를 쳐다보았다. 보우맨은 온 힘을 다해 마음을 깨끗이 비웠다. 얼마 후 매스터는 눈을 돌리며 어깨를 으쓱해 보였다.

"마리어스, 이 아이는 진실 상담자는커녕 바보 쪽에 가깝구나. 내가 너라면 이 아이가 하는 말을 귀담아듣지 않을 것이다."

내가 너를 파멸시키고야 말겠다.

"응? 뭐라고?" 매스터가 눈에 불을 밝히며 돌아보았다. "너 방금 뭐라고 했느냐?"

"아무 말도 하지 않았습니다, 매스터." 보우맨은 다시 한 번 마음을 비우며 대답했다. 아무리 짧은 순간이라 할지라도 자신의 감정을 내보인 자신을 책망했다.

"아무 말도 하지 않았습니다, 매스터." 오티즈가 옆에서 거들었다.

매스터는 들은 척도 안 하고 보우맨에게로 다가왔다. 그는 눈을 통해 보우맨의 마음을 움켜쥐었다. 보우맨은 일부러 저항하지 않았다. 매스터가 자기를 마구 흔들면서 고통을 주어도 순순히 받아들였다.

"앞으로 조심해!" 매스터가 말했다. 그리고는 보우맨을 놓아 주었다.

"그래프!"

매스터의 집사가 얼른 앞으로 나섰다.

"마리어스에게 알아두어야 할 사항을 가르쳐 주어라. 마리어스,

너는 네가 맡은 역할을 훌륭하게 해내야 한다. 결혼식은 심포니하고 비슷해. 모든 개별적인 부분들이 부드럽게 연결되어야 하지. 나는 예술가이고 시민은 나의 매체야. 나는 삶으로부터 아름다움을 창조한다. 바이올린!”

스팔리언이 얼른 뛰어나와 바이올린을 건네주었다. 자기에게 더 이상 관심을 갖지 않는 것을 보고 보우맨은 안도의 한숨을 내쉬었다. 그래프가 오티즈를 안내해 나가자 보우맨도 그들 뒤를 굽실대며 쫓아갔다. 매스터는 바이올린을 어깨에 갖다 대고 연주하기 시작했다.

밖으로 나오자마자 오티즈가 보우맨을 보란 듯이 돌아보며 물었다.

“어때, 대단한 분이시지? 위대한 힘, 그리고 사랑! 너를 좀 놀라게 하신 것 같던데…….”

“예.” 보우맨은 솔직하게 대답했다. “무척 겁이 났습니다.”

매스터에게 대단한 능력이 있다는 것은 보우맨도 직접 느꼈다. 하지만 그가 자기를 쥐고 마구 흔들게 내버려두긴 했지만 그 힘이 무한하지는 않다는 것을 느낄 수 있었다. 언젠가 때가 되면 자기 쪽에서 그를 놀라게 해 주겠노라고 속으로 다짐했다.

며칠 앞으로 다가온 결혼식을 앞두고 매스터의 집사인 미론 그래프와 갱국의 수상 바잔 사이에 예식 절차에 대한 협의가 있었다. 회의를 끝내고 돌아온 수상은 예식 절차에 대해 설명하겠노라며 왕가 사람들을 불러모았다.

“너도 가 봐야 해.” 케스트렐이 공주를 설득했다. 실은 참석하고 싶은 쪽은 자기였다.

"우리 제국에서 제일 하품 나는 사람이 바잔이야." 조딜라가 말했다. "네가 나 대신 가서 내가 알아야 할 사항을 듣고 와."

조딜라는 웨딩 드레스를 입어 보는 데만 관심을 쏟았다. 결혼하기는 싫어했지만 웨딩 드레스는 입고 싶어했다.

회의에 참석한 케스트렐은 뒤에 서서 식순에 대한 설명을 주의 깊게 들었다. 웨딩 드레스를 입은 공주는 사방이 트인 마차를 타고 하이 도메인까지 퍼레이드를 벌이며 만천하에 자태를 뽐낼 것이라고 했다. 그 후 돔 빌딩까지 걸어가서 매낙사를 참관할 것이라고 했다. 그 다음 탄타라자를 추어 분위기를 고조시킨 후, 다섯 걸음 예식을 거쳐 결혼 선서를 할 예정이라고 했다. 성대한 연회는 하루 종일 계속될 것이라고 했다.

"성대한 연회라고?" 조하나가 말했다. "그럼, 그래야지. 먹을 것 없는 결혼식이 어디 결혼식이야?"

"음악도 대단할 모양입니다. 매스터가 음악에 조예가 깊거든요." 바잔이 말했다.

"음악도 좋지만 음식이 우선이지." 조하나가 말했다.

보고가 끝나고 모인 사람들이 흩어질 때 공주의 하녀와 조혼이 이야기를 주고받는 모습이 바잔의 눈에 띄었다. 그는 그 광경을 매우 흡족한 표정으로 지켜보았다. 결혼식에 대한 이야기를 들으면서 조혼도 덩달아 열이 오른 모양이군, 하고 혼자서 멋대로 해석했던 것이다.

바잔의 생각은 틀리지 않았다.

"나는 하루 종일 그녀 생각뿐이야." 조혼이 케스트렐에게 말했다. "내게 신호만 보내라고 해. 그러면 당장에 공주를 지금 상황으로부터 구해 줄 수 있어. 하지만 나를 사랑하는지 그것을 내게 미리 알려 줘야 해."

"사랑은 자유로운 사람들만이 할 수 있어요." 케스트렐이 대답했다.

조혼은 그 말을 듣고는 흠칫 놀랐다.

"조딜라가 자유롭지 못하다는 말이냐?"

"자기뿐 아니라 나라 걱정도 보통 하는 게 아녜요. '아, 우리 나라를 다시 부강하게 만들고 백성들을 자유롭게 할 수 있는 그런 영웅이라면' 하면서 한숨을 내쉬곤 하는 것을 여러 번 보았어요."

"그것은 나를 두고 하는 말이 분명해!"

"대장님도 막강한 매스터리와 맞서기에는 역부족이 아닐까요?"

"두고 보라지!"

조혼이 은 망치로 왼쪽 손바닥을 내리치면서 말했다. 그러더니 갑자기 의심스러운 눈초리로 케스트렐을 쳐다보며 물었다.

"네가 하는 말이 모두 사실인지 내가 어떻게 믿지? 네가 거짓말을 하고 있을 수도 있잖아?" 그의 의심은 급속히 커지기 시작했다. "조딜라는 내게 직접 어떤 말도 한 적이 없어. 내가 아는 것은 모두 너의 입을 통해 들은 것뿐이야. 게다가 난 네가 누군지도 몰라. 너는 도대체 누구이고 원하는 것이 무엇이냐? 네가 나를 우롱하는 게 아니라는 것을 어떻게 증명할 수 있지?"

케스트렐은 재빨리 머리를 굴렸다.

"조딜라 공주가 대장님께 비밀 사인을 해 보이지 않았나요?"

"언제? 난 못 봤는데."

조혼은 의심스러운 눈으로 케스트렐을 뚫어지게 쳐다보았다.

"공주님은 매우 신중해요. 공주님의 행동을 조금이라도 놓치시면 안 되죠."

"나는 줄곧 보고 있었어. 하지만 그런 사인은 본 적이 없어."

케스트렐은 주위에 누가 엿듣는 자가 없나 재빨리 둘러보더니 조용히 속삭였다.

"오늘 저녁, 식사 후에 제가 공주님과 함께 산책을 할 거예요. 마차 뒤에 몸을 숨기고 보세요. 제가 공주님에게 대장님이 보고 계시다고 귀띔해 줄 테니까. 그러면 직접 눈으로 확인하실 수 있을 거예요."

"그럴 수 있길 바라겠어." 조혼이 협박하듯 말했다. "네 안전을 위해서라도."

단둘이 산보하자며 공주를 데리고 나오는 것은 전혀 어렵지 않았다. 같이 걸으면서 자기의 고민을 친구와 나누고 싶은 생각에 조딜라는 그 제안을 선뜻 받아들였다. 케스트렐은 공주의 하소연을 한쪽 귀로 듣고 다른 한쪽 귀로 흘리며 공주에게 비밀 사인을 보낼 적당한 기회를 엿보고 있었다. 그러면 공주도 같은 방법으로 자기에게 응답할 테고 숨어서 엿보는 조혼은 그것을 보고 만족할 것이었다.

"케스, 난 언제나 네 오빠를 만날 수 있겠니? 결혼식 이전에 꼭 만나야 해. 나한테 매우 중요한 일이야."

"너는 보우맨 생각은 하지 않는 게 좋아."

케스트렐은 공주가 마차 쪽으로 가도록 일부러 유도하며 걸었다.

"왜? 나는 그가 좋은데. 어쩌면 사랑하는지도 몰라."

"그것은 말도 안 돼. 그에 대해서 아는 것이 하나도 없잖아?"

"그것이 무슨 상관이야?" 조딜라는 의외로 완강했다. "엄마 말씀이 결혼은 원래 배우자에 대해 아는 것이 없으면서 하는 법이래. 다 나중에 정 붙이며 사는 거라고 하셨어."

"하지만 그쪽에서 너를 좋아하지 않을 거야."

조딜라는 걸음을 멈추고 서서 놀란 눈으로 케스트렐을 바라보았다. 케스트렐은 다른 데 신경 쓰느라고 아무 말이나 주워 섬기고 있었다. 케스트렐은 곧 후회했다. 자기 입에서 왜 그런 말이 나왔는지 자기 자신도 알 수 없었다.

"아니, 그런 뜻이 아니라……."

"아니야, 네 말뜻을 알겠어." 공주는 눈물을 간신히 참으며 말했다. "넌 내가 천치 같고 허영심 많고 아무 짝에도 쓸모 없다고 생각하지?"

"아니, 아니야."

"그래, 네 말이 맞는지도 몰라. 하지만 한 가지 알아둬야 해. 너를 만나기 전까지는 내 옆의 모든 사람들이 나를 그렇게 만들었어."

"조딜라, 제발……."

"그래서 나는 모두를 만족시키기 위해 나름대로 최선을 다했던 거야. 그런 사람들의 기대를 만족시킬 필요도 없었는데 말이야. 하지만 난 이제부터 달라질 거야. 지금은 천치 같고 허영심 많고 쓸모 없을지 몰라. 하지만 앞으로 어떤 식으로 변하리라는 것은 알고 있어. 너같이 되는 거야. 난 앞으로 너처럼 될 거야."

"아니야. 너는 나보다 나은 인간이야." 케스트렐은 슬픈 어조로 말했다. 그녀는 조혼이 숨어서 엿보고 있다는 것을 알고 있었다. 마침내 기회가 왔건만 지금 공주를 이용한다는 것이 양심에 무척 꺼려졌다. 공주를 배반한다는 생각이 들었기 때문이었다.

"계속해서 내 친구로 남아 있어 줘, 케스." 공주가 애원했다. "너는 내게 정말로 소중한 친구야."

"그래."

케스트렐이 부추기지도 않았는데 공주는 스스로 두 손을 모으더니 손가락 깍지를 껴 우정의 비밀 사인을 만들어 보였다. 조혼은 케스트렐이 영원한 사랑의 표시라고 한 그 사인을 마차 뒤에 숨어서 보고 있었다. 이제 더 이상 망설일 필요가 없었다. 지금까지 케스트렐이 자기에게 한 말이 모두 사실이라는 확신을 갖고 그는 부하들을 준비시키기 위해 조용히 모습을 감추었다.

공주의 사인에 자기도 같은 자세로 응답할 때, 케스트렐은 조혼이 그 자리를 뜨는 것을 눈치챘다. 케스트렐의 눈에서는 눈물이 솟고 있었다. 날 용서해 줘, 조딜라. 케스트렐은 속으로 조용히 말했다. 난 너를 배반하고 싶지 않아. 하지만 이제 주사위는 던져지고 말았어.

예언가 아이라 헤스가 새로 받은 영감을 모두에게 전할 것이라는 소식이 맨스족의 입에서 입으로 전해졌다. 그녀의 신통력을 믿는 사람은 불과 몇 명 되지 않았지만 많은 사람들이 호기심 때문에 그날 저녁 모여들었다.

석양의 긴 그림자가 드리워질 때 그들은 3~4명씩 떼를 지어 그들 주인의 의심을 사지 않도록 눈치껏 모여들었다. 아이라는 모닥불 옆에 앉아 있었고 그 둘레로 맨스족 사람들이 모여 앉았다. 하노의 예상대로 그리스 박사도 참석하여 앞쪽에 자리를 잡고 앉아 아이라의 예언에 반박할 기회를 기다리고 있었다. 대부분의 사람들은 아이라의 예언을 단순한 오락으로 생각하고 있었다. 하지만 제슬 그리스는 아이라를 위험 인물로 생각했다.

모두들 조용해지자, 아이라 헤스가 그들 앞에 섰다.

"모두들 제 말을 들으러 와 주셔서 감사합니다." 아이라가 말문을 열었다.

"안 들려요!" 뒤쪽에 앉은 사람이 소리쳤다.

"아, 불행한 사람들이여! 하고 시작해야지!" 앞에 있는 사람이 조롱했다

"아, 불행한 사람들이여!" 아이라가 말했다.

그러자 군중 속에 섞여 있던 까불이들이 "아, 불행한 사람들이여!" 하며 아이라를 따라 했다.

예언가는 벌써부터 부아가 끓기 시작했다. 그들의 웃는 얼굴이 보기 싫어 아이라는 충격적인 소식부터 내뱉었다.

"이 도시는 불탈 것이다."

"불탈 것이다!" 하며 그들은 또다시 그녀의 말을 흉내냈다. "우리 모두 불에 탈 것이다!"

아이라가 암울한 예언을 하면 할수록 그들은 더욱 즐거워했다.

"바람이 일기 시작하고 있다! 모든 것은 바람에 날려 갈 것이다."

"우— 우—" 그들은 팔을 팔딱거리며 바람을 일으키는 시늉을 냈다.

"우리 모두 고향을 찾아가야 한다! 잔혹의 시대가 올 것이니 모

두 두려워하라!”

“옴마!” 그들은 부들부들 떠는 흉내를 내며 킬킬댔다. “나 무서워!”

“지금 웃지만 오래 못 가서 울게 될 것이다!”

“으앙! 으앙!” 그들은 우는 시늉을 했다.

하노 헤스는 일어나 아내 옆에 섰다. 지금의 분위기로는 무슨 말을 해도 아무 소용이 없다는 것을 자기도, 그리고 아내도 잘 알고 있었다. 하지만 그들에게 닥쳐올 위험을 알리는 것이 그들의 임무였다.

“여러분,” 하노가 호소하는 투로 입을 열었다. “오늘 제 아내의 예언이 우습게 들릴지 모르겠습니다만 도시가 정말로 불타면 잊지 마시고 꼭 지금 이 장소로 모이십시오. 먹을 것과 따뜻한 옷, 그리고 손에 들고 올 수 있는 것은 모두 갖고 오십시오. 그러면 우리 모두 함께 고향을 찾아 떠날 것입니다.”

말하는 투가 달라서인저 하노의 말을 듣고 웃는 사람은 아무도 없었다. 사람들이 수군거리기 시작했다. 제슬 그리스는 모두가 아이라 헤스를 조롱할 때는 흐뭇해서 가만히 있었지만 지금은 자기가 나설 때라는 생각이 들었다.

“이 여자는,” 그는 아이라를 손가락으로 가리키며 외쳤다. “도시가 불탈 것이라고 말합니다. 하지만 그 허황된 말에 솔깃해하다가 불에 타죽는 쪽은 되려 우리들, 아니면 우리의 사랑하는 가족이 될 것입니다.”

그 소리를 들은 군중은 고개를 끄떡이면서 수군댔다.

“왜 이 여자 말에 귀를 기울입니까?” 제슬 그리스가 외쳤다. “왜 이 미치광이 가족이 계속해서 우리를 위험에 빠뜨리게 놔둔단 말입니까? 예언은 자기들끼리 앉아서 하라고 합시다.”

사람들은 흩어지기 시작했다. 핀토가 아버지의 옷소매를 잡아 끌었다.

“목마 좀 태워 주세요, 아버지.”

하노가 빼빼 마른 핀토를 가볍게 들어올려 자기 어깨 위에 앉혔다. 핀토가 모두를 향해 외쳤다.

“여러분은 아기들이에요. 위대한 맨스족은커녕 노예이며 젖 달라고 우는 아기일 뿐이에요! 우리는 여러분이 없어도 우리끼리 고향을 찾아갈 거예요. 당신 같은 사람들은 필요 없어요. 그러니 모두 푸아 푸아 폭시커나 먹어요!”

그 말을 들은 군중은 좋다고 환호했다. 왜 자기들이 환호하는지 자기 자신도 알 수 없었다. 일곱 살 난 꼬마가 너무 당돌하고 용감해서였는지도 몰랐다. 어쩌면 오랜만에 욕을 들으니까 시원하게 느껴져서 그랬는지도 몰랐다.

무덤

그날 바다는 무척 사납다. 거대한 파도가 높이 부풀어올
랐다가는 앞으로 내구르며 해변을 강타한다. 갈매기들은
바람에 휩쓸려 다니며 가냘픈 비명을 지른다. 거친 모래
위에 거품이 끓어 오른다.

은둔자 독페이스는 잿빛 바다 건너편에 보이는 섬을 쳐
다본다. 그가 입고 있는 옷자락이 다리를 감싸며 펄럭거
린다. 그는 춥고, 피곤하고, 배고프다. 그 말고도 해변을
따라 혼자 서 있는 사람들이 꽤 보인다. 그들도 은둔자와
마찬가지로 바람이 잠잠해지기를 기다리고 있다.

날이 저물자, 바다가 드디어 잠잠해지기 시작한다. 바다
의 수면은 여전히 부풀어오르다 굽이치며 떨어지기를 반
복하지만 바람의 방향이 바뀌었기 때문에 은둔자는 이제
는 건너갈 수 있다고 생각한다. 그는 마음을 가다듬고 노
래를 부른다. 해변을 따라 서 있는 다른 사람들도 그와 마
찬가지로 노래를 부르기 시작한다.

그는 공중으로 떠오르며 사나운 파도 위를 미끄러지듯
날아간다. 다른 사람들도 그의 뒤를 따른다. 얼마 지나지

않아 수많은 사람들이 사이린을 향해 굴곡이 심한 수면 위를 스쳐 날아간다.

독페이스가 섬에 도착하자, 언덕 위에서 노래 소리가 들린다. 그는 자기가 아직 늦지 않았음을 알고 안심한다. 지금 들리는 노래는 시작의 노래로서 밤새 내내 계속될 것이다. 그는 해변 자갈밭에 내려서 꼬불꼬불한 산책길을 따라 올라간다. 그의 뒤를 다른 사람들도 따른다. 앞으로 나아갈수록 노래 소리는 점점 더 크게 들려 온다. 자기도 전에 훈련하면서 불러 보기는 했지만 아직까지 정식으로 부른 적이 없는 노래다. 흥분으로 그의 가슴은 뛰기 시작한다. 그도 같이 부르기 시작한다. 그 노래는 마치 반복되는 북소리 비슷하다. 반복을 거듭할수록 리듬은 더욱 격렬해져서 은둔자의 몸이 앞뒤로 흔들리기 시작한다.

독페이스는 노래 박자에 몸을 맡긴 채 걸어서 언덕 꼭대기에 도착한다. 높이 치솟은, 지붕 없는 건물이 구름 사이로 지는 은빛 햇살을 받아 그의 앞에서 빛나고 있다. 건물 안 대강당에는 백 명이 넘는 싱어족이 함께 몸을 흔들고 발을 구르며 합창하고 있다. 그들 사이에 끼여서 둘러보니 같이 훈련을 받은 눈에 익은 얼굴들이 보인다. 하지만 아무도 그를 향해 알은 체하지 않는다. 노래에 아주 깊이 몰두해 있기 때문이다.

독페이스의 뒤를 따르던 사람들이 그들 집단에 합류할 즈음에는 그 누구도 보거나 듣지 못한다. 몇 년 전에 선택한 운명의 순간이 지금 다가온 것이다. 이 순간을 위해 그

동안 훈련을 했고, 또 참고 기다려 왔다. 완결의 시간이 마침내 다가오고 있는 것이다.

싱어족은 밤새 노래를 부른다. 노래하면서 구르는 발밑으로 대지가 흔들린다. 눈으로 볼 수는 없으나 그 진동을 통해서 그것이 안으로부터 조금씩 열리고 있다는 것을 안다. 그들은 땅이 부풀어 늘어나고 갈라질 것을 촉구하며 쉬지 않고 노래를 부른다.

새벽이 밝아 올 즈음, 땅에 균열이 생기기 시작한다. 땅이 갈라지자, 그 옆에 있던 사람들은 노래를 계속 부르면서 옆으로 물러선다. 그들은 온 힘을 다해 손뼉치고 발을 구르며 노래한다. 지금도 새로 도착하는 싱어족이 보인다. 밤새 싱어족의 수가 계속 늘어났기 때문에 그들의 노래 소리가 하늘을 찌를 것 같다.

갑자기 삐거덕하는 소리가 나더니 땅이 심하게 흔들린다. 모두 직접 경험해 본 적은 없지만 그토록 기다리던 현상이 지금 일어나고 있다는 것을 안다. 그들은 불바람에 대해 알게 될 세대로서 행운아들이라 할 수 있다.

지붕 없는 건물 바닥이 요란한 소리를 내며 갈라지기 시작한다. 돌멩이들이 무너져 내리며 틈새로 굴러떨어진다. 싱어족은 발밑이 흔들리는 것을 느끼지만, 노래를 멈추지 않고 발을 더욱 세게 구른다. 이제 막 떠오르는 아침 해가 벌어지기 시작하는 틈 사이를 비춘다.

마침내 땅이 더 이상 흔들리지 않는다. 싱어족의 노래도 끝난다. 아니, 아주 조용하고 단조로운 노래로 바뀐다. 갈라진 틈 가장자리에 있던 사람들이 한두 명씩 몸을 던져 서서히 날아 내려간다. 나머지는 노래를 계속하면서 자기 차례를 기다린다.

이제 은둔자 독페이스 차례다. 그 역시 깜깜하게 꺼진 땅속으로 몸을 던져 날아 내려간다. 아래로 내려갈수록 갈라진 벽은 점점 더 넓어진다. 독페이스는 마침내 암반 위에 사뿐히 내려선다. 한쪽 옆으로 흐르는 지하의 강은 거대한 암석들 사이로 흘러 사라진다. 위를 올려다보니 밝아오기 시작하는 하늘이 보인다. 주위에는 형제들이 모두 서 있다. 그들 앞에는 돌루 된 무덤이 하나 놓여 있다.

그 무덤 돌로 만든 단 위에는 회색의 쪼글쪼글하게 졸아든 시체가 한 구 있다. 이 고요한 지하 무덤 속에서 수백 년 동안을 지내 온 시체다. 살은 오그라들어 뼈에 말라붙었고 얼굴은 해골에 얹혀 있는 노란색 가죽이 전부다. 앙상하게 뼈만 남은 두 손이 가슴 위에 가지런히 모아져 있다.

살아 있을 때 그는 예언가 아이라 맨스라고 불렸다. 그는 죽었지만 그의 능력은 지금도 여전히 살아남아 있다. 그의 능력은 후대, 즉 싱어족에게 전승되었고, 또 그 다음 세대에 의해 영원히 계속 살아남을 것이다.

사이린의 거대한 지하 강가 무덤에서 싱어족은 노래를 끝내고 침묵을 지킨다. 앞으로 얼마나 더 오래 기다려야 하는지는 그들도 모른다. 하지만 그들은 기다리는 데 익숙하다. 기다리는 중에도 더 많은 형제들이 모여들 것이다. 최후의 한 명이 참석할 때까지. 그러면 예언가의 자식이 도착할 것이고, 마침내 그 순간이 다가올 것이다.

그리하여 나는 다시 살아나고 다시 죽을 것이로다, 라고 예언가가 약속했듯이.

노래 속의 도시

크리오스는 외양간에 있는 의자에 앉아 소젖을 짜면서 안개 낀 평원에 새벽이 밝아 오는 것을 보고 있었다. 소젖이 주기적으로 찍찍 소리를 내며 뿜어져 나와 나무통을 채우고 있는 동안 소는 자기 앞에 놓인 짚더미에서 건초 몇 잎을 끌어당겨 씹고 있었다. 나머지 젖소들은 떼를 지어 서서 자기 차례를 기다리며 '음매—' 하고 울었다.

이제 태양은 먼 언덕 위로 떠올라 차가운 초원을 붉게 물들이고 있었다. 회색이었던 숲은 분홍빛으로 반짝이기 시작했고 해가 구름 속으로 들어가기 전, 비록 잠깐 동안이었지만 온 세상은 마치 새로 태어나기라도 한 듯 흰 빛을 발했다.

"이봐 천사, 어때? 근사하지?"

크리오스는 아침 대용으로 나무통 안에 있는 국자로 우유를 천천히 떠 마시면서 말했다. 그는 일어서서 나무통 속의 우유를 수레 위에 있는 커다란 우유통 안에 쏟아 붓고 나서 의자를 다음번 소 옆으로 가져갔다. 그리고 의자에 앉아서는 한숨을 크게 내쉬더니 손가락을 몇 번 쥐었다 폈다 했다.

"그래, 그래." 크리오스는 긴장하고 있는 소에게 말을 걸었다. "오래 기다렸니? 내가 여기 왔단다."

소는 서글픈 얼굴로 그를 쳐다보았다.

"그래, 너도 잘 있었니? 스타야."

그러고 나서 크리오스는 젖을 짜기 시작했다. 스타도 건초를 씹기 시작했다. 해가 구름 뒤로 숨자, 구름 아래가 금색으로 빛났다.

크리오스의 아침은 언제나 이런 식이었다. 그는 지금의 생활이 마음에 들었다. 이제는 기억조차 희미한 자기의 옛 생활을 돌이켜 보면 고독하고 적막하기 이를 데 없었다. 그는 소젖 짜는 일이 훨씬 자기 적성에 맞는다고 생각했다. 소들은 갑자기 행동하는 법이 없었다. 그들은 언제나 같은 일을 같은 시간에 했다. 크리오스는 소 냄새가 좋았다. 통에 막 짜낸 우유는 말할 것도 없고 젖은 소가죽 냄새도 좋았다. 또한 소들이 풀을 뜯는 초원 냄새도 좋았고, 소와 풀과 흙 냄새가 뒤범벅된 쇠똥 냄새까지도 좋았다.

오전 젖 짜는 일을 끝내려는 순간 저 멀리서 마차 바퀴 소리가 들렸다. 외양간 문을 통해 내다보니 말과 마차에 탄 사람들의 긴 행렬이 지나가고 있었다. 그 중에는 금색으로 휘황찬란하게 장식하고 여러 필의 말이 끄는 마차들도 보였다. 그들은 내리막길을 통해 방죽을 향해 가고 있었다.

"저것이 신부 마차인 모양이네." 크리오스가 소에게 말했다. "오늘 성대한 결혼식이 있을 예정이래."

그는 소들에게 모든 이야기를 들려주었다. 그러면 소들은 대답 대신에 심각한 표정으로 그를 쳐다보았다.

"신부의 행복을 빌자꾸나. 어때? 신부를 축복해 주자고."

그날 아침 보초들이 원숭이 철창에 집어넣을 사람들을 데리러 왔을 때, 핀토가 아버지 귀에 대고 속삭였다.

"오늘은 제가 갈게요."

하노는 머리를 흔들었다.

"안 돼. 오늘이야말로 제일 위험한 날이야."

"저도 알아요." 핀토가 대답했다. "하지만 엄마 아빠는 하실 일이 있잖아요? 저는 할 일이 없고."

"네 엄마나 나를 지명하지 않기를 바라자."

하지만 보초는 아이라 헤스를 지명했다. 그와 동시에 도서관에서 하노 헤스를 부른다는 전갈이 왔다. 그 때문에 탈출을 준비시킬 사람이 한 명도 없게 되었다.

"그렇다면 제가 할 거예요." 핀토가 말했다.

"얘야," 아이라가 말했다. "너는 무슨 일이 있어도 철창 안에 들어가면 안 돼. 오늘이 그날이야. 난 몸으로 느낄 수 있어. 철창에 갇힌 사람들이 제때 밖으로 빠져 나올 수 있을지 의문이다."

"엄마, 나를 쳐다봐요." 아이라는 막내딸의 얼굴을 바라보았다. "저는 어려서 따로 할 수 있는 일이 없어요. 하지만 이 일만은 나도 할 수 있어요. 나도 소용되는 일을 하고 싶어요."

"너는 지금 네가 무슨 소리를 하고 있는지 모른다."

"정말 그렇다고 생각하세요?" 핀토는 엄마 뺨에 키스를 하고는 조용히 속삭였다. "전 오늘 철창 안에서 죽을 수도 있어요. 하지만 엄마는 다른 사람들을 이끌어야 하잖아요?"

아이라 헤스는 감격해서 말했다.

"사랑하는 내 딸아. 너도 다 컸구나? 너마저 내 곁을 떠나겠다는 말이냐?"

"하지만 내 말이 맞잖아요? 우리 민족을 이끌 사람은 엄마예요. 전 그럴 수 없어요. 오늘이 바로 그날이잖아요?"

아이라는 마음을 정할 수 없어 남편의 얼굴을 쳐다보았다. 하노는 딸의 눈 속에서 강한 긍지를 발견할 수 있었다.

"아이의 말이 맞소." 하노가 말했다. "그래 가거라. 우리가 어떤 일이 있어도 너를 보호해 주마."

핀토는 보초에게로 달려가서 자기가 엄마 대신 철창에 갇히겠노라고 말했다. 보초는 별로 신경 쓰지 않았다. 가족 가운데 한 명만 끌고 가면 그것으로 자기들 임무는 끝이었다.

하노 헤스는 교차로까지 핀토와 함께 가서 딸이 철창 안에 갇히는 모습을 확인했다. 핀토는 안에 서 창살을 쥔 채 손을 흔들어 보였다. 자기 때문에 걱정하지 말라는 표시였다.

"널 꼭 데리러 오마." 하노는 무거운 가슴을 안고 도서관으로 향했다.

조딜라는 베일을 쓰고는 마차 안에 앉아 있었다. 긴장 때문에 몸이 떨렸다. 일찌감치 밭에 나와 일하던 사람들은 일손을 잠시 놓고 지나가는 행렬을 구경했다.

"런키!" 공주가 깜짝 놀라 런키를 불렀다. "저 사람들 눈을 안

감잖아?!"

"불쌍한 상놈들!" 런키가 대답했다. "배운 것이 없어서 저래요."

"우리가 눈을 후벼 낸다는 것도 모르나?"

"공주님이 베일을 쓰고 계시니 그런 일이야 없겠죠."

"참 그렇지. 이것을 쓰고 있는지 안 쓰고 있는지 나도 헷갈릴 때가 많아."

"우유 좀 드시겠어요?"

"싫어. 저리 치워. 오늘이 내 결혼식 날인데, 어떻게 뭘 먹을 수 있겠어?"

"마시는 것은 먹는 것과는 달라요. 마시는 것은 입을 거의 움직이지 않아도 돼요."

공주는 고개를 저으면서 케스트렐을 돌아보았다.

"뭘 보고 있니, 케스?"

케스트렐은 건너편 창가에 앉아서 조잔 경비대를 유심히 보고 있었다. 마차 앞뒤로 말 탄 경비대원들이 두 줄로 행진하고 있었다. 케스트렐은 마치 자기가 군대를 이끌고 적의 요새를 향해 진격하고 있는 듯한 기분이 들었다.

"우리가 가는 방향을 보고 있었어."

저 멀리로 방죽 길과 호수, 그리고 하이 도메인의 성곽이 내려다보였다. 아라맨스의 열 배는 되어 보이는 데다 보석을 박은 듯한 돔 모양의 건물들을 보자, 감탄사가 절로 나왔다. 이 웅장하고 아름다운 도시를 건설한 자들이 자기 집을 태우고 가족을 노예로 만든 바로 그들이라니! 케스트렐은 그곳을 파멸시킬 작전을 이미 마음속에 세워 놓고 있었다. 어떤 직책도 갖고 있지 않은 열다섯 살의 깡마른 소녀가 매스터리에게 벌써 사형 선고를 내렸던 것이다. 지닌 무기라고는 오직 열정적이며 당돌한 의지 하나뿐이었다. 오늘은 결혼식 날, 바로 사형 집행일이었다.

오늘이 내 복수의 날이 되고야 말 것이다.

"결혼식 전에 무슨 일이 벌어질 것이라고 네가 말했잖아? 하지만 아무 일도 벌어지지 않았어."

"넌 아직 결혼하지 않았어." 케스트렐이 대답했다. "네가 원하지 않으면 아무도 너를 억지로 결혼시킬 수 없어."

"그럴 수 있어." 조딜라가 대답했다. "모든 사람들이 네가 그러길 바라면서 너만 보고 있으면 어쩔 거야? 하는 수밖에 없지."

"때가 되면 너도 어떻게 행동하면 좋은지 알게 될 거야."

사실 모든 것이 계획대로 진행만 된다면 조딜라는 따로 결단을 내릴 필요도 없을 것이다. 하지만 케스트렐은 그 말을 해 줄 수가 없었다.

"친구도 그러지 않아요? 그러니 공주님, 걱정하지 마세요." 런키가 옆에서 거들었다.

런키는 케스트렐이 그리 마땅치 않았다. 케스트렐의 비밀을 알고 있어서가 아니었다. 그녀의 의견에 대해서는 관심조차 없었다. 이유는 간단했다. 갱의 조딜라 서하라시에게 친구가 있다는 것은 체면을 구기는 일이라고 생각했기 때문이었다. 친구는 보통 사람들에게나 있는 것이지 왕족에게는 아랫것들만 있으면 되었다. 하지만 공주 앞에서 감히 그러한 의견을 밝힐 수는 없었다. 그래서 케스트렐을 '친구'라고 부르기는 하지만, 마치 '미용사'나 '춤 선생'과 같이 직책을 부르듯이 불렀다. 그렇게 함으로써 케스트렐도 자기와 같은 하인의 한 명으로 용인할 수 있었던 것이다.

조하나도 왕의 마차 안에서 하이 도메인을 내다보고는 감탄사를 연발했다. 갱의 수도 오바갱보다 규모는 작았지만 이 보석과 같은 도시와 비교하면 오바갱은 시시하기 짝이 없었다. 오바갱의 석조 건축물들은 낮고 무겁게만 보일 뿐, 정교한 돔 건물들에 비하면 아무 것도 아니었다. 게다가 수도 한귀퉁이에는 판잣집들이 다닥다닥 붙어 있는 눈꼴 사나운 빈민촌이 있었다. 그가 이런 기분을 느끼기는 처음이었다. 그동안 어디를 가더라도 세계 최대 문명국의 통치자로서 우월감을 느꼈던 것이다.

그런데 하이 도메인은 자기가 소유한 그 무엇보다도 훌륭했다. 조하나는 왜지 몸과 마음이 오그라드는 것 같았다. 수상이 이 결혼 중매를 선 것은 참 잘한 일이라는 생각이 들었다. 이 나라를 건국한 매스터라는 사나이야말로 강력한 적이 될 수 있었다. 그는 어떻게 이 많은 일들을 그토록 짧은 시간 안에 이룰 수 있었다는 말인가? 이 호수만 해도 그랬다. 전에는 이곳에 이런 호수가 없었다. 이곳은 유목민들이나 지나다니던 황무지였다. 이 땅을 원하는 사람은 아무도 없었다. 50년 전 낯선 인물이 정착했을 때 아무도 그것을 문제삼지 않았다. 아버지가 하시던 말씀이 아직도 기억났다. "그냥 놔두거라. 대상이 지나다니면서 쉴 곳이 필요하니까." 대상들의 정거장이라고? 아버지가 지금 이 모습을 보신다면! 호수만 해도 몇 마일은 될 것 같았다. 이 한 명의 지도자가 돌밭을 파내 만든 것이었다.

"똑바로 앉아요." 아내가 옆에서 성화를 부렸다. "당신은 갱의 조하나라는 것을 잊지 마세요. 앞으로 만날 사람들은 당신 발밑의 먼지에 불과하다고요.”

“발밑의 먼지라고? 알았어.”

“히죽거리거나 손톱을 질근거려서도 안 되고, 식사 때 입 벌리고 씹어서도 안 돼요. 누가 말을 걸면 쏘아보세요.”

“알았어.”

“어디 연습해 봐요.”

그는 왕비를 쏘아보았다.

“좋아요. 이제야 당신 아버지 비슷해 보이네.”

조잔 경비대 대장 조혼은 멋지게 군복을 차려 입고 앞서 나아갔다. 3천 명의 경비대원들은 그의 뒤에서 말을 타고 따라오거나 왕실 가족 마차 양옆에서 줄지어 행군했다. 그는 매스터리측으로부터 미리 양해를 구하지도 않고 이와 같은 대규모 군대를 이끌고 가고 있었다. 바잔이 전전긍긍하며 말렸지만 조하나도 크게 반대하지 않았다. 그래서 조혼은 조잔 경비대 전원을 데리고 하이 도메인에 입성하기로 한 것이었다.

호숫가로 가면서 조혼은 속으로 결혼식을 주최하는 매스터리 쪽에서 군대 입성을 거부하기를 바라고 있었다. 만약 그런다면 곧바로 공격을 개시할 작정이었다. 성문을 부수기 위한 장비도 마차 속에 몰래 숨겨 놓았다. 하지만 그들을 제지하는 자는 아무도 없었다. 군대도 전혀 눈에 띄지 않았다. 방죽 길 저편에 보이는 하이 도메인 문은 활짝 열려 있었다.

행렬은 방죽 길 앞에 멈춰 섰다. 특별히 선발된 똑같은 키의 조잔 경비대원들이 가마를 어깨 위에 메고 앞으로 나섰다. 조하나와 조디는 금관을 머리 위에 썼다. 보기에는 위엄 있어 보여 좋았으나 한편으로는 무겁고 불편했다. 케스트렐이 옆에서 지켜보는 가운데 조딜라는 웨딩 드레스를 입었다.

웨딩 드레스는 예술 그 자체였다. 디자이너는 공주보고 안에 아무 것도 입지 말라고 당부했다. 그렇다고 노출이 심한 옷은 아니었다. 공주는 목에서 발목까지 꼭 끼는 하얀 비단옷을 먼저 입었다. 머리 위에는 하얀 모자를 쓰고 비단을 늘어뜨렸는데, 비단이 목의 곡선을 따라 어깨까지 치렁치렁했다. 얼굴 앞에는 얇디얇은 망사를 드리워 공주가 숨쉴 때마다 파르르 떨렸다. 그러나 이 모든 것은 속옷에 지나지 않았다. 그 위로 머리와 어깨 위에 장치한 가는 철사 뼈대 위로 가볍고 얇은 실크 베일을 한 꺼풀 더 씌웠다. 마치 안개와 같이 하늘하늘 비치는 겉옷 사이로 보이는 공주의 가느다란 몸이 보일 듯 말 듯하여 보는 사람들은 그 속의 무한한 아름다움을 떠올리며 황홀경에 빠졌다.

"오, 조딜라!" 치장을 마친 공주의 모습을 본 케스트렐이 외쳤다. "지금까지 너같이 아름다운 사람은 본 적이 없어!"

"자, 기분 좋지요?" 런키가 옆에서 거들었다.

디자이너는 계속 쫓아다니면서 베일을 잡아당기고 털고 하며 부산을 떨었다.

"가마를 꼭 타야만 하나요?" 디자이너는 걱정스러운 표정으로 물었다. "옷감은 늘어뜨려야 멋있는데요. 앉으면 구겨질 텐데."

공주도 어쩌면 좋을지 몰랐다. 드레스가 구겨지면 안 된다고 생각하면서도 방죽 길을 걸어서 건너기는 싫었다. 그래서 결국 가마 위에 부모와 마주 보고 앉았다.

행렬은 또다시 계속되었다. 통나무 방죽 길 위로 말발굽 소리가 요란하게 울리기 시작했다. 가마 뒤로 조혼이 말이 천천히 몰며 뒤따랐다. 그 뒤로 조잔 경비대의 보호를 받으며 마차들이 줄줄이 쫓아갔다. 행렬이 어찌나 길던지 앞부분이 성문 앞에 다다를 때쯤에도 뒷부분은 아직 방죽 길에 다다르지 못했을 정도였다.

신부가 탄 가마가 성문을 통과하는 순간 오케스트라 연주와 합창단의 노래가 일시에 울려퍼졌다. 조딜라는 아름다운 도시를 둘러보며 감탄을 금치 못했다. 모든 창문과 테라스에는 음악가들이 서서 악기를 연주하거나 노래를 부르고 있었다. 그들 사이로 어린 꼬마들이 꽃잎들을 한 움큼씩 떨어뜨렸다. 꽃잎들이 조딜라 공주 주위에 팔랑거리며 날아 내려와 그 중 몇 개는 그녀의 베일 위에 앉았다. 흩날리는 꽃잎과 합창단의 노래는 묘한 대조를 이루어 마치 거리를 가득 메우며 떨어지는 꽃잎들이 달콤한 노래를 퍼뜨리고 있는 듯한 착각을 일으켰다.

조혼은 공주 뒤를 따르면서 혹시 매복해 있는 군사가 없는지 주위를 둘러보았다. 하지만 군대는커녕 눈에 보이는 사람은 음악가들뿐이었다. 그는 하마터면 웃음을 터뜨릴 뻔했다. 바이올린 연주자가 자기에게 감히 맞서지는 못할 것이라는 생각에서였다.

케스트렐도 마차 밖으로 고개를 내밀고 적의 도시를 구경하면서 놀라지 않을 수 없었다. 처참한 살육을 저질렀던 자들의 도시가 뜻밖에 아름답고 매혹적이었던 것이다. 게다가 시민들은 음악을 사랑하고 있었다! 신부가 탄 마차에서 가장 가까운 악단을 중심으로 곡은 울려퍼지고 있었다. 케스트렐은 연주자들이 모두 한 곳을 보고 있는 것을 눈치챘다. 그곳을 바라보니 한 높은 건물 테

라스에서 누군가가 팔을 요란하게 흔들며 지휘하고 있는 모습이
보였다.

　매스터는 위층 넓은 방, 오케스트라와 합창단 앞에서 지휘를 하
고 있었다. 그가 음악에 몰입하여 흰머리를 날리며 팔을 앞으로 뻗
자, 다섯 블록 건너편에 위치한 합창단이 노래를 부르기 시작했다.
손가락으로 찌르는 제스처를 취하자, 꽃시장에 자리잡고 있는 나
팔수들이 트럼펫을 불었다. 그가 머리를 돌리자, 광장에 있는 200
명의 고수들이 북을 치기 시작했다. 그 뒤를 따라 베이스 바이올린
의 소리가 전 도시 전체에 울려퍼졌다. 매스터가 손을 뿌리는 제스
처를 취하자 수천 명의 소프라노들이 종달새가 창공을 나는 듯한,
고음의 노래를 부르기 시작했다. 이어 달콤하면서도 애절한 음색
의 비올라, 사랑을 속삭이는 듯한 첼로와 함께 관악기의 음향이 어
우러졌다. 그가 테라스 한쪽 끝으로 걸어가서 남성 합창단원들에
게 신호를 보내자, 1500명의 베이스 노래 소리가 일제히 울려퍼지
며 도시 전체가 진동하는 듯했다. 매스터는 자기가 창출한 아름다
움의 무아지경에 빠져 같이 소리 높여 노래 부르고 있었다.
　도시가 노래요 심포니가 되어 젊고 아름다운 신부를 환영하고
있었다. 잘 봐 두어라, 하고 매스터는 속으로 생각했다. 매스터리
의 진정한 의미를! 이것이 내가 창조한 세상이며, 나의 시민들을
위한 선물이자, 새로운 세계를 향한 가능성이니라!

　하노 헤스는 신부 일행이 도착했음을 알리는 음악을 들으며 그
속에 섞여 있을 케스트렐 생각을 했다. 그는 포츠 교수의 허가를

받아 창가에 서서 지나가는 신부 행렬을 구경하고 있었다.

"흥! 결혼이란……" 포츠 교수는 메스꺼운 표정으로 말했다. "지금은 달콤해도 나중에는 쓴 법이지."

"교수님은 결혼하지 않으셨습니까?"

"결혼이란 오락이나 다름없어. 난 그럴 시간이 없다네."

"제게는 가장 큰 행복을 안겨다 준 것이 결혼인데……." 하노가 말했다.

"그래?" 포츠 교수는 놀랍다는 표정으로 말했다. "내가 보기에 자네는 뜨거운 밥도 좋아할 것 같군. 안 그런가?"

그는 자기도 의자를 밀어다 붙이고 그 위에 올라서서 창 밖을 내다보았다.

"도대체 저치들은 뭐 하는 사람들이야? 저렇게 단체로 옷을 입고. 참 촌스럽구먼."

도서관 앞에 있던 합창단이 매스터의 신호를 받고 갑자기 노래를 시작하자, 포츠 교수는 흠칫 놀라 의자 위에서 팔짝 뛰었다. 멋진 조화를 이룬 음악을 들으며 그마저도 감탄을 금치 못했다.

"하여튼 저분이 천재라는 사실만은 알아줘야 해. 저 소리를 들어 봐. 사람들이 하나로 융합하여 만들어 내는 소리를."

"노예로 융합했지요." 하노가 중얼거렸다.

"뭐라고? 자네는 무엇이 국가를 부강하게 만드는지 알고 있나? 질서와 노력이지. 말 잘 듣고 열심히 일하는 사람들이란 누구를 두고 하는 말이겠는가? 노예들이지. 권리나 자유 같은 감상적인 생각들을 다 치워 버리고 나면 무엇이 남는 줄 아는가? 세상에서 가장 부유한 우리 제국이지."

거리의 합창 소리 위로 트럼펫 팡파르가 울려퍼졌다.

"신부가 대강당에 도착한 게로군." 포츠 교수가 말했다.

하노는 그때까지도 케스트렐을 찾을 수 없었다.

"밖에 나가서 구경 좀 해도 좋겠습니까?"

"마음대로 하시오. 너무 시끄러워서 집중하기도 글렀으니."

하노가 도서관 밖으로 나서는 순간 조딜라가 대강당 앞에 선 마차에서 내리고 있었다. 하지만 하노는 결혼식을 보기 위해 군중을 밀치며 접근하는 대신 반대 방향으로 돌더니 성문을 지나 한산한 방죽 길을 내달렸다.

이제 떠나야 할 시간이 된 것이다.

18
매낙사 경기

케스트렐은 몹시 초조했다. 신부 일행이 하이 도메인에 입성하면서부터 케스트렐은 조혼이 공격하기만을 기다리고 있었다. 무방비 상태의 시가를 조잔 경비대는 줄지어 행진해 갔다. 하지만 조혼은 얼굴에 미소를 띤 채 예정된 식순을 따르고 있을 뿐이었다.

케스트렐은 런키와 함께 마차에서 내려 식장인 돔 건물 대연회장을 향해 가는 공주의 뒤를 따랐다. 그들은 마치 음악 속에 파묻힌 듯한 기분이었다. 연회장 쪽에서 합창단의 즐거운 노래 소리가 들려 왔다. 무개차에서 내린 조딜라가 조하나와 조디 사이에 서서 높다란 아치형 입구 쪽으로 걸어가자, 그곳에서 기다리고 있던 매스터 집사가 허리 굽혀 절하였다. 그들은 건물 안으로 들어가기 시작했다. 케스트렐도 그 뒤를 말없이 따랐다.

홀에 들어선 케스트렐은 눈이 휘둥그레졌다. 거대하면서도 정교하게 조각된 돌기둥들이 둥실 떠 있는 듯한 돔을 받쳐 주고 있었다. 예식을 위해 특별히 높이 둘러세운 푹신푹신한 대형 관람석이 있었고, 그 위로는 빨강과 금색 차일이 드리워져 있었다. 차일 위의 넓은 공간은 돔의 석양과 같은 붉은색 유리를 통해 내리쬐는 빛으로 눈이 부셨다. 장내는 400명에 달하는 매스터의 개인 합창단이 부르는 노래 소리로 떠나갈 듯했다. 그들은 출입구 양편에 위치한 단 위에서 빨간색과 금색 로브를 걸치고 노래하고 있었다.

"신부 입장을 위해 특별히 매스터께서 작곡하신 신부 합창곡입니다." 집사가 조하나의 귀에 대고 속삭였다.

"매스터가 직접 작곡했다고요!"

"예식을 위한 모든 노래는 매스터께서 작곡하신 것이고, 또 직접 지휘하실 것입니다."

키 큰 조잔 경비대원들이 열을 지어 입장하여 관람석 뒤 공간을 차지하고 섰다. 만약 싸움이 벌어진다면 사람들로 빽빽한 이 거대한 공간에서 시작될 것이라고 케스트렐은 생각했다. 그녀는 탈출해야 할 경우를 위해 출입구들을 돌아보았다. 출입구는 각기 다른 방향으로 세 개가 나 있었다. 거리로 연결되는 출입구가 주 출입구이고, 그 밖의 출입구 두 개는 인산인해를 이룬 사람들로 인해 다닐 수 없을 것 같았다. 저편으로 건물 안 다른 지역으로 연결되는 문이 하나 나 있었다. 맞은편 쪽으로는 홀의 벽을 따라 한 바퀴 도는 발코니로 향하는 계단이 보였다. 더 자세히 둘러보고 싶었으나 케스트렐은 왕가 일행을 따라 관람석 쪽으로 가야만 했다.

관람석으로 둘러싸인 중앙 바닥에는 식장에 어울리지 않게 모래가 깔려 있었다. 관람석 계단을 오르며 보니 모래 바닥 가운데 넓은 무대가 세워져 있었다. 조딜라는 이제 신부 지정석에 앉았다. 케스트렐은 왕가 일행을 위해 마련된 좌석 뒷줄에 자리잡고 앉았다.

"제법 근사한데, 안 그래?" 조하나가 왕비에게 말했다. "우리도 돌아가서 이런 건물 좀 지으라고 하면 어떨까? 이 기둥 좀 봐. 꼭대기까지 무늬를 새겨 놨네. 진짜 나뭇잎하고 똑같잖아!"

"아, 너무 조잡해요." 조디가 대꾸했다. 두르고 있는 금색 망토가 너무 더운 데다 머리에 쓰고 있는 관도 무거워 답답했다.

"바잔, 여기서 무엇을 하려고 이렇게 해놓은 거지?" 조하나가 눈앞에 보이는 모래 덮인 링을 가리키며 물었다.

"매낙사라고 불리는 일종의 격투기를 벌일 모양입니다. 여기서는 인기가 대단하다고 합니다."

"시간이 많이 걸리나?"

"그렇지는 않을 겁니다. 그러고 나면 곧이어 탄타라자를 추게 됩니다."

"모두 시간이 얼마나 걸리지?"

"모두 합쳐서 한 시간 남짓 걸립니다. 예식 피로연은 정오에 시작될 것입니다."

조하나는 한숨을 내쉬었다. 아침밥을 먹은 지 한참 된 것같이 느껴졌다.

그때 북소리가 울리며 남성 합창단이 노래를 부르기 시작했다. 신랑 행렬이 입장했다. 오티즈가 특별히 지명한 매스터리의 젊은 귀족 열두 명이 앞장서 들어왔다. 그들은 화려하게 수놓은 웃옷 위로 긴 망토를 두르고 있었는데, 돔으로부터 내리비추는 햇빛을 받아 그들의 옷은 오렌지색과 금색으로 빛나다가 차일 밑으로 들어서자 장밋빛 핑크색으로 변했다. 총체적인 색상은 사람들이 홀 안 여기저기 다닐 때에는 멋대로인 듯해 보였으나 모두 제자리를 찾아 서자 전체 디자인이 확실하게 드러났다. 천막과 모래 색깔과 손님들의 옷 색깔은 함께 조화를 이루어 모든 눈은 총체적인 디자인의 중심인 신부 드레스의 흰색을 향하게 구성되어 있었다. 오직 매스터리가 미리 통제할 수 없었던 부분, 조잔 경비대의 보라색과 현인 오조의 몸에 그려진 푸른색 문신만이 색의 조화를 방해하고 있었다.

케스트렐은 잔뜩 긴장해서 신랑이 입장하는 모습을 쳐다보았다. 마리어스 시미언 오티즈는 흰색 옷에 은색 허리띠와 버클, 그리고 가죽끈을 두르고 있었다. 그의 햇볕에 그을린 얼굴과 긴 머리칼은 흰색에 대비되어 더욱 강하게 부각되었다. 그는 위풍당당하게 걸어 들어와서는 신부석 맞은편에 마련된 붉은색 신랑석 앞에 서서 갱의 왕족들을 향해 허리 굽혀 인사를 하고는 자리에 앉았다. 젊은 귀족들이 그의 양옆으로 앉았고 몸종들은 뒷줄에 자리 잡았다. 케스트렐은 그 중에서 보우맨을 찾아냈다. 두 사람의 눈이 순간 마주쳤다.

합창단 전원은 높은 화음을 마지막으로 뚝 멈췄다. 그것으로 한 시간 이상 계속되던 음악 행사가 끝나고 조용해졌다.

그러자 매스터 집사가 앞으로 나섰다.

"두 나라의 화합을 축하하기 위해서 매스터께서 특별 순서를 마련하셨습니다. 위대한 전투사들의 고귀한 예술 매낙사를 소개합니다."

케스트렐은 조혼 쪽으로 눈을 돌렸다. 그는 팔짱을 낀 채 식을 관람하고 있었다. 그의 부하들은 원형 관람석을 완전히 에워싸고 있었다. 아무도 그를 막을 수는 없었다. 그렇다면 그는 무엇을 기다리고 있는 것일까?

두—두—둥! 두—두—둥! 북소리가 울려퍼지면서 네 명의 매낵이 관람석 밑으로 나 있는 통로를 통해 입장했다. 기름을 발라 번들번들한 몸에 광을 낸 팔다리 보호대와 칼날을 찬 매낵이 한 명씩 모래 덮은 단 위에 올라서서 조하나 일행과 오티즈를 향해 차례로 허리 굽혀 절했다. 조련사 라스 야누스 헤켈은 터널 입구 옆에 기대서서 관중들이 환호할 때마다 함께 박수를 치고 있었다.

첫 번째로 소개된 매낵은 근육질 몸매에 상처투성이 다이몬이었다. 그는 칼날이 달린 투구를 겨드랑이에 낀 채 신부 쪽을 향해 인사했다. 조딜라는 베일을 쓴 머리를 가볍게 숙여 그의 인사에 답했다. 그러나 조딜라 눈은 이내 매낵을 지나 건너편 신랑측 뒤편에 앉아 있는 보우맨에게로 쏠렸다. 보우맨도 자기를 쳐다보고 있는 듯했다. 겉으로는 의젓하게 앉아 있었지만 속으로는 가슴이 두근거렸다. 조딜라는 혼자 생각했다. 보우맨, 우리 둘이서만 여기서 살짝 빠져 나가 서로 친해질 수는 없을까요?

하지만 보우맨은 실은 케스트렐을 보고 있었다.

날 쳐다보지 마, 보우. 위험해.

보우맨은 케스트렐의 마음을 읽고 있었다. 케스트렐은 긴장으로 마음이 들떠 어쩔 줄 모르고 있었다.

언제 시작되지?

나도 몰라. 케스트렐이 대답했다. 하지만 준비하고 있어.

케스트렐은 또 조혼을 돌아보았다.

두—두—둥! 두—두—둥! 다음번에 소개된 선수는 훤칠하게 키가 크고 팔다리가 긴 카디즈였다. 용수철과 같은 탄력을 자랑하는 그는 허리 굽혀 인사를 하고는 환호하는 관중에 손을 흔들어 답했다.

조혼은 조딜라 쪽을 쳐다보았다. 꼭 끼는 모자 밑으로 보이는 가느다란 목의 곡선이 너무나 요염하여 손을 뻗어 어루만지고 싶은 충동을 느꼈다. 그의 눈에 공주는 오들오들 떨면서 신랑의 눈을 피하고 있는 것처럼 보였다. '공주, 걱정하지 마시오.' 그는 마음속으로 공주를 향해 외쳤다. '내 그대를 구해 줄 테니.' 그는 감히 자기 여인과 결혼하려고 하는 건방진 젊은이를 증오에 찬 눈으로 노려보았다. 오티즈는 공교롭게도 얼굴을 붉히며 눈을 내리깔고 있었다.

두—두—둥! 두—두—둥! 다음에 소개된 매낵은 몸집이 어마어마하게 큰 아노였다. 매낵 중에서 가장 흉폭한 그는 허리에 두 손을 얹고 서서 신부 쪽을 향해 그 큰 머리를 숙였다.

아노의 인사를 받는 순간에도 오티즈의 얼굴은 붉게 물들어 있었다. 자기도 모르게 관중석 건너편에 앉아 있는 케스트렐을 바라보다가 그녀에게 들켜 버린 것이었다. 그녀는 이글거리는 눈으로 그의 눈을 마주 보았다. '저 아가씨는 무엇 때문에 나를 저런 눈으로 쳐다보는 것일까?' 조혼은 혼자 생각해 보았으나, 대답은 하나뿐이었다. 그녀는 자신의 눈으로부터 사랑을 발견했을 것이다. 여기까지 생각이 미치자, 오티즈의 마음은 기쁨으로 터질 것만 같았다. 저 밝고 정열적인, 선이 굵은 영혼의 아가씨는 자기의 마음을 읽고는 마음에 동요를 일으킨 것이 분명했다. 어쩌면 그 눈매를 통해 자기에게 사랑을 표현하고 있는지도 몰랐다. 생각만 해도 어처구니없으면서도 기가 막힐 노릇이었다!

　두—두—둥! 두—두—둥! 네 번째로 모래 언덕 위로 뛰어 올라선 매냑은 다름 아닌 멈포였다. 케스트렐은 멈포를 단번에 알아보고 하마터면 소리를 지를 뻔했다. 그는 예전의 멈포가 아니었다. 그의 행동에는 자신과 박력이 넘쳐흐르고 있었다. 케스트렐은 마음을 가라앉히고 나서 그를 경탄하는 눈으로 처다보았다. 케스트렐은 매낙사가 어떤 경기인지 아직 몰랐기 때문에 멈포의 안전에 대해서는 걱정하지 않고 있었다. 하지만 건너편에 앉아 있는 보우맨은 달랐다. 그는 몸서리를 치며 멈포를 바라보고 있었다.

　이제 북소리는 잠잠해졌다. 관중석에서 기침 소리가 몇 번 들리더니 쥐죽은 듯 조용해졌다. 정적 속에서 갑자기 **탁! 탁! 탁!** 하고 바이올린의 활로 난간을 때리는 소리가 들렸다. 사람들의 눈이 모두 머리 위의 발코니 쪽으로 쏠렸다. 그늘진 발코니에 사람 모습이 보였다. 금색 철모를 쓰고 빨간 로브를 걸친 거대한 몸집의 사나이가 바이올린을 들고 서 있었다. 모두들 수군거렸다.

　"매스터다! 매스터야!"

　조하나는 이해하지 못하겠다는 듯이 바잔에게 물었다.

　"저 사람도 여기 내려와 있어야 하는 것 아닌가?"

　수상은 매스터의 집사와 급히 귓속말을 주고받더니 조하나에게 보고했다.

　"매스터는 음악을 직접 지휘하셔야 하기 때문에 결혼 맹세가 끝나고 나서 전하를 만난다고 하는군요."

　"그래? 알았어. 그러면 그러라지."

　단 위에 모래를 새로 더 갖다 뿌린 후 매낙사의 시작을 알리는 북소리가 울리기 시작했다. 링 위로 올라선 두 명의 매냑은 다이몬과 카디즈였다. 베테랑 대 젊은 거인의 대결이었다. 발코니 난간을 때리는 것을 신호로 시합은 시작되었다.

두 명의 매냑은 서로를 흉내내기라도 하듯 맞대결을 피한 채 빙빙 돌기 시작했다. 무릎과 주먹 위에 붙은 칼날이 장밋빛을 받아 번쩍번쩍 빛났다. 선제 공격을 시작한 쪽은 카디즈였다. 그는 공중에서 한 번 회전하더니 상대에게 달려들었다. 하지만 다이몬은 그를 살짝 피하면서 반격을 가했다. 쨍! 팔 보호대에 붙은 칼날끼리 부딪치는 소리가 나더니 두 사람은 주먹과 무릎 공격을 연거푸 주고받았다. 타―타―타―쨍! 두 명의 매냑은 상처를 입지 않은 채 서로 돌아 나왔다.

조딜라는 흥분을 감출 수 없었다. 첫 번째 공격을 보고서 이 경기의 과격함을 알 수 있었던 것이다. 전투사들은 서로에게 상처를 입히거나 죽일 각오로 싸우고 있었다. 동작 하나하나에 목숨이 오고 갈 수 있는 상황이었다. 갑자기 조딜라는 이 치열한 경기가 무척 아름답다고 느꼈다. 페인트 모션, 공격, 방어, 받아넘기기 등 모든 동작은 한치의 오차 없이 정확하게, 그리고 망설임 없이 이루어지고 있었다. 벌거벗은 육체는 한순간에 찢어지고, 베어지고, 잘라질 위험에 노출되어 있었다. 조딜라는 떨리는 가슴을 억누르며 한 동작도 놓치지 않겠다는 듯, 두 눈을 크게 뜨고는 이 죽음의 경기를 관전하고 있었다.

노련한 다이몬이 돌아서면서 상대의 긴 팔 밑으로 파고든 후 무릎을 들어올렸다. 그 순간 카디즈가 용수철처럼 튀어오르며 뒤로 물러났다. 다이몬의 오른손이 날아들자, 카디즈는 왼손으로 막으며 한 발짝 물러났다. 쉬지 않고 날아드는 다이몬의 무릎을 피해 카디즈는 또 한 발짝 뒤로 물러서지 않을 수 없었다.

"하!" 하고 다이몬이 외쳤다.

그 한 동작으로 다이몬은 매낙사 경기의 주도권을 쥔 것이었다. 옆에서 구경하던 나머지 매낵들과 조련사는 그 변화를 당장 알아챘다. 그 다음부터는 상대가 반격할 틈을 주지 않고 다이몬이 공격을 밀어붙였다. 방어에 급급하면서 링의 모서리까지 몰린 카디즈는 마침내 경기를 포기하고 밑으로 유연하게 뛰어내렸다.

관중들은 열광적으로 환호했다. 무혈로 끝난 고수들 간의 멋진 한판이었다. 오티즈는 속으로 조련사가 그렇게 시켰을 것으로 추측했다. 매낙사에 익숙지 않은 손님들에게 너무 잔인한 모습을 보여 주지 않으려는 의도에서였을 것이다.

케스트렐은 조혼을 바라보았다. 그의 두 눈은 경기에 매료되어 빛나고 있었다. 매낙사 경기가 벌어지고 있는 동안에는 아무런 행동도 취하지 않을 것 같았다. 다음 순간 케스트렐은 조혼이나 앞으로 벌어질 전투 따위에 대해서는 까맣게 잊고 말았다. 단 위로 멈포가 올라섰던 것이다.

북소리가 울리면서 아노가 신참 멈포와 맞서기 위해 링 위로 기어 올라갔다. 거대한 아노 대 마르고 재빨라 보이는 멈포의 시합은 첫눈에 상대가 안 돼 보였다. 멈포는 마치 무엇에 홀린 듯이 느린 동작으로 움직이고 있었다. 멈포의 그런 모습을 본 오티즈는 진정한 매낵만이 할 수 있는 정신 집중 상태에 멈포가 몰입해 있다는 것을 알 수 있었다. 최고 수준의 매낵이라면 자신의 일거수 일투족을 일일이 의식하지 않고 무아지경에 빠져 경기를 할 수 있어야 했다.

'저 친구는 본능적이로군. 멋진 한판이 기대되는걸.'

그의 눈은 다시 케스트렐 쪽으로 향했다. 그녀는 젊은 매낵을 관심 어린 눈으로 바라보고 있었다. '저 아가씨는 벌써 매낙사의 진수를 이해하는 모양이군. 내 그럴 줄 알았지.'

신호가 울리고 경기가 시작되었지만 두 선수 모두 서두르지 않았다. 두 사람은 느린 동작으로 춤을 추듯 서로에게 접근했다. 실은 두 선수 모두 죽을 힘을 다해 상대방의 매낙사 리듬을 탐색하고 있었다. 마치 꿈을 꾸듯, 서서히 몸을 뒤틀고 돌리는 중에도 먼저 상대를 압도할 기회를 노리고 있었다.

멈포가 몸을 굽히며 접근하는 순간 아노의 공격이 시작되었다. 공격을 유두한 뒤 막는 전형적인 전초전 동작이었다. 하지만 그것을 시작으로 두 선수의 동작은 점점 빨라지기 시작했다. 멈포는 상대방의 공격을 눈으로 보기보다는 감각으로 느끼는 듯 두 눈을 감고 있었다. 그는 모든 동작을 미리 예상하고 있는 듯이 서두르지 않고 능숙하게 돌고 공격하고, 뒤로 빠졌다. 아노 역시 챔피언답게 조금도 당황하는 기색 없이 치고 막았다. 유연성과 속도에서 멈포에 뒤지지 않으면서도 힘은 멈포보다 두 배는 강했다. 칼날이 박혀 있는 주먹으로 한 대만 맞으면 멈포의 목숨은 그 자리에서 끝날 판이었다. 하지만 어느 쪽도 상대방에게 쉽게 상처를 입히지 못했다. 공격, 방어, 되찌르기, 반격의 동작은 한 치의 오차 없이 교과서적으로 전개되었다.

터널 입구 옆에 자리를 잡고 앉은 라스 야누스 헤켈은 만족스러운 얼굴로 경기를 지켜보고 있었다.

"저 젊은 친구 끄떡없겠는걸. 정말 대단해."

멈포가 대단한 집중 속에서 싸우고 있었기 때문에 챔피언이 그의 방어벽을 쉽게 뚫을 수 있을 것 같지 않았다. 이제 둘의 움직임은 눈으로 쫓기조차 어려울 정도로 빨라졌다. 그들은 연습한 대로 다양한 형태의 공격을 주고받았다.

타탁―타탁―타탁―탁! 칼날끼리, 또는 팔다리 보호대끼리 부딪치는 소리가 요란했다. 관중들은 두 명의 매낵이 함께 추는 죽음의 춤을 숨을 죽이고 관전했다. 이 속도대로 싸움이 계속된다면 조만간 어느 한쪽에서 템포를 한 박자 놓치든지, 아니면 상대방의 다음 번 공격을 잘못 예상하든지 하여 순간 피를 뿌리며 쓰러질 것 같았다. 시간이 흐르면 흐를수록 긴장감은 더욱 높아져 갔다.

조딜라는 더 이상 참을 수 없을 것 같았다. 땀이 밴 주먹을 꼭 쥔 채 몸을 앞으로 숙이고서 전투사들이 어서 빨리 이 긴장감을 없애 주기를 바라고 있었다. 그런데 과연 그것은 무엇을 의미하는 것일까? 갑자기 자기가 바라는 것이 무엇인지 깨닫고 나서 공주는 죄책감으로 얼굴이 붉어졌다. 그녀는 자기도 모르는 사이에 어느 한쪽에서 피가 튀고 살점이 떨어져 나가는 클라이맥스를 창출해 주기를 고대하고 있었던 것이다. 조딜라는 그러한 자신의 욕구를 주체할 수 없었다. 절정을 향해 치솟게 되어 있는 것이 매낙사 경기였다. 아름다움에 빠져 관중들은 피의 향연을 요구하고 있었다.

케스트렐도 흥분되기는 했지만 멈포의 안전이 걱정되어 무거운 마음을 가눌 수 없었다. 지켜보기에는 너무 아슬아슬했지만 그렇다고 해서 눈을 돌릴 수도 없었다. 케스트렐은 자신의 모든 의지를 모아서 멈포를 향해 외쳤다.

뛰어내려, 멈포! 죽지 마!

이제 두 사람은 마치 포옹이라도 할 듯 붙어 서서 싸우고 있었다. 상대방의 리듬을 먼저 깨는 쪽이 주도권을 잡을 수 있었기 때문에 둘은 변칙적인 공격을 시도하고 있었다. 아노는 혹시 멈포가 말려들까 해서 왼편만 계속해서 공격했다. 하지만 다섯 번째 공격이 들어가는 찰나, 멈포는 무릎으로 방어하면서 두 주먹으로 반격을 가했다. 그 때문에 아노는 할 수 없이 방어를 한 뒤 종래의 공격 패턴으로 돌아갈 수밖에 없었다. 그때 갑자기 멈포가 팔다리에 있는 칼날을 모두 한꺼번에 세우고서 달려들었다. 이런 공격을 받으면 보통 뒤로 물러나는 법이었지만, 노련한 아노는 물러서는 대신 멈포의 배를 노리고 양팔을 앞으로 내뻗었다. 멈포는 공중에서 몸을 비틀며 무릎 부호대를 이용하여 칼날을 막았다. 착지하는 순간 두 사람은 번개같이 여러 차례의 공격을 교환하고 나서 떨어졌다. 관중들은 '와—' 하고 환호성을 질렀다.

전투사들은 피로한 듯했다. 그렇게 빠른 속도로 계속 싸웠으니 당연했다. 둘 사이의 거리는 벌어졌고 공격 횟수도 전보다 뜸해졌다. 경기에서 지금이 위험한 단계였다. 두 사람 가운데 집중력이 떨어지는 쪽이 상대방에게 기회를 줄 수밖에 없었다. 하지만 두 명의 매낙은 긴장을 조금도 늦추지 않았다. 서로 상대방 주위를 빙빙 돌면서 기회를 엿보고 있었다. 경기는 바야흐로 새 국면을 맞이하고 있었다. 조련사는 그 순간 챔피언이 어떤 공격을 준비하고 있는지 예견할 수 있었다. 멈포는 아직 신인이라서 그 동작을 알지 못할 것이었다. 그 짧은 기간 안에 모든 것을 가르쳐 주기에는 무리였다.

아노는 그 유명한 야만인 돌격법으로 쳐들어갔다. 일정한 정공 대신 전혀 예측할 수 없는 방법으로 팔을 휘두르며 저돌적으로 밀고 들어간 것이다. 아노는 그러한 방법으로 멈포를 현혹시킨 뒤 불의의 일격으로 그를 쓰러뜨릴 계획이었다. 헤켈은 아노가 그와 같은 수법으로 수많은 상대를 쓰러뜨린 것을 보아 왔다. 하지만 멈포는 전혀 흐트러짐 없이 침착하게 대처하고 있었다. 아노의 눈속임에 걸려드는 대신 되려 노출된 그의 배를 향해 반격을 가했다. 아노는 어쩔 수 없이 뒤로 물러설 수밖에 없었다. 아노가 돌아서면서 등을 잠시 보인 순간, 멈포가 그 기회를 놓치지 않고 달려들었다. 하지만 그것은 아노의 함정이었다. 공격을 하느라고 내뻗은 멈포의 팔이 아노가 휘두른 주먹 끝에 박힌 칼날에 긁히는 바람에 피가 뿜어져 나왔다. 그 때문에 멈포의 팔 보호대는 시뻘겋게 물이 들었다. 관중들은 경악했다. 헤켈은 고개를 내저었다. 그런 함정에 말려들다니. 케스트렐은 더 이상 참지 못하고 크게 외쳤다.

"안 돼! 그를 해치지 마!"

멈포는 그 목소리를 알아듣고 순간 고개를 돌렸다. 그는 관중 속에서 케스트렐을 발견했다. 하지만 자세히 볼 겨를은 없었다. 아노가 공격해 들어왔기 때문이었다. 멈포는 집중력을 잃은 채 물러서기에 바빴다. 헤켈은 그런 멈포의 모습을 보고 놀라지 않을 수 없었다. 저렇게 허무하게 무너져 버릴 줄이야! 승리를 직감한 아노는 더욱 사정없이 공격해 들어갔다. 그의 작전은 멈포를 링 가장자리로 밀어붙여 아래로 굴러떨어뜨리는 것이었다.

멈포의 팔에서 피가 모래 위로 뚝뚝 떨어져 내렸다. 하지만 멈포는 아랑곳하지 않고 결사적으로 방어하기에 바빴다. 그의 수비는 아직 쓸 만했으나 한번 잃어버린 싸움의 주도권은 되찾을 수 없었다. 아노가 싸움을 완전히 주도하고 있었다. 그대로 가다가는 패배할 수밖에 없다는 사실을 멈포도 잘 알고 있었다. 매낙사의 기본 철칙은 공격자가 이긴다는 것이었다. 아노는 멈포가 반격할 틈을 주지 않고 쉴새없이 공격을 가했다. 멈포는 그 와중에서도 고개를 자꾸 케스트렐 쪽으로 돌리는 바람에 전세는 더욱 불리해져만 갔다.

헤켈은 멈포가 걱정되기 시작했다. 실수를 자꾸 범하는 것을 보니 오래 버티기는 힘들 것 같았다. 그는 속으로 멈포가 빨리 뛰어내렸으면 했다. 그때 아노의 무릎 칼날이 멈포의 넓적다리를 그었다. 다리에서 피가 뿜어져 나왔다. 관중들은 다시 한 번 경악했다. 멈포는 상처가 아픈 줄도 모르고 고개를 돌려 괴로움으로 일그러진 케스트렐의 얼굴을 바라보았다. 그 순간 멈포의 마음은 순식간에 평온해졌다. 케스는 내가 지기를 원치 않아. 그렇다면 나는 지지 않을 거야. 갑자기 기쁨으로 가슴이 벅차 올랐다. 멈포는 공격해 들어오는 아노를 향해 수비하는 대신 양팔을 활짝 펴고 그를 맞이했다.

오티즈는 그 동작의 의도를 반쯤 알아차리고는 흥분하여 자리에서 벌떡 일어나며 소리쳤다.

"설마!"

헤켈도 그 동작을 보고는 얼굴이 하얗게 질려 소리쳤다.

"그럴 리가!"

아노는 그 자세를 보고 의례대로 찌르기, 막기, 되찌르기, 반격의 패턴을 기대하며 공격해 들어갔다. 하지만 멈포는 아노의 주먹을 막지 않고 가슴으로 받았다. 케스트렐은 자기도 모르게 소리쳤다.

"안 돼!"

관중들도 모두 자리에서 벌떡 일어났다. 하지만 아노의 공격은 더 이상 계속되지 않았다. 그는 얼어붙은 듯이 제자리에 서 있었다. 멈포의 팔은 그를 향해 뻗어 있었다. 그제야 관중들은 멈포가 공격하기 위해 방어를 포기한 것을 알아차렸다. 그는 악명 높은 더블 킬 작전을 통해 자기 주먹을 챔피언 가슴 깊이 박아 넣었던 것이다.

아노의 몸은 천천히 무너져 내렸다. 그러면서 멈포의 가슴 근처에 박혀 있던 칼날도 빠져 나왔다. 아노의 거대한 몸은 모래 바닥에 쓰러져 다시는 움직이지 않았다. 멈포는 팔, 다리, 그리고 가슴으로부터 피를 흘리며 한동안 움직이지 않고 서 있었다. 관중석으로부터 갑자기 환호가 터져 나왔다. 처음에는 발을 구르더니, 주먹으로 자리를 두드리고, 그 다음에는 괴성을 지르기 시작했다. 가슴 졸이며 지켜보느라 억눌려 있던 감정을 모두 해소시키기 위한 환호였다. 춤은 죽음으로 변했고 아름다움은 살인으로 끝났다. 조딜라도 자신도 모르게 남들처럼 주먹으로 자리를 때리며 괴성을 지르고 있었다. 극심한 격동 후에 피로와 환희가 동시에 몰려왔다. 소리를 지르지 않는 사람은 케스트렐뿐이었다. 그녀는 앉은 채 부들부들 떨며 멈포를 빤히 쳐다보고 있었다.

멈포는 천천히 팔을 들어 관중들의 환호에 답했다. 그는 조금 넋이 나간 듯 보였다. 헤켈의 신호를 받고 아노의 시체를 치우기 위해 노예들이 링 위로 뛰어 올라갔다. 아노의 몸을 들어올리는 데는 자그마치 여섯 명이 필요했다. 헤켈은 승리자를 직접 데리고 상처를 닦고 치료해 주기 위해 터널 쪽으로 향했다. 퇴장하면서도 멈포는 고개를 돌려 케스트렐을 마지막으로 한 번 더 쳐다보았다.

사랑의 춤, 탄타라자

매낙사가 끝나자마자 조딜라는 젊은 하녀의 시중을 받으며 경기장을 떴다. 그때까지도 흥분을 가라앉히지 못하고 있던 조혼이 예상 밖의 상황에 놀라 물었다.

"조딜라 공주가 지금 어디로 가는 것이냐?"

부하를 시켜 급히 알아보니 춤추기 위한 준비를 하기 위해 특별히 마련된 방으로 갔다고 했다.

탈의실에서 조딜라와 케스트렐은 재빨리 옷을 바꿔 입었다. 매낙사의 흥분이 채 가시지 않은 데다 앞으로 펼칠 사기극 생각을 하니 가슴이 마구 뛰었다. 그래서 케스트렐의 드레스 등을 채워주는 조딜라의 손은 파르르 떨리고 있었다.

"케스, 발각되면 어떡하지?"

"걱정하지 마."

"너도 떨고 있구나. 손에 감각이 전해져 와."

"매낙사 때문에 그러는 거야." 케스트렐은 몸서리치며 대답했다.

"참 싫었지? 나도 몸이 화끈거리고 떨려서 혼났어."

"싫지 않았어." 케스트렐이 조용히 대답했다. "싫어했어야 옳은데 싫지 않더라."

"정말? 친구끼리는 정말로 느끼는 감정을 털어놓는 법이니?"

"자기가 원하면 그럴 수도 있지."

조딜라는 조용히 속삭였다.

"실은 난 신나더라."

"나도."

"너도 정말? 오 케스, 고마워. 난 가끔 내가 이 세상에 살 자격도 없는 나쁜 애라는 생각이 들 때가 있어. 자, 이제 모자를 쓰자."

케스트렐은 모자를 쓰고 나서 베일로 얼굴을 가렸다. 그녀는 자기가 탄타라자를 추는 동안 조혼이 공격을 시작할까 봐 걱정하고 있었다. 얼굴을 들어 공주를 쳐다보니 그녀의 눈에 눈물이 맺혀 있었다.

"케스, 앞으로 우리에게 무슨 일이 닥칠 것 같다는 기분이 들지 않니?"

"응." 케스트렐이 대답했다. "그러니까 우린 용감해야 해."

신부가 춤출 준비를 하는 동안에 오티즈는 초조해서 가만히 있을 수가 없었다. 매낙사 때문에 피가 끓어 오르자, 앞으로 자기는 무슨 일이라도 거침없이 할 수 있을 것 같았다. 아무리 엄청난 일이라 할지라도…… 춤을 춘 뒤 맹세를 주고받고 나면 그의 청춘은 그것으로 마지막이었다. 어떻게 해서든지 그 전에 그 아가씨에게 자기 마음을 전해야 했다.

오티즈는 보우맨을 불러서는 공주와 하녀가 사라진 문 쪽을 가리키며 그의 귀에만 들리도록 조용히 지시했다.

"공주가 어디로 가는지 봤지? 그 하녀도 같이 갔어."

"예."

"가서 찾아봐. 그리고 내가 꼭 전할 말이 있다고 해."

"어떻게? 어디서요?"

"저쪽에 정원으로 통하는 복도가 있어. 춤이 끝난 뒤에 내가 거기로 갈 테니까 그곳에서 기다리라고 해."

보우맨은 생각지도 않게 찾아온 기회를 감지덕지하며 오티즈의 말을 전하겠노라고 대답했다. 보우맨은 가능하면 남의 눈에 띄지 않게 조심하면서 무대 주위를 돌아 탈의실 쪽으로 향했다.

한편 케스트렐은 웨딩 드레스를 입고 베일로 얼굴을 가린 채 방에서 나와 정문 입구를 통해 식장으로 들어가고 있었다. 케스트렐과 보우맨은 서로를 보지 못했다. 케스트렐은 너무나 긴장해 있었기 때문에 보우맨이 자리를 뜬 사실조차 알아볼 마음의 여유가 없었다. 위험한 모험에 대한 불안감을 느끼면서도 한편으로는 탄타라자를 출 기대감으로 가슴이 부풀어올랐다. 케스트렐은 어느새 탄타라자에 푹 빠져 있었다.

케스트렐은 입장하면서 조혼 쪽을 쳐다보았다. 그는 아직도 같은 자리에 의젓하게 서서 무대 쪽을 쳐다보고 있었다. 케스트렐은 조용히 두 손 모아 깍지를 껴 보였다. 조혼은 케스트렐 쪽을 바라보며 등을 꼿꼿이 세우더니 고개를 끄떡해 보였다. 조혼이 자기를 본 것이 분명했다. 케스트렐은 손을 들어 몇 번 천천히 돌아 보였다. 서두르지 말고 천천히 시작하라는 의미로 보내는 손짓이었다. 조혼에게 그 의미가 제대로 전달되기를 바랄 뿐이었다.

그때까지도 매낙사의 흥분 때문에 마음을 가라앉히지 못하고 있던 춤 선생 라자림은 그제야 신랑 신부가 탄타라자를 추어야 할 장소가 다름 아닌 피로 얼룩진 바로 그 무대라는 데 생각이 미쳤다. 그리고 하녀를 신부 대리로 춤을 추게 하기로 한 계획을 기억해 냈다. 지금 흰 웨딩 드레스를 입고 입장한 날씬한 아가씨는 공주가 아니라 하녀일 것이다. 그는 이마에 흐르는 식은땀을 닦으며 신랑 쪽을 바라보았다.

오티즈는 신부로부터 달라진 점을 전혀 눈치채지 못하고 있었다. 그의 마음은 지금 이 순간에 보우맨이 만나 자기의 제안을 알리고 있을 그 검은 눈의 아가씨에 대한 생각으로 가득 차 있었다. 하지만 내키지 않는 춤을 추기 위해 자리에서 일어나야 했다. 그는 신부에게 허리 굽혀 예를 표한 뒤, 그녀의 손을 잡고 함께 무대 위로 올랐다. 두 사람은 조하나에게 먼저 절한 다음, 아직도 발코니에 혼자 서 있는 매스터를 향해 절했다.

오티즈는 자기의 춤 선생 사에즈 부인을 쳐다보았다. 그녀는 자기더러 집중하라는 듯이 엄한 눈으로 바라보고 있었다. 탄타라자는 쉬운 춤이 아니었다. 정신 차리지 않고는 제대로 출 수 없는 춤이었다. 그는 공주의 춤 실력이 어느 정도나 될까 하고 생각했다. 그다지 잘 출 것 같지 않다는 예감이 들었다.

마주 보고 인사한 후, 오티즈는 오른손을 앞으로 뻗어 준비 자세를 취했다. 공주는 손을 굳게 잡더니 바른 준비 자세를 잡기 위해 발뒤꿈치에 중심을 모으고 몸을 빙그르 돌렸다. 제법이라는 생각이 들었다. 공주의 균형 잡힌 몸놀림이 느껴져 왔던 것이다. 그렇다면 자기도 굳이 싫어하면서 춤을 출 필요는 없을 것이다.

발코니에서 매스터가 바이올린을 어깨에 갖다 대고 연주를 하기 시작했다. 그러자 밑에 있던 연주자들이 일제히 합세했다. 단순히 피리와 북 정도가 아니었다. 엄선한 명연주가들이 펼치는 열여섯 개 악기의 협연이었다. 하인들 사이에 끼여 앉은 라자림은 어느새 근심도 잊은 채 케스트렐을 속으로 응원하고 있었다.

"새처럼 날거라. 훨훨 자유롭게 날아 보거라!"

전주가 끝나자, 본격적인 춤이 시작되었다. 오티즈가 먼저 왼쪽으로 움직였다. 탁, 탁, 탁. 그러자 공주가 오른쪽으로 세 발짝 움직였다. 탁, 탁, 탁. 그리고 서로를 향해 허리 굽혀 정중하게 절했다. 완벽했다. 일부러 요란한 동작을 취할 필요는 없었다. 치장하지 않은 깨끗하면서도 바른 자세면 족했다. 갑자기 음악이 시작되면서 세 번 회전하는가 하더니 어느새 그녀는 반 박자도 놓치지 않고 그의 품에 안겨 있었다. 사에즈 부인도 라자림도 감탄을 금치 못했다. 오티즈는 슬슬 흥이 나기 시작했다. 공주는 춤이 무엇인지 알고 있다! 두 팔을 벌린 상태에서 발끝과 발꿈치로 바닥을 치면서 둘은 다시 하나가 되었다. 그녀의 손을 붙잡는 순간 오티즈는 그녀가 느끼는 희열을 그대로 느낄 수 있었고 그 순간부터는 마음속에 있는 모든 생각을 잊고 말았다. 이것이 바로 사랑의 춤, 탄타라자였다. 그는 지금 사랑에 빠져 있었으므로 온 정열을 불태워 이 춤을 출 작정이었다. 음악의 리듬에 묻혀 두 사람은 빙빙 돌았다. 그들의 발은 피묻은 바닥에 거의 닿을 새가 없었다.

모든 사람들의 눈이 춤추는 한 쌍에 가 있을 때를 기다려 보우맨은 탈의실 쪽으로 가서 문을 살짝 밀었다. 방안에는 등을 돌리고 앉아 있는 젊은 여성의 모습이 보였다. 그녀는 케스트렐과 같은 옷을 입고 창 밖의 정원을 향해 서서 두 손으로 얼굴을 가린 채 울고 있었다. 그녀가 케스트렐이 아니라는 것은 단번에 알 수 있었다.

보우맨이 돌아서 나가려는 순간, 그 젊은 여성이 눈물에 젖은 얼굴을 돌려 그를 쳐다보며 반가운 목소리로 나직하게 불렀다.

"보우맨!"

보우맨은 너무 뜻밖이라 멈칫했다. 그 여성은 얼른 눈물을 닦더니 자신을 강렬한 눈빛으로 바라보았다.

"당신이 보우맨 맞지요? 당신 얘기는 케스에게서 많이 들었어요."

"누구시지요?"

전에 한 번도 만난 적이 없건만 자기를 매우 친근한 표정으로 바라보는 이 여성은 도대체 누구란 말인가?

그제야 공주는 자기와 케스트렐이 옷을 바꿔 입은 사실을 보우맨이 모르고 있다는 것을 눈치챘다. 하녀의 옷을 입고 있으니 자기가 갱국의 공주라는 사실을 알 리 없었다.

"나는 씨씨라고 해요." 공주는 자기의 애칭을 소개했다. "케스트렐과 같이 조딜라 공주의 시중을 드는 하녀예요."

"케스트렐은 어디 있죠?"

"아까 나갔어요. 조딜라 공주와는 단짝이라서 항상 같이 붙어 다니지요."

공주는 왠지 마음이 들떠 재잘거리고 있었다. 하지만 보우맨은 벌써 등을 돌리려 하고 있었다.

"저는 케스트렐을 찾아야 해요."

"아직 안 돼요. 당신의 정체가 드러나서는 안 된다고 케스트렐이 내게 말했어요."

"그런 말을 했다고요?"

"우린 아주 가까운 친구 사이예요. 여기 와서 잠깐 앉아 있으세요. 춤이 끝날 때까지만이라도."

보우맨은 주저주저하면서 앉았다. 기다리는 수밖에 도리가 없을 것 같았다. 하지만 케스트렐이 방에서 나오는 것을 왜 자기가 보지 못했을까?

"저는 당신에 대해서 잘 알고 있어요." 공주가 보우맨을 자세히 바라보며 말했다. "케스가 우리를 소개시켜 주려고 했는데 이렇게 우리끼리 만났네요."

그녀는 밝게 웃었다.

"당신은 제가 아름답다고 생각하세요?"

보우맨은 얼굴을 붉혔다.

"글쎄요," 보우맨은 수줍어서 자기 입에서 무슨 말이 나오는지조차 몰랐다. "처음 봐서……."

"그게 무슨 상관이에요? 보면 알 텐데."

"아니에요. 상관이 있어요."

"그래요?" 공주는 조금 실망한 표정으로 물었다. "그렇다면 시간이 얼마나 걸리는데요? 보고 싶은 대로 마음껏 보세요. 눈을 빼내게 하지 않을 테니까."

"누가 뭘을요?"

"아…… 아무 것도 아니에요. 계속 보세요. 어때요? 제가 마음에 드나요?”

“당신은 좀 이상한 분이네요.”

“이상하긴 해도 아름답지요. 안 그래요?”

“그래요, 아름답군요.”

“만세!” 그녀는 손뼉을 치며 좋아했다. “그렇다면 당신은 나를 사랑한다는 뜻이에요.”

“아니, 그런 뜻이 아니에요.”

“당연히 그런 뜻이지요. 남자는 아름다운 여성을 사랑하는 법이에요. 당신은 바보예요?”

보우맨은 그녀를 가만히 쳐다보았다. 그리고 처음으로 그 여성의 마음속을 자세히 들여다보았다. 어린아이와 같은 두려움, 그리고 사랑받기를 원하는 욕구 등이 뒤섞여 혼란스러운 상태였다.

“아까는 왜 울고 있었어요?” 보우맨은 조심스럽게 물었다.

“결혼하고 싶지…… 아니, 혼자 있으면 외로워서요.”

“조언 한마디 할까요?”

“예, 그러세요.”

“여기를 떠나세요. 앞으로 큰일이 벌어질 거예요.”

“예, 저도 알아요.”

“공주에게 전하세요. 오티즈는 그녀와 결혼하지 않을 것이라고요. 그러니 그냥 돌아가는 것이 상책이라고요.”

“정말로요?” 공주는 놀란 눈으로 보우맨을 쳐다보았다. “확실해요?”

“그는 다른 여자에게 마음을 빼앗겼어요.”

“그렇다면 나는 정말로…… 아니, 상대가 누구예요? 누구를 사랑한단 말씀이세요?"

"케스트렐을요."

공주는 보우맨을 빤히 쳐다보았다. 어떤 남자가 자기를 마다하고 괴짜 케스트렐을 선택할 수 있다는 말인가? 질투심이 일기보다는 너무 뜻밖이라는 생각이 들었다. 그제야 문득 이해가 갔다.

"아, 그렇지! 내가 베일을 쓰고 있었으니까 그럴 수도 있겠다. 내 얼굴을 직접 보면 내게 빠질 텐데. 안 그래요?"

"그러게요." 보우맨은 피식 웃으면서 말했다. 씨씨는 귀엽기는 한데 너무 철이 없어 보였다. "이제 그만 가 봐야 해요."

"좋아요. 가야 한다면 가세요. 하지만 결국에는 나를 사랑하게 되고 말 거예요. 두고 보세요."

"그렇게 되면 알려 드릴게요."

"약속해요?"

"약속할게요."

보우맨은 방을 빠져 나와 관중석 쪽으로 슬그머니 돌아왔다. 모두들 탄타라자에 현혹되어 그에 대해 신경 쓰는 사람은 한 명도 없었다. 오티즈와 케스트렐은 마치 바람을 탄 새들처럼 멜로디에 떠밀려 떨어졌다가는 다시 서로의 품에 안기곤 하면서 사모하는 영혼, 변덕스러운 사랑을 연출해 내고 있었다. 그 광경을 지켜보며 보우맨은 춤추는 공주가 케스트렐이라는 것을 당장 알 수 있었다. 라자림은 자기도 모르게 춤을 덩실덩실 따라 추면서 입으로는 환희의 신음 소리를 내고 있었다. 조하나는 무거운 왕관의 불편함도 잊은 채 고개를 이리저리 돌리며 그들의 동작을 열심히 보고 있었다. 사에즈 부인은 잔뜩 긴장한 모습으로 다음 박자에 맞춰 들어가야 할 동작을 미리 예측하고는 마음을 조아리고 있었다. 오티즈와 케스트렐은 완전히 무아지경에 빠져 춤을 추고 있었다. 오티즈는 스텝의 순서나 파트너를 리드해야 할 동작 따위에 대해서는 완전히 잊고 있었다. 그들은 음악이 이끄는 대로, 몸이 원하는 대로 따를 뿐이었다. 사뿐히 날아 떨어졌다가는 두 손을 앞으로 뻗어 서로의 손이 거의 닿을 듯할 때 뒤로 빠지면서 회전하고, 또 서로의 품에 안길 듯 말 듯 스쳐 지나가는가 하면 어느새 몸을 솟구치고는 한 발로 착지하여 회전! 그리고 서로에게 돌아와 포옹했다.

케스트렐은 파트너, 음악, 그리고 무대 말고는 아무런 생각도 할 수 없었다. 상대는 자기가 죽이고야 말겠다고 맹세한 철천지 원수였지만 지금은 파트너, 애인, 그리고 춤이 계속되는 동안에는 자기 몸의 연장된 일부라고까지 할 수 있었다.

몸을 뒤로 젖힐 때에는 그의 든든한 팔이 받쳐 줄 것을 믿어 의심치 않았다. 몸을 일으켜 세워 가슴과 가슴이 맞닿을 때에는 그의 심장의 강한 박동을 느낄 수 있었다. 케스트렐은 팔을 활짝 벌린 상태에서 번쩍 들어올려졌다가는 마치 무중력 상태에서처럼 서서히 날아 내렸다. 갑자기 드럼의 박자가 당황한 새들이 수풀로부터 날아오르는 듯한 템포로 바뀌면서 둘은 즉흥 동작에 돌입했다. 하나의 음악, 그리고 정확하면서도 거침없는 동작을 통해 어우러져 하나가 되는 둘의 몸. 케스트렐은 이 단계에서는 법칙도 한계도 없고 어떤 동작을 해 보이든지 그것은 아름답고 필요하고 옳을 수밖에 없다고 느꼈다. 케스트렐은 어마어마하게 높은 곳에서 뛰어내리는 듯한 기분으로 춤을 추었다. 잡동작이 필요치 않았다. 저항하지 않고 몸을 그대로 내맡기는 수밖에 없었다. 그런 상태에서 케스트렐은 얼굴에 미소를 머금은 채 절정을 향해 질주했다.

황홀경에 빠져 있는 이들에게 마지막 단계가 시작되는 것을 알리기 위해 피리와 바이올린이 크게 울었다. 둘은 몸을 곧게 세우며 떨어지더니 두 팔을 앞으로 내민 채 다가서는 듯하다가 서로의 손가락이 닿으려는 순간 빨라지는 리듬을 타고 다시 뒤로 돌아섰다. 서로의 손이 마주치기를 반복하면서 손의 높이는 점점 높아져 갔고 둘 사이는 조금씩 더 가까워져 갔다. 하지만 돌아설 때의 거리는 점점 더 멀어졌다. 음악이 클라이맥스를 향해 고조될 즈음, 두 사람은 돌아섰다가 서로를 향해 더욱 격렬하게 그리고 가깝게 마주 서기를 반복하고 있었다. 피리의 고음이 길게 울려퍼지는 순간 서로 마주 보고 선 두 사람의 몸이 거의 닿을락 말락 했다. 둘의 머리 위로 마주 향해 들어올린 두 손도 거의 닿을 듯했다. 두 사람은 그 상태에서 서로 마주 보며 서 있었다. 하지만 아직까지도 포옹은 이루어지지 않고 있었다. 숨을 죽이고 애를 태우는 쪽은 오히려 관중들이었다. 드디어 음악이 멈추자, 둘은 서로를 꼭 껴안았다.

정적 속에 매스터는 바이올린을 내렸다. 관중석으로부터 한숨 소리가 나는가 싶더니 환호가 터지기 시작했다. 매낙사가 끝났을 때 지르던 괴성과 달리, 멋진 피날레에 대한 감동과 만족의 박수였다. 오직 조혼만이 꼼짝하지 않고 서서 침묵을 지킬 따름이었다.

라자림이 눈물을 닦으며 중얼거렸다.

"탄타라자의 진수란 바로 이런 거야."

케스트렐을 포옹한 오티즈는 숨을 고르고 있는 그녀의 호흡을 느낄 수 있었다. 숨을 내쉴 때마다 펄럭거리는 베일 밑으로 그녀의 입술이 보였다. 그는 머리를 낮추고 케스트렐의 귀에 대고 속삭였다.

"내 죽을 때까지 그대와 춤을 추리라."

그것은 탄타라자를 추고 난 후에 신랑이 신부에게 형식적으로 해야 하는 말이었으나 그의 마음은 진심이었다. 오티즈는 케스트렐의 베일을 내려다보았다. 그녀는 형식적인 대답조차 하지 않았다. 하지만 내쉬는 숨 때문에 나비같이 가벼운 실크 베일이 날리며 순간적으로 그녀의 입과 턱이 드러났다. 오티즈는 케스트렐을 단번에 알아보았다. 아침 내내 그 얼굴만 지켜보고 있었기 때문에 못 알아볼 수가 없었다. 어찌 된 영문인지 자기의 춤 상대는 자기가 결혼해야 할 공주가 아닌 짝사랑하는 여인으로 바뀌어 있었다. 순간 오티즈는 너무 기쁜 나머지 지금이 어떤 상황인지도 잊고 자기의 배우자인 셈치고 자기의 입술을 그녀의 입술 위로 가져갔다.

조혼은 이글거리는 눈으로 옆의 장교들을 돌아보았다. 공격 개시를 알리는 손 신호를 보내려는 찰나였다. 케스트렐이 오티즈의 포옹으로부터 빠져 나가 무대에서 뛰어내렸다.

놀라 수군대는 소리가 관중석에서 들리기 시작했다. 오티즈는 조하나에게 먼저, 그리고 매스터에게 절을 한 후 자기 자리로 돌아갔다. 그리고 나서 보우맨을 불러 말했다.

"춤추는 것을 봤느냐? 바로 그 여자였어."

"저도 봤습니다." 보우맨이 대답했다.

"진짜 공주는 그녀였어. 그렇게 춤출 수 있는 사람은 공주밖에 없어!"

케스트렐은 격동하는 감정을 억누르며 탈의실로 들어섰다.

"케스!" 조딜라가 뛰어 일어나며 외쳤다. "나, 그를 만났어. 같이 얘기도 했어!"

케스트렐은 공주의 말에 귀를 기울일 겨를이 없었다. 떨리는 손으로 서둘러 웨딩 드레스의 호크를 풀었다. 수치스러움 때문에 고개를 들 수조차 없었다. 적과 춤을 추면서 정신없이 즐긴 자기 자신이 부끄러웠다.

"네 쌍둥이 오빠 부우맨 말이야."

"응? 뭐라고?"

"여기 왔었어. 같이 얘기도 나눴어. 너무 자상하더라. 나를 하녀로 알고 있어. 나보고 아름답대. 날 사랑하게 될 거야."

케스트렐은 춤에 대한 기억을 머리 속으로부터 억지로 지우려고 노력했다. 결정적인 시간이 다가오고 있었다. 케스트렐은 입고 있던 웨딩 드레스를 벗어 공주에게 입혀 주었다.

"하지만 조딜라, 너는 곧 결혼할 거잖아?"

"아니, 안 해. 죽어도 안 할 거야."

"그럼 왕께서 뭐라고 하실 텐데?"

"상관 없어."

공주는 어여쁜 입술을 꼭 깨물고서 고집불통의 표정을 해 보였다. 케스트렐은 공주에게 웨딩 드레스를 다 입혀 주고 나서 그녀의 두 손을 꼭 쥔 채 심각하게 말했다.

"내 말 잘 들어. 네 친구로서 하는 얘기야. 앞으로 잘 생각해서 행동해야 해."

"걱정하지 마. 결혼 때문에 여기까지 오긴 했지만 결혼하지 않을 거야."

"앞으로 큰일이 일어날 거야."

"그렇겠지. 모두들 날 미워할 테지."

"싸움이 벌어질 테니까 조심해."

"그럴 테지." 공주는 조금 걱정이 되는 눈초리로 물었다. "그럼 어쩌지?"

"부모님하고 같이 있어. 경호원이 지켜 줄 테니."

"그럼 너는? 너는 내 친구잖아?"

"나는 보우맨하고 같이 떠나야 해."

"나도 같이 갈래."

"그것은 안 돼. 너도 잘 알잖아?"

"난 몰라. 내가 아는지 모르는지 네가 어떻게 알아? 넌 내가 아니잖아?"

"너는 공주잖아? 너는 언제나 종의 시중을 받으며 살아왔어. 우리가 가려는 곳은 너에게는 너무 험한 곳이야."

"안 그래! 너 왜 갑자기 나한테 이렇게 매정하게 대하니?"

"하루 종일 비바람 맞으며 걸어야 해. 땅 위에 쓰러져 자야 하고. 너는 아름다움도 잃게 될 거야."

"그래?" 공주는 생각을 하는지 잠시 말이 없었다. "아름다움을 잃는 것은 싫지만 너하고 보우맨을 잃고 싶지도 않아."

"앞으로 우리한테 어떤 일이 생길지 누가 알겠니?"

케스트렐은 공주를 포옹하고 나서 뺨에 가볍게 키스했다.

"만약 다시 못 볼 경우를 위해 하는 말인데, 난 네 친구가 될 수 있어서 좋았어."

케스트렐은 불안해하는 조딜라의 얼굴 위로 베일을 내리고는 그 위로 몸 전체를 덮는 베일을 씌운 후 탈의실 문을 열었다.

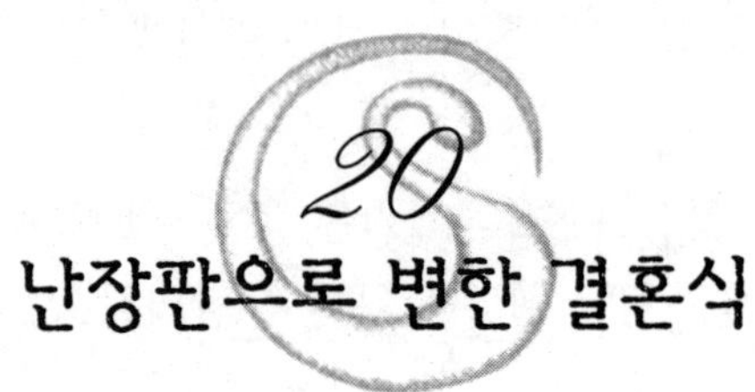

난장판으로 변한 결혼식

매스터는 자기의 창조물들을 내려다보며 흐뭇한 기분을 만끽하고 있었다. 돔 건물은 그가 직접 설계한 것이었다. 뿐만 아니라 하이 도메인이라는 시, 주위의 호수, 그리고 매스터리라는 국가까지도 자기가 창조한 작품이었다. 그는 전 생애를 바쳐 이와 같은 이상적인 나라를 건설했다. 해마다 국민 중에서 실력 있는 자들을 선출해 서로 다투지 않고 협력해 일할 수 있는 환경을 마련해 주었다. 시기심과 경쟁심을 제거하고 게으른 자에게는 성실함을, 길 잃은 자에게는 목적 의식을 심어 주었다. 자기의 의지 하나로 인간 쓰레기들로부터 예술을 이끌어 냈으며, 이제 자기를 전 문명 세계의 최고 실력자로 만드는 이 결혼식장에서 자기의 모든 창조물들을 엮어 하나의 위대한 공연을 연출하고 있는 것이었다. 국민들은 그의 악기였다. 그들로부터 그는 달콤한 멜로디와 심금을 울리는 음악을 끄집어냈다. 그는 세상 전부를 연주하고 있었다.

이 대단한 공연은 결혼 맹세에서 절정을 이루게 될 것이다. 신부가 하이 도메인에 발을 들여놓는 순간부터 시작된 모든 음악의 주제는 이제 클라이맥스를 맞이하게 될 것이다. 모든 연주가들과 합창단원들은 한마음이 되어 절정의 화음을 소리 높여 연주하고 노래할 것이다.

신부가 다시 입장하기를 기다리면서 매스터는 발 디딜 틈 없이 꽉 찬 관중석을 내려다보았다. 국민들이 참관할 수 있도록 마련한 공간을 조잔 경비대가 대신 독차지하고 있는 것이 마음에 걸렸다. 하지만 그들도 이제 자기 국민이라고 할 수 있었다. 그들도 이제부터 보고 듣고 경탄하면서 배워야 할 것이다. 그들의 통치자와 뚱보 부인은 모든 것에 완전히 압도되어 얼이 빠져 있었다. 오티즈가 춤을 아주 잘 춘 것이 흐뭇해서 그를 내려다보며 미소를 보내 주었다. 그리고 그 뒤를 보니—

젊은 소년이 그를 올려다보고 있었다. 둘의 눈이 마주쳤다. 소년은 얼른 고개를 숙였다. 매스터는 얼굴을 찌푸렸다. 녀석은 오티즈의 진실 상담역이었다. 저 녀석은 어딘지 석연치 않은 데가 있어. 그는 울화가 불끈 치밀어올랐다. 하지만 지금 작은 일에 신경 쓸 겨를이 없었다. 그런데 저 녀석이 마음에 걸리는 이유가 무엇일까? 아! 바로 그것이었다. 녀석은 자기를 두려워하지 않고 있었다.

왜 그런지 밝혀 봐야 하겠으나 그것은 나중에 시간이 있을 때 할 일이었다. 신부가 다시 입장하면 위대한 협연의 마지막 장을 지휘해야 하는 임무가 남아 있었다.

조혼도 조딜라가 다시 입장하기를 초조하게 기다리고 있었다. 부하들은 모든 준비를 마치고 그의 명령이 떨어지기만을 기다리고 있었다. 그날 야영장에서 조딜라가 자기에게 보내는 사인을 보고 나서 그는 자기를 향한 공주의 사랑을 믿어 의심치 않았다. 자기를 사랑하는 공주가 매스터리 후계자와 결혼 맹세 따위를 할 리 없었다. 여기 와서까지도 사랑의 사인을 보내며 자기더러 기다리라고 하지 않던가. 아마 그녀는 만인 앞에서 자기 입으로 진실을 선포할 것이다. 그리고 나서 공주는 자기를 찾을 것이다. 그 순간을 위해 전군은 대기하고 있어야 했다. 만약 싸움이 벌어진다면 공주를 방어하기 위한 싸움이 될 터였다. 그러면 조하나도 자기의 행동을 탓할 수 없으리라. 매스터리는 멸망할 것이고, 조딜라는 자유롭게 사랑하는 남자와 결혼할 수 있을 것이다. 조하나는 자신의 왕권을 사위에게 넘겨줄 테고 갱국은 최강국으로서의 위상을 되찾게 될 것이다. 그러면 자기는 사랑하는 조딜라의 얼굴을 느긋하게 바라볼 수 있으리라.

과연 공주는 언제 자기를 부를 것인가? 어떤 식으로 신랑의 청혼을 거절할 것인가? 청혼을 받아들이기 위해서는 단 한마디면 족했다. 조혼 생각에 수줍은 공주는 아마 무언으로 대답을 대신할 것 같았다. 공주가 침묵을 지키면 모두가 그 사실을 똑똑히 보아두도록 충분히 기다린 후 공격을 개시할 작정이었다.

멈포는 매녁의 대기실 침대에 누워 라스 야누스 헤켈의 마사지를 받고 있었다.

"너는 나의 화신이다. 젊었을 때 내게 있던 재능이 모두 너에게로 간 것 같구나."

멈포는 아무 대꾸도 하지 않았다. 붕대로 감은 상처가 쓰리고
아팠지만 고통 따위는 신경 쓰지도 않았다. 그는 기쁨과 충격을
동시에 느끼고 있었다. 케스트렐이 살아 돌아왔고 자기는 사람을
죽였다. 케스트렐은 어디 있다가 지금 나타난 것일까? 나의 도움
이 필요할까? 나는 왜 상대를 죽였을까? 아노는 나의 원수도 아
닌데.

그것은 매낙사 세계에서는 가끔 있을 수 있는, 아니 피할 수 없
는 일이었다. 하지만 지금 두근거리는 가슴을 진정시키며 누워 있
는 이 침대 건너편에는 시체가 놓여 있었다. 케스트렐은 다시 살
아 돌아왔고 자기는 남의 생명을 빼앗았다. 무엇 때문에?

"어떻게 알았니?" 헤켈이 신기한 듯 물었다. "저 친구를 물리치
기 위한 방법은 단 한 가지밖에 없었는데 너는 그 방법을 선택했
어. 내가 가르쳐 주지도 않았는데 말이야."

"그렇게까지 심한 상처를 입힐 생각은 없었는데……."

"하지만 아노는 이미 가 버렸어."

"미안해요."

"그나 너나 목숨 버릴 각오를 하고 경기에 임했어. 그게 바로 매
낙사야."

멈포는 일어나 앉았다.

"나가 봐야겠어요."

"결혼식을 보고 싶은 게로구나. 그래라."

몇 명의 종들이 시체를 물수건으로 닦고 있었다. 장례 준비를
하는 것이었다. 부인으로 보이는 여자가 그 옆에 무릎을 꿇고 앉

아서 그의 얼굴을 쓰다듬고 있었다.

"난 이제 더 이상 싸움을 하지 않을 거예요." 멈포가 선언했다.

"사람을 처음 죽이고 나서는 누구나 그렇게 말하지." 조련사는 덤덤하게 말했다. "하지만 한번 이 경기에 맛을 들이면 영원히 떠나지 못해."

멈포는 가운을 집어 들어 몸에 걸쳤다. 몸을 움직이니 상처난 곳이 쓰리고 아팠다.

"가 봐야겠어요." 멈포가 다시 말했다.

왠지 불안했다. 케스트렐이 자기의 도움을 필요로 할 것 같았던 것이다.

마침내 조딜라가 결혼식장에 모습을 나타냈다. 조딜라는 케스트렐의 시중을 받으며 무대 위 신부 자리로 안내되었다. 마리어스 시미언 오티즈는 반대편에 서서 음악이 시작되기를 기다리고 있었다. 조딜라는 부들부들 떨고 있었다. 마음대로 떨라지, 그는 속으로 생각했다. 나는 너 따위에는 관심도 없어. 그는 케스트렐의 얼굴만 쳐다보았다.

이제 곧 시작될 결혼 맹세를 기다리며 조디는 벌써부터 훌쩍이며 콧물을 닦았다. 왕비가 울자, 뒤에 앉은 린키도 덩달아 훌쩍이기 시작했다.

멈포는 조용히 굴에서 나와 입구 쪽에 서서 케스트렐을 응시했다. 케스트렐은 잔뜩 긴장해서 공주를 지켜보고 있었다. 공주는 건너편에 있는 보우맨을 보고 있었고 보우맨은 매스터를 올려다 보고 있었다.

매스터는 바이올린을 어깨 위에 대고는 숨을 고르더니 줄에 조용히 활을 갖다 댔다. 낮고 부드러운 음이 식장에 울려퍼지기 시작했다. 그러자 다른 연주가들도 합류하면서 연주가 시작되었다. 여덟 번째 소절에서 합창단도 가세했다. 지금부터 식의 모든 절차는 음악의 템포가 주도할 것이었다.

오티즈는 한 발짝 앞으로 나선 후 그 자리에 섰다. 조딜라도 미론 그래프의 안내를 받아 한 발짝 앞으로 나선 후 멈춰 섰다. 매스터의 바이올린이 먼저 다음 소절을 시작하자, 다른 연주가들이 그 뒤를 따랐다. 식장 밖에서도 곳곳에 자리한 부지휘자들의 지휘를 따라 모든 악단들과 합창단들이 동시에 같은 음악을 연주했다.

오티즈는 넋 나간 듯 연습한 대로 발을 움직이고 있었다. 다섯 발짝만 앞으로 떼면 조딜라 앞에 서게 될 테지만 그의 눈은 아직도 케스트렐만 쳐다보고 있었다. 그는 매스터의 바이올린 소리를 듣고는 또 한 발짝 앞으로 내디뎠다. 이제 곧 해야만 하는 선택 때문에 그의 가슴은 찢어질 듯했다. 공주와의 결혼은 자기가 그토록 존경하는 매스터의 뜻이었다. 그의 뜻을 따르지 않는다는 것은 생각할 수조차 없었다. 자기와 정열의 춤 탄타라자를 같이 춘 검은 눈의 아가씨를 쳐다보며 그는 생각했다. '이제 목숨만큼이나 내게 소중하게 다가온 당신 말고 그 누구를 사랑할 수 있으리오?'

그는 세 번째 발걸음을 옮겼다.

조딜라도 그래프가 이끄는 대로 세 번째 발걸음을 떼어 신랑 앞으로 더욱 가깝게 다가섰다. 이제 어머니가 가르쳐 준 대로 고개를 들고 앞을 쳐다보았다. 눈앞에 흰 정장을 입은 신랑이 보이고 그 뒤로 심각한 표정을 지은 채 서 있는 보우맨의 창백한 얼굴이 보였다. 그는 앞으로 큰일이 벌어질 것이라고 했지. 나를 약하고 어리석은 사람으로 알고 다른 사람의 보호가 필요할 것이라고 했지. 하지만 큰일을 저지를 사람은 바로 나야. 자기도 보면 알게 되겠지. 모두들 생각하는 것처럼 내가 쓸모 없는 인간이 아니라는 것을.

또다시 바이올린이 연주되자, 매스터의 집사가 그녀의 겉옷자락을 살며시 잡아당겼다. 공주는 네 번째 발걸음을 내디뎠다.

조혼은 피로 얼룩진 모래 위를 신랑 신부가 마주 보며 서서히 다가서는 모습을 흥미롭게 지켜보고 있었다. 한 발짝 앞으로 내디딜수록 음악 소리는 더 커졌고 긴박해졌다. 이제 건물 밖에서 연주하는 음악 소리가 건물 안에까지 들려 왔다. 따라서 관중들은 음악에 이중으로 둘러싸인 꼴이 되었다. 조혼은 장교들이 모든 준비를 갖추고 있는지 둘러보았다. 모두 초롱초롱한 눈빛으로 그의 눈에 답했다.

발코니 위의 매스터는 자기 음악에 도취되어 머리를 흔들며 다섯 번째 전주곡을 연주하기 시작했다. 그러자 오티즈가 마지막 발걸음을 떼어 앞으로 나섰다. 나머지 연주가들의 합연이 시작될 즈음 갑자기 매스터에게 전 도시에 팽배해 있는 위기감이 전해져 왔다. 매스터는 재빨리 얼굴을 돌려 마음을 집중해서는 그 위기감의 원천을 찾아보았다. 놀랍게도 그것은 오티즈로부터 전해져 오고 있었다. 저놈이 내 말을 거역하려 하다니! 그는 연주를 계속하면서 난간 쪽으로 다가가 신랑을 뚫어질 듯 쏘아보았다.

오티즈는 매스터가 위에서부터 자기 마음을 휘어잡는 것을 느꼈다. 고개를 쳐들고 보는 순간 그의 마음은 굽이쳐 오는 매스터의 의지에 완전히 묻혀 버렸다. 몸은 얼음같이 차가워졌지만, 피부는 따끔거리며 뜨거워졌다. 갑자기 열과 한기가 사라지더니 마음이 평화로워졌다. 아니, 그뿐이 아니었다. 못 넘을 산이 없고, 따 오지 못할 별이 없을 것 같은 자신감으로 가득 채워졌다. 모든 것이 다시 간단 명료해졌다. 오직 매스터만 따르고 사랑하면 모든 일이 잘될 것이었다.

갑자기 파도처럼 물결치던 음악이 멈추었다. 곡의 긴장감과 역동감을 잃지 않도록 절정으로 휘몰아 가기 전에 짧게 할애한 맹세의 시간이 다가온 것이었다.

오티즈는 자기가 해야 할 말을 기억하고 있었다. 그는 조용히 입을 열었다.

"이 다섯 걸음을 걸어 나는 당신의 남편으로 서 있습니다. 당신은 나의 아내로서 나를 받아들이겠습니까?"

조딜라는 대답하지 않았다. 숨이 막힐 긴장감 속에서 시간이 흐르고 있었다. 조혼은 공격 명령을 막 내리려는 참이었다.

"공주님, 어서 말씀하십시오." 그래프가 옆에서 부추겼다.

아무도 베일에 덮인 공주의 얼굴을 볼 수 없었지만 그녀의 뺨 위로 눈물이 흘러내리고 있었다.

오티즈는 신부가 대답하지 않을 것이라는 생각이 들었다. 케스트렐은 보우맨의 눈을 쳐다보았다.

이제 곧 시작될 거야.

사람들은 더 이상의 침묵을 견딜 수 없었다. 점점 노여움이 끓어오르기 시작한 매스터는 공주가 단순히 수줍어서 말문이 막힌 것이 아니라 자기에게 모종의 도전을 하고 있음을 알게 되었다.

그가 염력을 발휘하여 자기가 정성 들여 준비한 결혼식을 공주가 감히 망치지 못하게 하려고 할 때였다.

조딜라가 "싫어요!" 하며 큰 소리로 외쳤다. 장내는 큰 충격에 휩싸여 순간 고요가 흘렀다.

"빨리 뛰어, 조딜라. 도망가!" 케스트렐이 외쳤다.

조딜라는 돌아서더니 무대로부터 달려 내려가기 시작했다. 모두들 놀라 숨을 크게 들이쉬었다. 조혼이 손을 번쩍 쳐들자, 그의 부하들이 쨍 하고 칼을 빼들었다.

"갱 제국의 이름 앞에 항복하든지 아니면 죽음을 택하라!"

바잔은 조잔 경비대가 출입구를 장악하기 위해 바삐 움직이는 광경을 보고는 소리를 버럭 질렀다.

"이 바보 놈들, 도대체 이게 무슨 짓이냐?"

매스터는 바이올린을 내리더니 눈을 감고 하이 도메인 전역에 자신의 의지를 쏟아 냈다. 메시지는 무성으로 전달되었지만 모두들 듣기 시작했다. 교향악단 트럼펫 연주가에서부터 오티즈 들러리에 이르기까지 장내에 있던 모든 남자들이 순식간에 병사로 변했다. 병사들이 모두 어디에 있는지 궁금해하던 조혼의 의문은 그 자리에서 풀렸다. 매스터의 모든 국민은 곧 군대였다. 그들은 웃옷과 로브 밑으로부터 무기를 끄집어냈다. 순식간에 장내는 피비린내나는 전투장으로 바뀌었다.

조혼은 그런 모습을 보고 아차 했다. 하지만 일반인 오합지졸을 당하지 못할 조잔 경비대가 아니었다. 당황하지만 않는다면 충분히 승산이 있었다.

"모두 두 동강 내 버려라! 갱의 망치가 여기 있다!" 조혼은 싸우면서 공포에 질려 있는 왕과 왕비 쪽으로 다가갔다.

"이 어리석은 놈아!" 바잔이 발을 구르며 소리쳤다. "머저리 같은 놈!"

"조딜라는 어디 있느냐?" 조혼은 바잔을 향해 물었다.

보우맨과 케스트렐은 거의 동시에 주 출입구 쪽을 향해 뛰었다. 그들은 한시바삐 식장을 빠져 나가 부모를 찾는 것이 목표였다. 멈포도 그들 뒤를 좇기 시작했다. 그 앞으로 조잔 경비대원이 칼을 휘두르면서 막아섰다. 멈포가 주먹을 한번 날리자, 경비대원의 목이 꺾이며 그 자리에서 죽고 말았다.

매스터의 의지로 충전된 오티즈는 부하들을 지휘하고 있었다.

"바짝 다가서 싸워라! 매스터를 위해 목숨을 바치자!"

보우맨과 케스트렐은 거리로 통하는 문을 밀고 뛰어나갔다. 밖에 나와 보니 놀랍게도 매스터의 무언의 명령을 받고 무장한 시민들이 벌써 줄지어 달려오고 있었다. 사방으로부터 모여드는 그들의 수는 헤아릴 수조차 없었다. 제아무리 조잔 경비대라지만 그 수를 당해 낼 수 없을 것이 분명했다. 그들의 눈을 보니 무엇에 홀린 듯 초점이 없었다. 보우맨은 그 순간 자신이 해야 할 일이 무엇인지를 알아차렸다.

"난 다시 돌아가야 해."

"안 돼! 기회는 지금밖에 없어." 케스트렐이 외쳤다.

"빨리 도시를 떠나. 나는 곧 뒤따라갈 테니까."

"안 돼. 나도 같이 갈 거야."

"안 돼, 케스!" 지체할 시간이 없었다. "너 때문에 힘을 소비할 수 없어. 빨리 여기를 떠나. 여기는 곧 파멸될 거야!"

케스트렐은 보우맨을 놀란 눈으로 쳐다보았다. 전에는 위험할 때 꼭 둘이 함께 힘을 합쳤다. 그런데 지금 보우맨은 혼자 가겠다고 우기고 있었다.

"내가 어떻게 네 힘을 소비시킨단 말이야?"

그때 멈포가 달려왔다.

"케스!"

"멈포! 너 괜찮아? 보우……."

하지만 보우맨은 이미 그 자리를 떠난 뒤였다.

"케스, 걱정하지 마. 나 싸움 잘해. 아무도 너를 다치지 못하게 할 거야."

"알아. 나도 봤어."

케스트렐은 무리지어 달려오는 시민들을 돌아보면서 보우맨의 말을 따를 수밖에 없다고 생각했다.

"가서 우리 부모님을 찾아보자."

보우맨은 돔 건물 안으로 다시 들어갔다. 안에서는 치열한 전투가 벌어지고 있었다. 한 조잔 경비대원이 눈앞에 움직이는 것은 모조리 벨 듯이 보우맨을 공격해 왔다. 보우맨은 본능적으로 그를 노려보면서 손을 움직이지 않은 채 그를 가격했다. 경비대원이 앞으로 푹 꼬꾸라졌다.

보우맨은 발코니 위를 올려다보았다. 그때까지도 매스터는 같은 자리에 두 눈을 감고 서서 자신의 무한한 의지를 쏟아 퍼뜨리고 있었다. 그 영향을 받은 시민들은 몸을 사리지 않고 맹렬히 돌격해 들어갔다. 매스터의 힘을 꺾지 않는 한 그들은 절대로 패배하지 않을 것이다.

내가 해야 할 일이란 바로 이것이다!

보우맨은 매스터를 향해 자기 마음의 힘을 실어 보냈다. 거리 때문에 대단한 힘을 발휘할 수는 없었지만, 그럼에도 불구하고 매스터는 화들짝 놀라며 손에 들고 있던 바이올린을 놓쳤다. 바이올린은 아래층 바닥에 떨어져 산산조각이 났다. 몹시 화가 난 매스터가 자기를 공격한 자를 찾기 위해 여기저기 둘러보았다. 마침내 그의 눈이 보우맨에게 멎었다. 그는 곧바로 염력을 발휘해 공격해 왔다. 하지만 보우맨은 그 공격을 예상하고 있던 터라 잘 막아 냈다. 자신의 공격을 눈 하나 깜짝하지 않고 굴절시켜 땅 위로 보내 버리는 소년을 보고 매스터는 놀라지 않을 수 없었다.

매스터는 뒷걸음질치기 시작했다. 놀란 것은 되려 보우맨 쪽이었다. 그렇게 쉽게 싸움이 끝나리라고는 예상치 못했기 때문이었다. 매스터는 등을 돌리더니 붉은색 망토를 휘날리며 도망쳤다.

보우맨은 발코니로 올라가는 길을 서둘러 찾았다. 홀 저편으로 나 있는 좁은 계단이 눈에 띄었다. 보우맨은 점점 강해지는 마음의 힘을 이용하여 자기 앞에서 싸우고 있는 자들을 모두 물리치면서 홀을 가로질러 뛰었다. 조잔 경비대원 몇 명이 계단 위에 서 있었으나 보우맨은 그들을 마치 벌레처럼 집어 들어 바닥에 내동댕이쳤다. 그리고 돌로 된 계단을 뛰어올라 발코니 위로 올라섰다. 그곳에는 이미 아무도 없었다. 저 앞쪽으로 계단이 보였다. 그 옆에 매스터의 바이올린 활이 팽개쳐져 있었다. 보우맨은 계단을 한꺼번에 세 개씩 건너뛰어 층계참에 도착했다. 그곳에는 매스터의 금색 투구와 붉은색 망토가 떨어져 있었고, 그 앞에 철로 된 손잡이가 달린 작은 문이 하나 있었다.

　손잡이에 손을 대는 순간 그 안에 매스터가 있다는 느낌이 전해져 왔다. 문은 잠겨져 있지 않았다. 보우맨은 문을 열고 안으로 들어갔다. 진짜 싸움은 지금부터였다.

21
마음의 대결

문안은 너무 밝아서 눈이 부셨다. 보우맨은 그곳이 돔의 맨 꼭대기 층인 것을 알았다. 머리 위에 있는 유리를 통해서 잿빛 하늘과 구름이 흘러가는 것이 보였다. 나무로 된 마루에 쇠로 만든 침대와 탁자와 의자가 덩그러니 놓여 있었다. 벽도 천장도 없는 데다 가구가 너무 간단하여 마치 감옥에라도 들어온 듯했다. 하나밖에 없는 의자에 노인이 등을 돌리고 앉아 있었다. 그는 맨발에 까칠한 모로 만든 단순하면서 투박한 모양의 로브를 걸치고 있었다.

보우맨은 어리둥절하여 그 자리에 서서 잠시 지켜보고만 있었다. 그의 등뒤로 문이 저절로 닫혔다. 자물쇠가 채워지는 순간 노인이 얼굴을 돌렸다.

흰 머리칼에 의지가 굳어 보이는 입, 그리고 혈색 좋은 뺨은 여전했지만 눈초리만은 달랐다. 더 이상 강력한 힘을 내뿜고 있지 못했다. 매스터는 마치 보우맨의 등장이 자기하고는 아무 상관이 없다는 듯, 덤덤한 눈빛으로 쳐다볼 따름이었다.

"당신은 싱어족입니까?"

"물론이지." 매스터가 낮은 목소리로 거의 속삭이듯 대답했다. "적어도 한때는 그랬지."

"그렇다면 왜?"

"왜 남을 지배하냐고? 누군가 해야만 하니까. 우리 모두 노래만 부르고 살 수는 없잖아?"

보우맨이 이 방에 들어설 때는 결투를 각오했다. 필요하면 그를 죽이는 것도 마다하지 않을 작정이었다. 그런데 그는 기운을 잃은 채 반항을 전혀 하지 않았다. 보우맨은 어찌해야 좋을지 갈피를 잡을 수 없었다.

"사이린에서는 이것을 몰라." 그는 유리 밖으로 보이는 도시를 가리키며 말했다. "넌 물론 사이린에서 보냈을 테지."

"그렇습니다."

"언제고 올 줄 알았어." 그는 보우맨을 찬찬히 쳐다보며 말했다. "그런데 네 힘으로 되겠느냐?"

"저도 잘 모르겠어요."

"필요하면 도움을 청할 수도 있겠지." 매스터가 말했다. "여럿 중의 하나, 전체의 일부를."

보우맨은 흠칫 놀라지 않을 수 없었다. 그것은 외눈 은둔자가 그에게 한 말이었다. 매스터가 어떻게 그것까지 알고 있단 말인가?

매스터가 보우맨을 보며 웃었다.

"너보고 무엇을 하라고 시키더냐?"

"멸망시키고 통치하라고 했어요."

"아, 우선 파괴부터 하고 나서 그 다음에는 통치하라는 얘기지. 그때나 지금이나 하나도 변하지 않았어. 너도 나하고 같은 입장이군."

보우맨은 무엇이 사실이고 옳은 것인지 혼란스러워 머리를 흔들며 말했다.

"안 그래요. 나는 사람들에게 자유를 찾아 줄 거예요."

"자유라고?" 매스터는 킬킬대며 웃었다. "누가 자유를 원한다고 하더냐? 너는 내가 강제로 남들을 복종시키는 줄 아느냐?"

"당신이 매스터니까 사람들이 복종하는 거지요."

"그들이 지금의 나를 만든 거야."

그의 얼굴에서 웃음기가 가셨다. 마치 커튼을 젖히듯이 매스터는 마음을 열고 보우맨을 그 안으로 초대했다. 두려움도 없고 욕망도 없는 존재의 거대한 힘을 다시 느낄 수 있었다.

"이제 알겠느냐?" 매스터가 조용히 말했다. "너는 그들을 해방시키려고 온 것이 아니라 나를 해방시키려고 온 것이야."

보우맨은 아무 말도 하지 않았다. 매스터가 다시 힘을 모으고 있는 것을 느낄 수 있었다. 보우맨은 불의의 공격에 대비하여 경계를 늦추지 않았다.

"내가 없어지고 나면 네가 내 역할을 하겠지."

"절대로 안 그래요!"

"불쌍한 마리어스 녀석. 녀석은 자기가 내 후계자가 될 줄 알았지. 하지만 놈은 나와 달라."

"나는 당신 같지 않아요. 나는 당신이 원하는 것을 원치 않아요."

왜 시치미를 떼느냐? 내 모를 줄 아느냐?

그 생각은 마치 칼날처럼 보우맨의 가슴속을 후비고 들어왔다. 보우맨은 재빨리 마음을 다잡았다. 매스터가 자기를 뚫어져라 쳐다보고 있었다. 그의 마음의 힘이 보우맨을 향해 밀물처럼 밀려왔다.

어디 나를 멸망시키고 싶으면 덤벼 보거라! 네가 못하면 내가 너를 죽이겠다!

보우맨은 매스터의 의지에 눌려 비틀거렸다. 자신의 마음을 뒤죽박죽으로 만들고 생각을 빨아들이는 힘이 그의 거대한 체구로부터 밀려오고 있었다.

어디 네가 얼마나 강한지 보자꾸나.

보우맨은 그에게 마음을 지배당하지 않기 위하여 필사적으로 안간힘을 썼지만 역부족이었다. 몸이 점점 무거워지면서 근육의 힘이 풀어졌다. 무릎으로부터 힘이 빠져 달아났다.

자, 어서 덤벼 보아라.

보우맨은 바닥에 무릎을 꿇었다. 그의 입으로부터 복종하겠다는 말이 저절로 튀어나오려 했다. 마음속으로부터 그에게 봉사하고, 그를 기쁘게 하고, 그로부터 사랑받고 싶은 욕구가 용솟음쳤다. 하지만 고개를 숙인 상태에서도 보우맨은 그에게 어떻게 대항해야 하는지 알고 있었다. 그것은 다름 아닌 반항하기를 포기하는 것이었다. 매스터의 공허를 자기의 공허로 맞받아야 했다. 무(無)는 무로 싸우는 수밖에 없었다.

보우맨은 죽을 힘을 다해 마음의 문을 활짝 열고 케스트렐의 자취를 찾을 때 하던 식으로 마음을 비워 버렸다. 그러자 자신을 그토록 당혹스럽고 혼란케 하던 것들이 사라져 버렸다. 매스터의 의지는 더 이상 발붙일 곳을 찾지 못했다. 보우맨은 이제 쉽게 목표가 되어 주지 않았다.

보우맨은 고개를 들어 매스터의 눈을 똑바로 쳐다보았다.

옳지, 하고 매스터가 말했다. 자, 승부는 이제부터다.

보우맨은 매스터를 뚫어져라 쳐다보면서 그의 마음속으로 파고 들었다. 그를 지배한다거나 해치기 위해서가 아니라 이해하기 위 해서였다. 보우맨은 그 안에서 침묵을 발견했다. 침묵 뒤에는 힘 이 있었다. 힘 뒤에는 분노가 있었다. 그리고 분노 뒤에는 고통이 있었다. 보우맨이 매스터의 마음속에 깊이 파고들면 들수록 매스 터는 점점 힘을 잃어 갔다.

나는 잊어도 좋아, 하고 매스터가 말했다. 하지만 내가 창조한 것들은 잊지 말아 줘.

늙은이는 덜덜 떨기 시작했다.

"추우세요?"

"당연하지. 네가 따뜻해질수록 나는 차거워진단다."

보우맨은 그가 조금 가여워졌다. 그 순간 매스터가 갑자기 치고 들어왔다. 보우맨은 눈을 감은 채 관자놀이를 감싸며 돌아섰다.

내가 그리 쉽게 패할 줄 알았더냐? 조심하거라. 안 그러면 너를 으깨 버리겠다.

보우맨은 숨을 깊이 들이마신 후 다시 한 번 마음을 비우고서 눈을 들어 그를 마주 쳐다보며 침묵의 결투를 계속했다. 침묵과 힘, 분노와 고통 뒤에는 영광에 대한 꿈이……

너도 그것이 느껴지느냐? 그것이 바로 너의 미래다. 우선 멸망 시킨 후에 지배하는 것이다. 하지만 그것을 혼자서는 할 수 없지.

매스터리 시민 대 조잔 경비대 사이의 싸움은 절정에 이르고 있었다. 조혼은 그제야 건물 안으로 부하 전원을 입장시킨 것을 후회했다. 무기를 손에 든 시민들이 점점 더 많이 모여들자, 그와 부하들은 돔 건물 안에 완전히 갇힌 상태가 되고 말았다. 그들은 수비벽을 쌓고는 살아남기 위해 안간힘을 쓰고 있었다.

오티즈는 싸움의 승패는 이미 결정난 것으로 판단했다. 매스터는 발코니에서 모습을 감추었다. 아마 자기 방으로 돌아간 모양이었다. 그가 싸움터를 둘러보고 있을 때였다. 조그만 여자가 홀 안으로 몰래 들어와 싸우고 있는 군인들 사이를 비집고 뛰어가는 모습이 눈에 띄었다. 검은 눈의 바로 그 아가씨였다. 갑자기 그녀에 대한 연모의 정이 되살아났다. 저 여자는 지금 어디를 향해 가고 있는 것일까?

케스트렐이 보우맨의 고통을 느낀 것은 하이 도메인의 성문에 다다랐을 때였다. 케스트렐은 곧바로 돌아서면서 멈포에게 말했다.

"너 혼자 가. 나는 돌아가 봐야겠어."

케스트렐은 불안감에 마음을 졸이며 돔 건물을 향해 뛰었다. 보우맨이 위험에 빠져 있는 것이 분명했다. 케스트렐의 마음속에는 자기가 도와야 한다는 생각뿐이었다.

소리도 아니고 냄새도 아닌, 쌍둥이 오빠에 대한 느낌에 이끌려 케스트렐은 몸을 사리지 않고 홀을 가로질러 돌계단을 달려 올라갔다. 고통당하고 있는 보우맨이 가까이 있는 게 느껴졌다.

케스트렐은 자기 뒤를 쫓아 달려오는 오티즈를 돌아볼 겨를이 없었다.

보우맨은 매스터의 방에서 눈을 감은 채 마음의 결투에 온 정열을 쏟고 있었다. 그의 얼굴은 차가워졌고 몸은 감각을 잃어 가고 있었다. 시간 감각을 잃은 지도 오래였다. 이 방안에 들어와서 몇 초가 지났는지 아니면 몇 세기가 지났는지 알 수 없었다. 매스터는 아직도 표정 없는 얼굴로 보우맨의 얼굴을 바라보고 있었다. 둘은 서로의 마음속에 깊이 침투하여 압력을 가하고 있었다. 보우맨은 보이지 않는 손을 뻗어 매스터의 얼굴을 감싸 질식시키려 했다. 매스터도 같은 방법으로 자기 얼굴을 비틀고 있었다. 숨을 제대로 쉴 수가 없어 괴로웠다.

그때 저 멀리서 발소리가 들리는가 싶더니 정체를 알 수 없는 형체가 방안으로 둥둥 떠 들어오는 것처럼 느껴졌다. 그와 동시에 따뜻하고 강렬하며 익숙한 느낌이 그를 마음의 결투로부터 끌어냈다.

케스!

보우맨이 집중력을 잃는 순간 매스터의 의지가 마치 성난 파도와 같이 밀려왔다. 보우맨은 물에 빠져 허우적대는 사람처럼 숨을 헐떡이면서 천천히 바닥에 쓰러졌다. 머리 주위 공기가 마치 파리 떼가 에워싼 것처럼 윙윙거렸다.

보우, 나를 이용해!

케스트렐은 자기의 젊고 강력한 의지를 보우맨 쪽으로 보내 주고 있었다. 케스트렐의 도움으로 기운을 조금 되찾은 보우맨은 서서히 반격을 가하기 시작했다.

오오! 하고 매스터가 중얼거렸다. 둘이 하나가 되는 느낌이로구나.

보우맨은 또다시 매스터의 마음속으로 뛰어들어 결투를 계속했다. 그는 죽을 힘을 다해 매스터의 마음속 깊숙이 파고들었다. 가면 갈수록 그 깊이는 끝이 없었다.

둘이 하나보다야 낫겠지. 매스터가 조롱하듯 말했다. 하지만 둘만으로는 부족할걸. 도움을 청하면 더 보내 줄 텐데.

싫어요!

그런 소리 하지 마. 너라고 도움이 필요 없을 리 없어.

매스터가 마음의 손으로 보우맨을 비틀자, 보우맨의 입에서 고통스런 신음 소리가 새어 나왔다. 하지만 보우맨은 단념하지 않았다. 그들은 상대방의 마음속에 너무 깊숙이 파고들어 둘의 심장은 동시에 뛰는 듯했고 놀랍게도 보우맨은 매스터의 눈을 통해 사물을 볼 수 있게까지 되었다. 결투는 마치 빛의 속도처럼 빨리 진행되고 있었지만 둘 이외의 모든 것들은 너무 천천히 움직여 거의 정지해 있는 것같이 느껴졌다.

오티즈가 나타났을 때 보우맨은 이 환상과 같은 시각을 통해서 그를 발견했다. 처음에는 자신의 눈을 통해서, 그 다음에는 매스터의 눈을 통해서 다시 한 번 그를 확인했다. 오티즈는 케스트렐을 향해 두 손을 뻗으며 입을 움직였다. 그러자 오티즈의 음성이 윙윙거리며 메아리쳐 들렸다.

"매매매매스스스스스터터터터……."

오티즈는 매스터로부터 명령을 받으려 했다. 하지만 그 생각이 미처 말이 되어 입 밖으로 나오기 전에 매스터는 벌써 대답을 하고 있었다.

"죽여죽여죽여죽여!"

그는 단 한마디밖에 하지 않았지만 그 소리는 자기 귀를 통해, 그리고 매스터의 귀를 통해서 끝없이 메아리치고 있었다.

안 돼요!

매스터의 눈을 통해 보우맨은 오티즈의 번민으로 일그러진 얼굴을 보았다. 충성과 사랑이 충돌하여 만들어 내는 고통을 오티즈의 마음으로부터 느낄 수 있었다. 마치 무척 오래전 이야기를 떠올리듯 그는 생각했다. 그렇지! 그는 케스트렐을 사랑하지. 케스트렐을 죽이지는 못할 거야.

하지만 왼손으로 케스트렐을 끌어안은 오티즈의 오른손은 칼자루를 향해 움직이고 있었다.

"복종복종복종복종……."

그 말이 매스터의 힘에 짓눌려 바둥대는 보우맨의 귀 안에서 맴돌았다. 먼 곳으로부터 오티즈가 흑흑 우는 소리가 들려 왔다. 사랑하는 사람을 죽여야만 하는 고통 때문에 그의 얼굴 위로 눈물이 흘러내리고 있었다. 오티즈의 칼이 빛을 반사하며 칼집에서 서서히 뽑혀 나왔다. 칼은 날을 세우더니 천천히 케스트렐의 가슴을 향해 움직여 갔다.

보우맨은 매스터의 힘에 맞서 자기 의지로 압도해 보려고 안간힘을 써 보았지만 무리였다. 매스터는 아직도 눈을 크게 뜬 채 입가에 미소를 머금고 꼼짝도 하지 않고 앉아 있었다. 하지만 그의 몽롱한 시선 뒤에 존재하는 강력한 힘을 보우맨의 능력으로는 도저히 어찌해 볼 도리가 없었다. 혼자서도, 케스트렐과 힘을 합쳐서도 무리였다. 도움을 요청하지 않는 한…….

죽여죽여죽여죽여…….

자기 마음과는 관계없이 마리어스 시미언 오티즈의 손은 매스터의 의지를 좇아 사랑하는 여인의 가슴을 향해 칼을 들이대고 있었다. 죽음을 직감한 케스트렐이 슬픔 가득한 눈으로 보우맨을 마지막으로 돌아보았다.

보우, 사랑해…….

그는 혼자 힘으로는 도저히 매스터의 힘을 당해 낼 수 없다는 것을 알았다. 어떤 방법이 있을까? **빨리, 어서 빨리!** 그는 전에도 한 번 굴복한 적이 있지 않았던가? 더 이상 자기의 순수성만을 고집할 수 없는 일 아닌가? **바로 지금이다!** 자기 자신보다 더 사랑하는 자신의 반쪽 형제의 목숨이 위험한 순간이 아닌가? 그렇다면 이 매스터의 힘을 당해 낼 강한 힘을 얻을 수 있는 방법이라곤 그것밖에 없었다. **나의 순수성을 지키자고 케스트렐을 죽여야만 하는가?**

"도와줘!" 보우맨이 외쳤다. 그의 목소리는 가느다랗게 갈라져 나왔다. "혼자서는 할 수 없어."

그 순간 매스터의 얼굴에 승리의 미소가 번졌다. 대단한 힘이 보우맨의 마음속으로부터 끓어오르기 시작했다.

여럿 중의 하나, 전체의 일부!

그는 깊이 숨을 들이쉬었다. 안에서 팽창하는 힘이 느껴져 왔다. 몸도 뜨거워졌다. 칼이 거의 케스트렐에게 닿을 찰나였지만 마음속에서 일어나기 시작하는 모라의 힘을 받아 그는 그 순간을 따라잡았다.

우린 혼자가 아니다! 우린 모두다!

케스트렐은 보우맨의 눈 속에서 수백 개의 눈을 볼 수 있었다.

자기를 구하기 위해 보우맨이 어떤 희생을 했는지 그녀는 금세 알아차렸다. 이제는 돌이킬 수 없다는 것도 알고 있었다.

더 이상 두려워 마라! 남들이 너를 두려워하게 하라!

보우맨의 힘은 갈수록 커져 마침내 매스터를 짓누르기 시작했다. 전에 한번 들었던 노래 소리가 그의 머리 속에서 다시 울려퍼지기 시작했다. 그 박자에 현혹된 탓인지 그의 가슴은 야만적인 기쁨으로 터질 것 같았다.

죽여! 죽여! 죽여! 죽여!

모라의 힘 앞에서 매스터는 전혀 힘을 쓸 수가 없었다. **죽여!** 하고 외치며 보우맨은 매스터를 사정없이 눌렀다. **죽여!** 보우맨은 손가락 하나 까딱하지 않고 적의 목숨을 쥐어 짜내며 외쳤다. **죽여!** 늙은이가 죽어 가는 것을 알면서도 놔주지 않고 즐거워 웃으며 소리쳤다.

오티즈는 자기를 옭아매고 있던 매스터의 의지가 자기로부터 풀려 나가는 것을 느꼈다. 자기의 칼이 케스트렐의 가슴을 관통할 듯이 거의 다가가 있었다. 그는 케스트렐을 껴안고는 괴로움을 이기지 못하여 그녀의 어깨에 얼굴을 파묻고 울기 시작했다.

멈포가 방안으로 뛰어들었을 때는 오티즈가 케스트렐을 찌를 듯이 칼을 치켜들고 있는 상태였다. 미처 생각할 겨를 없이 그는 있는 힘을 다해 오티즈의 뒷머리를 가격했다. 오티즈는 그 자리에서 숨지고 말았다. 케스트렐을 가슴에 안고, 눈물로 얼굴을 적신 채. 멈포는 그를 케스트렐로부터 떼어내 내동댕이쳤다.

"안 다쳤니?"

"응." 케스트렐은 온몸을 부들부들 떨며 대답했다. "괜찮아."

오티즈를 내려다보니 그는 아무 상처도 입지 않은 듯 평화롭게 잠들어 있었다. 그렇게 원하던 복수를 했지만 기대했던 것과는 전혀 다른 기분이었다. 마음속으로 전혀 기쁨을 느낄 수 없었다.

매스터의 눈은 아직까지도 보우맨을 바라보고 있었다. 하지만 그의 생명은 서서히 꺼져 가고 있었다. 그는 더 이상 반항하지 않았다. 위대한 국가를 건설해 낸 그의 의지는 이제 완전히 꺾여 버렸다.

"드디어 자유의 몸이 됐구나."

매스터가 숨을 거두기 전에 마지막으로 내뱉은 말이었다.

보우맨은 경련을 일으키며 제정신으로 돌아오고 있었다. 어둡고 깊은 세계로부터 빛의 세계로 떠오르고 있었다. 보우맨이 눈을 돌려 고뇌가 가득한 눈으로 자기를 바라보았을 때 케스트렐은 더 참지 못하고 뛰어가서 보우맨을 얼싸안았다. 그의 몸은 불같이 뜨거웠다. 그도 서서히 팔을 들어 케스트렐을 포옹했다. 보우맨의 눈은 서서히 초점을 되찾아 가고 있었다.

너를 죽게 내버려둘 수 없었어. 너 없이는 살 수 없어.

케스트렐은 눈으로 감사한 마음을 전하고 그의 뺨에 가볍게 키스했다. 그제야 남은 시간이 별로 없다는 생각이 들었다.

"멈포, 도와줘. 보우맨을 데리고 나가야 해."

22
노예들의 분노

매스터가 숨을 거두고 나자 모든 것이 순식간에 변했다. 조잔 경비대와 필사적으로 싸움을 벌이던 시민들은 휘두르던 무기를 내려놓더니 주위를 둘러보며 어리둥절한 표정을 지었다. 같은 편에 서서 싸우던 동료들끼리도 낯선 사람을 보듯 서로의 얼굴을 쳐다보았다. 조잔 경비대는 적의 사기가 왜 떨어지고 있는가는 알 바가 아니었다. 다만 전세가 자기들에게 유리하게 전개되는 것을 느끼고는 더욱 힘을 내 싸우고 있었다. 조혼은 부하들을 계속 독려했다.

"죽을 각오로 싸워라. 갱의 망치가 여기 있다!"

놀랍게도 철통같이 단단하던 적의 포위망이 서서히 뚫리기 시작했다. 적은 더 이상 싸울 의지를 잃고 뒤로 물러서고 있었다.

케스트렐과 보우맨과 멈포는 돌계단을 통해 살육전이 벌어지고 있는 홀로 내려왔다. 조잔 경비대는 사정없이 적을 도륙내고 있었다. 멈포는 능숙한 기술로 눈앞에 무기 든 병사들을 밀어 넘어뜨리면서 케스트렐과 보우맨을 위해 길을 트며 앞으로 나아갔다.

매스터의 의지에 이끌려 앞장서서 용감하게 싸우던 한 건장한 사나이가 갑자기 돌아서더니 정교한 무늬가 조각되어 있는 돌기둥을 향해 칼을 휘둘렀다. **팍!** 하고 칼날이 가 박히자, 돌 조각이 사방으로 튀었다. 그는 소리를 지르며 칼을 계속해서 휘둘렀다. **팍! 팍! 팍!** 정교한 무늬의 돌기둥은 순식간에 만신창이가 되고 말았다. 바깥 거리에서도 **쾅!** 하고 무엇인가 부서지는 소리가 났다. 사람들이 화분대를 뒤엎고 꽃을 발로 짓밟고 있었다. 여기저기서 군중들이 외치는 소리가 들려 왔다. **쨍그랑!** 하고 창문이 깨져 나갔다. 그 소리가 마치 신호인 것처럼 사람들은 너나 할 것 없이 칼을 휘두르고, 돌멩이를 던지고, 발로 차서 유리 창문들을 모조리 깨부수기 시작했다. **쨍그랑! 쨍그랑!** 군중들은 포도주 가게로 몰려가서 저마다 술병을 들고 나와서는 벽에 던져 깨뜨리면서 웃고 소리질렀다.

홀 안에서는 한 키 큰 사나이가 양손에 도끼를 들고 분수대 앞에 서 있었다. 그는 도끼를 휘둘러 대리석으로 된 새들을 산산조각 내더니 대리석 새장의 철창마저 부수어 버렸다. 물은 전과 같이 흘렀지만 그것을 막을 새장과 물보라 위로 날던 새는 더 이상 없었다. 대리석 파편과 유리 조각, 그리고 피가 사방에 튀어 바닥을 어지럽혔다.

우선 파멸시키고—

과연 예언대로 파멸은 시작되고 있었다. 자유를 되찾은 노예들은 오랫동안 잃어버렸던 힘을 만끽하려는 듯 무작정 부수고, 찢

고, 때리고, 죽였다. 연주가들은 악기를 짓밟았고, 농부들은 버터
통 안에서 춤을 추었다. 고삐 풀린 말들은 마구 뛰어다녔으며, 아
이들은 길에 오줌을 쌌다. 광장의 관상목 가지들은 모두 꺾였고
신부 일행이 타고 온 마차들도 산산조각이 났다. 이성 잃은 폭도
들은 도서관 안에까지 뛰어들어 책들을 창 밖으로 마구 내던졌다.
도서관 창문 밖으로 뿌려진 책들은 마치 상처 입은 새의 날개처럼
펄떡거리며 거리 위로 떨어져 내렸다. 군중들은 모두 목이 쉬도록
고래고래 소리를 지르고 있었다. 그 중에는 모든 것을 파괴하면서
느끼는 주체할 수 없는 광란의 기쁨 때문에 소리치는 자들도 있었
지만, 그 와중에 다쳐 고통의 비명을 지르는 자들도 많았다. 그때
누군가가 불을 지르기 시작했다.

원숭이 철창을 지키는 보초 둘은 아침 내내 회색 고양이가 피우
는 재주를 보며 즐거워하고 있었다. 고양이는 철창 위로 기어 올
라가서는 야릇한 몸짓을 하며 뛰어내리곤 했다. 그들은 먹을 것을
주며 쓰다듬으려 했지만 놈은 그들에게는 눈길조차 주지 않았다.
놈은 또다시 철창 꼭대기로 기어올라 뛰어내리려 하고 있었다.
그때 하이 도메인으로부터 물건 깨지는 소리와 함께 사람들 함
성이 들려 오기 시작했다. 보초들은 고개를 돌려 그쪽을 바라보았
다. 고양이도 호수 쪽으로 눈길을 돌렸다. 철창 안의 포로들은 겁
을 먹고 서로의 손을 꼭 쥐었다. 부수고 때리는 소리가 커져 갈수
록 보초들의 신경은 점점 더 날카로워져 갔다. 그들은 호수 위의
성과 원숭이 철창을 번갈아 보면서 어떻게 해야 좋을지 몰라 망설
이고 있었다. 철창 안에 있는 핀토 헤스는 조용히 동정을 살피며

옆 사람 손을 쥐고는 용기를 북돋아 주고 있었다.

그때 아버지 하노 헤스가 나타났다. 그는 언덕으로 뛰어오면서 보초들에게 호소했다.

"저 소리를 들어 보시오. 이제 다 끝났소. 세상이 변했소. 그러니 이제 포로들을 풀어 주시오."

그러나 보초들은 둔하기로 소문난 루머스 출신이었다. 그들은 두려운 얼굴로 하노를 쳐다보면서 천천히 물었다.

"풀어 주라고?"

"열쇠를 꺼내시오." 하노가 명령하듯 말했다. "철창을 열고 사람들을 내보내시오."

"내보내라고?" 루머스 보초는 또 한 번 물었다.

바람결에 호수 건너편으로부터 매캐한 연기 냄새가 실려 왔다. 핀토와 한 철창 안에 있던 포로 한 명이 연기를 보고 외쳤다.

"저길 봐! 성에 불이 붙었어."

"안 돼!" 하노가 외쳤다. "그런 말 하지 말아요!"

하지만 이미 때는 늦었다. 루머스 보초 둘은 서로를 쳐다보며 중얼거렸다.

"불이래, 불!"

주위에서 일어나는 소동 때문에 보초들은 조금씩 이성을 잃어 가고 있었다. 코를 벌름대며 연기를 들이마시더니 멀리서 들리는 함성을 따라 자기들도 조용히 외치기 시작했다.

"불이다! 불!"

그들은 소리치면서 아이들처럼 펄쩍펄쩍 뛰기 시작했다. "불이야, 불!" 그들은 킬킬대며 웃기 시작했다. 그 중 한 명은 화로로 가서 불 꼬챙이를 집더니 동료에게 말했다. "이 불 좀 봐!"

"잘 탄다!" 동료도 고개를 끄떡이며 좋아했다.

보초가 불 꼬챙이를 들고 원숭이 철창 쪽으로 가는 것을 보고 하노가 달려들었다. 하지만 보초는 하노를 한 손으로 밀어 바닥에 내팽개쳤다. 하노는 숨을 헐떡이며 공포에 찬 눈으로 보초의 행동을 지켜보았다. 그는 불 꼬챙이를 핀토의 철창 밑에 쌓아 둔 마른 땔감 위로 가져갔다. 핀토와 옆에 있는 사람들이 필사적으로 손을 밑으로 뻗어 불타기 시작하는 나무를 집어던지려 했지만, 철창 사이가 너무 좁아 손을 제대로 내릴 수가 없었다. 회색 고양이도 철창이 불타는 것을 알고 땅 위로 뛰어내렸다.

루머스 보초들은 타오르는 불길을 보며 신이 나서 어쩔 줄 몰랐다. 뜨거워 깡총깡총 뛰는 시늉을 해 가면서 껄껄대며 웃었다. 철창 안의 사람들은 되도록 불길로부터 멀리 떨어진 곳으로 피하려고 안간힘을 썼다. 핀토도 구석으로 가서 조용히 아버지를 쳐다보았다.

방죽 길은 이제 불타는 도시로부터 빠져 나가는 사람들로 발 디딜 틈이 없었다. 멈포는 앞장서서 길을 헤치고 나갔다. 무질서는 약탈자들로 인해 더욱 가속화되었다. 식기뿐 아니라 옷, 이불, 심지어 침대까지 들고 불타는 성채를 빠져 나가는 사람들도 있었다. 앞이 막혀 도중에 섰다가는 뒤에서 몰려오는 인파 때문에 자칫 밟혀 죽기 십상이었다. 방죽 길이 만원이자, 낮은 난간을 타고 가는 사람들도 있었다. 하지만 난간은 이내 너무 많은 사람들의 체중을 견디지 못하고 이곳저곳이 무너져 내렸다. 그 바람에 차가운 호수

속으로 빠지는 사람들도 많았다. 수영을 못하는 사람들은 살려 달라고 소리쳤지만 아무도 거들떠보지 않았다.

크리오스는 말이 끄는 우유 운반용 수레에 앉아 젖소들을 몰며 언덕을 내려가고 있었다. 하노 헤스로부터 기별을 받은 후, 출발 장소를 향해 가고 있는 중이었다. 그는 흥분한 소들이 "음매—" 하고 우는 소리를 듣고서 난리가 난 것을 알았다. 얼마 안 있어 하이 도메인에 불이 붙는 것을 볼 수 있었다. 갑자기 저쪽에서 하노가 자기를 급히 부르고 있었다.

"크리오스 씨! 여기 우유!"

크리오스는 하노가 무엇을 원하는지 처음에는 잘 알지 못했다. 하지만 원숭이 철창 한쪽 밑에 불이 붙어 포로들이 모두 반대쪽에 몰려 있는 모습이 보였다. 보초들은 그 옆에서 실성한 듯 웃으며 춤을 추고 있었다.

"우유를 뿌려 불을 끄세요!" 하노가 외쳤다.

"이런! 맙소사!" 크리오스는 혼잣말을 하며 마차를 세운 다음 뛰어내려 뒤에 실은 우유통으로 달려갔다. 우유통은 무거웠지만 힘이 장사인 크리오스는 우유통을 양팔로 감싸안고 뒤뚱거리며 원숭이 철창으로 걸어갔다. 보초들은 그 모습이 우스운지 배를 잡고 깔깔댔다. 하지만 그가 우유통을 철창 옆에 내려놓는 순간 놓치는 바람에 우유는 그만 길 위로 콸콸 쏟아지고 말았다. 보초들은 기분이 좋은지 넓적다리를 두드리면서 웃어 댔다. 철창 안의 사람들은 불이 발밑으로 번져 오는 것을 느끼며 엉엉 울기 시작했다.

크리오스는 자기 뺨을 때리며 훌쩍였다.

"나는 조상의 낯에 먹칠할 놈이야! 왜 난 이렇게 아무짝에도 쓸모가 없는 놈이냔 말이야!"

"여기 좀 도와주세요."

하노가 어느새 수레 쪽으로 가서 두 번째 우유통을 들어올리려고 끙끙대고 있었다. 크리오스는 얼른 뛰어가서 그것을 들어올렸다. 두 사람은 힘을 모아 불 위에 우유를 쏟아 부었다. 불은 마침내 칙— 소리를 내면서 꺼졌다. 타다 만 우유 냄새가 코를 찔렀다.

보초들은 놀라서 웃음을 멈추었다. 화가 난 보초 한 명이 칼을 뽑더니 크리오스를 향해 달려들었다. 다른 한 명은 불을 다시 붙이기 위해 마른 나뭇가지를 집어 들었다. 날아오는 칼을 피해 크리오스는 얼른 몸을 숙였다. 그러자 이번에는 칼이 위에서 아래로 떨어졌다. 크리오스는 얼른 마차 아래로 굴러 들어가 몸을 피했다. 약이 바짝 오른 보초가 마차 주위를 뛰어다니면서 밑을 칼로 쑤셨지만 크리오스는 용케도 잘 피했다.

미스트는 다른 보초가 나뭇가지를 들고 철창 쪽으로 가는 것을 보고 그의 의도를 알아차렸다. 고양이는 화가 치밀었다. 아침 내내 이 머저리들은 자기가 날지 못한다고 비웃으며 좋아했다. 그런데 이제 그것도 모자라서 사람들을 태워 죽이려 하는 것이다. 화가 머리끝까지 치민 고양이가 몸을 용수철처럼 구부리더니 뛰어올랐다. 발톱을 잔뜩 세우고는 그 어느 때보다도 빨리, 그리고 높이 날아서 보초의 얼굴을 덮쳤다. 발톱으로 보초의 뺨과 목을 사정없이 할퀴자, 깜짝 놀란 보초는 자기도 모르게 나뭇가지를 놓고 말았다.

"아야!" 보초는 비명을 지르며 고양이를 얼굴에서 떼어 냈다. 미스트는 가볍게 땅 위로 뛰어내렸다. 그제야 고양이는 자기가 방금

한 일을 돌아보며 감탄을 금치 못했다. 아니, 내가 어떻게 그렇게 멀리 뛸 수 있었지? 아니, 뛰었다고 하기보다는…….

날았나? 혹시 난 것 아닌가?

그 순간 칼을 빼든 보초의 비명이 들렸다. 그는 크리오스를 잡는 데 정신이 팔려 인기척을 전혀 느끼지 못했다. 그래서 자기를 향해 날아오는 멈포의 주먹을 까맣게 모르고 있다가 순식간에 숨이 끊어지고 말았다.

다른 보초 한 명은 동료의 비명 소리를 듣고 고개를 돌리려는 순간, 멈포의 주먹을 보았다. 하지만 그것이 그가 이 세상에서 본 마지막 모습이었다.

하노는 죽어 넘어진 보초의 혁대로부터 열쇠 꾸러미를 빼냈다. 보우맨은 철창 사이로 손을 넣어 핀토를 껴안았다. 아이라 헤스는 케스트렐에게 달려가 얼싸안았다.

철창 문이 열리면서 공포에 질린 포로들이 쏟아져 나왔다. 핀토는 다른 사람들이 다 나갈 때까지 기다렸다가 마음을 완전히 가라앉힌 후 아버지 품에 안겼다. 그 위로 아이라, 케스트렐, 보우맨 그리고 멈포가 얼싸안았다. 그들은 그렇게 서로를 껴안고는 한동안 말없이 그 상태로 있었다.

"이제 그만 갈 시간이다." 하노가 조용히 말했다.

조혼은 마침내 하이 도메인을 완전히 장악했다. 그는 불에 타는 도시를 구할 생각이 전혀 없었다.. 되려 웅장한 돔 건물이 화염에 싸여 무너져 내리는 모습을 보자, 만족감마저 느껴졌다. 하이 도메인의 영광은 이것으로 끝장이었다. 원래의 황무지로 돌아간다고 해서 하나도 아쉽지 않았다. 시민들끼리 죽이고 싸우라지. 매스터리의 정복자 조혼님께서는 따로 해야 할 일이 있었다. 승리의 조잔 경비대를 이끌고 오바갱으로 돌아가서 자기를 새로운 군주로 선언할 계획이었다. 다만 한 가지, 자신의 그러한 행동을 합리화하기 위해서는 자기가 짝사랑해 온 공주를 찾는 일이 급했다.

하지만 공주는 어디로 갔는지 도무지 알 수가 없었다. 매스터와 오티즈의 시체를 찾았건만 조딜라만은 어디로 갔는지 감쪽같이 사라져 버렸다.

"누가 납치해 간 것이 분명해!" 조혼은 격분해서 외쳤다. "어떤 놈이 공주를 숨겨 놓고 있는 거야!"

수상과 궁중 점쟁이가 조혼 앞으로 끌려왔다. 현인 오조는 공포에 질려 제정신이 아니었다.

"공주를 어디에 감췄지?" 조혼이 소리쳤다.

"모른다!" 바잔이 꽥 소리질렀다.

조혼은 망치를 거꾸로 들고 손잡이에 달린 날카로운 칼날을 세우더니 바잔을 향해 휘둘렀다. 바잔은 악— 하고 비명을 질렀다. 겉옷이 찢어지고 속살이 갈라져 피가 흐르기 시작했다.

"더 깊이 찌를까?"

"맹세하오. 나…… 나는 정말로 모르오." 바잔은 고통과 두려움에 질려 성급히 내뱉었다.

조혼은 그를 경멸하는 눈으로 쳐다보았다.

"너도 남자냐? 똑바로 서 봐!"

바잔은 공포로 잔뜩 움츠러진 몸을 바로 세우려고 노력했다.

"벌레 같은 놈이 감히 나에게 도전하려 했다니. 위대하신 분을 보면 당장 알아봐야 할 것 아니냐?"

"몰라뵈어 죄송합니다." 수상이 쩔쩔매며 답했다.

"이제는 알겠지. 꿇어라."

망치의 날카로운 칼날이 공기를 갈랐다. 바잔은 서둘러 꿇어앉았다.

"이제부터 내 이름은 조호나이시다. 백만 영혼의 지배자이니라."

"예, 알겠습니다."

"'예' 한 다음에 뭐라고 해야 하지?"

"예, 전하."

이번에는 점쟁이 차례였다.

"현인 오조!" 조혼은 코방귀를 뀌며 불렀다. "네가 그렇게 똑똑하다면 조딜라가 어디 있는지 알겠구나?"

"저의 지혜는 다 없어졌습니다, 군주시여." 오조가 훌쩍댔다. "저는 달걀을 잃어버렸습니다. 그래서 아무 것도 알 수 없습니다."

"바지를 벗어 봐."

그는 서둘러 바지를 벗어 내렸다. 그의 아랫배와 다리에는 문신이 새겨져 있지 않았다.

"문신은 페인트칠을 한 것이었구나!" 조혼이 외쳤다. "내 그럴 줄 알았지. 이자를 데려다 삶아 죽여라."

불쌍한 오조는 엉엉 울면서 끌려 나갔다. 조혼은 장교들을 둘러보며 말했다.

"매스터리 국민들에게 이렇게 전하거라."

그는 눈앞에 마치 시민들이 있기라도 한 듯이 독백으로 읊기 시작했다.

“내일 새벽까지 조딜라 서하라시를 내 앞에 대령시키지 않으면 그대들은 몰살당할 것이다. 남자, 여자, 아이들까지 한 명도 남기지 않으리라. 그때까지 조딜라가 나의 강력한 팔에 안겨 있지 않는다면 한 놈도 살아남지 못할 줄 알라.”

23
조딜라 뺨의 상처

땅거미가 질 무렵 하노는 일행을 이끌고 언덕을 거슬러 올라 매스터리를 빠져 나가고 있었다. 그날 벌어진 사건을 직접 목격한 일부 맨스족은 아이라 헤스가 예언가임을 확신하고 그녀 주위로 모여들었다. 하지만 나머지 대부분의 맨스족은 혼란한 틈을 타서 물건을 빼앗고, 주인 없는 농가에 들어가 그 집에 들어앉는가 하면, 논밭을 차지하는 등 매스터리에 주저앉을 생각을 하고 있었다. 그들은 떠나는 아이라 일행을 보고 어디로 갈 것이냐고 물었다. 하지만 아무도 그 질문에 답할 수 없었다. 그들은 어떻게 자신을 보호할 것이냐고 물었다. 무엇을 먹고 겨울이 오면 어떻게 얼어죽지 않고 견딜 것이냐고도 물었다.

"당신이 말하는 고향이라는 곳은 멀리 있소?"

"꽤 멀지요." 아이라가 대답했다. "하지만 아주 멀지는 않아요."

달리 대답할 말이 없었다. 꿈에서 본 것이 고작이었으니 어디 있고, 얼마나 먼지 아이라 자신도 알 길이 없었다.

그날 저물녘, 돌로 닦은 길 위를 맨스족 30명과 소 다섯 마리, 말이 끄는 짐수레 한 대 그리고 회색 고양이 한 마리가 한 줄로 걸어가고 있었다.

뒤에 남기로 한 맨스족 중에 떠나는 일행에게 작별 인사를 하러 나온 이들도 있었다. 그들의 작별 인사는 우울했다. 몸도 몹시 지쳤을 뿐 아니라 마음도 불안했고, 남기로 한 자기 판단이 옳은지 의심스러웠기 때문이었다. 하지만 길 떠나는 사람들을 보니 며칠 먹을 만큼의 식량밖에 지니고 있지 못했다. 그것이 다 떨어지고 나면 길에서 식량을 구하든지, 아니면 굶어죽을 판이었다. 겨울은 다가오는데 길에서 한뎃잠을 자면서 땔감을 주워 몸을 녹여야 할 판이었다. 희망과 믿음만으로 떠나는 어리석고 무모한 여정이었다. 그럼에도 불구하고 그들은 조금의 망설임도 없이 손을 흔들어 작별을 고하더니 언덕길을 올라 나무숲 사이로 사라졌다.

하노 헤스는 아내와 함께 앞장서 걸어갔다. 그들은 노예가 되어 걸어서 왔듯이 걸어서 매스터리를 떠나고 있었다. 그들 뒤를 보우맨과 케스트렐, 핀토가 따라 걸었다. 멈포는 자진해서 호위 임무를 맡았다. 그는 미밀리스의 건장한 아들 두 명과 함께 행렬의 앞뒤를 오가며 뜻밖에 닥칠지 모를 위험에 대한 경계를 늦추지 않았다. 일행 중에는 스쿠치, 미밀리스 가족, 뚱보 치리시 부인도 있었다. 크리오스는 젖이 무거워 우는 젖소들을 몰면서 걸었다.

숲을 지나고 매스터리 국경을 알리는 돌기둥도 통과한 후 매스터리를 둘러싸고 있는 황무지로 걸어 나왔다. 아이라 헤스는 그곳에 멈춰 서더니 눈을 감았다. 잠시 그러고 있으려니 아주 먼 곳으로부터 따스한 기운이 한쪽 뺨으로 전해져 왔다. 그것을 길 안내 삼아 그녀는 북쪽으로 돌아섰다. 하노는 그날 되도록 많이 걸어 매스터리로부터 멀리 떠나고 싶었다. 하지만 어둠이 깔리기 시작한 데다 하루 종일 두려움에 떨었던 터라 사람들은 많이 지쳐 있었다. 그래서 할 수 없이 그날은 그만 걷기로 했다.

조그맣게 모닥불을 지피고 모두 둘러앉았다. 크리오스는 소에게 일일이 사과하며 잔뜩 불어 탱탱해진 젖을 짜기 시작했다. "그래도 나보다 네가 운반하는 것이 낫지 않겠니?" 하면서.

빵 가게에서 갖고 온 빵에다 신선한 우유로 그날 저녁은 모두 잘 먹을 수 있었다. 하지만 앞으로가 문제였다.

핀토는 아빠 곁에 붙어 앉으며 조용히 속삭였다.

"먹을 것이 다 떨어지면 그 다음부터는 어떡하죠?"

"하늘에서 떨어지겠지 뭐."

"아니, 정말로요?"

하노는 핀토의 깡마른 뺨에 입맞춤하며 말했다.

"길만 제대로 찾는다면 어떻게 해서든지 그곳에 도착할 수 있을 거야."

"아빠, 사랑해요."

"우리 모두 이렇게 다시 모인 것만 해도 얼마나 다행이니?"

보우맨은 침묵을 지키고 있었다. 매스터와 마음의 대결을 벌인 이후로 그는 계속 말이 없었다. 그의 얼굴은 창백했으며 수치스러운 듯했다. 보우맨은 사람들을 피해 회색 고양이하고만 상대했다. 그는 모두로부터 떨어져 앉아 무릎 위에 고양이를 앉힌 채 말없이 허공만 쳐다보고 있었다.

아이라는 보우맨이 그러는 이유를 어느 정도 이해할 수 있었다. 그러나 이미 엎지른 물은 어쩔 수 없었다. 아들을 위로하거나 다독거리는 대신 앞으로도 그의 도움이 계속 필요할 것이라는 사실을 상기시켰다.

"앞으로도 어려운 일이 닥쳐올 거야. 우린 네 힘이 필요해. 네가 어떤 값을 치르든 간에 말이야."

보우맨이 원하는 것도 바로 그것이었다. 자기가 한 일에 대해 보상하고 싶었다.

"전 두렵지 않아요. 어떤 위험도 마다하지 않을 거예요."

"너는 네 임무를 잘 해낼 거야." 어머니가 부드럽게 말했다.

그 말은 보우맨에게 큰 위로가 되었다. 사실 싸움은 아직 끝나지 않았다. 따라서 패배를 인정하기는 일렀다. 아이라는 보우맨의 손을 끌어 가족 기도에 참여시켰다. 모두 머리를 맞대고 서로를 껴안자, 제일 어린 핀토가 먼저 입을 열었다.

"저는 우리 가족이 언제까지나 함께 하기를 기도해요."

그러자 케스트렐도 같은 말을 반복했다.

"저도 우리 가족이 언제까지나 함께 하기를 기도해요."

보우맨은 가족의 따스한 정이 자기를 감싸는 것을 느꼈다. 그것이 불가능한 일이라는 걸 잘 알면서도 그 역시 같은 기도를 했다.

"저도 우리 가족이 언제까지나 함께 하기를 기도해요."

아이라 헤스는 조용히 말했다.

"우리 모두에게 기운을 주소서."

그러자 마지막으로 하노 헤스가 말했다.

"사랑하는 가족 모두가 영원히 안전하고 건강하기를 기원합니다."

일행이 모두 잠든 후에도 멈포는 잠자지 않고 보초를 섰다. 구름이 잔뜩 끼여 별조차 보이지 않는 무척 어두운 밤이었다. 모닥불마저 깜빡거리며 꺼져 가자, 거의 아무 것도 눈에 보이지 않았다. 멈포는 두 눈을 감고 오로지 청각에 의존하여 주위를 경계했다. 가만히 앉아 있으려니 옆구리와 다리 상처가 쑤셔 왔다. 멈포는 케스트렐에 대해 생각했다. 자기를 대하는 케스트렐의 태도는 분명히 전과 달라졌다. 감사하는 마음, 아니 존중하는 자세로 변했다. 둘이 애기를 나눌 시간도 없었고, 또 그럴 상황도 아니었지만 모든 일이 끝나고 나면 이야기 나눌 시간은 얼마든지 있을 것이었다. 지금 자기가 할 수 있는 일이란 그녀를 보호하는 것이리라. 멈포는 자기가 사랑하는 이들을 보호해 주고 싶었다. 매스터리는 그에게 강력한 힘을 가르쳐 주어 이제 마음만 먹으면 그 누구와도 맞설 수 있고, 또 죽일 수까지 있었다. 아직까지도 새로 얻은 자기의 힘이 익숙지 않아 한편 신기하면서도 조금은 두렵기까지 했다. 하지만 그 덕에 모두를 위해 자신도 한몫 하게 되었고 케스트렐도 자기를 필요로 하게 되었다.

멈포는 조용히 앉아서 밤의 소리를 듣고 있었다. 근처 어디선가 졸졸 흐르는 시냇물 소리가 사위어 가는 모닥불이 내는 쉿 소리와 조화를 이루고 있었다. 가끔씩 밤새가 머리 위를 조용히 날아 지나갔다. 눈에 보이지 않는 작은 동물들이 땅을 파는 소리도 들렸다. 이 모든 소리 밑바탕에서는 규칙적으로 북을 두드리는 듯한 소리가 들렸다. 다름 아닌 자기 심장이 뛰는 소리였다.

바람이 얼굴을 스치고 지나갔다. 눈을 뜨니 머리 위 구름이 서쪽을 향해 움직이고 있었다. 별들이 하나 둘 얼굴을 내밀기 시작했다. 반달도 떴다. 멈포는 자기가 좋아하는 별자리들을 찾아보았다.

"오빠 자?"

멈포는 깜짝 놀라 돌아봤다. 핀토였다.

"핀토! 여태까지 안 자고 있었어?"

"잠이 안 와."

"자야 해. 내일 하루 종일 걸어야 해."

"오빠도 마찬가지잖아? 오빠는 부상까지 입었는데."

"난 괜찮아. 원래 건강하잖아?"

"나도 그래."

멈포는 핀토를 사랑스럽게 쳐다보았다. 핀토는 떨고 있었다.

"불 좀 더 지필게."

불꽃이 남은 숯을 모아 놓고 그 위로 채 타지 않은 나뭇가지를 올려놓자 불길이 되살아났다. 그러자 주위에 쓰러져 자고 있는 사람들의 모습이 보였다. 그들은 조금이라도 온기를 나누기 위해서인지 서로를 꼭 부둥켜안은 채 자고 있었다. 케스트렐을 찾아보니 엄마와 보우맨 사이에 끼여 자고 있었다.

"오빠, 아직도 언니를 사랑해?"

"응." 멈포는 조금도 망설이지 않고 대답했다.

"언니가 죽으면 어떡할 거야?"

멈포는 움찔하며 핀토의 얼굴을 쳐다보았다.

"그런 소리 하지 마."

"만약을 가정해서 하는 말이야."

"생각도 하고 싶지 않아."

"그러면 언니를 잊고 다른 사람을 사랑하겠지. 모든 사람들이 그렇듯이."

"아무도 죽지 않을 거야."

"바보 같은 소리 하지 마. 누구나 결국에는 죽게 마련이야."

"적어도 아주 오랫동안은 안 죽을 거야."

"언니는 나보다 나이가 많으니까 나보다 먼저 죽을 거야. 그러면 나만 뒤에 남게 되겠지. 오빠도 늙으면 그때 가서 날 사랑해 줘."

멈포는 자기를 향한 핀토의 애착이 귀여워 픽 웃으며 대답했다.

"그래. 늙으면 널 사랑할게."

잠시 두 사람은 조용히 타는 불만 쳐다보고 있었다. 갑자기 멈포 귀에 발소리가 들렸다. 그는 얼른 일어나서 칼을 뽑으며 핀토에게 일렀다.

"넌 여기 가만히 있어."

핀토는 잠이 든 부모 옆에 바싹 붙어 누웠다. 멈포는 어둠 속으로 살며시 뛰어 사라졌다. 침입자의 발소리가 이제 핀토의 귀에까지 들렸다. 하지만 모닥불의 불빛이 미치지 않는 곳은 칠흑같이 깜깜해 아무 것도 볼 수 없었다. 발소리가 멈추더니 잘 알아들을 수 없는 말소리가 들렸다. 여자의 목소리였다. 멈포가 여자 둘을 데리고 모닥불 옆으로 돌아왔다. 한 명은 뚱뚱했고, 또 다른 한 명은 호리호리했다. 그들은 추워서뿐만 아니라 두려움 때문에 부들부들 떨고 있었다. 멈포는 그들을 불가로 안내했다.

뚱보 여자가 말했다.

"자, 여기서 불을 쬐세요."

가냘픈 여자는 아무 말도 하지 않았다. 그녀는 불가로 가서 몸을 웅크리고 앉았다.

멈포가 핀토 귀에 대고 속삭였다.

"먹을 것이 있으면 좀 가져와."

핀토는 고개를 끄떡이고 나서 손을 더듬어 수레 쪽으로 갔다. 그리고 빵을 두 조각 갖고 왔다. 뚱보 여자는 빵을 받아 쥐더니 한 조각을 가냘픈 여자에게 주었다. 그 여자는 그것을 잠시 쥐고 있더니 땅에 떨어뜨렸다.

핀토가 깜짝 놀라 외쳤다.

"무슨 짓이에요! 우리 먹을 것도 모자라는데."

가냘픈 여자는 얼굴을 찡그리며 핀토 쪽을 쳐다보았다. 그리고는 자기가 떨어뜨린 빵 조각을 다시 집어서 핀토에게 내밀었다.

"미안해." 그녀의 목소리는 낮고 처량하게 들렸다.

"오, 공주님." 뚱보 여자가 흐느꼈다. "무엇이든지 좀 드셔야 해요. 안 그러면 죽습니다. 그러면 난 어쩌란 말입니까?"

"쉿!" 하고 멈포가 주의를 주었지만 때는 늦었다. 런키가 우는 소리를 듣고 보우맨이 깨어났다. 그가 일어나 앉자, 그 때문에 케스트렐도 동시에 깨어났다. 보우맨이 눈을 비비며 보자, 앞에는 그때까지도 웨딩 드레스를 입은 조딜라 서하라시가 슬픈 얼굴로 그를 쳐다보고 있는 것이 아닌가! 보우맨은 자기가 꿈을 꾸는 것이라고 생각하면서 깨어나면 그 모습이 사라질까 봐 손을 앞으로 뻗으며 말했다.

"가지 마세요!"

그때 케스트렐이 깨어나 외쳤다.

"조딜라!"

"오, 케스!"

공주는 친구의 품에 안겨 그때까지 참아 오던 눈물을 쏟았다.

"그래요," 하면서 런키도 안심한 듯 훌쩍이며 말했다. "친구가 이제 도와줄 거예요."

"저 여자 누구야?" 핀토가 멈포에게 나직한 목소리로 물었다.

"결혼 때문에 왔던 공주야."

케스트렐은 공주를 안심시키고 나서 자초지종을 얘기해 보라고 했다.

"조혼은 어머니와 아버지를 가두고 사람들을 마구 죽이고 있어. 그리고 나하고 결혼하겠다면서 야단치고 다니지만 난 싫어. 난 너하고 같이 갈 거야. 왜냐면……" 공주는 다시 한 번 훌쩍였다. "왜냐하면 넌 내 친구잖아?"

"하지만 조딜라." 케스트렐이 조용히 타이르듯 말했다. "우린 너하고 같은 민족도 아니야. 넌 우리처럼 생활할 수 없을 거야. 우리 일행 중에는 공주고 뭐고 없어. 모두 보통 사람들일 뿐이야."

"내가 원하는 것도 바로 그런 거야. 나, 베일도 벗었다. 저 남자한테 벌써 내 얼굴도 보여 줬어."

공주는 돌아서서 멈포를 가리키며 말했다.

"저 사람 말고는 아직까지 내 얼굴을 본 남자는 없잖아? 참, 네 쌍둥이 오빠만 빼고." 공주는 자기를 응시하고 있는 보우맨을 돌아보았다. "하지만 보우맨은 나를 하녀로 알고 있어. 이제 나는 하녀나 다름없지 뭐. 런키, 이제 내 하녀 노릇 하지 마. 이제부터 우린 보통 사람이 되는 거야. 런키도 이제부터는 내 친구 해."

런키는 깜짝 놀랐다.

"전 친구 할 줄 몰라요. 하녀밖에 할 줄 몰라요."

공주는 보우맨을 쳐다보며 물었다.

“우리 같이 가도 괜찮겠어요?”

보우맨은 아무 대답도 하지 않았다.

“왜 내게 말을 안 하는 거지?”

“너 때문에 그러는 것이 아니야.” 케스트렐이 해명했다. “우리가 하이 도메인을 떠날 때부터 계속 저러고 있어.”

“나 때문에 저러는 것이겠지 뭐. 내가 별나다고 생각하니까. 하지만 조금 전에 나보고 가지 말라고 그랬어.”

공주는 마치 보우맨이 자기가 한 말을 취소라도 할까 봐 고집불통의 표정으로 입술을 오므리며 말했다. “가지 말라고 했으니 안 갈 거야.”

“아침에 다시 얘기하기로 하자.” 케스트렐이 말했다.

하지만 공주는 이미 결심한 듯했다.

“더 얘기할 것도 없어. 나는 너랑 같이 갈 것이고 이제부터 나는 공주 안 할 거야. 아무나 눈알이 튀어나올 때까지 내 얼굴 쳐다봐도 상관 안 할 거야.” 공주는 자기 얼굴을 계속해서 쳐다보고 있는 핀토 쪽으로 고개를 돌리며 말했다. “꼬마 아가씨까지 포함해서.”

핀토도 지지 않고 응수했다.

“난 내가 보고 싶으면 누구라도 볼 거야.”

“내가 너의 흥밋거리가 될 수 있다니 기쁘구나.”

“나는 언니가 흥밋거리라서 보는 것이 아니라 너무 아름다워서 보는 거야.”

“아니! 안 돼!” 공주가 다급한 목소리로 외쳤다. “런키, 저 아이를 때려 줘. 눈을 빼내. 너 다신 그런 소리 하면 안 돼. 난……난…… 난 안 그래. 정말 그런가? 나도 몰라. 헷갈려!”

"이쪽으로 와." 케스트렐이 부드러운 어조로 말했다. "나하고 런키 사이에 누워. 런키도 괜찮겠지요? 여기 불가니까 춥지는 않을 거야."

잠시 후 모두들 눕고 나자 조용해졌다. 하지만 멈포는 끝까지 안 자고 보초를 서겠다고 우겼고 보우맨도 충분히 잤다면서 다시 눕지 않았다.

최근 들어 멈포는 보우맨이 왠지 어렵게 느껴지기 시작했다. 보우맨은 말이 거의 없었다. 자기와 동갑이었지만 훨씬 더 어른스러웠다. 마치 먼 여행을 떠나 남이 모르는 기술을 혼자서만 익히고 돌아온 듯한 그런 인상을 주었다. 멈포는 보우맨에게 감히 말을 걸지 못하고 조용히 앉아 있었다. 밤이 깊었을 때, 뜻밖에 보우맨이 먼저 입을 열었다.

"멈포, 모라 기억하니?"

"물론이지." 먼 옛날 이야기였지만 멈포는 조금도 잊지 않고 있었다.

"모라는 죽지 않았어. 모라는 영원히 죽지 않을 거야." 보우맨은 잠시 조용히 있더니 말을 계속했다. "너도 알지? 직접 느껴 봤으니까."

"응, 알 것 같아."

"모라는 내 몸 속에서 되살아났어. 케스를 구하기 위해서는 그럴 수밖에 없었어."

"케스를 구했다고? 난 내가……" 하더니 멈포는 말을 멈추었다. 오티즈의 칼이 케스트렐의 가슴을 찌르려는 찰나, 그녀를 구해 준 사람이 자기라고 생각하고 있었던 것이다. "난 그놈이 케스를 죽이려는 줄 알았어."

"그래, 맞아. 그때 죽이려고 했어."

"그렇다면…… 어떻게……? 난 무슨 소린지 잘 모르겠는걸?"

"아, 그래. 내가 잠시 혼동했어. 케스를 구한 건 너야."

보우맨은 멈포를 어리둥절하게 만들어 놓고 나서 또다시 침묵 속에 빠졌다. 하지만 잠시 후 다시 입을 열었다.

"내가 가면 날 대신해서 케스를 잘 돌봐 줄래?"

"당연하지."

"케스는 자기 쪽에서 날 돌봐 준다고 생각하지만 내가 가고 나면 힘들어할 거야."

"내 목숨이 붙어 있는 한 내가 돌볼 거야."

"네가 케스를 사랑하는 것 나도 알고 있어."

"그래, 나 케스 사랑해." 멈포는 그 문제에 대해 말할 수 있는 것만으로도 기뻤다. "지금이 아니라도 좋아. 언젠가, 우리의 모든 고난이 끝났을 때 케스가 날 사랑해 줄 것이라고 생각하니?"

"케스는 벌써 너를 사랑하고 있어."

"단순한 친구로서가 아니라……."

보우맨은 잠시 침묵했다. 그러고 나서 조용히 말했다.

"아마 안 그럴 거야. 아무하고도 결혼하기를 원치 않으니까."

멈포는 실망했지만 보우맨의 대답에 반박할 엄두가 나지 않았다. 아라맨스에 살 때부터 케스트렐이 그와 같은 소리를 누누이 하는 것을 수없이 들었기 때문이었다.

"보우, 도대체 케스가 원하는 것이 뭐야?"

"아마 자기도 모를 거야."

"나는 내가 무엇을 원하는지 알아. 너무 확실하기 때문에 그리라면 그럴 수도 있어.”

보우맨은 무릎 위에 앉은 고양이를 쓰다듬으며 물었다.

“멈포, 넌 무엇을 원하는데?”

“난 결혼하고 싶어. 집 한 채하고 아들을 갖고 싶어. 난 그 녀석을 깨끗하게 목욕시켜 주고 예쁜 옷을 입혀 모든 사람들로부터 사랑받게 해 주고 싶어. 난 녀석의 친구들하고 같이 놀아 주고 하루 종일 웃으면서 외롭지 않게 살 거야.”

보우맨은 미소 지었다.

“이름은 무엇이라고 지어 줄 거야?”

“처음에는 아버지 이름을 붙여 줄까 했는데 이제는 내 이름을 붙이고 싶어. 멈포 2세라고 말이야. 여름날 집 밖에 앉아 있으면 아이들이 내 이름을 부르며 이렇게 말하는 것을 들을 수 있을 거야. ‘멈포, 나랑 같이 놀자. 멈포, 우리 모두 게임하려고 널 기다리고 있단 말이야. 네가 안 나오면 시작 못하잖아?’”

“우리 모두 살아남아 부디 그날을 맞기를 기원하자.”

그 후 두 친구가 조용해지자, 그 틈을 타서 미스트가 보우맨에게 말을 걸었다.

이봐!

응? 왜 그래?

나 싸우는 것 봤어? 나도 싸웠다고.

응, 봤어.

그래서?

그래서 뭐?

나 난 것 같아. 아니, 난 것이 분명해. 자네도 배우고 싶다면 내가 가르쳐 줄게.

그래, 가르쳐 줘.

미스트는 우쭐해졌다.

서서히 하늘이 밝아 오고 있었다. 구름은 모두 흩어져 어디론가 사라졌다. 동쪽 지평선으로부터 희미한 연두색이 번지기 시작했지만 별들은 아직까지 초롱초롱 빛나고 있었다. 소들은 깨어나서 군데군데 남아 있는 풀들을 뜯었다. 저 멀리 나무 위에서 새들이 지저귀기 시작했다.

갑자기 미스트의 귀가 쫑긋 섰다.

아주 멀리서 나팔 소리가 들려 왔다. 멈포는 자리에서 벌떡 일어났다. 말발굽 소리가 바람에 실려 왔다. 보우맨이 일어서자, 고양이가 얼른 무릎 위에서 뛰어내렸다.

"빨리 모두를 깨우자!"

하노 헤스는 벌써 일어나고 있었다.

"무슨 일이야?"

"말 탄 사람들이 이쪽으로 오고 있어요." 보우맨이 말했다.

멈포는 가만히 서서 그 소리에 귀를 기울였다. 말들은 열을 지어 호흡을 맞춰 달리고 있었다.

"기마대야!" 멈포가 중얼거렸다.

이제 일행은 모두 잠에서 깨어나고 있었다. 아이라 헤스는 자기 옆에서 꼬부리고 잠들어 있는 조딜라를 그때 처음으로 보았다.

"넌 누구니? 어쩌면 이렇게 예쁠 수가!"

공주는 말발굽 소리를 듣고는 몸을 떨기 시작했다.

"날 찾아오고 있는 거예요. 날 데려가지 못하게 해 줘요! 제발!"

“빨리 수레에 짐을 실읍시다!” 하노가 외쳤다.

“빨리 공주를 숨겨야 해요.” 케스트렐이 어머니에게 말했다.

“수레 속에 숨기자.” 자초지종은 들을 필요도 없다는 듯이 아이라가 서둘러 제안했다.

조딜라와 런키는 수레 속 담요와 식료품 밑에 몸을 숨겼다. 말 탄 군대가 언덕 위로 모습을 드러냈다. 조혼의 지휘를 받는 조잔 경비대원이 달려오고 있었다.

맨스족은 감히 도망칠 엄두를 내지 못했다. 기마대가 그들 주위를 겹겹이 에워싸는 중에도 새벽 찬 공기 속에 몸을 떨면서 가만히 서 있을 뿐이었다. 조혼은 모닥불 근처로 말을 몰고 다가오더니 은 망치를 들어 헤스 가족을 가리켰다.

“어디 있느냐? 빨리 내놔라!”

“누구 말씀입니까?” 하노가 정중하게 물었다.

“누군지 알지 않느냐? 조딜라 말이다.”

“조딜라가 누구입니까?”

“공주 말이다. 당장 내놓아라.”

조혼은 공주를 찾느라고 밤잠을 설쳤기 때문에 신경이 무척 날카로워져 있었다.

“여기에는 공주가 없습니다.”

“네가 감히 모르는 척하느냐?” 조혼이 소리를 버럭 질렀다. “몰살시켜라!”

키 큰 조잔 경비대원들이 말에서 내려 칼을 뽑고 다가왔다.

“왜 우리를 죽입니까? 그래서 좋을 것이 뭐가 있습니까?” 하노가 논리적으로 물었다.

"네가 누구 앞이라고 주둥이를 함부로 놀리느냐?" 조혼이 소리를 빽 질렀다. "저놈부터 죽여라!"

조혼이 은 망치로 하노를 가리키자 경비대원이 그를 향해 다가갔다. 멈포는 칼자루를 움켜쥐고 여차 하면 달려나갈 준비를 하고 있었다. 맨스족 일행은 공포에 질려 지켜볼 수밖에 없었다. 조잔 경비대원이 칼을 쳐드는 바로 그 순간—

"멈춰라!" 하는 높고 냉랭한 목소리가 들렸다. 모두 고개를 돌려 바라보니 수레 뒤에서 찬란한 웨딩 드레스를 입은 조딜라가 베일로 얼굴을 가린 채 당당하게 앞으로 나섰다.

공주를 발견한 순간 조혼은 부드럽게 변했다. 언제 화가 났었냐는 듯이 미소까지 지었다. 그는 재빨리 부하들에게 칼을 거두라는 신호를 보냈다. 조혼은 잘생긴 얼굴에 생기가 돌면서 밝은 표정으로 말에서 내려 공주에게 다가가서는 고개 숙여 절했다.

"공주님."

그러나 조딜라는 아무 말도 하지 않고 그 자리에 서 있었다. 조혼은 공주가 자기를 보고 반가워 품안에 뛰어들 것을 기대하고 있었다. 하지만 공주는 자기가 어떤 분이 되었는지, 상황이 어떻게 변했는지 도무지 파악하고 있지 못하는 눈치였다.

"공주님, 백만 개 눈의 군주, 갱의 조호나를 소개드리오."

그래도 조딜라는 여전히 침묵을 지키고 있었다. 공주의 침묵 때문에 분위기가 어색해졌다. 어쩌면 자기 부모가 걱정되어서 저러는지도 모른다는 생각이 들었다. 그것은 이해할 수 있는 일이었다.

"공주의 아버지는 왕권을 내게 물려주셨소. 부모님은 내가 안전하게 보호하고 있소."

그래도 공주는 입을 다물고 있었다. 조혼은 자기도 모르게 손에 쥔 망치를 주물럭거리기 시작했다. 이제 하지 않고 남겨 둔 말은 그것 하나밖에 없었다. 아마 수줍어서 내가 그 말을 먼저 해 주기를 저렇게 기다리고 있는 모양이로구나. 그렇다면 어서 해 주리라.

"공주시여, 나의 청혼을 들어 주시오."

공주는 손을 천천히 들어 얼굴을 가리고 있던 베일을 걷어 올렸다. 조혼은 공주의 아름다운 얼굴을 넋이 빠진 듯 쳐다보았다. 상상했던 것보다 몇 배나 더 아름다운 얼굴이었다.

"공주시여. 나의 간절한 청을……."

그는 한쪽 무릎을 꿇었다.

"일어나세요!" 조딜라가 명령했다. "다시는 나를 이런 식으로 대하지 마세요."

조혼은 얼굴이 벌겋게 상기된 채 일어섰다.

"공주님, 제가 알기로는 당신께서도 나와 같은 생각을……."

"케스! 네가 이 사람한테 내가 관심이 있다고 했니?"

케스트렐은 공주의 의젓하고 당당한 모습을 보고는 감탄을 금할 수 없었다.

"너를 자유롭게 하고 너의 나라를 다시 부강하게 만드는 사람을 너는 사랑할 것이라고 말했지."

"그것 보십시오, 공주!" 조혼은 보라는 듯이 냉정을 조금 되찾으며 말했다. "우리 나라를 부강하게 만들 사람이 나 말고 또 누가 있겠소?"

"당신이 왕권을 이어받을 권리가 있나요?" 공주가 차갑게 따졌다. "우리 나라는 내가 부강하게 만들 수 있어요."

조혼은 침을 꿀꺽 삼켰다. 불행히도 그는 그때까지도 사태를 제대로 파악하지 못하고 있었다.

"그렇다면 내 청혼을 거절한다는 말이오?"

조딜라는 의젓한 자세로 머리를 쳐들고 말했다.

"이유까지 말해 줘야 알아듣겠어요? 당신은 하찮은 사람이에요. 당신 같은 사람은 내게 쓸모도 없고 난 관심조차 없어요. 그러니 가 보세요."

조혼의 멍청한 눈이 빙빙 돌기 시작했다. 손바닥은 땀에 젖어 축축해졌고 귓속에서는 꽹과리 치는 소리가 났다. 말을 하고 싶은데 할 말이 생각나지 않았다. 갑자기 아득하게 숨넘어가는 소리가 들려 오는 것 같았다. 정신을 가다듬고 보니 그것은 사람들이 자기를 보고 웃는 소리였다.

그는 머리 속으로부터 붉은 안개를 걷어치웠다. 그의 허영기가 다시 고개를 쳐들었다. 그는 자존심을 곧추세웠다.

"모두 칼을 뽑아라!" 조혼은 부하들에게 명령했다. "한 놈이라도 움직이는 놈이 있으면 당장 베어라."

그러고 나서 두 명의 심복에게 손짓하며 명령했다.

"저 계집애를 체포해라."

부하 둘이 앞으로 나서더니 양편에서 공주의 팔을 붙잡았다. 격분한 공주가 팔을 뿌리치려고 해 봤지만 그들은 놔주지 않았다. 조혼은 깊이 숨을 내쉬었다. 마음이 가라앉으면서 자신감이 되살아났다.

"공주, 내가 이런 식으로 제안하면 어떨까?" 그는 망치를 거꾸로 쥐고 날카로운 칼날을 내보이면서 말했다. "나하고 결혼하지 않으면 죽여 버릴 거라고."

"안 돼요!" 런키가 공포에 질려 소리쳤다.

런키를 제외한 모두는 잠자코 있었다. 이제 날보고 웃는 놈은 없겠지, 하고 조혼은 생각했다. 조딜라는 쌀쌀맞은 눈길로 그를 쏘아보고 있었다. 그 얼굴이 너무 아름다웠다. 우리는 너무나 아름다운 한 쌍이 될 거야! 조혼은 속으로 생각했다. 우리 애들은 얼마나 예쁠까!

"그럼 죽이세요." 공주가 대답했다.

조혼은 움찔했다. 그 순간 그는 가까스로 회복했던 자신감을 모두 잃을 뻔했다. 하지만 조혼은 씽긋 웃으며 말했다.

"내 말을 믿지 못하는 모양이군."

"물론 믿어요. 당신이 이런 식으로 싸우기를 좋아한다는 것 잘 알고 있어요. 무장도 안 한 약한 여자가 그렇게 겁나세요? 그런 여자를 상대로 싸우겠다니 참 용감도 하지!"

"입 닥쳐!"

"어디 갱의 망치가 연약한 여자를 죽이는 위대한 모습을 모두에게 보여 주시지!"

"그만 해!" 조혼은 칼날을 밑으로 내렸다. 그 순간 공주의 눈으로부터 자기를 경멸하는 승리자의 만족감을 발견했다. 순간, 그때까지 공주를 향했던 사랑은 미움으로 변했다. 지금껏 그리워했던 만큼 이제는 그녀에게 고통을 주고 싶었다. 자기의 마음에 깊은 상처를 준 공주의 콧대를 꺾어 자기 앞에서 무릎 꿇고 빌게 만들고 싶었다. 이제 죽이는 것만으로는 부족했다. 그보다 더 못해야 했다. 살아남아서 후회하며 괴로워하게 만들고 싶었다. 자기의 사랑을 받아들여 행복해질 수 있었던 절호의 기회를 놓친 것을 평생을 두고 후회하게 만들고 싶었다.

마음속에 증오가 끓어오르는 와중에도 그의 두 눈은 공주의 빼어난 아름다움을 지켜보고 있었다. 자기가 가질 수 없는 저 아름다움을 이용하여 조딜라는 자기를 노리개로 만들었다는 생각이 들었다. 분하고 원통했다. 순간적으로 그의 칼날이 공주의 왼쪽 뺨을 그었다. 칼날이 지나간 자리에 핏방울이 맺히더니 서서히 흘러내리기 시작했다. 지켜보던 사람들은 너무도 충격을 받아 숨쉬는 것마저 잊어버렸다.

"내가 너의 아름다움을 죽였다"고 조혼이 중얼거렸다.

하지만 공주는 눈 하나 깜짝하지 않았다. 공주는 다른 쪽 뺨을 천천히 돌렸다. 조혼은 그쪽 뺨마저 그었다.

"그 상처는 평생 아물지 않을 것이디!"

조혼은 그 한마디를 내뱉은 후 부하들보고 공주를 풀어 주라고 눈짓하더니 휙 돌아서 자기 말 쪽으로 걸어갔다. 말등 위에 뛰어오른 조혼은 부하들을 향해 소리쳤다.

"자, 가자. 이제 여기에는 탐낼 물건이 하나도 없구나."

조잔 경비대는 전열을 정비하더니 일제히 언덕 너머로 사라져 버렸다. 그때까지도 조딜라는 흘러내리는 피로 흰 웨딩 드레스를 적신 채 그 자리에 서 있었다. 케스트렐은 얼른 공주 옆으로 달려가서 자기 소매로 피를 닦으며 물을 가져오라고 소리쳤다. 물이 오자 런키가 공주의 상처를 씻어 냈다. 런키는 엉엉 울었지만 공주는 눈물 한 방울 흘리지 않았다.

"공주가 경련을 일으켜요. 마실 것 좀 갖다 줘요." 케스트렐이 외쳤다.

"오, 공주님. 사랑하는 공주님. 이게 어찌 된 일입니까?" 런키가 울며 말했다.

"상처는 깊지 않아요." 케스트렐이 말했다. "봐요. 벌써 피가 멈추잖아요?"

"하지만 그 아름답던 얼굴이…… 오!"

아이라 헤스가 우유를 가져다 공주의 입에 대 주었다. 조딜라는 조금 마셨다.

"아가씨 참 용감했어." 아이라가 칭찬했다.

조딜라는 경련을 일으키고 있었다. 동녘이 밝아 오면서 공기는 더욱 싸늘해졌다. 일행은 담요를 말아 개고는 떠날 준비를 했다. 수레 저편에서 크리오스가 소젖을 짜고 있었다. 말몰이꾼은 말에 재갈을 물렸다.

"여기 담요 좀 갖다 주세요." 케스트렐이 부탁했다. 그들은 오한으로 벌벌 떠는 조딜라의 가냘픈 몸을 담요로 쌌다. 런키는 계속해서 공주의 뺨으로부터 피를 찍어 내고 있었다. 공주는 그 손을 밀치면서 말했다.

"런키, 거울 좀 가져다 줘. 얼굴 좀 보게."

"안 돼요. 보지 않는 것이 나아요."

"아니 볼래. 거울 좀 갖다 줘." 말을 하면 통증이 왔다. 런키는 공주가 몸을 움츠리는 것을 보면서 안타까워 어쩔 줄 몰랐다.

그러나 주변에 거울을 갖고 있는 사람은 아무도 없었다. 케스트렐은 사발에 물을 부어 공주 앞에 내밀었다. 공주는 머리를 숙여 물 위에 비친 자기 모습을 바라보았다. 양쪽 뺨, 광대뼈에서부터 턱을 향해 상처가 대각선으로 나 있었다. 보드랍고 가냘프게 보이던 얼굴 대신 나이 들어 보이고, 강인하고, 야성적인 얼굴이 자기를 쳐다보고 있었다. 차고 흰 피부 위에 아무렇게나 그어져 있는 검붉은 빛깔의 상처에 피가 말라붙고 있었다.

"미안해." 케스트렐이 말했다.

"미안할 것 없어." 조딜라가 조용히 대답했다. "이제부터 나는 내가 될 수 있어."

케스트렐은 입술을 깨물었다. 케스트렐은 자기에게 닥친 불행을 순순히 받아들이는 공주의 의연한 모습을 보고 깊은 감동을 받았다. 자기 얼굴을 쳐다보는 보우맨을 보면서 그도 자신의 그런 마음을 알 것이라고 생각했다.

"나, 너희를 따라가도 괜찮겠니?"

"물론이지. 이제 수레 위에 타라."

"아니야. 남들과 똑같이 걸을 거야. 가는 길이 멀다고 했지?"

"응. 아주 멀어."

"잘됐어." 공주는 주위를 돌아보다가 보우맨을 발견했다. 공주는 거의 반사적으로 자기 뺨에 난 상처를 가리려다 그만두었다.

"이제 당신은 날 사랑하지 않아도 돼요. 말을 안 걸어 줘도 상관없어요. 하지만 당신하고 가끔씩 대화하고 싶어요."

"저도 좋아요." 보우맨이 대답했다.

공주는 미소 지으려 했지만 상처 때문에 웃을 수가 없었다.

"이제 웃지도 못하겠네."

공주는 신세 타령이라기보다는 그 때문에 불편하다는 듯이 마치 남의 일처럼 말했다.

"앞으로는 모든 것이 달라질 거야."

24
출발

이제 일행은 먼 길을 떠날 준비를 마쳤다. 말을 수레에 채우고 모닥불을 지피기 위한 땔감도 거두어 실었다. 동쪽 언덕 너머로 하얀 태양이 고개를 내밀었다. 눈발이 날리기 시작했다. 길을 떠나기 전에 하노가 모두를 모이게 한 후 아내보고 한마디 하라고 했다.

"할 말은 벌써 다 했기 때문에 따로 할 말은 없습니다."

아이라는 눈에 익은 사람들의 얼굴을 둘러보았다. 그 표정으로부터 희망과 두려움을 읽을 수 있었다.

"우리에게 남은 시간은 많지 않습니다. 앞으로의 여행은 힘들 것이지만 고향이 우리를 기다리고 있습니다. 우리 모두 무사히 그곳에 도착할 수 있을 것입니다."

아이라는 잠시 하던 말을 멈추고는 자기의 꿈을 떠올렸다. 이 선량한 사람들은 모두 고향 땅을 밟을 수 있을 테지만 자기만은 그러지 못할 것이다. 아이라는 자기가 서서히 원기를 잃어 가고 있다는 사실을 그들에게 알리지 않았다. **나의 초능력은 나의 병이다. 나는 예언 때문에 죽고 말 것이다.**

"중요한 것은……" 아이라는 모두를 껴안을 듯이 팔을 앞으로 내밀며 말했다. "우리가 서로를 아끼고 사랑해야 한다는 것입니다. 우리는 맨스족입니다. 우리 다 같이 맨스 맹세를 합시다."

아이라의 의도를 알아차린 하노 헤스는 그녀의 왼손을 잡고 다른 손으로 보우맨의 손을 잡았다. 케스트렐은 엄마의 다른 쪽 손을 잡았다. 핀토는 보우맨의 손을 잡더니 멈포더러 와서 자기 손을 잡으라고 손짓했다. 케스트렐은 조딜라의 손을 잡았다. 인간 사슬은 점점 길어지고 있었다. 조딜라는 런키를 데려오고 런키 옆에는 크리오스가 섰다. 멈포 옆에는 치리시 부인, 그녀 옆에는 키 작은 스쿠치, 그리고 미밀리스 가족, 그 다음에는 필리시 교장……. 이렇게 해서 32명 전원이 서로의 손을 꼭 잡은 채 아이라 헤스를 따라 모두에게 친근한 맹세를 외우기 시작했다. 전에 이 맹세를 들어 본 적이 없는 공주의 눈에 눈물이 맺히기 시작했다. 조딜라는 상처가 아프다거나 아름다움을 잃어버린 것 때문에 우는 것이 아니었다. 맹세의 구절구절이 자신이 마음속 깊이 동경하던 간절함을 대신 말해 주고 경험해 보지 못한 사랑을 표현하는 것같이 느껴졌기 때문이었다.

"저는 오늘부터 당신과 같이 갈 것입니다." 일동은 찬 공기 속에 입김을 내뿜으며 조용히 따라 외우기 시작했다.

"당신이 가는 곳에 저는 갈 것입니다. 당신이 머무는 곳에 저도 머물겠습니다.

당신이 잠들면 저도 잠들겠습니다. 당신이 깨어나면 저도 깨어나겠습니다. 나는 당신의 목소리를 들을 수 있는 거리에서 하루를 보내겠습니다. 밤에는 당신이 손을 뻗으면 닿을 거리에 있겠습니다. 우리 둘 사이를 아무도 방해하지 못하게 할 것을 맹세합니다."

그들은 코트 자락을 여미고는 길을 떠나기 시작했다. 떠오르는 햇살을 받으며 그들은 북쪽으로 향했다. 바람에 실려 공중에서 춤추던 싸리눈이 사람들의 얼굴을 따끔하게 때렸다. 그해 겨울의 첫눈이 내리고 있었다.